真爱假说

THE LOVE HYPOTHESIS

Ali Hazelwood

[意] 艾莉 · 黑泽尔伍德 著
常鸿娜 译

国际文化出版公司
· 北京 ·

图书在版编目（CIP）数据

真爱假说 /（意）艾莉·黑泽尔伍德著 ；常鸿娜译
. -- 北京 ：国际文化出版公司，2023.6（2023.8 重印）
ISBN 978-7-5125-1525-3

Ⅰ．①真… Ⅱ．①艾… ②常… Ⅲ．①长篇小说－意大利－现代 Ⅳ．① I546.45

中国国家版本馆 CIP 数据核字（2023）第 058321 号

北京市版权局著作权合同登记号　图字 01-2023-1727 号

真爱假说

作　者	[意] 艾莉·黑泽尔伍德
译　者	常鸿娜
责任编辑	侯娟雅
出版发行	国际文化出版公司
经　销	国文润华文化传媒（北京）有限责任公司
印　刷	嘉业印刷（天津）有限公司
开　本	880 毫米 ×1230 毫米　32 开 12.5 印张　290 千字
版　次	2023 年 6 月第 1 版 2023 年 8 月第 2 次印刷
书　号	ISBN 978-7-5125-1525-3
定　价	55.00 元

国际文化出版公司
北京朝阳区东土城路乙 9 号　邮编：100013
总编室：（010）64270995　传真：（010）64270995
销售热线：（010）64271187
传真：（010）64271187-800
E-mail：icpc@95777.sina.net

“假说”

在有限的证据基础上做出的推断或提出的说明，作为进一步探究的起点。

例如：根据现有的信息和迄今为止收集到的证据，假设我离爱情越远，那么我的生活就会越好。

序章

坦白来说，奥丽芙在进入研究生院这件事情上还是有点儿犹豫不决的。

倒不是因为她不喜欢科研（事实上她非常喜欢，她热爱科研，她觉得自己天生就是搞科研的料），也不是因为一大堆明显会让她感到生气的事情，而是因为在可以想见的长达五年的时间里，她要在无人问津的情况下每周干满八十小时，还要在无数个凄凉的夜晚对着本生灯[1]埋头工作，只为最终能换到一份糟糕的医疗保险，以及一点点有可能根本不会发表的无足轻重的新发现。她很清楚这可能是不利于她的心理健康的——全身心地投入对学术的追求当中，只在很偶尔的休息时间里，去休息室里拿一些没人看管的贝果[2]，光是想

1　本生灯（Bunsen burner），德国化学家R.W.本生的助手为装备海德堡大学化学实验室而发明的以煤气为燃料的加热器具。（本译稿注释均为编注）

2　贝果（Bagel），硬面包圈，是美国纽约流行的面包之一，外表和炸面圈很相似，但炸面圈是油炸的面包，而硬面包圈则是将经过发酵的面粉团揉成圈形后，放到水里去煮过，然后再进行烘烤。外皮烤得越硬脆，里面的面包味道就越浓，质地就越韧。

想，就觉得这可能是个不怎么明智的选择。

而此刻，这些都不是最让她困扰的。好吧，可能是有点儿困扰，但只有一点点，尚在她的掌控之中。真正阻碍她继续向最臭名昭著的“地狱中心”（博士课程）缴械投降的是那个男人，那个她在受邀参加斯坦福生物系面试的时候遇到的男人。

那个她甚至都不知道名字的男人。

那个她在看不清的状况下，跌跌撞撞地进入自己能找到的第一个洗手间时，所遇到的男人。

那个男人看到她的眼泪顺着脸颊流了下来，又咸又大的泪珠不住地往下淌，他非常平静地问她：“出于好奇，你在我的洗手间里哭是有什么特殊的原因吗？”

奥丽芙尖叫着试图睁开眼睛，但尽管她很努力，眼睛也只是勉强地睁开了一下。她的整个视野都是模糊的，所能看到的也只有一个水汪汪的轮廓——一个高大的人影，留着黑色的头发，穿着黑色的衣服，还有……对，就是这样。

“呃……这是女洗手间吗？”她结结巴巴地问。

她停了一下，没有回应，然后她听到了——“不是。”他的声音很低沉，相当低沉，低沉得让人觉得不可能在真实生活里出现这样的声音。

“你确定？”

“我确定。”

“你真的确定？”

“相当确定，因为这是我实验室的洗手间。”

“真是抱歉啊。你需要去……”她指了指洗手间的隔间，或者说是她认为隔间应该在的方向。尽管她把眼睛闭了起来，还是能感到刺痛，于是她不得不用力地挤压眼睛来缓解灼烧感。她试着把脸颊上的眼泪擦干，但她包臀裙的布料材质很廉价，像塑料一样，吸水性不及纯棉布料的一半。还真是贫穷的快乐啊！

“我只是需要把这个试剂倒进下水道里。”他顿了顿，她并没有听到他挪动的声音，可能是因为她把洗手池挡住了，也可能他正盯着她，想着或许应该叫校警把她这个可怕的怪人带走。这会让她的面试结束得很快，不是吗？“我们很少把它当洗手间用，主要是用它来处理废弃物和清洗设备的。”

“啊，抱歉，我还以为……”糟糕，她根本就没想那么多，这算是她的老毛病了，她总是因为这个闯祸。

“你还好吗？”他一定非常高，因为他的声音像是从她头顶上方10英尺[1]的地方传来的。

“当然了，为什么这么问？”

“因为你在哭，在我的洗手间里。”

“啊，我没有哭。好吧，我是有点儿像在哭，但这些只是眼泪，你能明白吗？”

“我很确定我不能。”

她叹了口气，靠在瓷砖墙上。“都怪我的隐形眼镜，它们过期了，不过它们原本就没有多好用，我的眼睛被它们弄得非常糟糕，虽然我已经摘掉了，但是……”她耸了耸肩，希望自己是朝着他所在的方向的，“需要过一会儿才会好起来。”

1　1英尺约等于0.3米。

“你戴了过期的隐形眼镜？”他听起来有点儿生气。

“对，但是只过期了一点点。”

“什么叫‘一点点’？”

“我不知道，只有几年吧？”

“什么？”他的尾音词很清晰，一丝不苟，脆生生的，非常动听。

“应该只有一两年吧，我觉得。”

“只有一两年？”

“不过没关系，有效期什么的是给弱者设置的。”

对方发出了尖锐的声音，可能是某种轻蔑的哼声，也可能是嘲笑声，奥丽芙没办法进行清楚的辨别。“有效期的设置是为了不让我看到你在我洗手间的角落里流泪。”

好吧，除非这家伙就是“斯坦福先生”本人，不然他真的不应该再把这里叫作“自己的洗手间”了。“没什么大碍，”她摆了摆手，如果不是眼睛还在火辣辣地疼，她早就给他一个白眼了，“灼烧感只会持续几分钟，很快就不疼了，而且——”

“你的意思是你之前也这么干过？”

她皱了皱眉：“‘干过’什么？”

“戴过期的隐形眼镜。”

“当然了，隐形眼镜可不便宜。”

“可眼睛也是啊！你是本科生吗？”

“不是，”她愤愤不平地答道，并试图偷看他，无奈她的眼睛却在抗议，随之流出的眼泪更多了，“我是硕士，在密歇根。”

“哦。”他的语气中带着一丝傲慢，似乎对他来说这和本科生没什么区别，所以他一定是个博士，他肯定觉得他比别人都厉害，因为博士有一种并不光彩的特权，那就是可以打着科学的名义以每小时 93 美分的价格屠宰果蝇。他们都是那样的人，老实说她也不能因此而责怪他们，毕竟研究生是最低等的生物，所以他们必须要说服自己他们是最好的。尽管奥丽芙并不是临床心理师，但这似乎是一种相当教科书式的防御机制："实际上，我是来这里面试的，为了明年的生物博士学位。"她补充道，这样他就不会让校警把她带走了。老天哪，她感觉自己的眼睛还在灼烧，"那你呢？"她一边问，一边将手掌按到眼睛上。

"我？"

"你来这里多久了？"

"这里？"他顿了一下，"六年左右。"

"哦，那你马上就要毕业了吧？"

"我……"

她发现他有些迟疑，顿时就后悔提出了刚才的问题："等一下，抱歉啊，你不用告诉我，我懂的，研究生院的首要准则就是'不要打听其他同学的毕业时间'。"

她听到自己的心脏跳了一下，又跳了一下。"没错。"

"抱歉，"老天，她真希望自己可以看得到他，人际交往的展开本来就够难了，而此时的她又没办法获得更多有效的线索，"我不是有意向感恩节里那些追着你问东问西的老父亲、老母亲看齐的。"

他轻声笑道："你这才哪儿到哪儿啊。"

"哦，"她笑了笑，"你爸妈很难缠吗？"

"感恩节更好不到哪儿去。"

“这就是你们美国人离开英联邦所得到的。”她朝他伸出了手，希望那是他所在的大致方向，“对了，我叫奥丽芙，和橄榄树（olive）是同一个词。”当她听到他把身体的重心放到另一只脚上，并向她走近的时候，她开始怀疑自己刚才是不是向下水道做了个自我介绍。将她的手握住的那只手干燥而温暖，它大到几乎可以包住她的整个拳头。他所有的一切应该都是超大号的：他的身高、他的手指、他的声音……也不是全然让人不快的。

“你不是美国人？”他问。

“加拿大人。咱们昨晚没见过面吧，在招生晚会上？”

“没有。”

“你没去？”

“我不喜欢那种场合。”他在放开她手的时候，她才意识到自己还握着他的手，哎呀。

“但有免费的食物呀！”

“这并不是什么值得去费神闲聊的理由。”

什么样的博士生会说这种话？可能他正在节食吧。“好吧，那你如果刚好遇上一个招生委员会的熟人，你们在聊天的时候能不能不要和他们说起我隐形眼镜的倒霉事情？因为这可能会让我看起来不像是个一流的申请人。”

“你也这么认为？”听上去他没带任何感情色彩。

如果可以做到，她早就瞪他了，不过或许她已经在瞪他了，因为他又笑了——即便带着一点儿生气，但奥丽芙可以分辨得出来，并且还有些喜欢——然后问她：“你觉得你会通过吗？”

她耸了耸肩。“我不知道。”但她和面试她的阿斯兰教授真的是一拍即合，和平时相比，奥丽芙结结巴巴和含糊嘟囔的情况少了很多。此外，她的GRE[1]成绩和平均成绩点数几乎是完美的，有时一味地沉迷在学习和工作当中也还是会给她带来些好处的。“我想会吧，有可能。”

“如果你拿到了录取通知书，你会来吗？”

如果她不来那就太蠢了，毕竟这可是斯坦福大学，而且报的又是最好的专业之一——生物学。至少她一直试图用这些说服自己，来掩盖事情的真相。

而事情的真相就是，坦白来说，奥丽芙在进入研究生院这件事情上还是有点儿犹豫不决。

“我……可能吧。”他没有说话，她觉得有必要把话继续聊下去，“我觉得不得不说，好像在职业的选择上越成功，把生活搞砸的概率就会越大。”她的眼睛开始慢慢地好起来，不会再像个水龙头一样往外流眼泪了。

“看来你有把生活搞砸的趋势咯。”

“没有，好吧……我只是……”

“你只是？”

她咬了咬自己的嘴唇：“如果我不够好该怎么办？”她不知道为什么，这句话就这么脱口而出了，老天啊，她为什么要在这个陌生人的面前暴露她心底最隐秘的恐惧呢？不过话说回来，这又有什么

1 GRE，全称Graduate Record Examination，是世界各地的大学、各类研究生院要求申请者所具备的一个入学考试成绩，适用于申请世界范围内的理工科、人文社科、商科、法学等多个专业的硕士、博士以及MBA等教育项目，由ETS（Educational Testing Service）主办。

意义呢？每次她向朋友和熟人表达出她的迷茫时，他们总会机械性地回她那套老掉牙又毫无意义的鼓励：你会好起来的，你做得到的，我相信你……诸如此类。这家伙肯定也会这么做。

要来了要来了。

就在这一刻。

就在这一秒。

“你为什么想这么做？”

哈？“做……什么？”

“考博士。你为什么要考博士？”

她挺直了身子：“我一直有很强的求知欲，我觉得研究生院是培养这种求知欲的理想环境，它有助于提高我将自己的想法付诸实践的能力，而且——”他哼了一声，她皱起了眉头，“怎么了？”

“不是要你说你在面试预备手册上找到的句子，我想问的是你为什么想要考博士？”

“可这就是事实啊，”她坚持道，尽管有点儿心虚，“我想提高我的研究能力——”

“是不是因为你其实也不知道自己还能干点儿什么别的？”

“不是！”

“那是不是因为你在工业界找不到什么工作？”

“并不是，我从来没有去工业界提交过工作申请。”

“哦。”他动了动，一个高大而模糊的身影走到她身边，往洗手池里倒了一些东西。奥丽芙闻到了一股丁子香酚、洗衣液和清爽的男性肌肤散发出来的味道，奇怪的是，它们组合起来居然有些好闻。

“我需要更多的自由，我的意思是，工业界没有办法给我这种自由。”

“你在学术界也不会有多少自由。”他的声音变近了，好像他还没有回到他刚才站着的地方，“因为你得通过可笑又激烈的研究经费的竞争，才能拿到能够支撑你继续工作的钱。你其实可以在朝九晚五的工作里得到更好的收入，而且你还能真正地享受到之前想都不用想的‘周末’。”

奥丽芙皱起了眉头：“你这是想让我放弃我的录取通知书吗？这算是某种‘反过期隐形眼镜佩戴者’的抗议活动吗？因为——”

“不，”她听到他笑出了声，“我要走了，我相信那只是一时的失误。”

“可我一直都戴着它们，它们基本上从来都没有——”

“那也许就是一连串的失误了。我想说的是，我不知道你是不是足够好，但这也不是你该问自己的问题。学术界花了大量经费，却没有得到什么具有重要意义的伟大成果，所以关键只在于你来这里的理由是不是足够好。那么，为什么要考博士，奥丽芙？”

她想了想，又思考了一会儿，接着又想了更久的时间，终于小心翼翼地开口：“我有一个问题，一个具体的在研究上的问题，它是我想知道的东西。”好了，就是这样，这就是答案，“是如果我不去研究，大概率就不会有人再去碰的东西。”

“一个问题？”她感受到了空气的变化，发现原来是他靠在了洗手台上。

“对，”她觉得自己的嘴巴有点儿干，“是对我来说很重要的东西，而且……我无法信任其他去做这件事的任何人，因为到目前为止，他们都没有做好，因为……”因为我永远地失去了一个人，因为它原本就不该发生，因为我想尽自己的一份力量，如此，这种事情就不会再发生在其他人身上了。

但在一个陌生人的面前，在她紧闭的眼睑的黑暗之中，说起这些就太过沉重了。于是她强行睁开了双眼，她的视线仍然模糊，但灼烧感几乎已经消失了。他正看着她，尽管轮廓有些许模糊，但他确实就在那里，耐心地等着她继续说下去。“对我来说很重要，”她重复道，“那个我想要做的研究。”奥丽芙 23 岁，如今独自活在这世界上。她不想要什么周末，也不需要什么像样的薪水，她只想回到过去。她不想这么孤单，可既然这注定已经无法实现，她也就只好把注意力集中到自己力所能及的事情上。

那个男人点了点头，但什么都没有说。他直起身子，向门口走了几步。

“对于进入研究生院来说，我的理由足够好吗？”她问，这种特别渴望被认可的样子让她非常厌恶。她可能还没有准备好让他离开，因为她觉得自己好像还处在某种生存危机当中。

他停了下来，回头看了看她：“是的，这是最好的理由。”她感觉他在微笑，或者是类似微笑的表情，“祝你面试顺利，奥丽芙。”

“谢谢。”

他在已经快走出门时说：“也许我明年还会见到你。”她突然有点儿脸红，含混不清地说：“要是我被录取，要是你还没毕业的话。”

“大概吧。”她听到他说。

就这样，那个男人走了。奥丽芙自始至终都不知道他的名字。就在几周后，斯坦福的生物系向她发出了录取通知书，她接受了，没有一丝一毫的犹豫。

第1章

假说：当需要在A（不太严重的小麻烦）和B（具有毁灭性后果的滔天大祸）中做出选择的时候，我将不可避免地最终选择B。

两年零十一个月后。

奥丽芙为自己开脱：那个男人对于这个吻似乎不会太过在意。

他确实花了一点儿时间来适应——考虑到事发突然，这也完全可以理解。这一刻实在是太尴尬了，不仅不舒服，还有点儿痛苦。奥丽芙在把嘴唇使劲撞向他嘴唇的同时，尽最大的可能踮起了脚，以便自己的嘴能够得到他的脸。他为什么要长这么高呢？从旁观者的角度来看，这个吻一定像是某种动作笨拙的头部撞击运动，而且她越来越担心自己没有办法完成这一整个动作了。就在几秒之前，奥丽芙发现她的朋友英正朝她走来，英打算看看奥丽芙和那个正在和她接吻的男人，她立刻就能知道他们不可能是两个正在约会的人了。

那个令人痛苦难熬的最初的阶段过去之后，这个吻变得……不一样了。男人猛地吸了口气，微微侧了侧脑袋，这才让奥丽芙觉得自己不再像是一只趴在猴面包树上的松鼠猴。他的手很大，在装有中央空调的走廊上，散发着让人愉悦的温热。他搂着她的腰的双手向上滑动了几英寸[1]，环绕在她胸廓的位置，然后把她向他身体的方向揽过来，他们之间的距离不远不近。

刚刚好。

虽说这只是一个加长版的浅吻，感觉却很美妙，在那几秒钟的时间里，奥丽芙把很多事情都抛在了一边：比如说她正在亲吻一个完全不认识的陌生人这个事实，比如说那家伙肯定也对奥丽芙是谁这件事处在完全没有头绪的状况，比如说她上演这么一出就是为了把她最好的朋友英蒙骗过去的初衷。不过一个好的吻可以做到这么一点，那就是能让你进入一种短暂的忘我的状态。奥丽芙感觉自己仿佛要融化在一个宽阔而坚实的胸膛里了，这个胸膛很硬，没什么弹性。她的双手从他轮廓分明的下巴，伸到他那让人出乎意料的浓密的柔软发丝里，然后……然后她听到自己发出了叹息声，好像她快要窒息一样。也就是在这个时候，她突然感觉到一股强烈的冲击，仿佛一块砖头砸在了她的脑袋上，她意识到——不行，不行。

不，不，不行！

她不应该乐在其中的：陌生的家伙，和这所有的一切。

奥丽芙喘着粗气，一边将自己从他身边推开，一边慌乱地寻找着英。已经是晚上 11 点了，生物实验室的走廊里泛着蓝光，她的好

1　1英寸等于2.54厘米。

朋友英已经不见了踪影。太奇怪了，奥丽芙很确定她在几秒前确实看到了英。

而那个她亲过的家伙则正站在她的面前，他双唇微张，胸膛上扬，眼中闪过一丝奇异的光。也就是在这个时候，她才逐渐意识到自己刚刚闯下的是怎样的滔天大祸，她亲的人居然是——

去她的生活！

去，她的，生活！

……

亚当·卡尔森教授是个众所周知的讨厌鬼。

这件事本身其实并没有什么值得一提的，因为在学术界，任何一个研究生（很不幸，也就是奥丽芙这个等级的学位）以上的位置都需要一定程度的评估才能够保持相应的时间，而终身教授则位于这座浑蛋金字塔的顶端。但卡尔森教授是个例外——至少如果传闻属实的话是这样的。

就是因为他，奥丽芙的室友马尔科姆不得不彻底放弃了两个研究项目，而且很可能还会延迟一年毕业。也是因为他，杰里米在资格考试前紧张得吐了出来。他是让整个学系一半的学生被迫推迟论文答辩的唯一罪魁祸首。奥丽芙从前的同学乔在每周四的晚上都会带她去看画面模糊的欧洲电影，上面的字幕小到要拿显微镜才能看得清楚，他曾经在卡尔森的实验室里当研究助理，但他却出于“某些原因”在六个月后辞去了这个职位，这可能算是最好的结果了，因为卡尔森剩下的大多数研究生助理会伴随着经常性的手抖，而且他们总是一副看上去一年都没有睡过觉的样子。

卡尔森教授也许曾经是一个年轻的学术摇滚明星和生物学神童，但与此同时，他刻薄挑剔，吹毛求疵，从他的说话方式和行事作风中就能明显地看出，他认为自己才是斯坦福生物系里，也许是整个世界范围内，唯一真正从事正经学术研究的那个人。这家伙出了名地喜怒无常，是个既惹人讨厌，又让人害怕的讨厌鬼。

而奥丽芙刚刚亲的正是这个人。

……

她不确定这种沉默持续了多久，她只知道是他率先打破了沉默。他就那么站在奥丽芙的面前，黑色的眼睛，比眼睛更黑的头发，给人一种离谱的压迫感，他正从不知道是 6 英尺多少英寸的地方向下凝视——他肯定比她高半英尺多。他皱起了眉头，她在他参加过的学系的专题讨论课上见过这个表情，一般在出现这个表情之后，他就会举手指出演讲者的工作中一些被认为存在致命缺陷的地方。

亚当·卡尔森——研究生生涯的毁灭者，奥丽芙曾无意中听到导师这么说过。

没事，没关系，完全没问题。她只需要假装什么都没有发生，向他礼貌地点点头，然后踮起脚偷偷地溜走就可以了。*对，真是个*

无懈可击的计划。

“你是不是……你刚刚是不是亲了我？”他看上去非常困惑，还有点儿上气不接下气。他的嘴唇丰润饱满，还有点儿……老天爷啊。亲了。奥丽芙根本没有办法否认她刚刚所做的事情。

尽管如此，她还是准备试一下。

“没有。”

出乎意料的是，这招似乎奏效了。“啊，那好吧。”卡尔森点了点头，转过身，看起来茫然地失去了方向。他沿着走廊走了几步，走到了饮水机那里，也许那就是他一开始要去的地方。奥丽芙也开始相信她可能真的就此脱身了，但就在这时，他停了下来，然后转过身，表情充满了怀疑：“你确定吗？”

该死。

“我——”她用双手捂住自己的脸，“它并不是你看上去的那个样子。”

“好吧。我……好吧，”他缓慢地重复道，声音低沉而浑厚，听上去像是马上要生气了一样，或者也许他其实已经生气了，“那是发生了什么？”

这根本就不是可以简简单单地搪塞过去的事情。任何一个正常的人都会觉得奥丽芙造成的这一突发状况是非常古怪的，但对于亚当·卡尔森，这个把同理心这种人类的基本特征视为某种缺陷的人来说，是永远无法理解她的。她把双手垂在身体两侧，然后深深地吸了口气。

“我……听着，我并没有无理的意思，但这真的不关你的事。”

他盯着她看了一会儿，点了点头：“嗯，当然。”他显然已经找回了他惯常的节奏，因为他的语气中已经少了一些惊讶的成分，转而变成一如既往的生硬和简洁，“那我就回我的办公室，开始写我的《第九条》[1]诉讼书。”

奥丽芙松了口气。“哦，那太好了，因为——等等，你的什么？”

他歪过头：“《第九条》是一项联邦法律，旨在防止学术环境里的不正当性行为——”

“我知道什么是《第九条》。”

“我懂了，那么你就是在故意选择无视它。”

“我——什么？不，不是，我没有！”

他耸了耸肩：“看来是我误会了。那一定是有人袭击了我。”

“袭击……我没有‘袭击’你。”

“你确实亲了我。”

“但那不是真的。”

“而且是在没有征得我同意的情况下。”

“那只是因为……”他挑起了一边的眉毛，奥丽芙有一瞬间甚至想象着卡尔森教授或自己就那么直接溺死算了，“听着，我真的非常抱歉。刚刚那个状况确实很……奇怪，但我们能不能干脆忘掉这件事情？”

---

1 《第九条》（*Title IX*），教育法修正案《第九条》是于1972年6月23日实施的美国法律，规定任何人都不应该出于性别的原因被排除在由联邦资助的教育和活动计划之外，不能被剥夺这个计划和活动提供的待遇，也不能出于性别原因受到这个计划和活动的歧视。美国法庭把破坏平等的体育运动机会、性骚扰以及对孕妇的歧视等，都包括在第九条的范畴之内。

他认真地看了她好一会儿。他的脸棱角分明，神情严肃，还有一些其他令她无法辨认的情绪，因为比起搞清楚那些情绪，她正把注意力重新聚焦到眼前这个男人有多么高大、肩膀有多么宽阔上。真是个大块头啊。奥丽芙一直以来都很瘦，太瘦了，但一个身高5英尺8英寸[1]的姑娘很少会觉得自己娇小，只是当她站在亚当·卡尔森的身边时，就完全不一样了。她当然知道他很高，因为她之前在校园里和学系里都见到过他，也和他搭过同一班电梯，但他们从来都没有进行过任何互动，也从来都没有这么靠近过。

但在刚才，奥丽芙，你差点就把你的舌头伸进他的——

“怎么了？”他像是很关心的样子。

“什么？不，不，我没怎么。”

“因为，”他平静地继续说道，“大半夜在科学实验室亲吻一个陌生人或许是有什么原因的。”

“没有。”

卡尔森若有所思地点了点头：“很好。那就在接下来的几天里，期待一下会收到怎样的邮件吧。”说着，他就准备从她身边走开。她转过身，在他身后大喊。

“你连我的名字都没问！”

“我相信是个人就能搞清楚这个，因为下班后你必须刷身份卡才能进入实验室。祝你晚安。”

“等一下！”她一边向前探着身子，一边用手抓住了他的手腕。尽管他显然可以不费吹灰之力就能挣脱她的束缚，可他还是立刻停

1 约为1.70米。

了下来，直勾勾地盯着被她手指缠绕着的那个部位，就在一块要花上她半年研究生薪资（或者是整整一年的薪资）才能买得起的手表的下方。

“我的投诉里恐怕要加些素材了。”

她立即放开了他的手，向后退了一步：“没有，我……我不是故意的——”

“那个吻，解释一下。”

奥丽芙咬住她的下唇。这下她真的搞砸了，她现在不得不告诉他了。“刚才路过的那个女孩儿英是生物系的研究生，”卡尔森并没有明确表示他认识英，“英她……”奥丽芙将一绺棕色的头发拨到耳后，这就是这个故事变得有点儿尴尬的地方了，这很复杂，而且听上去可能有些幼稚，“我在和系里的一个男孩儿约会，杰里米·兰利，红头发，是跟着哪个教授来的？好吧，不重要，我们只约过几次会，后来我带他去了英的生日派对，他们一拍即合，然后——”奥丽芙闭上了眼睛，这或许并不是个好主意，因为她把眼睛闭上之后，眼前直接浮现出了她最好的朋友和她的约会对象在保龄球道上有说有笑的画面，就好像他们很久之前就已经认识了一样。他们有着聊不完的话题，全程笑个不停。那晚结束的时候，杰里米的目光一直追随着英的一举一动，他对谁感兴趣已经非常清楚了。奥丽芙摆了摆手，试图挤出一个微笑。

“就长话短说吧，杰里米甩了我以后约英出去。但她拒绝了他，就是因为女孩儿之间的准则之类的东西，但我看得出来，她是真的很喜欢他，可又怕伤害我的感情，所以不管我跟她说过多少次没有关系，她都不相信我。”*更别说几天前我无意中听到她向我们共同的*

朋友马尔科姆承认她觉得杰里米真的很棒，但她是永远不会因为跟他出去而背叛我的。她听上去很沮丧，非常失落不安，一点儿也不像一直以来我认识的那个活力四射、明媚耀眼的英。“所以我就对她撒了谎，我告诉她我已经在和别人约会了。因为她是我最好的朋友，我从来没有见过她这么喜欢一个男孩儿，我希望她可以得到那些配得上她的好东西，我很肯定她也会为我做同样的事情，而且——”奥丽芙发现她说得乱七八糟，卡尔森可能对这些根本不感兴趣，于是她停下来吞了吞口水，尽管她觉得嘴巴很干，“今天，我告诉她我今天有个约会。”

“哦。”她很难读懂他的表情。

“但我没有约会。所以我决定来实验室做个实验，可是英也出现了，她本来是不应该出现在这儿的，可她就是出现了，还朝这边走了过来，我都要吓死了——好吧，”奥丽芙的手从上到下抹了一下自己的脸，“我真的还没来得及想就……”

卡尔森什么都没有说，但从他的眼睛里可以看出，他正在思考：“显而易见。”

“我只是想让她相信我在约会。”

他点了点头：“所以你就亲了你在走廊上遇到的第一个人。完全符合逻辑。”

奥丽芙畏缩了一下：“要是这么说的话，那或许不是我的最佳时刻。”

“也许吧。”

“但那也不是我最糟糕的时刻。我是说，英现在觉得我在和你约会，那她就有希望在没有任何心理负担的状态下和杰里米出去了——”她摇了摇头，“听着，对于那个吻，我真的、真的很抱歉。”

“是吗？”

“求你了，不要投诉我了。我保证我真的不是故意的……”

一瞬间，她突然彻底认识到她犯下的是怎样的滔天大罪：就在刚刚，她亲了一个陌生人，这个人恰巧是生物系最被大家讨厌的教授。她并没有征求他的同意，基本相当于在走廊里攻击了他，而他此刻正以一种古怪的、若有所思的眼神盯着她，他身形巨大，状态专注，和她靠得很近，而且……

该死。

可能是因为已经很晚了，可能是因为距她的上一杯咖啡已经有十六小时之久了，可能是因为亚当·卡尔森正这么低头看着她，突然之间，她觉得这一切简直太夸张了。“其实你说得很对，我真的非常抱歉，如果你觉得受到我不论哪种形式的骚扰，你真的应该起诉我，因为这才是公平的。尽管我真的没有想过……可这真的是件可怕的事情，我的初衷是什么并不重要，重要的是你怎么看待……”*完蛋了，完蛋了，完蛋了*，“我打算离开这里，行吗？谢谢你……我真的特别、特别、*特别*抱歉。”奥丽芙转身沿着走廊跑远了。

“奥丽芙，”她听到他在她的身后喊道，“奥丽芙，等等——”

她并没有停下脚步。她冲下楼梯来到一层，接着跑出了大楼，穿过灯光稀少的斯坦福校园的小路，经过一个遛狗的女孩、一群在图书馆前大声聊天的学生，直到来到她的公寓门口才停了下来，打开门后，她就直奔自己的房间，生怕遇到室友和室友今晚可能带回来的任何人。

直到她瘫倒在床上，凝视着贴在天花板上那些在黑暗中闪闪发光的星星时，她才想起自己忘了检查她实验室里的老鼠，她的笔记本电脑还放在她的工作台上，卫衣也落在了实验室的某个地方，而且她把答应马尔科姆的要在路过的商店里给他买明早喝的咖啡的事也完全抛在了脑后。

该死，真是多灾多难的一天。

无论是那天晚上，还是在接下来的几周里，奥丽芙都不曾想起亚当·卡尔森教授，那个众所周知的浑蛋，当时就叫出了她的名字。

第2章

假说：那些关于我爱情生活的流言，我越希望对它们进行保密，它们就会以越快的速度被散播出去。

奥丽芙·史密斯是一名即将升入三年级的博士生，她所就读的生物系是全国最好的相关院系之一，他们系有七十多个研究生和让人经常感觉有几百万人之多的专业本科生，她不知道教员的确切人数是多少，但从影印室里的邮箱数量来判断的话，她保守估计了一下，答案是：很多。由此推断，既然在“那晚”（虽然亲吻事件只过去了几天，但奥丽芙已经知道她的余生都无法把上周五的那个特别的晚上从记忆里轻易抹掉了）之前的两年里她都没有和亚当·卡尔森有过任何不幸的互动，那么，她就完全有可能在不和他再次相遇的情况下，完成接下来的研究生院的学习。事实上，她相当确定亚当·卡尔森不仅不知道她到底是谁，而且甚至不会有任何深究的欲望，他可能早已将这件事忘得一干二净了。

当然，除非她犯的错误太过糟糕，致使他最终还是提起了《第九条》诉讼，那么她去联邦法院认罪的时候，还是会再见他一面的。

奥丽芙觉得与其浪费时间担心律师费的事情，还不如集中精神去解决更加紧迫的问题：就比如还有不到两周的时间，秋季学期的神经生物学课程就要开始了，而被选为助教的她必须准备好大约五百张该课程的幻灯片；再比如马尔科姆早上留给她一张字条，告诉她在他们的公寓已经布满陷阱的情况下，他还是在书柜下面看到了一只蟑螂；还比如这最棘手的一个，她的研究项目已经到了生死存亡的关键时刻，她急需找到一个更大、经费更充裕的实验室来完成她的实验，不然那些极有可能即将成为具有突破意义的、临床相关的研究，到头来只能被放在她冰箱的保鲜储藏格里的皮氏培养皿中渐渐变质。

奥丽芙打开她的笔记本电脑，考虑要不要在谷歌上搜索一下“什么器官没了还能活”以及“我能从中拿到多少钱”，但她很快就把注意力转移到了二十几封刚收到的邮件上了，那些都是在她忙着检查实验室里的动物时收到的。它们绝大部分都是来自掠夺性期刊[1]的，还有来自尼日利亚王子的超级崇拜者的，有一封亮闪闪的公司的广告，那是她六年前为了得到一支免费的口红而注册过该公司会员导致的。奥丽芙迅速把它们都标为了“已读”，正要继续做她的实验，就在这时，她注意到了一封她先前发出的邮件的回信，这封回信来自……天哪，天哪！

1 掠夺性期刊（predatory journals），能够利用开放获取机制，通过收取或高或低的版面费并且规避合格的同行评议而发表论文。本质是诱惑论文的作者以不良企图花钱快速发表垃圾论文，未经合格的同行评议、修改、润色和排版。

她在那封邮件上用力地点击了一下，差点扭伤她的手指。

时间：今天，下午 3:15

发件人：Tom-Benton@harvard.edu

收件人：Olive-Smith@stanford.edu

主题：胰腺癌筛查项目

奥丽芙：

你的项目看起来不错，事实上，我预计会在两周后去斯坦福做个访问，我们到时候聊聊吧？

祝好。

汤姆·本顿，博士，副教授，

哈佛大学生物科学系

她的心跳漏了一拍，然后开始急速狂飙，等她的心跳开始慢下来后，她又感觉自己眼皮中的血液也随着跳动了起来，这对她的健康来说可不是什么好事，但——没错。没错！有人接收她了！大概率会接收，很可能会接收？也许会接收吧？那就是也许会接收。汤姆·本顿在邮件里写了“不错”，那就是个“不错”的信号，对吧？

她皱起眉头，向下滚动鼠标的滚轮，重新看了一遍几周前她发给汤姆·本顿的邮件。

时间：7 月 7 日，上午 8:19

发件人：Olive-Smith@stanford.edu

收件人：Tom-Benton@harvard.edu

主题：胰腺癌筛查项目

本顿教授：

我叫奥丽芙·史密斯，是斯坦福大学生物系的一名在读博士生。我主攻胰腺癌方向的研究，主要致力于寻找用于病早期治疗和提高生存率的无创且便宜的检测工具。我之前一直在从事血液生物标志物的研究，并且取得了可喜的成果（您可以在附件中看到我经过同行评议的初步的研究论文，我还向今年的生物发现学会研讨会提交了我还未发表的最新发现，虽然目前它还在等待被采纳的阶段，但您可以看一下附件中的摘要）。接下来，我将进行更多的研究来检验我的检测试剂组的可行性。

不过不幸的是，我目前的实验室（艾塞古尔·阿斯兰教授的实验室，她两年后就要退休了）没有支撑我继续进行今后工作的经费和设备。她鼓励我去寻找一个更大的癌症研究实验室，我可以在那儿度过下一个学年，收集我需要的实验数据，之后我会返回斯坦福进行数据的分析和记录。我看过您发表的关于胰腺癌的研究，我真的是您的超级粉丝，我想问问我可不可以在您的实验室开展我的工作？

如果您感兴趣的话，我非常愿意和您谈谈关于我项目的更多细节。

此致

敬礼！

奥丽芙·史密斯

博士在读生

斯坦福大学生物系

如果杰出的癌症研究者汤姆·本顿能来斯坦福，并且给奥丽芙留出十分钟的见面时间，她就能说服他帮她摆脱目前的研究困境了！

好吧……只是“也许”。

比起向别人推销她的研究的价值，奥丽芙更擅长埋头做研究，科学的传播和任何形式的公开演讲绝对是她最大的短板。可她得到了一个机会，她可以借着这个机会向本顿介绍她的研究成果将拥有多么广阔的前景，她可以把她的研究可能带来的所有临床上的好处都列举出来，她可以说明她只需要多么少的东西就能让她的项目获得巨大的成功——她需要的只有他实验室角落里一张安静的工作台、他实验室里的几百只老鼠，和他那价值两千万美元的电子显微镜的无限使用权。即便本顿不给她任何关注都完全没有问题。

奥丽芙向休息室走去，她在脑子里构思了一篇充满激情的演讲稿，向他解释她可以只在晚上的时候使用他的设备，她甚至可以把她消耗氧气的频率降低到每分钟五次以下。她给自己倒了杯很久之前就冲好的咖啡，再转回身，却发现有个人皱着眉头站在了她的背后。

奥丽芙吓得差点儿烫到自己。

“我的老天！”她捂住胸口，深吸了一口气，把她的史酷比[1]马克杯握得更紧了，“英，你吓死我了。”

“奥丽芙。”

这并不是个好的预示，英从来都不会叫她奥丽芙——从来都不，只有在她快把自己的指甲咬秃的情况下对她进行喝止的时候，或是

1　美国系列电影《史酷比》（*Scooby-Doo*）原创角色。

她用维生素软糖来代替晚饭的时候才会这样。

“嗨！怎么样啊你的——”

“那天晚上。”

该死。“——周末？”

“卡尔森教授。”

该死，该死，该死，“他怎么了？”

“我看到你们俩在一起了。”

“啊？真的吗？”即便在奥丽芙自己听来，她的惊讶也显得太过做作，或许在高中时，比起参加各项运动，她原本更该报名参加戏剧社的。

“嗯，就在这儿，在这个系里。”

“哦，好吧。呃，可我没有看到你，不然的话，我肯定会和你打招呼的……”

英皱起了眉头：“小奥，我看见你了，我看见你和卡尔森在一起了。你肯定知道我看见你了，而且我知道你知道我看见你了，因为你一直都在躲我。”

“我没有。”

英的表情令人生畏，给人一种不容分辩的感觉。这个表情经常出现在她作为学生会主席、斯坦福女性科学协会的领头人和少数族裔科学家组织的外联负责人时的脸上，英向来战无不胜，她不屈不挠，总能令她的敌人闻风丧胆，这正是奥丽芙一直喜欢她的一个原因，但这个“一直”并不包含此时此刻。

“这两天你一条信息都没有回我，我们可是每隔一小时就会互发信息的。”

英说得没错，通常来说，她们联系对方的次数只会比这更多。奥丽芙把马克杯换到了左手上，她不过是想趁着换手的动作来替自己争取一点时间："我这两天……挺忙的。"

"忙？"英挑起了眉毛，"忙着亲卡尔森吗？"

"啊，啊，那个。那个只是……"

英点了点头，像是在鼓励奥丽芙继续说下去。可当奥丽芙显然说不下去的时候，英替她说了下去："那个是——小奥我没有冒犯你的意思——但那绝对是我见过的最诡异的吻。"

冷静。保持冷静。她还不知道，她也不可能知道。"应该不至于吧，"她弱弱地反驳道，"就比如《蜘蛛侠》里那个上下颠倒的吻，那个要更诡异吧——"

"小奥，你说你那天要去约会的，你该不会是和卡尔森约会吧？你有吗？"她扭曲着做了个鬼脸。

坦白真相实在是一件太过容易的事了。自从进入研究生院以来，奥丽芙就和英做了一大堆蠢事，其中有些是她们各自做的，有些是一起做的，而在惊慌失措的状态下亲上了亚当·卡尔森，毫无疑问成了她做的又一件蠢事，她们绝对可以在每周一次的"啤酒和烤棉花糖夹心饼干"之夜就着这件事说笑很久。

或者选择不去坦白。如果奥丽芙现在承认她撒了谎，那英可能就再也不会信任她了，她也很可能再也不会和杰里米一起出去了。一想到要被自己最好的朋友抛弃，奥丽芙就有些想吐，而一想到她最好的朋友一点儿都不快乐，她就更想吐了。

原因简单到让人绝望：奥丽芙是独自生活在这世上的。自她上高中起，她的世界就只剩她一个人了。她不断地告诉自己其实这也没什么大不了的——毕竟她敢肯定，在这个世界上很多人都是独自生活着的，他们在填表格的时候，紧急联系人的那一栏里，填写的也是他们乱编的名字和电话号码。她在大学和硕士期间，专注于科学和研究一直是她应对孤独的方法，她其实已经准备好了在实验室里度过她的整个余生，她需要的最忠实的伙伴不过是一个烧杯和少量的移液器——直到……英的出现。

从某种程度上来讲，应该算得上是“一见钟情”了。那是她来研究生院的第一天，生物系新生的学期介绍课上，奥丽芙走进会议厅，环顾四周后，坐在了她能找到的第一个空位上。她吓坏了，因为她是当时屋里唯一的女生，事实上，她就像掉进了一片白人男性构成的海洋之中，他们已经在聊船只、昨晚电视里播放的球类运动和开车旅行的最佳路线了。我犯了一个可怕的错误，她想。当初在洗手间里遇到的那个家伙错了，她压根儿就不应该来到这里，她肯定永远也没有办法适应这里的生活了。

就在那时，一个留着黑色鬈发、有着漂亮圆脸的女孩扑通一声坐到了她旁边的位子上，她嘟囔着：“理工科专业对包容性的保障也就这么点儿，我说得对吗？”那就是改变一切的开始了。

按照以往的经验，她们可能只会成为盟友。作为接下来的一年中，唯二的“非顺性别[1]白人男性”学生，她们可以在需要吐槽的时候从彼此身上获得一些慰藉，而在其他时间，她们可以完全做到互不打扰。像这样的朋友，奥丽芙有很多。事实上，他们都是她喜欢

1　顺性别（cisgender），指性别认同与出生时指定性别相同的人的一个术语。例如，一个人的性别认同是男性并且出生时被指定为男性，这个人就是顺性别男性。该词与“跨性别”正好相反。

但并不会经常想起的偶然认识的熟人。但英从一开始就和他们不同，可能是因为她们很快就发现她们都很喜欢在周六晚上吃垃圾食品，并且会看着浪漫喜剧直至入睡；可能是因为她坚持拽着奥丽芙去校园里的每一个“理工科女性”互助小组中，用她一针见血的评论让所有人惊叹不已；也可能是因为她向奥丽芙敞开心扉，向她讲述她能走到今天到底有多难——她的哥哥们取笑她，叫她“书呆子”，只因为她在成长的过程中非常热爱数学，在那个年纪，成为一个书呆子并不是件很酷的事情。曾经有一个物理学教授在学期开课的第一天问她是不是走错教室了。尽管她的成绩和研究经验都很不错，但当她决定在理工科的领域里继续深造时，她的导师还是表现出了一种质疑的态度。

在通往研究生院的这条路上，奥丽芙也经历了很多艰辛，与其说是艰辛，不如说更像是一种困惑，而后是愤怒。可到后来，当她充分理解了英能够把自我怀疑转化为纯粹的强悍时，她的敬畏之情不禁油然而生。而出于某种难以想象的原因，英似乎也同样喜欢着奥丽芙。当奥丽芙的津贴撑不到月底的时候，英就会把自己的方便面分给她；当奥丽芙的电脑在还没有备份文件的情况下就宕机的时候，英会为了帮她重写晶体学论文而熬上一个通宵；当奥丽芙在假期无处可去的时候，英会带她回到自己的老家密歇根，一大家人一边为她不间断地提供着美味的食物，一边语速飞快地说着越南语；当奥丽芙觉得自己太笨了，根本不适合这个专业，考虑要不要退学的时候，也是英及时劝阻了她。

当奥丽芙见证了英翻白眼的那一天，改变她人生的友谊就此诞生了。慢慢地，她们把马尔科姆也加了进来，他们开始变成了一个三人小团体。不过英……英始终是她的人，她的家人，而在此之前，奥丽芙从来没有奢望过这种感情会发生在她这种人的身上。英是那种很少会要求别人为自己做什么的人，在和她成为朋友的两年里，奥丽芙从来都没有见过她有表现出想要和某人约会的冲动——直到杰里米的出现。在奥丽芙看来，她最起码应该为了自己朋友的幸福假装和卡尔森约了会。

于是她振作起来，笑了笑，尽量让她的语气显得通情达理："你什么意思？"

"我的意思是我们每天每时每刻都在联系，我之前却从来都没有听你提过卡尔森，我无法接受这个事实，那就是我最要好的朋友据说正在和系里的明星教授约会，而不知道出于什么原因，我居然从来都没有听过这件事情，这是真的吗？你知道他的名声，对吧？这是在开玩笑吗？你脑子里有泡吗？还是我脑子里长泡了？"

奥丽芙每次撒谎总是会发生这样的状况：她总得被迫用更多的谎言来掩盖最初的谎言，可她又很不擅长说谎，这就意味着她的每一个谎言都比上一个更烂、更加没有说服力。她不可能骗得了英的，她根本不可能骗过任何人。英会生气，杰里米会生气，马尔科姆也会生气，到最后她就只剩下自己一个人了。心痛会导致她彻底从研究生院退学，她将失去她的签证和唯一的收入来源，然后搬回终年下雪的加拿大，和大家一起吃驼鹿心和——

"嘿。"

一个低沉而平缓的声音从奥丽芙的身后传来。她不用转身就知道说话的人是卡尔森，就像她不用转身就知道突然扶住她的宽大而温暖的东西，是卡尔森的手一样，他手上坚定但似有若无的压力作用在她下背部的中央，这个位置就在她屁股上方大约两英寸的地方。

天哪。

奥丽芙转身抬头，再抬头，再微微抬头，才看到他的脸。要知道她的个子并不矮，但他实在是太大只了："啊，呃，嘿。"

"一切都还好吧？"他看着她的眼睛说，语气低沉而亲昵，就好像这里只有他们两个人，仿佛身边的英完全不存在一样。按理说奥丽芙本该对他这样的说话方式感到不适，但事实上她并没有不舒服的感觉，不知道为什么，他出现在这个房间，反倒给了她一种莫名的安慰，要知道她几秒之前还吓得要死，难道是这两种类型的不安相互抵消了？这听起来倒像是一个很好的研究课题，非常值得跟进。或许奥丽芙应该放弃生物学，转去研究心理学；或许她应该找个借口离开，去检索一下相关的文献；也或许她应该当场去世，这样就不用去面对此刻自己陷入的可怕境地了。

"好，好，一切都好得不得了。我和英只是在……聊天，聊我们的周末。"

卡尔森看向英，似乎他这才意识到这个房间里还有另一个人的存在。他以男人经常使用的微微点头的问候方式向英打了个招呼。就在英瞪大眼睛的同时，他放在奥丽芙腰间的手又沿着她的脊柱向下滑动了一点儿。

"很高兴认识你，英。"卡尔森说。奥丽芙不得不承认，他很擅长这个，因为她确信从英的方向看过来，卡尔森像是正在摸她，但其实她知道他并没有，她几乎感觉不到他的手是放在她身上的。

好吧，也许她能感觉到一点点，他手上的温度和它轻微的压力，还有——

“我也很高兴认识你，”英一副被雷劈了的样子，像是马上就要昏过去似的，“呃，我正好要走了，小奥，我会给你发信息的，等到……没错。”

奥丽芙还没来得及开口，她就走出了房间。其实这样挺好的，至少奥丽芙不用继续扯谎了，但也没有那么好，因为现在就只剩下她和卡尔森，况且他们站得实在太近了。奥丽芙本想花一大笔钱来说明她是他们之间那个主动拉开距离的人，可实际情况却令人尴尬，卡尔森才是那个先走开的人，他先是走到能够给她足够的空间的地方，而后又稍微走远了一点儿。

可能她终究还是要面对那份以她为指控对象的《第九条》诉讼书。

“一切都还好吧？”他又问了一次，语气仍然柔和，这不是她印象里他会呈现出的样子。

“好，好，我只是……”奥丽芙摆了摆手，“谢谢。”

“别客气。”

“你有听到她刚才的话吗？关于上周五，还有……”

“听到了，就是因为听到了，我才……”他看着她，然后又看了看自己的手，就是几秒之前还温暖着她的背的那只手，奥丽芙立刻就明白了他的意思。

“谢谢，”她又重复了一遍，尽管亚当·卡尔森是个公认的讨厌鬼，可奥丽芙此刻却对他充满了感激，“还有，呃，我还是不自觉地留意了一下，在过去的七十二小时里，并没有联邦调查局的探员来敲我的门逮捕我。”

他的嘴角几不可见地抽动了一下：“是吗？”

奥丽芙点了点头："所以我觉得或许你没有提起诉讼，虽然我知道你完全有这个权利，所以，为了这个，我想谢谢你。还有……谢谢你刚才出面帮我，你的出现让我省去了很多麻烦。"

卡尔森教授盯着她看了很久，那样子突然让她想到了在专题讨论课上有人把理论和假说混为一谈时，或者有人在该用插补[1]的情况下却错误地使用了列表删除[2]时卡尔森会做出的表情，"你应该不需要别人插手的。"

奥丽芙僵住了，是了，是那个出了名的讨厌鬼没错了："好吧，其实我并没有要你帮我做任何事，而且我本来就打算自己来处理的……"

"还有，关于你的感情状况，你没有必要撒谎，"他继续说，"尤其没有必要为了让你的朋友和你的男朋友没有罪恶感地在一起而故意那么做，据我所知，友谊并不是这么维系的。"

啊，所以奥丽芙上次向他倾吐她的人生故事时，他是有在听的。"并不是你说的那样，"他挑起一边的眉毛，而奥丽芙举起一只手做防御状，"杰里米不是我真正意义上的男朋友，而且英也没有拜托我做任何事情。我并不是什么牺牲者，我只是……想让我最好的朋友开心。"

"用对她撒谎的方式。"他冷冷地说。

"好吧，没错，但……她觉得我们在约会，我和你。"奥丽芙脱

1 插补（imputation），在统计学中指用替换的数据来补足丢失的数据的过程。

2 列表删除（listwise deletion），在统计学中，列表删除是一种处理缺失数据的方法。在此方法中，如果缺少任何单个值，分析中都会删除所有存在缺失值的个案。

口而出，老天爷，这实在是荒谬到让人无法忍受的地步了。

“重点不就在这儿吗？”

“对，”她点了点头，然后想起她手里还拿着咖啡，于是端起马克杯喝了一小口，咖啡还是热的，和英之间的谈话应该只持续了不到五分钟，“没错，我想是吧。对了，我叫奥丽芙·史密斯，以防你仍然想提出诉讼，还有我是阿斯兰教授实验室的博士生。”

“我知道你是谁。”

“哦。”那他可能已经查过她了，奥丽芙试着想象了一下他在学系网站上的在读博士生版块搜索的样子。奥丽芙的照片是她来研究生院的第三天由她们专业的秘书拍摄的，那时她还完全没有意识到自己会经历些什么。为了让自己好看点儿，她也下了些功夫：把棕色的鬈发整理得更为服帖；为了让绿色的眼睛看上去更加有神，她还涂了睫毛膏；为了掩盖脸上的雀斑，她甚至还借来一些粉底。她当时并没有意识到学术界是多么残酷无情，也没有陷入深深的自卑，更没有处在不曾间断的恐惧当中——尽管她很擅长做研究，但她可能永远都无法成为一个真正的学者了，她当时的笑容是最真实自然的笑容。“好的。”

“我叫亚当·卡尔森，我是教授，在……”

她在他面前放声大笑，在注意到他困惑的表情后马上就后悔了，好像他真的认为奥丽芙可能还不知道他是谁，好像他也不知道自己是这个领域里最杰出的学者之一，“谦逊”这个词和“亚当·卡尔森”这个名字一点儿也不搭。奥丽芙突然停止了大笑，她清了清嗓子：“好吧，呃，我也知道你是谁，卡尔森教授。”

“你或许应该叫我亚当。”

“呃，呃，不了吧，”那样的话也太……不行，在生物系不可以这样，学生并不会对老师直呼其名，“我是不可能……”

“如果英恰好在附近的话。”

“哦，好吧，”他说得有道理，“谢谢你，我没有想到这一点。”老实说她也没想过其他事情，显然她的大脑在三天前就已经停止工作了，准确地说，在她为救自己一命决定去亲他的时候，她的脑子就不再正常运作了。“我——如果你不介意的话，我要回家了，因为这整件事都让我觉得压力有点儿大，还有……”我打算做一个实验，但我真的需要坐在沙发上看上四十五分钟的《美国忍者勇士》[1]，再打开一袋“酷牧场”口味的“多力多滋”，那味道绝对好得超乎你的想象。

他点了点头：“那我陪你去取车吧。”

“我还不至于那么心烦意乱。”

“万一英还在附近呢？”

“哦。”奥丽芙不得不承认，这确实是一个善意的提议，大大出乎了她的意料，尤其当这句话是从亚当的嘴里说出来的时候，“系里的路我太熟悉了，”奥丽芙太清楚卡尔森这个人有多浑蛋了，所以她不太能明白为什么他今天这么……不像她所知道的那个人，或许这次该轮到她被批评了，因为随便一个人都会表现得比她要好，“多谢，但不需要。”

她看得出来他并不想坚持，但禁不住又说了一句：“如果你让我

1 《美国忍者勇士》(*American Ninja Warrior*)，美国的一档闯关真人秀节目，节目模式源于日本节目*Sasuke*，第一季于2009年开播。

把你送上车，我会感觉好很多。”

“我没有车。”我只是一个住在加州斯坦福的研究生，我一年才赚不到三万美元，单单房租这一项就要占到我工资的三分之二。我从五月以来戴的一直都是同一副隐形眼镜，而且为了节省餐费，只要有提供点心的专题讨论课我都会去。她当然没有浪费口舌去做过多的解释。她不知道卡尔森今年多大，但离他还是研究生的时候应该没有过去很久。

“那你要坐公交车吗？”

“我骑自行车，我的自行车就在大楼的入口。”

他张了张嘴，然后又闭了起来，然后再次张开。你亲了那张嘴，奥丽芙，那真是个很棒的吻。“这儿没有自行车道。”

她耸了耸肩：“我就喜欢危险的生活，”不如说是便宜的，“而且我有头盔。”她转身把她的马克杯放到她所能看到的第一个桌面上。她明天会取回它，不过如果它被偷了就没有办法了。不过有谁会在乎呢？反正它只是一个离开学术界转去当 DJ 的博士后送给她的。在不到一周的时间里，卡尔森第二次救了她的小命，和上次一样，这一次她同样觉得没有办法再跟他多待哪怕一秒钟：“回头见，好吗？”

他深吸了一口气，胸口隆起：“好的，好吧。”

奥丽芙逃命似的以最快的速度离开了房间。

……

“是恶搞节目吗？这一定是恶搞节目！我上国家电视台了吗？隐藏摄像头在哪儿？我看起来怎么样？”

“这不是恶搞节目，没有什么隐藏摄像头，”奥丽芙一边调整肩上背包的带子，一边向路边走去，以免被骑电动滑板车的本科生撞到，“不过既然你问了——你看起来很棒，尤其是在早上七点半的时候。”

英虽差一点儿就脸红了：“我昨天晚上敷了一张你和马尔科姆在我生日的时候送我的面膜，那张貌似有点儿像熊猫的？我还新买了一个带点儿高光效果的防晒霜，而且我还涂了睫毛膏。”她急忙压低声音补充道。奥丽芙其实可以问问她为什么要在这个普普通通的周二早晨这么花心思打扮自己，但她其实已经知道了答案：英和杰里米的实验室在同一层楼上，虽说生物系很大，但他们偶遇的可能性也还是很大的。

她忍住了笑意，尽管“自己最好的朋友和自己的前任约会”这个想法听上去是挺怪的，但她在听到英终于开始允许自己在感情上去考虑杰里米的时候，她还是觉得非常高兴。主要是在得知她那晚对卡尔森的无礼举动并没有被追究相关责任后，她大大地松了口气，再加上她收到汤姆·本顿的那封让她充满希望的关于她研究项目的邮件，奥丽芙觉得这一切都在预示着所有事情都会慢慢好起来的。

“好吧，”英咬着自己的下唇，聚精会神地说，“那如果不是恶搞节目的话，唯一合乎逻辑的解释就只有卡尔森强迫你和他约会，强迫你去亲他。”

“他没有。”哎，英，要是能让你知道该有多好。

“小奥，你可以告诉我的，我会帮你。或者……等等，他是不是给你植入芯片了？你是不是不能说？”她在路中间停了下来，然后抓住奥丽芙的手，“要是你被挟持了，你就眨两下眼。等等——你刚才是眨了吗？”

“没有什么芯片，”她笑了笑，“不是那样的，就是单纯一个普通的、无聊的、双方都自愿的约会。”某种程度上是吧。

“是不是你的签证到期了？哦，天哪，他们要把你遣返回加拿大了吗？是因为他们知道了咱们共用了马尔科姆的网飞[1]账号和密码吗？你告诉他们，咱们之前不知道这是触犯联邦法律的。不，等等，在我们给你找到律师以前，你什么都别和他们说。小奥，我会和你结婚的，你得到绿卡后就不用——”

“英，”奥丽芙使劲捏了捏她朋友的手，想让她稍微停一停，“我向你保证，我是不会被遣返的，而且亲卡尔森也完全是我自愿的。”

但从英下巴的状态和皱缩的表情来看，她其实并不相信奥丽芙的话，她把奥丽芙拽到路边的长凳上，强行让她坐下来。奥丽芙照做了，想着要是她们的位置进行了调换，当时如果是她逮到英在亲亚当·卡尔森，可能她也会做出相同的事情，见鬼，她也许已经要忙着为英预约一个全面的精神状况的评估检测了。

“听着，”英开口了，“你记不记得去年夏天，在帕克教授的退休

1　网飞（Netflix），又译作奈飞，是一家起源于加利福尼亚州洛斯加托斯的美国订阅流媒体服务和制作公司。通过发行协议以及自己的作品（称为 Netflix Originals）提供电影和电视连续剧库。

派对上，我帮你扶着头发，你把吃下去的五磅变了质的开胃虾仁沙拉全都吐了出来？”

“嗯，对，我记得，”奥丽芙若有所思地歪过脑袋，“你吃得比我还多，可是并没有觉得不舒服。”

“那是因为我是由更严苛的东西构成的。但这不重要，我真正想说的是，我会陪着你，而且不管怎样，我会一直陪着你，不管你吐多少变质的开胃虾仁沙拉，你都可以信任我。我们是一个团队，我、你，还有马尔科姆，当然是在他没有忙着周旋于斯坦福的各个群体之间的时候。所以如果卡尔森是一个隐藏的外星生命体，正计划着接管地球，最终导致人类被长得像蝉一样的邪恶霸主奴役，而唯一能阻止他这么做的方法就是和他约会的话，你要告诉我，我会通知太空部队……”

“天哪——”奥丽芙只好大笑起来，“那就是个约会而已。”

英看起来很痛苦：“可我就是不明白。”

因为这根本就是说不通的：“我知道，没什么需要明白的，真的，它只不过是……我们只不过是约了个会。”

“可是……为什么啊？小奥，你漂亮，又聪明，又风趣，而且对过膝袜很有品位，你为什么要和亚当·卡尔森约会呢？”

她挠了挠自己的鼻子：“因为他……”说出这个词真的太难了，啊，实在太难了，但她还是不得不把它说了出来，“很好。”

“很好？”英的眉毛高高扬起，几乎要飞到她的发际线上了，她今天看起来确实特别可爱，奥丽芙高兴地想，“亚当·浑蛋·卡尔森？”

“嗯，是的，他确实是……”奥丽芙环顾四周，仿佛可以从旁边的橡树，或者从正在赶往暑期课程的本科生那里得到帮助一样，可当她明白了这些似乎都没有办法实现的时候，她只好勉强地说，“他是个很好的浑蛋吧，我猜。”

英的表情这下直接变成了难以置信：“好吧，所以你的约会对象从那么酷的杰里米变成了亚当·卡尔森。”

完美。这正是奥丽芙想要的开场白：“就是这样，而且我很开心，因为之前我对杰里米就没有多么在意，”嗯，至少这句不是谎话，这段对话里终于可以出现真实的部分了，“老实说，走出来并不难，所以这就是为什么——英，拜托你，让那个男孩走出来吧，这是他应得的，最重要的是，这是你应得的。我敢打赌他今天就在学校，你应该让他陪你去那个恐怖电影节，这样我在接下来的六个月里就不用陪你每天开着灯睡觉了。”

英这下真的脸红了，她低头看了看自己的手，抠了抠手指甲，接着开始摆弄她短裤的下摆，然后说：“我不知道，可能吧。我的意思是，如果你真的觉得……”

一阵手机铃声从英的口袋里传了出来，她挺直身子好掏出她的手机：“完蛋了，我有一个理工科多元化的指导会议，之后还要做两个试验，”她站起身来，拿起她的背包，“中午一起吃饭吗？”

“不行，有个助教会议，”奥丽芙抿起嘴，免得自己笑出来，“不过，也许杰里米有空。”

虽然英翻了个白眼，但奥丽芙看得出来她的嘴角在上扬，这让她不禁有些开心。

英向前走了几步，然后转身问道：“他是不是在敲诈你？”

“啊？”

“卡尔森，他是不是在敲诈你？他是不是已经发现你是个会在冲澡的时候尿尿的变态了？”

“首先，那样会非常节省时间，”奥丽芙瞪着她说，“其次，你认为卡尔森为了让我和他约会而无所不用其极还真是让我受宠若惊。”

“换作别人也是一样的，小奥，因为你真的很棒，”英做了个鬼脸，又补了一句，“不过你一边冲澡一边尿尿的时候除外。”

……

杰里米表现得很奇怪，其实这也说明不了什么，因为杰里米一向都有点儿笨拙，所以即便他最近因为喜欢上奥丽芙最好的朋友而甩掉她也不会让他变得更糟。但今天他看上去却格外奇怪：在距离奥丽芙和英的谈话过去了几小时后，杰里米走进了学校的咖啡店里，盯着奥丽芙看了整整两分钟，接着是三分钟，然后是五分钟，他对奥丽芙的关注已经超过了之前的任何时候——没错，也包括他们约会的时候。

当事情变得近乎荒谬的时候，她把眼睛从笔记本电脑上移开，抬眼朝他挥了挥手。杰里米瞬间涨红了脸，从柜台抓起他的拿铁，找了张桌子坐了下来。奥丽芙把目光移回到电脑上，继续阅读那两行她已经读了17遍的电子邮件。

时间：今天，上午10:12

发件人：Olive-Smith@stanford.edu

收件人：Tom-Benton@harvard.edu

主题：胰腺癌筛查项目

本顿教授：

谢谢您的回复。能当面聊实在是太好了。您哪一天会来斯坦福呢？方便的话，可以把我们的见面时间告诉我吗？

此致

敬礼！

奥丽芙

将近二十分钟过后，和药理学系的霍顿·罗德古斯教授一起工作的一个四年级学生走了进来，他坐到杰里米的旁边，两个人马上就开始指着奥丽芙窃窃私语起来。如果换作任何一个其他的日子，奥丽芙都会因为他们的行为而感到担心，甚至变得心烦意乱，但此刻本顿教授已经回复了她的邮件，这才是比其他……任何事都要重要的，真的。

时间：今天，上午10:26

发件人：Tom-Benton@harvard.edu

收件人：Olive-Smith@stanford.edu

主题：胰腺癌筛查项目

奥丽芙：

这个学期是我在哈佛的学术休假[1]时间，所以到时候我会待上一些日子。我和斯坦福大学的一个拍档刚刚拿到了一大笔拨款，我们要开会讨论项目的设置等。等我到了以后，咱们随机应变，可以吗？

祝好。

TB（汤姆·本顿的英文首字母缩写）

发自我的 iPhone

太好了！她有好几天的时间去说服教授接手她的项目，这比她原本预计的十分钟要好很多。奥丽芙握紧了拳头，这让杰里米和他的朋友看她的眼神更加奇怪了。他们到底怎么了？是她脸上沾了牙膏，还是怎么的？不过管他们呢，她要去见汤姆·本顿了，她要说服他接收她。胰腺癌，我来了。

她的好心情一直持续到两小时以后，当她进入生物助教会议的房间的一瞬间，所有人都安静了下来，房间里大概十五双眼睛都聚焦到了她的身上，这和她往常习惯受到的对待截然不同。

“呃——嗨？”

有几个人回应了她的“嗨”，不过大多数人还是移开了他们的视线。奥丽芙觉得她真是活见鬼了。一定是低血糖了，或者是高血糖，反正不是低血糖就是高血糖。

1 学术休假（sabbatical），最早源自美国哈佛大学提供给教授和研究员的有薪休假，每隔七年可无条件休至少半年的有薪假，后来许多先进国家的高级科学和研发机构纷纷跟进这个制度。休假间隔在各国和各机构间往往会有差异，将每三年、每五年、每七年作为间隔的都有。

“嘿，奥丽芙，”一个向来无视她存在的七年级生挪开书包，空出了他旁边的座位，“你好吗？”

“挺好的，”她小心翼翼地坐了下来，尽量不让自己的语气带着猜疑，“呃，你呢？”

“非常好。”

他的笑容里透着一丝猥琐和虚伪。正当奥丽芙考虑要不要问问他到底发生了什么的时候，助教的负责人准备开始投放投影仪，并让大家把注意力集中到他那里。

随后，事情变得更加奇怪了。阿斯兰教授在经过实验室的时候停了下来，只是为了问问奥丽芙有没有什么想要探讨的；和她同在一个实验室的研究生蔡司，平时总像一个三年级的小学生护着最后一块万圣节的糖果一样护着他的聚合酶链式反应分析仪，今天却主动提出让她先用；他们的实验室负责人把一沓复印用的白纸递给她的时候，还朝她使了个眼色。后来她在完全偶然的情况下，在全性别洗手间里遇到了马尔科姆，她一切的困惑在突然间都有了答案。

“你这个卑鄙的魔鬼，”他咬着牙说，夸张地眯起自己黑色的眼睛，“我都给你发一天的信息了。”

“啊，”奥丽芙拍了拍她牛仔裤屁股上的口袋，然后又拍了拍前面的口袋，努力回想她最后一次看到手机是在什么时候，“我可能把手机落在公寓里了。”

“我不相信。”

“相信什么？”

“我不相信你。”

“我不知道你在说什么。”

“我还以为咱们是朋友。”

“咱们是啊。”

“好朋友。”

“咱们是啊，你和英是我最好的朋友。怎么——”

“显然不是，如果英告诉了杰里米，杰里米又告诉杰斯，杰斯又告诉海伦，我最后是从海伦那里才听到的话——”

“听到什么？”

“英也不知道是从哪里听来的，我还以为咱们是朋友。”

奥丽芙觉得一阵寒意在她的后背蔓延开来。难道是……不，不，不可能。“听到什么？”

“真是够了，我要让蟑螂吃掉你，我要修改我网飞账号的密码。”

哦，不！“马尔科姆，你到底听到什么？”

“你正在和亚当·卡尔森交往。”

……

虽然奥丽芙从来都没有去过卡尔森的实验室，但她知道在哪儿可以找到它。很简单，因为它是整个系里面积最大、功能最全的研究场所，它是所有人都梦寐以求的。也正是由于大家的觊觎，卡尔森自然也成了集所有怨恨于一身的人。她得先刷一次自己的身份卡，然后再刷一次，才能进入这个实验室（她每刷一次都会翻一次白眼）。第二道门是直接通向实验室内部的，也许是因为他像珠穆朗玛峰一样的身高和同样宽阔的肩膀，她一进门就看到了卡尔森，他正注视着亚历克斯旁边的DNA印迹杂交[1]样本。亚历克斯比奥丽芙高一年级，不过当她走进来的时候，卡尔森就立刻转身看向了入口处。

奥丽芙朝他淡淡一笑，主要是为已经找到了他而松了口气。

会没事的，她会把马尔科姆对她说的那些话都解释给他听，毫无疑问，他绝对不会接受这种情况的发生，为了他们两个，他肯定会去解决这个问题，因为奥丽芙很确定她无法在未来三年研究生院的生活里，都被大家认为是亚当·该死的·卡尔森的约会对象。

可现在的问题是，卡尔森并不是唯一注意到奥丽芙进来的人，实验室有十几个工作台，当时至少有十个人正在工作台边工作，他们大部分人——*应该是所有人*——都在盯着奥丽芙看，很可能是因为他们大部分人——*应该是所有人*——都听说了奥丽芙正在和他们的老板约会。

去她的生活。

“卡尔森教授，我能和您聊聊吗？”按道理说，尽管奥丽芙知道实验室并不是以能够产生回声的方式进行布置的，可她还是感觉到她的话从墙壁上弹了回来，而且重复弹了大概四次。

卡尔森点了点头，有些不知所措地把DNA印迹杂交样本递给了亚历克斯，然后朝她的方向走了过去。他似乎并没有意识到，或者说他并不在意他的实验室里大约有一半的人正在看着他，而余下的另一部分人则似乎已经处在了脑出血的边缘。

1　DNA印迹杂交，指用于确定特定DNA（脱氧核糖核酸）序列的身份、大小和丰度。由英国生物学家埃德温·迈勒·萨瑟恩于1975年发明，并因此得名，是一种普及的分子生物学实验技术。

他点头向她示意，随后领着她走向主实验室外的一间会议室，奥丽芙默默地跟在他的身后，尽量不去细想这么一个事实——实验室里那些认为她和卡尔森正在约会的人，刚刚目睹了他们两个人单独走进了一个私密的房间。

这才是最糟糕的，绝对是最糟糕的。

“所有人都知道了。”门刚在她的身后关上，她就脱口而出。

他认真地看了她好一会儿，一脸的疑惑：“你还好吗？”

“所有人都知道我们的事了。”

他歪过脑袋，双臂在胸前交叉。距离他们上一次的谈话虽然只有几天的时间，但显然已经足够久了，久到已经让奥丽芙忘记了他的……他的存在感，或者说让她忘记了那种只要他在身边，就会让她觉得自己娇小又纤弱的感觉：“我们？”

“咱们，”他看起来很困惑，于是奥丽芙进行了具体的说明，“咱们，约会，不是说咱们在约会，但显然英是这么想的，而且她告诉了……”她这才意识到她着急得有点儿语无伦次，只得强迫自己放慢语速，“杰里米，然后他告诉了所有人，现在所有人都知道了，或者说他们以为他们知道了，可这根本就是无中生有的事情，你和我都清楚。”

他反应了一会儿，接着缓缓地点了点头：“你刚刚所说的所有人是……？”

“我指的就是所有人，”她朝他实验室的方向指了指，“那些人知道，我的研究生同学知道，系里的秘书谢丽就更别说了，这个系里的绯闻是传得最快的，现在他们全都认为我在和一个教授交往了。”

“我明白了。”他说，奇怪的是对于眼下的这个烂摊子，他显得无动于衷，他的这一反应不但没有让奥丽芙冷静下来，反而让她的恐慌继续升级。

“发生这样的事情，我很抱歉，真的很抱歉，这都是我的错，”她抬起一只手，将脸从上到下抹了一把，“但我没有想到……我明白为什么英要告诉杰里米——我的意思是，演这场戏的初衷就是想让他们俩走到一起——可是……杰里米为什么要告诉别人呢？”

卡尔森哼了一声：“他为什么不呢？”

她抬起头来：“你为什么这么说？”

“一个研究生和教授约会，听上去像是条值得分享的有趣消息。”

奥丽芙摇了摇头：“并没有多有趣，人们为什么会对这个感兴趣呢？”

他挑起一边的眉毛：“我记得有人好像对我说过‘这个系里的绯闻是传得最快——’”

“好吧，好吧，真是败给你了。”她深吸一口气，开始来回踱步，尽量不去理会卡尔森在她身上打量的目光。他双臂交叠，抱在胸前，身体靠在会议桌上——他整个人也太放松了吧！他不该这么平静的，他应该被激怒才对，他可是公认的以傲慢著称的讨厌鬼哪！如果让别人认为他正在和一个无名小卒约会的话，他会觉得丢脸吧？崩溃的不该只有奥丽芙：“这是——咱们得做点儿什么，这是肯定的，咱们需要告诉人们那不是真的，那是咱们瞎编的，只是这会让他们觉得我疯了，或者可能觉得你也疯了，所以咱们还得想出一些别的故事。对了，咱们就跟他们说咱们不会再在一起了。”

“那么英和那个……叫什么名字来着？他们怎么办？”

奥丽芙停止了踱步：“嗯？”

“如果你朋友知道咱们不在一起了，他们在约会的时候不会感到不踏实吗？或者会不会觉得你骗了他们？”

这一点是她没有想到的。“我——也许，也许，可是——”

的确，英今天早晨好像很高兴的样子，可能是因为她终于可以和杰里米一起出去了。也许她已经约他去陪她参加那个电影节了，可能就是在告诉他自己和卡尔森的事情之后提出的邀请。真是该死，但这也正是奥丽芙此前想要达到的结果。

“你打算告诉她真相吗？”

她发出了惊恐的声音：“不行，现在还不行，”老天，奥丽芙当初为什么要答应和杰里米约会啊！她甚至从来都没有喜欢过他，“也许咱们可以告诉大家我和你分手了？”

“还真是受宠若惊。”卡尔森教授面无表情，她不太能看出他是不是在开玩笑。

“好吧，咱们可以说你和我分手了。”

“这听上去才更可信。”他冷冷地说，声音非常低，她不确定自己是不是听错了，也不知道他这话是什么意思，不过她开始感受到一种巨大的沮丧。好吧，毕竟她是那个先吻他的人。老天啊，她居然亲了亚当·卡尔森，这就是她的命，这些都是她所做的选择，即使那天他在休息室里做出那样的举动，也并没能让她感觉好受些。事到如今，他至少可以表现出一些担忧吧？他没有理由对大家认为他会随便被一个只发表了一篇半论文（那篇她在三周前修改并重新提交的论文可以被算作半篇论文）的姑娘所吸引这件事情表现得这么淡定啊。

“要是告诉大家咱们是和平分手的呢？”

他点了点头："听起来不错。"

奥丽芙打起了精神："真的吗？那太好了！咱们就——"

"咱们可以让谢丽把它添加到系里的新闻邮件里。"

"什么？"

"还是你觉得在专题讨论课之前发一个公告更好？"

"不用，不用，这——"

"或许我们应该让信息技术部门把它放到斯坦福的主页上，这样人们就知道——"

"好吧，好吧，很好！我懂了。"

他平静地看了她一会儿，而后以一种她认为绝对不会出现在亚当·浑蛋·卡尔森嘴巴里的合乎情理的语气说："如果困扰你的是人们在讨论'你和一个教授约会'这件事情，那么恐怕损失已经造成了，现在就算告诉他们我们分手了，也不会改变他们认为我们约过会的事实。"

奥丽芙耷拉着肩膀，尽管不想承认，但他说的确实没错。"那好吧，如果你有什么办法可以解决眼下这个难题，我无论如何都愿意——"

"你可以让他们继续这么想。"

有那么一会儿，她还以为自己听错了："什……什么？"

"你就让别人以为我们还在约会，那让你觉得困扰的你朋友和那个谁的问题就解决了，而且你也不会有什么损失，因为从名声的角度来看——"他说"名声"这个词的时候，稍稍翻了个白眼，好像

“在乎别人的想法”是自从有顺势疗法[1]药物以来最蠢的事情了，“对你来说，事情也不会变得更糟了。”

在……奥丽芙的生活中，她从来没有，从来都没有……

“什么？”她弱弱地又问了一遍。

他耸了耸肩：“对我来说，这是种‘双赢’。”

对奥丽芙来说可完全不是，这看着像是两败俱伤，然后是再次的损失，之后是更多的损失，诸如此类，这听起来太疯狂了。

“你的意思是……永远吗？”她觉得自己的声音听起来像是在抱怨，不过也有可能是她脑袋里气血上涌的结果。

“那就太过分了，也许等到你的两个朋友不再约会了？或者等到他们的关系稳定了？我也不知道，其实只要有效就可以。”他是认真在说这件事情的，并不是在开玩笑。

“你有没有……”奥丽芙甚至不知道怎么去提出这个问题，“结婚？或者别的什么……？”他应该是三十出头的年纪，有一份极好的工作，个子很高，有着一头浓密的鬈发，聪明是显而易见的，样子还挺迷人，而且还很壮，尽管阴晴不定，但总有一部分女人不会介意，有些女人可能还会喜欢这一点。

他耸了耸肩：“我觉得我老婆和一对双胞胎小孩是不会介意的。”

啊，真该死。

奥丽芙感到一股热浪冲刷过她的身体，她的脸涨得通红，羞愧得要死，因为，老天啊，她强行亲吻了一个已婚男人，还是一位父

1 顺势疗法（homeopathy），替代疗法的一种。它对治疗疾病没有药物方面的作用，相当于安慰剂。

亲。现在人们都觉得他有了外遇，他的妻子也许正趴在枕头上哭泣，而他的孩子可能会在爸爸外遇的阴影下成长。“我……我的天哪，我之前不……我真的很抱歉——”

“开玩笑的。”

“我真的不知道你——”

“奥丽芙，我是开玩笑的，我没有结婚，也没有孩子。”

她突然觉得如释重负，随之感到的是同等程度的愤怒：“卡尔森教授，你不该在这种事情上开玩笑——”

“不过你真的需要开始叫我亚当了，因为根据传闻，咱们约会已经有一阵子了。”

奥丽芙缓缓舒了口气，捏了捏自己的鼻梁：“你为什么要——你是能从这里面得到什么吗？”

“从什么里面？”

“假装和我约会。你为什么会在乎这件事？这对你有什么好处？”

卡尔森教授——亚当——张了张嘴巴，那一刻，奥丽芙感觉他马上要说出什么重要的事情了，可随后他却将自己的视线移开，只说了句：“我会帮你的。”他犹豫了一会儿，又说，“我有我的理由。”

她眯起眼睛：“什么理由？”

“就是理由。”

“该不会是——如果是犯罪的话，我不想被卷进去。”

他听后，微微一笑：“不是。”

“要是你不告诉我，我就只能把它当成人体器官贩卖、纵火，或者挪用公款了。”

他像是沉思了一会儿，用指尖敲打着令人印象深刻的硕大的肱二头肌，他的卫衣也被撑得很紧绷："如果我告诉你，就不能传到这个房间以外的任何地方。"

"我想我们都认同这里发生的所有事情都不能传到房间以外的任何地方。"

"说得好。"他的态度有些松动，顿了顿，然后叹了口气，轻轻咬了咬他脸颊内侧的肌肉，接着又叹了口气，"好吧，"他终于还是开口了，"他们认为我有潜逃的风险。"

"潜逃的风险？"老天，他是个假释的重刑犯！和他地位相同的人组成的陪审团判他对研究生们犯下了罪行。他可能因为有人贴错了肽样本的标签，用显微镜砸了那个人的脑袋，"所以你确实犯了罪。"

"什么？没有，"他看了她一眼，"系里怀疑我准备离开斯坦福，去另一家研究机构，正常来说，这不会对我造成什么影响，可斯坦福却决定冻结我的研究经费。"

"啊，"这跟她想的不一样，完全不一样，"他们能这么做吗？"

"能，好吧，最多能到三分之一，理由是他们不想在他们认为一个反正将来都会离开的人的事业和研究上投入经费。"

"可如果只有三分之一的话——"

"几百万美元，"他平静地说，"我已经把这笔钱划拨到预计明年之内要完成的项目里了，就是要用在这儿，斯坦福的，也就是说我马上就要用到这笔经费。"

"哦，"现在想来，奥丽芙从来到这里的第一年开始，就一直听说卡尔森可能被别的大学挖走了，几个月前，甚至有传言说他可能会去 NASA[1] 工作，“他们为什么会这么想？而且是在这个时间节点上？”

“有好几个原因，其中最主要的就是在几个星期以前，我和另一个院校的科学家获得了一笔经费——很大的一笔经费，那个院校之前曾经试图招募我，斯坦福把我们这次的合作当成了我打算接受他们招募的一个信号。”他犹豫了一下，才接着说了下去，“大体上，我已经意识到，外界认为我之所以还没有在斯坦福扎根，是因为他们觉得我一有机会就会离开斯坦福。”

“扎根？”

“我的大部分研究生都会在一年内完成学业，我在这里没有家，没有妻子，没有孩子，我现在还在租房——我本来应该买栋房子来向系里证明我会留在这里的，”他有些恼火地说，“如果我在谈恋爱……那真的会很有帮助。”

好吧，确实有道理，但：“你有考虑过找个真正的女朋友吗？”

他挑起一边的眉毛：“那你有考虑过真正地约个会吗？”

“真是败给你了。”

奥丽芙陷入了沉思，她认真地看了他一会儿，这使得他也不由得端详起她来。真是有趣，她从前是多怕他啊，而现在他变成了这世上唯一知道她最糟糕的事情的人，她不仅对此没有一点儿害怕的感觉，反而还发现了他是那种绝望到要通过假装和别人约会来拿回他的研究经费的人。奥丽芙确信为了得到完成胰腺癌研究的机会，

---

1 NASA，全称National Aeronautics and Space Administration，美国航空航天局，又称美国宇航局、美国太空总署。

她也会做出相同的事情来，这让她和亚当产生了一种古怪的共鸣，而如果和他产生共鸣的话，她是可以继续和他假装约会的，对吧？

不对，对，不对，什么啊？她居然会去考虑这个问题，简直是疯了，她肯定是神经错乱了，然而她却在不知不觉中说出了这么一句话："那会很复杂。"

"什么会很复杂？"

"假装我们正在约会。"

"是吗？让人们觉得我们在约会是一件很难的事吗？"

唉，他真的很难缠："好吧，虽然我懂你的意思，但要在很长一段时间里做到让人完全相信是很难的。"

他耸了耸肩："只要我们在走廊里互相打招呼，而且你也不叫我卡尔森教授，我们就不会有什么问题。"

"我不觉得处在约会中的人们就只是……互相打个招呼而已。"

"那约会的人都会做什么？"

这个问题把奥丽芙难住了，她的人生到目前为止只和大概五个人约过会，其中就包括杰里米，他们从一般无聊到让人产生焦虑，再到让人感到害怕的程度不等（有个家伙曾经滔滔不绝地给她讲述了他祖母更换髋骨时的恐怖细节）。她原本是很想找到一个能够走进她生命当中的人的，但后来她开始觉得，对她来说，这似乎并不是一件必然会发生的事情。也许她没那么可爱吧，也许多年形单影只的生活已经让她从根本上变得乖戾，这也就是她似乎无法发展出一段真正的浪漫关系，或者是她连别人经常说起的所谓"吸引力"都感受不到的原因吧。不过反正这并不重要，研究生院和约会一样都很不顺，这可能也就是亚当·卡尔森教授——一个三十来岁的获得麦克阿瑟奖[1]的超级天才——站在这里向奥丽芙询问人们约会会做什么的原因吧。

学者，男人和女人。

“呃……一些事情，活动，”奥丽芙绞尽脑汁，“人们一起出去，做一些活动，像是摘苹果啊，画画啊，喝东西啊之类的。”也太白痴了，奥丽芙想。

“也太白痴了。”亚当说着，用他的两只大手做了个不屑的手势，“你可以去告诉英，咱们出去画了一幅莫奈，听起来她似乎会负责让剩下的所有人知道这事儿。”

“好吧，首先，把这件事搞得尽人皆知的人是杰里米，所以我们该责怪的人是杰里米。不仅如此，”奥丽芙坚持道，“约会的人，他们——他们会聊天，聊很多，不仅仅会在走廊里打招呼这么简单，他们知道对方最喜欢的颜色，知道对方的出生地，还有他们……他们会拉手，他们会亲吻。”

亚当抿住嘴唇，像是要把一个嘴边的微笑憋回去：“那……我们永远无法做到那个。”

奥丽芙感到一股新的屈辱感向她袭来：“对于那个吻，我很抱歉，我真的没有想到，而且——”

他摇了摇头：“别放在心上。”

他在这类事情上的漠不关心似乎和他一贯的作风有着过大的反差，毕竟他平时是那种发现有人弄错了硒的原子序数都会非常崩溃

1 麦克阿瑟奖（MacArthur Fellows Program或MacArthur Fellowship），俗称“天才奖”。该奖创立于1981年，为纪念银行生命灾难公司的创始人约翰·D.麦克阿瑟而命名，由麦克阿瑟基金会颁发的一个奖项，是美国跨领域的最高奖项之一。

的人。不，他并不是漠不关心，他甚至显得有点儿开心。

奥丽芙歪过脑袋：“你是觉得很享受吗？”

“虽然‘享受’可能并不是个最恰当的词，但是不得不承认这很‘有趣’。”

她不知道他究竟在说什么。随机亲到一个教授，只因为他是她当时在走廊上见到的唯一的人，这件事本身并没有什么有趣的，而且由于那个惊人的愚蠢举动，现在所有人都认为她在和一个她在今天以前只见过两次面的男人约会——

她突然大笑起来，越想越觉得羞愧难当，她不知道怎么去面对这种绝对不可能的事情。这就是她的命，这都是她咎由自取。等她终于能缓过一口气，腹肌都有点儿痛了，她擦了擦眼睛：“这简直太糟了。”

他微笑地看着她，眼里闪过一丝奇异的光芒。看哪！亚当·卡尔森有两个小酒窝，很可爱的小酒窝。“没错。”

“都是我的错。”

“差不多吧，我那天在某种程度上也逗了逗英。不过，没错，我得说这主要还是你的错。”

假装约会，和亚当·卡尔森。奥丽芙一定是疯了：“我是研究生，你是教授，不会出问题吗？”

他歪过头，神情变得严肃起来：“给人的观感不会太好，但我觉得没事，应该没问题，因为我不负责任何你学业上的事情，也不会加入和你相关的任何监督组里。不过我可以回头打听一下，看看这事行不行得通。”

这是一个非常糟糕的主意，在所有非常糟糕的主意当中，这是有史以来最糟糕的主意，不过它确实能解决她目前所遇到的问题，也能解决亚当的一部分问题，代价就是可能每周跟他打一次招呼，说声“嗨”，还有尽力不去叫他卡尔森教授。这么看来，这似乎也不失为一笔不错的交易。

“我可以考虑一下吗？”

“当然。”他平静地安抚道。

他现在的样子是她之前从没想过的，在听到他的故事，看到他一直皱着眉头走来走去之前，她完全没有想过他居然是这样的——即便她也不太清楚这意味着什么。

“谢谢你，我是说，关于这个提议，亚当。”最后那两个字像是她后来追加上去的一样，她试着从嘴里吐出那个词，感觉有点儿怪怪的，不过也没有那么奇怪。

沉默许久后，他点了点头：“不用谢，奥丽芙。”

第3章

假说：在说出“性关系”这个词后，我和亚当·卡尔森单独谈话时的尴尬程度飙升到了百分之一百五。

三天后，奥丽芙在不知不觉中站到了亚当办公室的门前。

尽管她之前从来都没来过，却能轻易地找到这里——只要看哪个办公室里会匆匆跑出眼里噙着泪水的惊恐万分的学生就可以了，而且整个走廊只有亚当的门上完全没有孩子、宠物或另一半的照片，就连他登上《自然方法》[1]封面的那篇文章（她前一天在谷歌学术上搜索他的时候知道的）的复印件都没有。他办公室的门就是一扇深棕色的木门，门上的金属牌子上写着“亚当·J. 卡尔森博士”，这让人很想搞明白J指代的会不会是“浑蛋”。

1 《自然方法》（*Nature Methods*），生物行业的杂志，生化研究方法子行业的顶级杂志。

奥丽芙觉得昨晚的自己有点儿想讨好他的感觉，她打开他的教师网页往下拉，浏览了他价值千万的已发表论文和研究经费的清单，看了他的照片。照片显然是在徒步旅行的过程中拍摄的，而且肯定也不是出自斯坦福官方摄影师之手。尽管如此，她还是把这种感觉强行迅速地压了下去，并告诉自己这是在为“假装约会”提前做好准备，所以对他做一个全面的学术背景调查是合乎常理的。

她做了个深呼吸，敲了敲门，接着她又做了一个深呼吸，听到亚当说“进来”后，她又深吸了一口气，设法强迫自己打开了他办公室的门。她走进办公室的时候，他并没有立刻抬起头来，而是在他的台式电脑上继续打着字：“现在已经过了我办公室的接待时间，五分钟前就结束了，所以——”

“是我。”

他的手停了下来，悬在键盘上方大约半英寸的地方，然后用身体将椅子转到朝着门口的方向。

“奥丽芙。”

他吐字的方式有点儿特别，也许是因为他的重音和别人不太一样，也许只是因为他的嗓音很独特。虽然奥丽芙也不太清楚具体因为什么，但它的确是特别的，就像他在叫她的名字时那样：一丝不苟，小心翼翼，厚重低沉，和其他人都不一样。

“你对她说什么了？”她问，尽量不去在意亚当·卡尔森的说话方式，“就是那个哭着跑出去的女孩？”

他过了一会儿才回想起在不到一分钟前，还有一个人曾在他的办公室里，而且他还把那个人弄哭了。“我只是给她写的东西提了一些反馈意见。”

奥丽芙点了点头，心里默默地感谢了所有她能想到的神，感恩他们没有，也永远不会让他成为她的导师。她环视了一下周围的环境，这是一间位于大楼角落房间的高级办公室，两扇窗户的玻璃加在一起总共能有七万平方米了（当然是夸张了的），有那么多的光线透进来，奥丽芙猜想光是站在这间屋子的中央，就有可能治好二十个人的季节性情感障碍[1]了。他能得到这样的办公室是有道理的——他所带来的经费和他本身的声望让他获得了一个这么漂亮的地方。反观奥丽芙的办公室，不仅没有窗户，气味也很古怪，可能是由在原本只能容纳两个人的空间里硬是挤进四个博士生所造成的。

“我本来打算给你发邮件的，我今天早些时候和系主任谈过了，”亚当告诉她，她看向他，他指了指办公桌前的椅子，奥丽芙将它拉出坐了下来，“是关于你的。”

“哦。”奥丽芙的心都悬了起来，她宁愿系主任不知道有她这么一个人的存在，不过话说回来，她也不想和亚当·卡尔森待在这个房间里，因为几天后就要开学了，形势上的改变将是不可避免的。

“好吧，是关于咱们，”他改口道，“关于社交章程。”

“他是怎么说的？”

“他说因为我不是你的导师，所以我和你没什么不能一起约会的理由。”奥丽芙感到一种惶恐不安又如释重负的复杂情绪涌上心头，“不过还是有一些需要考虑的问题，我未来将无法以任何形式和你合作。还有，我是这个专业评奖委员会的成员，这就意味着如果

1　季节性情感障碍（seasonal affective disorder），是以与特定季节（特别是冬季）有关的抑郁为特征的一种心境障碍。是每年同一时间反复出现抑郁发作为特征的一组疾患。这种抑郁症与白天的长短或环境光亮程度有关。

你将来成为奖学金的候选人或者你有类似机会的话，我就需要退出评选。”

她点了点头：“相当合理。”

“而且我也绝对不能加入你的论文指导委员会。”

奥丽芙扑哧一声笑了出来：“这完全不成问题，我是不会邀请你加入我的委员会的。”

他眯起眼睛：“为什么不会？你是研究胰腺癌的，对吧？”

“是的，胰腺癌的早期筛查。”

“那么一个计算建模师的观点是会对你的工作有所帮助的。”

“没错，不过系里还有其他的计算建模师，而且毕竟我还挺想毕业的，在理想的状况下，还是不要在每次委员会的会议之后都去洗手间的隔间里哭鼻子比较好。”看到他瞪起了眼睛，奥丽芙耸了耸肩，“无意冒犯，我是一个简单的姑娘，我想要的也很简单。”

讲到这里，他把目光移到了自己的办公桌上，不过还是让奥丽芙看到他扯了一下嘴角。当他再次抬起头的时候，脸上的表情变得非常严肃：“所以，你决定好了吗？”

看到他平静地注视着她，她不由得抿了抿嘴唇，深深地吸了一口气，然后开口道：“好了，决定好了，我……我想去做。其实这是个好主意。”

出于很多原因。这可以让英和杰里米不再找她的麻烦，也可以……也可让其他人不再找她的麻烦。自从谣言传开以后，大家似乎都受到了不小的惊吓，他们不再敢像往常那样恶劣地对待她：其他助教已经不再尝试把她们讨厌的早上 8 点的课程时段和她美好的下午 2 点的课程时段互换；她的实验室同学在使用显微镜时，也不再像之前一样抢在她的前面；奥丽芙几周以来一直试图联系的两位老师终于屈尊回复了她的电子邮件。虽然从这种天大的误会中获得好处多少会让人感觉有些不公平，但学术界就是一个法外之地，奥丽芙在过去两年的学术生涯中只感受到了悲惨。她学着尽自己所能去抓住一切可以摆脱这种境况的东西，如果有的话——也没有什么不可以，如果他们系里的大部分研究生都因为她和亚当·卡尔森约会而用猜疑的眼光看待她，那么，这样也好，最起码这对她的朋友们来说是没什么问题的——即使有些困惑。

除了马尔科姆。他是奥丽芙的另一个最好的朋友，同时也是她的室友，他已经像躲瘟疫一样地躲着她整整三天了。但马尔科姆毕竟是马尔科姆，他会慢慢接受的。

"非常好。"卡尔森几乎面无表情——近乎没有一点儿表情。就好像觉得这没什么大不了的，反正无论如何他都不会真的在乎；就好像就算她拒绝了，对他来说，事情也不会发生任何的改变。

"不过，我思考了很久，"他耐心地等着她继续说下去，"在开始之前，我觉得我们最好制定一些基本规则。"

"基本规则？"

"没错，你懂的，就是一些我们可以做和不可以做的事情，还有我们要在这个约定中达到怎样的预期。在开始这段'假约会'的关系之前，我认为一个像样的标准协议是有必要的。"

他歪过脑袋："标准协议？"

"是的。"

"你之前做过几次？"

"一次也没有，但我对这样的桥段非常熟悉。"

“桥……什么？”他对她眨了眨眼，奥丽芙没有理会他，继续往下说。

“好吧，”她深吸了一口气，竖起她的食指，“首先，这应该是一个严格在校园范围内执行的约定，并不是说我认为你会想在校园外见到我，只是为了防止你有一举两得的想法，因为我并不打算成为你在圣诞前被临时抓去糊弄家人的‘备胎女友’，或者——”

“犹太新年[1]。”

“什么？”

“比起圣诞节，我的家人们更常过犹太新年，”他耸了耸肩，“不过，我也不大可能去庆祝。”

“哦，”奥丽芙沉思了片刻，“我想这可能是你的冒牌女友需要知道的事情。”

他的嘴角浮现出一丝笑意，但什么都没有说。

“好，第二条规则，其实它可以作为第一条规则的延伸，那就是，”奥丽芙咬了咬自己的嘴唇，情愿不说出这句话来，“不发生性关系。”

好一会儿，他都没有挪动身体，连一毫米都没有。然后他张了张嘴，却没有发出任何声音，奥丽芙这才意识到她刚刚竟然将卡尔森弄得哑口无言了。这样的情景要是放在其他的任何一天里，她都会觉得非常好笑，此刻他似乎被奥丽芙不想在假约会的过程中和他发生性关系的想法惊呆了，这让奥丽芙的心不由得悬了起来。

1　犹太新年（Rosh Hashanah），犹太民族重要的传统节日。开始于犹太历的每年7月1日，一般在公历9月到10月有一个为期两天的节日，是犹太新年假期。根据犹太习俗，犹太新年是为了纪念上帝开天辟地、爱心驾驭世间。

他有想过他们会发生性关系吗？是她说错了什么吗？她是不是应该向他说明一下她活到现在还没怎么经历过性生活？以至于很多年来，她都在好奇自己到底是不是性冷淡。直到最近她才意识到在足够信任对方的前提下，也许她是能够感受到性吸引力的？因而如果出于某些莫名其妙的原因，亚当想要和她发生性关系的时候，她是不是也有可能破防呢？

“听着——”她踉跄地从那把椅子里站了起来，她的恐惧已经上升到了嗓子眼儿里，“——我很抱歉，但如果你提出假装约会的原因之一是你认为我们会——”

“不，”这个字几乎是从他嘴里吼出来的，他看起来是一副目瞪口呆的样子，“你居然觉得这是有必要说出来的东西，这太让我震惊了。”

“啊，”奥丽芙因为他声音中的愤怒而感到脸颊发烫，是的，他对此肯定是没有期待的，甚至可能都没有想过要和她怎样，不过看看他，为什么他会这样？“对不起啊，我不是故意觉得你会想要——”

“不，不，这是有必要说在前面的，我只不过觉得很意外。”

“我明白。”奥丽芙点了点头，因为老实说她也觉得有些意外：坐在亚当·卡尔森的办公室里和他谈论性，而且不是生物上“减数分裂”的那种有关性的问题，而是他们两人之间可能发生的性，“对不起，我并不是故意要让事情变得奇怪的。”

“没关系，要这么说的话，这整件事情都很奇怪。”他们陷入了一阵更长的沉默中，奥丽芙注意到他的脸颊微微有些发红，虽然只有一抹红色，但他看起来是如此……奥丽芙无法将视线从他脸上移开。“不发生性关系。”他确认似的点了点头，而她则不得不从那种不停检视他颧骨的形状和颜色的状态中抽离出来。

她清了清喉咙：“不发生性关系。”她照着他的话重复了一遍，“好，第三点，这其实不是一个真正的规则，但不管怎样，我不会和其他人约会，那种‘真正的约会’，否则一切都会变得很混乱，很复杂，而且……”奥丽芙有点儿犹豫，她应该告诉他吗？会不会一下子给他太多信息了？他需要知道吗？唉，好吧，为什么要在这一点上纠结呢？她甚至已经亲过了这个男人，还在他工作的场所把“性行为”这种事摆到台面上来说。“我其实不怎么和别人约会，当然杰里米是个例外，我从来没有……我以前从来没有正经地约过会，这对我来说也许是好的。研究生院的压力已经够大了，我有我的朋友们，我的研究课题是胰腺癌，而且坦白来讲，我想把时间花在更有意义的事情上。”最后几个字在语气上比她预想的多了几分辩解的意味，亚当只是默不作声地盯着她看，“但你当然是可以约会的，”她急忙补充道，“不过如果你可以不让系里的其他人知道的话，我将会非常感谢你，这样我就不用被别人当成白痴，而你看上去也不会像在劈腿一样，而且这么做同样可以避免谣言朝着失控的方向发展。对你来说也是有好处的，因为你正在试着让自己看起来像是处在一段稳定的关系当中……”

“我不会的。”

“好的，很好，谢谢你，我知道通过不作为的方式去撒谎是一件很痛苦的事，但——”

“我的意思是，我不会和其他人约会。”他的语气不容置疑、斩钉截铁，这让她很是意外，即使她想反驳他谁都不知道未来会发生什么，即使她的脑海中浮现出成百上千个问题——其中百分之九十九的问题都不太合适说出来，也完全不关她的事，所以她把它们都踢走了，她能做的就只有点头。

“好，第四，我们显然不可能永远保持这种关系，所以应该给我们设定一个终止的期限。”

他的两片嘴唇紧紧地贴在一起：“那要到什么时候？”

“我不确定，一个月左右的时间就足够让英相信我对杰里米彻底翻篇儿了，但对你来说可能还不够，所以……你来定吧。”

他认真思考了一会儿，然后果断地点了下头：“9 月 29 日。”

距离现在还有一个多月的时间，但与此同时……“这也太过具体了。”奥丽芙绞尽脑汁，试图弄明白这个日期到底有什么特别的意义，但她唯一能想到的就只有她将在那一周去波士顿参加一年一度的生物学研讨会。

“这是系里最终预算审查的第二天，到时候如果他们还不给我下放经费，那他们就再也不会给我了。”

“我明白了，那么，我们就约好在 9 月 29 日那天分开。我会跟英说虽然咱们是和平分手的，但我还是觉得有点儿难过，因为我还是有点儿喜欢你的。”她对他咧嘴一笑，“这样的话，她就不会怀疑我是因为对杰里米念念不忘而选择了和你分手。很好。”她深吸了一口气，“第五点，也是最后一点，”这一点很棘手，她很怕被他驳回，她发现自己已经不自觉地把两只手攥在了一起，紧紧地贴在她的大腿上，“为了让它行得通，我们可能应该……每隔一段时间就一起做些事情。”

“一些事情？”

“一些事情，活动。”

“活动？”他疑惑地重复道。

“对，活动，你平时都有什么娱乐活动？”可能他看起来像是会有些凶残爱好的人，比如经常参加“推牛倒”[1]的远足，或者非常热衷于日本的“甲虫格斗”，不过也许他有收集瓷娃娃的癖好，也或许他是个狂热的寻宝爱好者，可能他还会频繁地出入电子烟大会。噢，我的老天。

“娱乐？”他重复了一遍这个词，就像他之前从来没有听过一样。

“对，你在不上班的时候做什么？”

等待他答案的这段时间简直漫长得让人不安。

“有的时候我会在家工作，也会做做运动，睡睡觉。”

她不得不拼命抑制住自己想要把手捂到脸上的冲动：“呃……非常好，还有别的吗？”

“那你有什么娱乐活动？”他问，话里颇有防守的意味。

“有很多啊，我……”去看电影，不过自从上次马尔科姆拽着她去看完以后就再也没去过了；玩棋牌游戏，但是她的所有朋友最近都太忙了，所以她也没再玩过了；她参加过排球锦标赛，不过那场比赛已经过去一年了。“呃，我做运动？”她很想把那得意的表情从他脸上擦除掉，非常想。“不管怎样，我们应该一起定期做些事情。我也不知道，可能一起喝咖啡？比如一周一次？每次十分钟就可以，

1　推牛倒（Cow-tipping），据说是美国偏远山区的一种取乐的活动，人们通过从侧面推一头打瞌睡的奶牛（它站着睡觉）将其撞倒。

要在一个人们很容易看到我们的地方。我知道这听起来很烦，像在浪费时间，不过我们可以把它搞得快一点儿，而且这样可以让我们的假约会更可信，还能——”

“确实。”

噢。

奥丽芙本以为她需要用尽全力、费尽口舌才能将他说动，不过话又说回来，这也是符合他的利益的，如果想要哄骗他的同事给他发放经费，那他就必须让他们对这段关系深信不疑。

“好的，呃……”她抑制住自己想要知道他变得这么随和的原因，并试着把注意力集中在规划自己的日程安排上，“周三怎么样？”

亚当把椅子转向了电脑，并点开了一个日历应用程序，上面全是五颜六色的小方格，奥丽芙顿时感到了一种焦虑。

“上午 11 点以前，或者下午 6 点以后都可以。”

“那就 10 点？”

他重新转向奥丽芙：“10 点可以。”

“好的，”她等着他把它记下来，可他没有动，“你不打算把它加到你的日历上吗？”

“我记得住。”他平静地说。

“那好吧。”她努力地对他挤出一个笑容，看起来相当真诚，比她认为自己能在亚当·卡尔森面前露出的任何笑容都要真诚，“很好，那么，假约会就定在星期三。”

他的眉心出现了一条线：“你为什么一直这么说？”

“一直说什么？”

“假约会，好像它很流行一样。”

“因为它确实是啊，你没看过浪漫喜剧片吗？”

没有回应。

“那青少年小说呢？”

他一脸疑惑地注视着她，她只好清了清嗓子，低头看了看自己的双膝：“好吧。”老天，他们根本没有任何共同之处，他们永远也没有办法找到共同语言，他们那十分钟的咖啡时间将会成为她本就痛苦难熬的几周里最为痛苦难熬的部分。不过，英将收获她美丽的爱情故事，自己也不必再为了使用电子显微镜而等上很长的时间，这些才是最重要的。

她站起身来，向他伸出手，想着每一个假约会约定的达成至少应该以握手作为结束，亚当用犹豫的眼神看了她的手几秒钟，随后站了起来，握住她的手，然后把目光从他们握在一起的手上转移到她的眼睛上。奥丽芙命令自己别去在意他肌肤的热度，或者他的身体有多么宽阔，或者……关于他的任何东西。当他终于松开手后，她还得强行告诉自己不要去研究她的手掌。

他是不是对她做了什么？她确实感觉到了一种异样，因为她的皮肤有种刺刺痒痒的感觉。

“你想从什么时候开始呢？”

“下周怎么样？”今天是周二，也就是说留给她做和亚当·卡尔森约会的心理准备的时间只剩不到七天了。她知道她是可以做到的——如果她 GRE 语文部分的分数能够达到和满分只差百分之三，那她同样也能做好其他的任何事情，或者最起码不会太差——尽管如此，可这似乎仍是个非常糟糕的点子。

“听起来不错。”

这马上就要来了，噢，老天哪。“咱们在学校里的星巴克见吧，大多数研究生都在那儿喝咖啡，肯定会有人发现我们的。”她朝门口走去，在把手放到门把手上的时候，她回头瞥了一眼亚当，“那么，我们就周三假约会的时候见咯？”

他依旧站在他的办公桌后，双臂交叉在胸前，看着奥丽芙，不怎么生气，并不像是奥丽芙之前预想到的他在面对这整个混乱局面时该有的样子，他看上去……很和善：“到时候见，奥丽芙。”

……

“递一下盐。”

奥丽芙会递给他的，但马尔科姆明显就是一副在找事的样子。于是她把屁股靠在厨房的台面上，双臂交叉，抱在胸前：“马尔科姆。”

“还有胡椒。”

“马尔科姆。”

“还有油。”

“马尔科姆……”

“葵花子油，不是玉米油那种垃圾油。”

“听着，事情不是你想的那样——”

“行，那我自己去拿。”

平心而论，马尔科姆完全有生气的权利，奥丽芙也能够体谅他现在的心情。他比她高一个年级，出身于科学世家，是几代生物学家、地质学家、植物学家、物理学家的结晶，或许他还是混合了一些别的什么学家的 DNA 生成的小型科学机器。他的父亲是东海岸某所公立学校的院长，母亲做过的一场关于浦肯野细胞[1]的 TED[2]演讲，在 YouTube 上的点击量达到了好几百万次。至于马尔科姆是不是想要攻读博士学位，并且继续向学术生涯迈进，答案似乎是否定的，而关于他是不是还能有选择别的道路的权利，考虑到家族从他穿纸尿裤以来就在他身上施加的那些压力，答案似乎也是否定的。

倒不是说马尔科姆并不快乐。他计划在获得博士学位以后，去工业界找一份既轻松又高薪的工作，过朝九晚五的生活，拿很高的薪水。从严格意义来说，这也算得上是“一名合格的科学家”了，回头说起来的时候，他的父母对此也应该不会有什么好反对的。好吧，至少不会极力反对。而他目前想要的不过就是尽可能在不遭受任何心理创伤的情况下平稳地度过这段研究生的生活。在奥丽芙所在的专业的所有人中，他算是最能在研究生院之外的地方过上好日子的人了，他所做的事情是大部分研究生都无法想象的，比如烹饪真正的食物，去远足、冥想、演戏、像备战奥运会一样努力地约会。（“这确实是一项奥林匹克运动，奥丽芙，我现在的训练都是为了冲

1　浦肯野细胞（Purkinje cell），是从小脑皮质发出的唯一能够传出冲动的神经元。人的小脑皮质里约有1500万个浦肯野细胞。

2　TED，指technology、entertainment、design在英语中的缩写，即技术、娱乐、设计，是美国的一家私有非营利机构。该机构以它组织的TED大会著称，这个会议的宗旨是“值得传播的创意”。

击金牌。”）

这也就是为什么当亚当迫使马尔科姆丢弃大量的数据，并不得不把将近一半的实验推翻重做的那几个月里，马尔科姆显得那么痛苦难熬了。回想起来，马尔科姆开始希望鼠疫降临在卡尔森的家里也许就是从那个时候开始的（没错，他当时正在进行《罗密欧与朱丽叶》的排练）。

“马尔科姆，我们能聊聊吗？”

“这不正聊着呢。”

“不，你正在做饭，而我就站在这里，试图让你承认你其实是在生亚当的气……”

马尔科姆从他正在准备的法国砂锅前转过身，朝着奥丽芙的方向晃了晃他的手指：“不要说那个。”

“不要说什么？”

“你知道是什么。”

“亚当·卡尔森……？”

“不要说他的名字。”

她无奈地摊开双手：“这太疯狂了。这是假的，马尔科姆。”

他转回身去处理切到一半的芦笋：“递一下盐。”

“你有没有在听我说啊？这不是真的。”

“还有胡椒，还有……”

“这段恋情是假的，我们没有真的在约会，我们在假装，所以人们才觉得我们在约会。”

马尔科姆正在切菜的手停了下来：“什么？”

“你明明听到了。”

“你们是……炮友关系吗？因为——”

“不是，恰恰相反，我们不涉及约炮，没有约炮，没有性关系，也根本不是朋友。”

他盯着她，眯起了眼睛：“要清楚，在我这里用口也被算作性关系——”

“马尔科姆。”

他朝她走了一步，抓起一块洗碗布擦了擦手，他的鼻孔微微张大：“那我不敢问了。”

“我知道这听上去很荒谬，他假装和我在一起是为了帮我，因为我骗了英，我想让她放心地和杰里米约会，所以这一切都是假的，我和亚当只见过——”她当下决定把关于“那个晚上”的所有事情都省略掉，“——三次，而且我对他一无所知，我只知道出于某种原因，他愿意帮我，我就抓住了这个机会。”

马尔科姆露出当他看到有人在凉鞋里穿白袜的时候才会有的表情，她不得不承认，他看上去都有点儿吓人了。

“这也……哇哦，”他额头上的血管在跳动，“小奥，这也蠢得太令人叹为观止了。”

“可能吧，”是的，是的，确实是，“可事实就是这样，因为你是我最好的朋友，所以就算我做傻事你也得支持我。”

“你现在最好的朋友不是卡尔森吗？”

“拜托，马尔科姆，他才不是，你知道的，他就是个浑蛋，不过其实他对我还挺好的，而且——”

“我还没有——”他做了个鬼脸，“我并不打算讨论这个。”

她叹了口气：“好吧，好吧，不讨论这个，你也不需要接受，但你能不能不要讨厌我？求你了！我知道他是包括你在内的一大半研究生在学业上的可怕噩梦，但他的确是在帮我，我只想让你和英知道事情的真相，但我不能告诉英——”

“——原因显而易见。”

“——原因显而易见。”她也不约而同地说出这句话，然后笑了笑。而他只是盯着她，并不赞同地摇了摇头，表情却变得柔和许多。

“小奥，你又漂亮，又聪明，又风趣，人又那么善良，简直太善良了，你应该找个比卡尔森好的人，去真正地约个会。”

“对，对，对，”她翻了个白眼，“和杰里米的那次简直不要太顺利哦。对了，我可是听了你的建议才同意和他出去的，你说‘给那个男孩一个机会吧’，你说‘他的爱尔兰口音可太迷人了’，你说‘怎么可能出什么问题呢’。”马尔科姆瞪了她一眼，她大笑起来：“你看，我显然不擅长这种真的约会，也许假的约会更适合我，我就此找到了自己的利基[1]市场也说不定呢？”

他叹了口气：“但对象非得是卡尔森吗？要假约会的话，老师里还是有很多更好的选择的。”

“比如谁？”

“我也不知道，麦考伊教授？”

“他老婆不是刚生了三胞胎吗？”

“哦，是欤，那霍顿·罗德古斯呢？他很性感，笑容也很可爱，我知道这个是因为他总会对我笑。”

1 利基（niche），是指针对企业的优势细分出来的市场，这个市场不大，而且没有得到令人满意的服务。产品推进这个市场，有盈利的基础。

奥丽芙哈哈大笑：“我是永远不会和罗德古斯教授假约会的，因为你已经坚持不懈地垂涎他两年了。”

“那确实，不是吗？”马尔科姆向她使了个眼色，“我说，其实我会亲自和你完成这个假的约会，让你从该死的卡尔森那里解脱出来。我会牵着你的手，会在你冷的时候给你披上我的外套，情人节的时候，我会在大家面前送你巧克力、玫瑰和泰迪熊。”

和一个看过浪漫喜剧的人聊天，果然会让人神清气爽。

“我知道，可是你每周都带不同的男孩或女孩回家，这才是你喜欢的，我喜欢你做你喜欢的事情，我真的不想因为我而影响了你的生活方式。”

“行吧。”马尔科姆歪着嘴笑了一下，似乎心情不错的样子。她不确定究竟是因为他真的被说服了，还是因为自己对他的约会习惯了如指掌。

“那你可以不讨厌我了吗？”

他把抹布丢到厨房的台面上，向她走了过来：“小奥，我永远都不会讨厌你，你永远是我的‘卡拉马塔’[1]。”他把她拉入怀中，紧紧将她抱住。她最初在遇到他的时候，就一度被他的身体弄得晕头转向的，也许是因为她已经很久没有经历过那么温情的触碰了，就算到了现在，马尔科姆的拥抱也不可谓不是她的快乐温柔乡。

她把头靠在他的肩上，把脸埋在他的棉质T恤里，然后微笑起来：“谢谢。”

1　卡拉马塔（Kalamata），这里指卡拉马塔黑橄榄，因为奥丽芙在英文中有“橄榄”的意思，所以这里用优质独特的橄榄和奥丽芙作比。

马尔科姆把她抱得更紧了。

“我保证如果哪天我把他带回家，我会在我的门上挂一只袜子的——啊！”

“你是魔鬼吗？”

“我开玩笑的！等等，别走，我有重要的事情要告诉你。”

他在门口停了下来，皱起眉头：“今天的‘含卡尔森量’对我来说已经达到极限了，再多一点点都会让我丧命，所以——”

“汤姆·本顿，那个哈佛大学的癌症研究员联系我了！虽然目前还没有定下来，但他说我明年是有去他实验室的可能的。”

“噢，我的天哪！”马尔科姆走回来，高兴地说，“小奥，这简直太了不起了！我以为你联系过的所有研究员都还没有回复你。”

“他们在很长的一段时间里都没有回复过我，但现在本顿回复了，你知道他有多出名，可能他拥有我梦寐以求的大量研究经费，那将会——”

“——太棒了，那将会非常棒，小奥，我真为你感到骄傲，”马尔科姆握住她的双手，脸上灿烂的笑容慢慢暗淡下来，“你妈妈也会为你骄傲的。”

奥丽芙把视线移开，猛地眨了眨眼睛，她真的不想哭，至少今晚不想：“不过一切还没有尘埃落定，我必须说服他，这有点儿像政治上的拉票活动，需要经历‘向我推销你的研究’的整个过程。不过你也知道，这不是我的强项，可能到最后还是不行——”

“一定可以的。”

对，没错，她需要保持乐观。她朝马尔科姆点了点头，努力挤出一个笑容。

“不过就算没有……她还是一样会为你感到骄傲的。”

奥丽芙再次点了点头，而当一滴眼泪努力想要滑过她的脸颊时，她决定任由它肆意流下来。

四十五分钟后，她和马尔科姆坐在他们的小沙发上，他们胳膊挨着胳膊，一边回看《美国忍者勇士》，一边吃着没什么咸味儿的法国蔬菜砂锅。

第4章

假说：我和亚当·卡尔森完全没有共同点，和他一起喝咖啡的痛苦至少是根管治疗的两倍，还是不打麻药的那种。

第一次周三的假约会奥丽芙就迟到了。她的心情糟透了，因为她的整个早晨都是在绝望中度过的：最开始的时候，那些廉价的假试剂没有溶解，之后没有沉淀，再后来没有声波降解，以至于最后它们根本就不足以支撑她做完整个试验。

她停在咖啡店的门口，深吸了一口气，如果她想取得像样的科研成果，就需要更好的实验室、更好的设备、更好的试剂、更好的细菌培养。总之，所有的东西都要更好才行。在下周汤姆·本顿到来的时候，她必须好好表现，她需要为届时的游说做准备，所以她尤其不想在实验计划进行到一半的时候，还得把时间浪费在她本就不怎么想来喝的咖啡上，况且和她喝咖啡的还是一个她根本就不想与之交谈的人。

啊。

当她走进咖啡店时，亚当已经在里面了，他身上的黑色亨利衫看上去像是专门为他的上半身进行构思、设计和生产的。奥丽芙一时间有些失神，不是因为他的衣服有多么合身，而是因为她居然最先注意到了对方的穿着，这一点儿都不像她，她从前不是这样的。毕竟在过去两年的大部分时间里，她经常看到亚当在生物大楼里进进出出，更别说在最近的几周里，他们见过很多面，说过很多话，他们甚至还亲吻过——如果“那晚”所发生的可以算得上是亲吻的话。当他们排队点餐的时候，她感到一阵掺杂着一丝不安的眩晕，因为她突然意识到：

亚当·卡尔森很帅。

亚当·卡尔森真的，真的，真的很帅，他高鼻梁，鬈发，按理说本来搭配不到一起的丰满的嘴唇和棱角分明的脸庞，组合起来却显得意外地和谐。奥丽芙不知道为什么之前她从没注意过这一点，也不知道究竟是什么让她注意到他穿了一件纯黑色的毛衣。

她强迫自己别再盯着他的胸部，转而看向前方的饮料菜单。

咖啡店里一共有三个生物系的研究生、一个药理学的博士后和一个本科的研究助理，完美。

“所以，你好吗？”她问，这是她该做的事。

“很好，你呢？”

“很好。”

奥丽芙突然意识到，也许她并没有更加细致、彻底地考虑过这件事情，因为尽管他们的目的就是让别人看到他们两个待在一起，但如果只是沉默地站在彼此身边，是不可能骗到别人的，这不可能让大家以为他们正处在甜蜜的约会当中。她看了看亚当……好吧，他似乎不大可能发起任何形式的谈话。

“那么，”奥丽芙将身体的重心在脚掌上倒换了好几次，“你最喜欢的颜色是什么？”

他看着她，一头雾水：“什么？”

“你最喜欢的颜色。”

“我最喜欢的颜色？”

“对。”

他双眼之间出现了一道褶皱：“我……不知道？”

“这是什么意思，你不知道？”

“颜色就是颜色，它们都是一样的。”

“里面肯定有你最喜欢的一个。”

“我不觉得。”

“红色？”

“我不知道。”

“黄色？绿色？”

他眯起眼睛：“你为什么要问这个？”

奥丽芙耸耸肩：“就觉得这好像是我该知道的事情。”

“为什么？”

“因为如果有人想要弄清楚咱们是不是真的在约会，这可能会是他们问的第一个问题……好吧，前五个问题，肯定的。”

他仔细地看了她几秒钟：“在你看来，有这种可能性吗？”

“和我跟你假约会的概率差不多。”

他点了点头，就像接受了她的观点一样：“好吧，黑色，我想。”

她哼了一声："果然。"

"黑色怎么了？"他皱起眉头。

"它甚至都算不上是种颜色。从严格意义上说，它就没有颜色。"

他生气地说："总比绿色要好。"

"不，才没有。"

"它当然有。"

"行，好吧，这很符合你幽域魔裔[1]的人格特质。"

"那又是什——"

"早上好，"店员笑盈盈地问他们，"你们今天喝点儿什么？"

奥丽芙也笑了笑，示意让亚当先点。

"咖啡，"他瞥了她一眼，然后不好意思地补充道，"黑咖啡。"

她不得不低下头来掩饰自己的笑容，但当她再次看向他的时候，发现他的嘴角是上扬的，尽管不愿承认，但她觉得这对他来说，总还算是个不错的表情。她不去理会他，在菜单里挑了一杯含糖量和含脂肪量最高的饮料，又加了一份鲜奶油，她正想着应该再买个苹果来抵消一下自己的罪恶感，或者抛下过多的顾虑，干脆在上面再放一块饼干，就在此时，亚当从钱包里掏出一张信用卡，递给了收银员。

"哦，不，不用，不，不，不用，"奥丽芙伸手挡在他的手前，压低声音说，"你不可以为我买的东西付钱。"

他眨了眨眼："我不可以吗？"

1　幽域魔裔（Scion of Darkness），万智牌中生物类别的卡牌，功能是降低对方玩家的生命值。万智牌是一种集换式卡牌游戏，设计者为美国的数学教授李察·加菲，1993年由威世智公司出品。

“我们的虚假恋情里可不包括这种事情。”

他看上去非常惊讶：“不包括吗？”

“不，”她摇了摇头，“我永远不会接受和一个因为自己是男人就觉得给我买咖啡是理所当然的小子假约会的。”

他挑起一边的眉毛：“你刚才点的那个东西，也能被叫作‘咖啡’吗？”

“嘿——”

“而且这和我是不是‘小子’没有太大关系——”这个词他说得相当痛苦，“——只是你还是个研究生，考虑到你的年收入……”

一时间她竟犹豫了，不知道她是不是应该觉得自己被冒犯到：亚当还是不是那个众所周知的浑蛋？他觉得他高她一等吗？他认为她很穷吗？不过很快她就想起自己的确很穷的事实，何况他的薪水可能还是她的五倍，于是她耸了耸肩，在她点的那杯“咖啡”里又加了一块巧克力饼干碎屑、一根香蕉和一包口香糖。值得称道的是，亚当什么都没说，眼睛眨都没眨就支付了由此产生的24.39美元。

在他们等待饮料的空当，奥丽芙的思绪不由得开始飘到她的项目上了，她想着能否说服阿斯兰教授尽快给她买些更好的试剂。她心不在焉地环视着周围，发现尽管研究助理、博士后和其中一个研究生已经走了，但剩下的两个研究生（其中一个恰巧和英在同一个实验室）仍然坐在门旁边的桌子前，而且每隔几分钟就会朝他们这里瞥一眼。完美。

她的屁股靠在吧台上，抬头看了看亚当，幸亏她每周一共只需要花十分钟来做这件事情，真是谢天谢地，否则她的脖子可能会患上永久性的痉挛了。

“你出生在哪里？”她问。

“荷兰，海牙。”

“哦。”她想了一会儿。

他也靠在吧台上，就在她的面前：“你这个‘哦’是什么意思？”

奥丽芙耸了耸肩：“我不知道，我以为答案会是……纽约，或者堪萨斯什么的。”

他摇了摇头：“我妈妈曾经做过美国驻荷兰的大使。”

“哇哦。”想到亚当居然也有母亲和家人，的确是一件很古怪的事情，在他还没有这么高大、这么可怕、这么臭名昭著的时候，他也曾是个孩子。也许他还会说荷兰语，也许他早餐喜欢吃熏鲱鱼，也许他的母亲当初想让他跟随她的脚步，也成长为一名外交官，但属于他自己的人格已经慢慢发光，她不得不放弃了这个想法。奥丽芙发现自己迫切地想要知道更多关于他的成长经历，这很……古怪，非常古怪。

“你们的好了。”他们的饮料出现在了吧台上，亚当转身取回他杯子上的盖子时，那位金发碧眼的店员明显在盯着他细细打量，但奥丽芙告诉自己这不关她的事，她同样告诉自己，尽管她很想知道关于他外交官密码的所有事情，想知道他究竟会说几门外语，还有他究竟喜不喜欢郁金香，但这些可能都远远超出了他们的约定应有的范畴。

于是她清了清嗓子：“好吧，今天很开心。”

他看着杯子的眼睛惊讶地望向她：“周三的假约会结束了吗？”

“是的，干得不错，队友，去冲个澡吧，你暂时可以休息一周了。”奥丽芙把吸管插入饮料，吸了一口，感觉糖浆在口腔中爆裂开来。不管她点什么，都好喝得令人发指，这样下去，她是很可能得糖尿病的，“那就下周——”

“那你是在哪里出生的？”亚当在她离开前问。

哦，她原本以为这一部分已经结束了，可能他这么问只是出于礼貌，奥丽芙在心里默默地叹了口气，无比渴望回到她实验室的工作台前：“多伦多。”

“你是加拿大人？”

“对。”

他打量着她，仿佛在消化和存储这个信息：“你是什么时候搬到这儿来的？”

“八年前，为了上大学。”

“为什么来美国呢？加拿大也有很优秀的大学。”

“我拿到了全额奖学金。”这的确是事实，虽然不是全部的事实。

他心不在焉地把玩着硬纸板做的杯托：“你经常回去吗？”

奥丽芙舔了舔粘在吸管上的鲜奶油，觉得有些困惑，他立刻把目光从她的身上移开。“不经常，并不。”

“你毕业以后打算回国吗？”

她紧张起来：“能不回就不回了。”加拿大给她留下了太多痛苦的回忆，她想要守着的仅有的家人就是英和马尔科姆了，他们都是美国公民。英和奥丽芙还达成了一项协议：如果奥丽芙的签证无法续签，英就会和她结婚。不过事后想来，和亚当的这段假约会本来是可以成为奥丽芙实现进阶，并开始一本正经地欺骗国土安全局的绝佳机会的。

亚当点了点头，喝了一口咖啡：“你最喜欢的颜色是？”

奥丽芙开口准备告诉他她最喜欢的颜色，必然是比他喜欢的好得多的颜色，而且……“真该死。”

他心领神会地看着她：“很难，对吧？”

“主要是有很多好看的颜色。”

“没错。”

“我要选蓝色，淡蓝色，不，等一下！”

“嗯。”

“要不就白色，好的，白色。”

他咂舌道：“我说，我觉得我没有办法接受，白色可不算是一种真正的颜色，它更像是把所有颜色混合在一起——”

奥丽芙捏了一下他前臂上的肉。

“哎哟。”虽然他叫了一声，但显然并不疼。他狡黠一笑，冲她挥了挥手，转身往自己的办公室走去。

“嘿，亚当？”她在他身后喊他。

他停了下来，回头看向她。

“谢谢你给我买了和我三天伙食一样贵的食物。”

他犹豫了一下，然后点了一下头。他的嘴巴动了动，百分之百是在对她微笑，尽管有点儿不情愿，但还是笑了。

“我的荣幸，奥丽芙。”

……

时间：今天，下午 2:40

发件人：Tom-Benton@harvard.edu

收件人：Olive-Smith@stanford.edu

主题：胰腺癌筛查项目

奥丽芙：

我的航班会在周二的下午到达，我们周三下午 3:00 左右，在艾塞古尔·阿斯兰的实验室见面怎么样？我的拍档可以给我带路。

TB

发自我的 iPhone

……

第二次的周三假约会，奥丽芙也迟到了，但和上次的原因不同，这一次全都和汤姆·本顿有关。

首先，她因为前一天晚上熬夜排练推销自己的项目导致第二天睡过了头：她把自己那套游说的说辞反复练习了很多遍，到后来马尔科姆都快能背下来了。等到了凌晨 1 点的时候，他朝她丢了一个桃子，并且恳求她回自己的房间练习，于是她照做了，接着练习到了凌晨 3 点。

其次，今天一早她发现自己平时的实验室穿搭造型（紧身裤，适合参加五千米长跑的破旧 T 恤，和一个非常、非常凌乱的丸子头）可能没有办法向本顿教授传达出她可以成为“有价值的未来工作伙伴”的信息，所以为了取得面试的成功，她在寻找合适的衣服上花费了过多的时间。

最后，她猛然想到她对本顿教授一无所知——按理来说，他是她生命当中到目前为止最为重要的人，可她连他长什么样子都不知道，而且没错，尽管她已经意识到了这听上去有多么可悲，她也决定不再纠结这件事情。她拿出手机，在上面查找出他的相关信息——三十多岁的样子，金色的头发，蓝色的眼睛，牙齿非常洁白整齐。当奥丽芙走到学校的星巴克时，正对着手机上他的哈佛头像小声说：“拜托了，让我去你的实验室工作吧！”然后她就看到了亚当。

今天的天气一改往常，是个多云的日子，虽然还是 8 月，但已经像是进入了深秋。奥丽芙只瞥了他一眼，就立即察觉到他的心情差到了极点。她之前听过他因为试验没有成功而把皮氏培养皿丢到墙上的传言，他这个样子可能是因为电子显微镜坏了需要修理，或者只是在想些其他无关紧要的事情……她考虑着要不要钻到桌子底下躲一躲。

*没关系的，她告诉自己，这是值得的。*英的事情已经回归正常，甚至比“正常”还要好得多：她和杰里米已经正式地在一起了，而且上周末英出现在“啤酒和烤棉花糖夹心饼干”之夜时，她在紧身裤上面搭配的超大号的麻省理工学院的卫衣明显就是从他那里借来

的。几天前，奥丽芙和他们两个一起吃午饭的时候，他们三人甚至没有任何尴尬。除此之外，一二年级的研究生，甚至有些三年级的研究生都因为过于害怕亚当·卡尔森的“女朋友”而不再偷拿她的移液器，这意味着奥丽芙再也不用在周末的时候把这些东西塞进背包带回家里了。而且她还因为他的关系，得到了一些新鲜好吃的免费食物。因此，她可以接受每周至少花十分钟的时间来和亚当·卡尔森见面——没错，即使是这个散发着一团黑气的亚当·卡尔森。

“嘿。”她笑了笑。他看向她的时候，明显是闷闷不乐的，此外，他的脸上还带着几分焦虑。奥丽芙深深地吸了口气：“你好吗？”

“还好。”他的语气有些生硬，表情比平时还要绷得紧，他今天穿着红色的格子衬衫和牛仔裤，比起一个探索计算生物学奥秘的学者，看起来更像是一个上山砍柴的伐木工人。她不由得注意到了他的肌肉，再一次想搞清楚他的衣服究竟是不是量身定做的。他的头发尽管比上周剪短了些，但看着还是有点儿长。她和亚当已经到了她可以同时了解他的心情和发型的地步，这着实让她觉得越来越魔幻了。

“你想好点什么喝了吗？”她故作轻松地问。

他心不在焉地点了点头，几乎没有看她。在他们后面的一张桌子上，一个五年级的研究生在假装清理自己笔记本电脑的屏幕时，朝他们这里扫了一眼。

“对不起，我迟到了，我只是——”

“没关系。”

“你上周过得好吗？”

“还好。”

行吧。“呃……你上周做了什么好玩的事情？”

“我工作了。”

他们开始排队点单，只有这么做，奥丽芙才不至于开始叹气：“天气挺好的，对吧？不像往年的 8 月那么热。”

他哼了一声作为回应。

这就有些过分了，就算可以得到免费的杧果果冻星冰乐，奥丽芙为了假约会所能做的事情也是有限度的。她叹了口气：“是因为发型吗？”

这句话引起了亚当的注意，他低头看向她，眉心出现了一条竖线：“什么？”

“情绪。是因为你的发型吗？”

“什么情绪？”

奥丽芙指着他扫了一个大圈：“这个，笼罩着你的坏情绪。”

“我没有什么坏情绪。”

她哼了一声——不过这可能不是可以正确描述她刚才行为的动词，因为那比哼声更大，更具有嘲弄的意味，更像是一种笑声，一声“哼笑”。

“什么？”他皱起眉头，对她的“哼笑”并不买账。

“得了吧。”

“怎么了？”

“你的不开心都溢出来了。”

“我没有。”他听上去很气愤，让她觉得有种怪异的可爱。

“你真的有，我见过你生气的脸，所以我一看就知道。”

“你才没见过。”

“我见过，现在就见到了。不过没关系，生气也没什么大不了的。”轮到他们了，她上前一步，冲收银员笑了笑：“早上好，我要一杯南瓜拿铁，还有那边的那个奶油芝士丹麦饼干。对，就是那个，谢谢，还有——”她用大拇指指了指亚当，“——他要一杯洋甘菊茶，不加糖。”她愉快地补充道。随后她立即向旁边走了几步，希望可以避免亚当把皮氏培养皿丢到她身上造成的伤害。但出乎她意料的是，他平静地将信用卡递给了站在收银台后面的男孩，真的，他并没有大家想象的那么糟糕。

“我讨厌茶，”他对她说，“也讨厌洋甘菊。”

奥丽芙冲他微笑道：“那太遗憾了。”

“你这小鬼。”

虽然他目不转睛地盯着前方，但她几乎可以肯定，他马上就要被逗笑了。毫无疑问，他有很多值得诟病的地方，但他并不是一个没有幽默感的人。“所以……不是因为发型？”

“嗯？啊，不是，之前那个长度很尴尬，总在我跑步的时候遮挡视线。”

哦，所以他是个跑步爱好者，就像奥丽芙一样：“好吧，挺好的，看起来还不错。”事实上看起来很好，真的很好。你算得上是上周我的聊天对象里最帅的那一个了，而且现在比上次还要帅。并不是说我很容易留意到这些事情，老实说我平时根本就不在乎，我很少会注意男人，但我也不确定为什么会注意到你，你的发型，你的衣着，你高挑宽大的身形。我实在搞不明白，这些都是我通常不会去注意的东西。啊。

“我……”他似乎有些慌张，动了动嘴唇，试着搜寻一些适合的回应，最终还是没有发出任何声音，然后他突然转移话题，“我今天早上和系主任谈过了，他还是拒绝给我发放我的研究经费。”

“哦？”她歪过脑袋，“我还以为他们要到 9 月底的时候才会做出决定。”

“他们确实还没有决定，今天早上的是一个非正式的会议，不过提到这个话题的时候，系主任说他还在‘密切观测之中’。”

“我懂了，”她等他继续说下去，可过了一会儿，当她清楚地意识到他不会再说下去的时候，她问，“观测……怎么观测？”

“不清楚。”他咬了咬牙。

“很抱歉，”她有点儿同情他，是真的同情，如果说有什么是她能够感同身受的话，那就是科学研究因为资源的短缺而突然中止的确会让人感到难过，“那是不是意味着你不能继续你的研究了？”

“我还有其他的经费。”

“所以……现在的问题是你不能开始新的研究了？”

“不是，我可以，但我就要被迫重新分配项目的资金了，不过我应该也有能力展开新方向的研究。”

哈？“我懂了，”她清了清嗓子，“所以……让我来概括一下，听上去是这个样子的：斯坦福因为谣言冻结了你的经费，在我看来确实是一个很糟糕的举动，不过现在你手里的经费还是能够支持你计划的事情的，所以……这还不是世界末日？”亚当像是被冒犯了一样怒视着她，突然间变得更加生气了。*啊，天哪。*“别误会，我完全理解这件事情的性质，换成我，遇到这样的事情也会气疯的。但你还有……多少种其他经费来着？其实你也不用回答这个问题，我并不是很想知道。”

他可能有十五种吧。他有终身教职，还有几十篇已发表的论文。他的网站上列满了他所获得的荣誉，更不用说她在他简历上看到的他所拥有的一项专利。反观奥丽芙，属于她的只有廉价的假试剂，还有经常被偷的陈旧的移液器。她尽量不去细想在职业生涯当中，他究竟比她领先了多少，但让人无法忽视的是，他的成就是那么耀眼，让人讨厌的那种耀眼。

“我的意思是，这不是一个无法克服的问题吧？我们正在积极地想办法，我们正为此努力着，让人们相信你会因为你了不起的女朋友而选择一直待在这里。”奥丽芙动作夸张地指了指自己。他愤怒的目光紧紧跟随着她的双手，显然他不喜欢理智地对待和处理自己的情绪。“或者，你可以继续生气，我们可以去你的实验室，互相投掷装满有毒试剂的试管，直到三级烧伤的疼痛压过你的糟糕情绪。听起来很有趣，不是吗？”

他移开视线，翻了个白眼，但她从他脸颊的曲线可以看出，他被逗笑了，不过这似乎违背了他本来的意愿：“你这小鬼也太皮了。”

“也许吧，但我不会像某人一样，在被问到上周过得怎么样的时候嘟嘟囔囔的。”

“我没有嘟囔，而且你还给我点了一杯洋甘菊茶。”

她笑了笑：“不用客气。”

她咬了一口她的丹麦奶油芝士，他们安静了片刻。把东西咽下去，她继续说：“关于你的经费，我很抱歉。”

他摇了摇头：“很抱歉我没有控制好自己的脾气。”

啊。“没关系，你脾气大是大家都知道的事。”

“我脾气大？”

“是的，算是你的个人风格吧。”

“是这样吗？”

“嗯。”

他嘴角抽搐了一下：“或许我可以饶你一条小命。”

奥丽芙笑了，因为其实这是件好事。虽说他并不是个很好相处的人，也有偶尔对她不好的时候，但他在大部分时间里都对她很好。他回了她一个近乎微笑的表情，以一种她难以描述的方式低头看着她，这让她不由得会往一些奇怪的方向去想。当店员把他们的饮料放到吧台上时，他突然表现出一副快要吐了的样子。

“亚当，你还好吗？”

他盯着她的杯子，向后退了一步：“那东西太臭了。”

奥丽芙用鼻子使劲吸了一下，觉得好闻到飞起：“你讨厌南瓜拿铁？”

他皱了皱鼻子，和她拉开了更大的距离：“太恶心了。”

“你怎么会讨厌它呢？这可是你们国家在过去的一个世纪里生产出的最好的东西。”

“拜托，往后站一点儿，太臭了。”

“嘿，如果非要让我在你和南瓜拿铁中二选一的话，或许我们应该重新考虑一下我们的约定了。”

他看着她的杯子，好像里面装的是放射性的废料：“或许确实要重新考虑一下了。”

他们在离开咖啡店的时候，他帮她撑着店门，但很小心地和她的饮料保持着安全的距离。外面下起了蒙蒙细雨，学生们匆忙地把放在露天桌子上的笔记本电脑和笔记簿收进包里，向教室或图书馆走去。奥丽芙从记事起就特别喜欢下雨天，她深深吸了口气，空气中满是雨水打在泥土上的香气，她和亚当在一片树荫下停了下来。

他喝了一口他的洋甘菊茶，她不禁笑了出来："嘿，我有个主意，你准备参加生物科学学院的秋季野餐活动吗？"

他点了点头："我必须去，我是生物系社会关系网络委员会的成员。"

她大笑起来："怎么可能？"

"千真万确。"

"是你自己去报名的吗？"

"就是学校的服务工作，被迫轮岗。"

"啊，听上去……很有趣。"她做了一个同情的鬼脸，看着他被吓到的表情，差点再次笑出声来，"好吧，我也打算去的。阿斯兰教授要求我们所有人都参加，她说这有利于促进实验室成员之间的关系。你会要求你的研究生们去吗？"

"不会，我有其他让我的研究生们感到更痛苦的方法。"

她轻声笑了起来。他很有趣，有一种诡异的、黑色的幽默。"在这一点上，我是完全相信你的。那我的想法是这样的，我们到了那儿以后，应该一起去闲逛，鉴于系主任还在'密切观测之中'，我们尤其要在他的面前晃来晃去。我到时候再向你抛几个媚眼，他就会看到我们其实离结婚基本上只有一步之遥了。他到时候立刻打个电话，一辆装着你研究经费现金的卡车就开过来了，就在——"

"嘿，老弟。"

一个金发碧眼的男人向亚当走了过来，亚当转身对他微笑，并和他握了握手——那是一种哥们儿之间才会有的握手。奥丽芙则立刻噤声，她眨了眨眼睛，想要知道自己看到了什么，然后下意识地喝了一口手上的拿铁。

“我还以为你会晚一点儿起床。”亚当说。

“我也以为，都是时差害的，所以我就想着还不如到学校来开始工作，而且还能弄点儿吃的东西，你那里根本就没有食物，老弟。”

“厨房里有苹果。”

“好吧，根本就不是食物。”

奥丽芙向后退了一步，准备告辞离开，金发男人在这时注意到了她。尽管她确信自己之前从来没有见过他，但他看上去却非常面熟。

“这是哪位？”他好奇地问。他的眼睛是蓝色的，目光非常锐利。

“这是奥丽芙。”亚当说，他在她的名字后顿了一下，似乎这里原本应该有个他和奥丽芙认识过程的说明，然而什么都没有。她也的确不能怪他，毕竟不想用假约会这套废话去糊弄一个显然是好朋友的人其实是可以理解的，所以她只是保持微笑，让亚当继续说下去：“奥丽芙，这是我的合作伙伴——”

“小子，”男人装作很生气的样子，“你要跟人家说我是你的朋友。”

亚当翻了个白眼，显然被逗乐了：“奥丽芙，这是我的朋友兼合作伙伴，汤姆·本顿教授。”

第5章

假说：我越需要我的大脑处于最佳状态，它就越有可能将我冻结。

“等一下，”本顿教授歪着脑袋，虽然他的脸上还挂着笑容，但他的目光却变得犀利起来，他对奥丽芙的关注明显不像是对待泛泛之交那样，“你该不会刚好是……”

奥丽芙僵在了那里。

她的头脑总是不够冷静，也不够有条理——在过去的大部分时间里，更像是一团乱麻，真的。然而此时，站在汤姆·本顿的面前，她的大脑却变得异常冷静，几个想法被整整齐齐地罗列了出来。

第一个是她实在是倒霉得可笑，帮助她完成她所挚爱的研究项目的人，和帮助她保障她心爱的英的浪漫幸福的人——他们是熟人，不，是朋友，如此低概率的事件如今却被她撞上了。不过话又说回来，那标志性的霉运跟着她也不是一天两天了，所以她开始继续考虑下一个问题。

她需要向汤姆 · 本顿承认自己的身份，因为他们原本定在下午 3 点见面，如果现在假装没有认出他来，那无异于是自寻死路，她潜入他实验室的计划肯定会泡汤，毕竟学者们还是非常自负的。

最后一个问题：如果她措辞得当，她就很可能做到不让本顿教授听到关于他们假约会的一整个混乱局面。既然亚当没有主动提起，那就可能意味着他原本就不打算提起，那么奥丽芙只需要顺着他的想法继续说下去就可以了。

很好，真是出色的计划，她已经胸有成竹了。

“你有没有可能碰巧是……”

奥丽芙笑了笑，紧紧抓住她的南瓜拿铁，答道：“对，我叫奥丽芙 · 史密斯，是——”

“——我听说过很多次的女朋友？”

该死。该死，该死，该死。

她吞了吞口水：“呃，其实我——”

“你从哪儿听说的？”亚当一边问，一边皱起了眉头。

本顿教授耸了耸肩：“大家那儿。”

“大家那儿，”亚当重复着，已经变得愁眉不展了，“在波士顿？”

“是啊。”

“为什么哈佛的人都在谈论我的女朋友？”

“因为你是你啊。”

“因为我是我？”亚当看起来很困惑。

“有掉眼泪的，有扯头发的，有心碎的，不过别担心，她们会挺过来的。”

亚当翻了个白眼，本顿教授重新把注意力转回到奥丽芙的身上，对她笑了笑，伸出一只手：“很高兴认识你，我之前没把这个女朋友的传言当回事，但真的很高兴，你是……存在的，抱歉，我没听清你的名字——我真的很不擅长记名字。”

“我叫奥丽芙。”她握了握他的手，他手的力道刚刚好，不会过于无力，也不会太过用力。

“你在哪个系教书？奥丽芙？”

啊，完蛋了。“事实上，我不教书，准确来说。”

“哦，抱歉，我不是有意去做这种预设的。”他的微笑中带着谦逊和歉意，整个人散发出一种优雅的魅力。作为一名教授，尽管看上去没有亚当年轻，但他的年纪也绝对算得上很小了；而且尽管没有亚当高，但他的个子也算得上是很高了；尽管……好吧，尽管没有亚当帅，但他的长相也算得上很帅了。“那你是做什么的呢？你是研究员吗？”

“呃，实际上——”

“她是学生，”亚当说，本顿教授瞪大了双眼，“一名研究生。”亚当进一步解释道，他的语气中带着一丝警告的意味，似乎非常希望本顿教授放弃这个话题。

本顿教授自然是不会轻易转换话题的：“是你的研究生？”

亚当皱起眉头：“不，她当然不是我的——”

这是个完美的开场白：“实际上，本顿教授，我和阿斯兰教授一起工作。”或许这次见面还是可以挽救一下的，“你可能没有想起我的名字，不过咱们之前一直在联络，咱们应该会在今天见面。我是研究胰腺癌生物标志物的学生，就是那个申请去你的实验室工作一年的人。”

本顿教授的眼睛瞪得更大了，他小声嘟囔了一句，听上去很像是“什么鬼？”，随后他的脸上展露出一个大大的笑容：“亚当，你这不折不扣的浑蛋，你都没有告诉过我。”

“我也不知道这事。”亚当喃喃道，目光落在了奥丽芙身上。

“你怎么可能不知道你女朋友——”

“我没有告诉过亚当，因为我不知道你们两个是朋友。”奥丽芙插话道，很快她就觉得也许这么说没什么说服力，因为如果奥丽芙真的是亚当的女朋友，他可能会跟她聊起过他的朋友们，在重大的剧情反转当中，他确实应该至少出现过一次，“也就是说，我，呃……我之前从来没有将这两件事联系起来，不知道你就是他经常提起的汤姆。”你看，这样好多了，好吧，只是好了那么一点儿，“我很抱歉，本顿教授，我并不是有意——”

“汤姆，”他说，灿烂的笑容依然挂在他的脸上，他的震惊似乎转而变成了惊喜，“拜托，叫我汤姆就行。”他的目光在亚当和奥丽芙之间来回切换了好几秒，然后说：“嘿，你现在有事吗？”他指向了那家咖啡店，“我们为什么不去里面聊聊你的项目呢？没必要非得等到今天下午了。”

她喝了一口拿铁来尽量拖延一下时间。她现在有事吗？严格意义上说，没有。她很想跑到校园的尽头，向着遥远的虚无放声尖叫，直到所有的现代文明在一瞬间轰然崩塌，但这并不是件迫在眉睫的事情。她想在本顿教授——汤姆面前尽可能展现得随性一些，况且，乞讨的人哪还有什么挑三拣四的权利，人家才是手握选择权的人。

"我现在没事。"

"太好了。你呢，亚当？"

奥丽芙僵住了，亚当也是如此，大约一秒钟后，亚当指出："我觉得我不该在场，如果你要面试她——"

"哦，这不是什么面试，不过是随便聊上几句，我主要想看一下奥丽芙和我的研究是否匹配。你肯定也想知道你的女朋友会不会搬去波士顿一年，对吧？来吧。"他示意他们跟着他，然后他迈步进了星巴克。

奥丽芙和亚当默默地交换了一个眼神，可不知道为什么却成功地把他们的想法传递给了彼此，眼神里的信息包括"我们到底是在做什么？""我怎么知道？""这会很奇怪的"，还有"不，这就是纯粹的糟糕"。随后，亚当叹了口气，一脸听天由命的表情，然后朝里面走去，奥丽芙跟在他的身后，为自己所做的种种人生决定感到后悔万分。

"阿斯兰要退休了吧？"他们在靠里的位置找到一张桌子后，汤姆问道。奥丽芙别无选择，只能坐在他的对面，亚当的左边，就像一个称职的"女朋友"一样，她想。与此同时，她的"男朋友"正坐在她的旁边，闷闷不乐地喝着他的洋甘菊茶。我应该拍张照片，她思索着，这会成为一个超棒的表情包。

"还有几年就退了。"奥丽芙给出肯定的回答。她很爱她的导师，一直以来，她都给了自己很多的支持和鼓励。她一开始就让奥丽芙自主发展自己的研究项目，这对于博士生来说，几乎是闻所未闻的事情，在想要追求自己感兴趣的课题时，能有一个不干涉她的导师是很棒的事情，但……

“如果阿斯兰很快就会退休，那她就不会再申请经费了——这是可以理解的，因为她没有完成这些项目所需要的时间了——这就意味着你们实验室的资金并不充裕。”汤姆进行了完美的总结，“那么，跟我说说你的项目吧，它有什么酷的地方？”

“我……”奥丽芙开始慌忙整理自己的思绪，“所以，它是——”她又卡住了，这次的卡顿更长，伴随着让人更加难堪的尴尬，“呃……”

这恰好是她的问题所在，尽管奥丽芙知道自己是一个出色的科学家，知道她的自制力和思辨能力能让她在实验室的工作中产出出色的研究成果，但很不幸的是，要想在学术界取得成功，还必须具备推销自己研究成果的能力、把它兜售给陌生人的能力，以及把它介绍给公众的能力，然而……那都是她不喜欢也不擅长的事情，总让她感到非常紧张，让她有种被评判审视的感觉，就像被固定在显微镜载玻片上一样，她的大脑连生成句法连贯的句子的能力都完全丧失了。

就像现在，奥丽芙觉得脸颊发烫，舌头打结，还有——

“这算什么问题？”亚当插话道。

汤姆耸了耸肩。

“你的项目有什么‘酷’的地方？”

“对啊，酷，你明白我是什么意思。”

“我可不觉得我明白，而且奥丽芙可能也不明白。”

汤姆气鼓鼓地说：“行吧，那你会问什么？”

亚当转向奥丽芙：“你的项目针对的问题是什么？为什么你觉得这是最重要的？它填补了文献中的哪些空白？你使用的是什么技术

手段？你能预见的挑战有哪些？”

汤姆气鼓鼓地说：“好的，行，奥丽芙，那你回答一下这些冗长又无聊的问题吧。”

她瞥了一眼亚当，发现他正用一种镇静而充满鼓励的眼神注视着她。他表述这些问题的方式帮助她重新梳理了她的思路，在她发现自己对每一个问题都早有答案后，她的一大半恐惧在一瞬间都消失了。虽说这可能不是他的本意，但他的确帮了她一个大忙。

“好的。”她深吸了一口气，然后重新开始。她努力回想前一天晚上和马尔科姆一起排练的内容，她可以做到的，她必须做到：“是这样的，胰腺癌具有很强的攻击性和很高的致死率，它的预后[1]很差，在确诊的一年后，只有四分之一的人能存活下来。”她觉得自己的声音听起来气息平稳，而且胸有成竹，很好，“问题的关键就在于它是很难被检测出来的，除非在少数已经采取相应治疗的情况下，我们才能诊断出来，可是如果能更快确诊——”

“人们就能得到更早的治疗，而且活下来的机会也更大，”汤姆说着，有些不耐烦地点了点头，“是的，我很清楚，不过我们已经有了一些筛查的工具，比如成像[2]。”

她对于他会提出这个问题并不感到意外，因为成像是汤姆实验室研究的重点。“没错，不过成像的造价过高，耗时过长，而且由于胰腺的位置，所以有时会派不上用场，但是……”她再次深吸了一

1　预后（prognosis），医学术语，指预测疾病的可能病程和结局，分为自然预后和干预预后。

2　成像（imaging），生物样本的造影技术，依照样本尺度大小可以概分为组织造影与细胞分子的显微技术。

口气,“我认为我已经找到了一组生物标志物[1]，并不是从活检[2]中找到的，而是血液生物标志物，具有非入侵性、易于获取的优点，而且价格便宜，在小鼠当中，它可以在第一阶段就检测出胰腺癌。”

她停了下来，汤姆和亚当都在盯着她。汤姆显然很感兴趣，而亚当看起来……老实说，有点儿奇怪，可能是赞赏的表情？不，不可能。

“嗯，这听起来是非常有前景的，那你下一步要怎么做？”

“收集更多数据，用更好的设备进行更多的分析，以证明我的这组生物标志物可以进入临床试验。不过为了做到这点，我需要在一个更大的实验室里待上一段时间。”

“我懂了，”他若有所思地点点头，然后靠在他的椅子上，“但为什么是胰腺癌呢？”

“它是最致命的一种癌症，而且我们目前不太清楚怎么——”

“不是这个，”汤姆打断她，“大多数三年级的博士生都在争夺离心机的问题上钩心斗角，根本无暇去挖掘自己的研究线，你这么有上进心一定是有原因的，是不是你身边有人得了癌症？”

奥丽芙吞了下口水，不情愿地答道：“对。”

“是谁？”

她感到自己的血液瞬间变冷了，她真的、真的不想说出来，然而她此刻却没有办法无视他的问题，因为她需要他的帮助。

“我的妈妈。”

---

1 生物标志物（biomarker），指可以标记系统、器官、组织、细胞及亚细胞结构或功能的改变或可能发生的改变的生化指标。

2 活检（biopsy），“活体组织检查”的简称，亦称外科病理学检查。

好了，话已经出口了，她已经说出来了，所以希望尽量别再回想那件事情——

“她过世了吗？”

奥丽芙顿了一下，犹豫过后，默默地点了点头，目光避开了她身边的这两个男人。她知道汤姆并不是要故意表现得很刻薄，毕竟人们都有好奇心，但这实在是奥丽芙不愿提起的事情。就算在英和马尔科姆的面前，她也很少说起，而且即便所有人都告诉她这件事会让她在竞争中更有优势，她还是在填写研究生院的入学申请时小心翼翼地避开了她的这段经历。

她就是……她做不到。她就是做不到。

“你那时几岁——”

“*汤姆*，”亚当打断了他，语调突然有所升高，“别再烦我女朋友了。”与其说是警告，不如说是威胁。

“说得没错，是啊，我真是个麻木不仁的浑蛋。”汤姆抱歉地笑了笑，奥丽芙注意到他的视线落到了她的肩膀上，而当她随着他的视线看过去，才发现亚当已经把手搭在了她身后的椅背上，他的手虽然没有碰到她的身体，但它放在那儿却有某种……保护的作用。“不过话说回来，你男朋友也是个浑蛋。”他冲她使了个眼色，“好吧，奥丽芙，听我说。”汤姆的身体前倾，并把手肘撑到了桌面上，“我看了你的论文，还有你向生物发现学会研讨会提交的摘要，你还打算去吗？”

“如果可以通过的话。”

“我相信会的，那是一项出色的研究，不过我好像听你说从你提交那份摘要以后，你的项目还在继续进行，我需要了解更多关于这个项目的最新进展，因为如果决定让你明年来我的实验室，我就会为你提供全方位的保障——工资、用品、设备，以及你所需要的一切。不过在此之前，我需要更多地了解你现在进行到了哪一步，以确保你是值得投资的。”奥丽芙感到心跳加速，这听起来似乎很有希望，非常有希望。“你看这样行不行，我给你两周，你回头把你到目前为止所做的一切写成一份报告，包括实验计划、研究结论、遇到的问题。你两周后把报告发给我，我会根据这个报告做出最终的决定，听起来可行吗？”

她粲然一笑，满心欢喜地点着头：“好的！”她绝对可以做到，虽说工作量很大，时间也很有限，但谁还需要睡觉，谁还需要上厕所呢？

“很好，在此期间我们会经常见面的，到时候我们可以多聊一聊。我会和亚当形影不离地度过接下来的几周，因为我们要为刚刚拨下来的那笔经费做计划。你明天来听我的演讲吗？”

奥丽芙根本不知道他有一场演讲，更不用说演讲的时间和地点了，但她还是说：“当然，我都等不及了！”她这样子就像是有人已经在她手机上安装了倒计时的软件一样。

“我今天会和亚当待在一起，那晚些时候咱们在他家见吧。”

哦，不。“呃……”她大着胆子看了一眼表情难以捉摸的亚当，“好的，不过我们总是在我家见面，所以……”

“我懂了，肯定是因为你不赞成他收藏动物标本，对吧？”汤姆站了起来，幸灾乐祸地笑道，“失陪一下，我去点杯咖啡，很快就回来。”

他一走，奥丽芙就立刻转向亚当，现在只剩下他们两个人了，尽管等着他们交换信息的有成百上千个问题，但到她嘴边的第一个问题居然是："你真的在收藏动物标本吗？"

他将环在她肩膀后方的胳膊移开，目光锐利地看了她一眼。

"对不起，我不知道他是你的朋友，也不知道你们两个一起获得了一笔经费，你们做的完全是不同的研究，所以我根本就没想过会有这种可能性。"

"你之前还说过你不觉得癌症研究员可以从和计算建模师的合作中得到帮助。"

"你——"她发现他扯了一下嘴角，她很想知道他们究竟是从什么时候开始和对方拌嘴的，"你们俩是怎么认识的？"

"在我读博士的时候，他是我们实验室里的博士后，我们这些年一直都有联络和合作。"

所以他应该比亚当大四五岁。"你当时在哈佛，对吧？"他点了点头，一个可怕的念头在她的脑海中浮现出来，"万一他因为我是你的假女朋友而觉得必须接受我该怎么办？"

"汤姆不会的，他曾经因为他的表弟打碎了一个流式细胞仪[1]把他解雇了，他不是那种会心软的人。"

他们两个还真是半斤八两，奥丽芙想。"我说，让你被迫对朋友撒谎，我真的觉得很抱歉，如果你想告诉他这都是假的……"

亚当摇了摇头："如果我那么做了，我以后就再也没有改过自新的机会了。"

她放声大笑："确实，可以预见，而且老实说这也会给我带来不

1　流式细胞仪（flow cytometer），是对细胞进行自动分析和分选的装置。

好的影响。”

“不过奥丽芙，如果你最后决定去哈佛一年的话，我需要你帮忙保守这个秘密，一直到9月结束为止。”

她倒吸了一口气，明白了他话里的含义：“当然，如果人们知道我有可能离开，系主任也就再也不会相信你会继续待在这里了，我居然没有想过这个问题，我保证绝对不会告诉任何人！呃，除了英和马尔科姆，不过他们都是很擅长保守秘密的，他们一定不会——”

他挑起一边的眉毛，奥丽芙龇着牙僵在了那里。

“我保证让他们保守秘密，我发誓。”

“感激不尽。”

她看到汤姆正在返回的路上，于是靠近亚当，快速地对他耳语：“还有一件事，他提到的演讲就是那个他明天要做的演讲吗？”

“你是说‘你都等不及了’的那个吗？”

奥丽芙咬了咬她脸颊的内侧：“对，具体的时间和地点是什么？”

汤姆再次坐下的时候，亚当默默地笑了：“别担心，我会把细节发到你的电子邮箱里。”

第6章

假说：和各式各类的家具相比，亚当·卡尔森的大腿在舒适度、安逸度和愉悦度上都能排得上前百分之五。

当奥丽芙打开礼堂的大门时，她和英几乎同时看到对方张大了嘴巴，她们异口同声地说道："我的天哪！"

她来斯坦福两年了，也曾在这个报告厅里参加过无数个强制性的专题研讨会、培训、讲座和课程，但她从来都没见过这个大厅这么拥挤过。或许汤姆是靠发放免费的啤酒把人们吸引过来也说不定呢？

"我觉得免疫学和药理学的学生都是被强制要求参加的，"英说，"而且早些时候，我无意中在走廊听到有五个人在讨论本顿明显是一个'学界公认的帅哥'。"她挑剔地看向讲台，汤姆正在和莫斯教授聊天，"我看他虽然挺帅的，但比杰里米还是差了点儿。"

奥丽芙笑了，房间里又闷又热，空气里充斥着人们身上散发出的汗臭味："你其实不用留下来，这里有发生火灾的危险，况且这次演讲和你的研究也没有半点儿关系——"

"不要，这比我当前的工作更加要紧。"她握起奥丽芙的手，拉着她穿过一大群挤在门口的研究生和博士后，从一旁的楼梯上向下走，但还是被挤得动不了，"如果这家伙要把你从我身边带走，去波士顿待上整整一年，我需要确定他是配得上你这么做的。"她转身朝奥丽芙使了个眼色，"你就把我想成是毕业舞会之前，在女儿的男友面前擦拭步枪的老父亲。"

"哇哦，老爸。"

座位肯定没有了，因为就连地板和台阶上都坐满了人。奥丽芙突然发现亚当就在离她几米远的地方，他换回了平时常穿的黑色亨利衫，和霍顿·罗德古斯正聊得火热。当他们四目相对的时候，她冲他咧嘴一笑，并朝他招了招手。不知道是什么原因——可能基于他们共同分享着一个荒谬又很难让人相信的巨大秘密——在过去几周的某些时候，亚当很努力地在她面前表现得友善。尽管他没有向她招手，但他的目光似乎变得更加温柔和善，嘴角也弯出了一个弧度，她已经能够辨认出那就是专属于他的微笑的样子。

"我不敢相信他们居然没有把演讲换到一个更大的礼堂里，这里几乎没有足够的空间给——哦，不。不，不，不。"

奥丽芙顺着英的视线，看到又有至少二十个人刚刚到达这里。人群很快开始推着奥丽芙向前走，奥丽芙觉得自己快要被挤死了。一个体重大约是英的四倍的神经生物学的一年级生踩到了英的脚趾，她尖叫起来："这也太荒唐了。"

"确实，我简直没法相信还有更多的人正在——"

奥丽芙的屁股撞到了某个东西——或者说，是某个人。她转身正准备道歉，却发现身后的正是亚当，或者说，是亚当的肩膀。他还在和罗德古斯教授交谈，罗德古斯教授正一脸不悦地小声发着牢骚："为什么还得让我们来？"

"因为他是朋友。"

"他可不是我的朋友。"

亚当叹了口气，转过身来，看到了奥丽芙。

"嘿——抱歉啊，又来了一群人，而且显然这个房间的空间是有限的。"她指了指门口的方向，"我觉得这是某条物理学定律，或者类似的东西。"

他点了点头："没关系。"

"我想往后退一步，但是……"

讲台上，莫斯教授拿起了麦克风，开始介绍汤姆。

"来，"亚当从椅子上站起来对奥丽芙说，"坐我的位子。"

"啊。"能够让出自己的座位，说明他人真的很好，尽管不是因为假装情侣的关系来拯救她的屁股的那种好，也不是花二十块钱来给她买垃圾食品的那种好，但还是很好。奥丽芙是不可能接受的，再加上亚当是个教授，也就是说他的年纪要比她大一些，他应该有三十来岁吧，即便看上去很健壮，但也有可能伤过膝盖，而且用不了几年，他就会得骨质疏松了。"谢谢你，不过——"

"事实上，这是个糟糕的主意。"英插话道，她看了看奥丽芙，又看了看亚当，"卡尔森教授，无意冒犯，但你大概有四个奥丽芙那么大，要是你站起来了，这个屋子会挤到爆的。"亚当盯着英，就像他也不知道刚刚是不是受到了侮辱。"不过，"她继续说，这次她看向了奥丽芙，“小奥，如果你能帮我个忙坐到你男朋友的腿上就太好了，那样我就不用继续踮着脚了。”

奥丽芙眨了眨眼，然后又眨了眨眼，接着又眨了眨眼。在讲台上，莫斯教授还在介绍着汤姆：“……从范德堡大学毕业，拿到了他的博士学位，随后去哈佛大学进行博士后研究。在哈佛，他开创了成像领域的多项技术先河……”但她的声音听起来却像是来自非常遥远的地方，可能只是因为奥丽芙此刻脑子里都是英刚刚提出的要求，实在是太……

“英，我觉得这样不太好。”奥丽芙小声嘟囔着，尽量让自己不去看亚当。

英看了她一眼：“哪里不好？我们本来就没什么空间，所以你没有必要再多占一点儿，用卡尔森的腿当椅子是很合理的啊。反正换成我，我是会这么做的，不过他是你男朋友，又不是我男朋友。”

有那么一瞬间，奥丽芙试着想象了一下要是英决定坐到亚当的腿上，他会怎么做，出现在她脑海里的最终是一个有人正在实施谋杀和有人正在被杀的场景——虽然她也不确定究竟谁会杀人，谁会被杀。她脑子里的画面实在太荒唐了，以至于她差点笑出声来。很快她就发现英正用期待的眼神看着她，于是她终于意识到自己可能已经无法从眼前的困境中逃开了：“英，我觉得不——”

“拜托了，旁边这个女孩已经用胳膊肘刺穿了我的右肺，这里的空气大概只能让我再撑三十秒钟了。”

奥丽芙僵硬地转向亚当，他果然和意料中的一样，用他专属的扑克脸抬头看向她。他只是动了动下巴，这可不足以让她从他的脸上得到更多的信息。她不知道这会不会是最后一根稻草，让他背弃他们约定的最后一根稻草，因为即使是为了得到几百万美元的研究经费，可让一个他根本不怎么认识的女孩在一个从来没有过这么多人的房间里坐到他的大腿上，对他来说也过于勉强了。

是可以的吗？她试着用眼睛询问他，因为这在我看来是不可以的，而且多少有点儿过了，这远远超过了和对方说“嗨”，以及相约一起喝咖啡的程度。

他向她微微点了一下头，然后奥丽芙，或者说奥丽芙的躯体就走向了亚当，小心翼翼地坐到他的一条大腿上，她的双膝紧紧地拢在他张开的两腿之间。这件事发生了，就这么发生了，奥丽芙就在这里。

坐在。

亚当。

腿上。

这。没错，*这*。

这就是她的命，好吧。

“对不起。”她低声说，他实在太高了，所以她的嘴巴没能够到他的耳朵，她能闻到他身上的味道——他洗发水的木质清香，他沐浴露的香气，还有某种更深层次的气味，神秘、清爽，又好闻。这一切都给人一种熟悉的感觉，就在几秒后，奥丽芙突然意识到这种熟悉感其实来自他们之前的亲密接触，来自“那晚”，来自那个吻。“真的，*真的*对不起。”

过了好一会儿，他都没有接话。他紧绷着下巴，看着幻灯片的方向。莫斯教授已经下去了，剩汤姆一个人在台上给大家讲着癌症诊断的知识，换作其他任何一个寻常的日子，奥丽芙都会对他讲的东西如饥似渴，但此刻她只想逃离，逃离这场演讲，逃离这个房间，逃离自己的命运。

亚当微微侧过脸，对她说：“没关系。”他的声音听上去有些紧张，好像事实上眼下的状况并不像他说的那么没有关系。

“对不起，我也不知道她会提出这种要求，而且我也想不出什么别的办法去——”

“嘘。”他的手臂滑过她的腰间，将手放在她的身侧。这本该是个让她很不舒服的动作，可她却像得到了某种宽慰。他补了一句：“别放在心上。”声音压得很低，他的话在她的耳中震荡开来，音色浑厚饱满：“我的《第九条》诉讼书里要多加些素材了。”

该死。“老天哪，真的对不起——”

“奥丽芙，”她抬眼看向他，却惊讶地发现他……虽然没有在笑，但也是一副差不多的表情，“我在开玩笑，你很轻，我并不介意。”

“我——”

“嘘，专心听他讲，汤姆可能会问你相关的问题。”

这真的太……说真的，这整件事，这是完完全全、彻彻底底的……

舒服。事实证明，亚当·卡尔森的大腿可以说是这个地球上最舒服的地方了。他以一种令人愉悦的、让人宽心的方式，给了她温暖而坚实的依靠，而且似乎也并不怎么介意奥丽芙半挂在他的身上。过了一会儿，她发现屋子里实在是太满了，以至于其他人根本就无法注意到他们，只有霍顿·罗德古斯会朝他们快速地瞥上一眼——他此前盯着亚当看了很长时间，然后对奥丽芙热情地笑了笑，随后就把注意力收回到演讲上。她挺着背笔直地坐了五分钟后就懒得再装了，干脆靠在了亚当身上，而他什么都没有说，只是调整了一下身体的倾斜程度，好让她坐得更舒服些。

演讲进行到一半的时候，她意识到自己正在从亚当的大腿上慢慢往下滑，或者说其实是亚当发现了这件事，并且把她拽了起来，他用强有力的大手一把将她快速扶正，这让她觉得自己好像真的很轻。而当她再次被固定好的时候，他的胳膊没有从她的腰间移开，干脆直接搭在了那里。演讲已经持续了三十五分钟，却像是过去了一个世纪一样，所以就算她更深地陷到他的怀抱里，也不会有人责怪她的。

还挺不错的，事实上，是比不错还不错的不错，应该说是很好。

“别睡着了。”他喃喃道，她感觉他抵在她太阳穴旁边几缕头发上的嘴唇动了动。本来奥丽芙应该稍微调直一下身体，可她却没办法让自己动起来。

“我不会的，虽然这样坐很舒服。”

他用手指将她的身子束紧，也许是为了叫醒她，也许是为了把她抱得更紧。在她就要融化在她的“椅子”里并开始打鼾的时候，突然听到他说：“你看起来马上就要睡着了。”

“那只是因为我把汤姆的文章都读过一遍了，我早就知道他说的这些东西了。”

“嗯，我也是，我们在申请研究经费的提案里已经引用过这些材料了。”他叹了口气，她感觉到身下的他的身体动了一下，“这太枯燥了。”

“也许你应该提一个问题，活跃一下气氛。”

亚当微微转身看向她：“我？”

她歪着脑袋在他耳边说："我想你绝对能想出办法的。你就举起手，用你平时的语气刻薄地评论一下，然后瞪着他，现场可能就会爆发一场有趣的斗殴了。"

他的嘴巴弯出了一个弧度："你这小鬼太皮了。"

奥丽芙转回头去看幻灯片，笑着说："你有奇怪的感觉吗？向汤姆隐瞒我们的秘密。"

亚当似乎考虑了一下。"没有，"他犹豫了一下，"看起来你的朋友还挺相信我们在一起了的。"

"我想是吧，我不是一个很会骗人的人，所以有的时候我担心英会起疑心。不过几天前我还碰到了他们在研究生院的休息室里亲热。"他们没再说话，安静地听了接下来几分钟的演讲。奥丽芙看到在他们的前面，至少有两个人正打着盹，还有几个人正偷偷地敲击着他们的笔记本电脑，坐在亚当身边的罗德古斯教授已经拿着手机玩了半小时的《糖果传奇》了。一些人已经离开了，英至少在十分钟以前就找到了一个空出来的座位，奥丽芙旁边的几个学生也找到了座位，这就意味着：从严格意义上说，她已经可以站起来，让亚当一个人坐在那里了。从严格意义上说。从严格意义上说，倒数第三排有一把空着的椅子。从严格意义上说。

但她没有那么做，她再次将嘴唇凑到亚当的耳边，低声说道："不得不说，假约会这一整件事情都进行得非常顺利。"岂止是顺利，比她预想的还要好得多。亚当眨了眨眼，然后点了点头，好像将她抱得更紧了些，好像也没有。奥丽芙觉得自己的大脑似乎正在捉弄她，毕竟天色渐晚，距离她的上一杯咖啡也已经过了很长时间了，她也不再那么清醒，此时她的思绪散漫而放松："你呢？"

“嗯？”亚当没有看她。

“对你来说有用吗？”听起来不是很有底气，但奥丽芙告诉自己，这只是因为她必须压低声音，“或者，也许你想提前提出‘假分手’呢？”

他沉默了，而就在莫斯教授拿过麦克风感谢汤姆，并向观众收集问题的时候，她听到他说：“不，我不想‘假分手’。”

他真的很好，有种古怪又不动声色的幽默感。而且没错，他是个公认的讨厌鬼，但他对她已经好到足以让她在某种程度上忽略掉这一点了，再加上他在为她买甜食这件事上花了不少钱，她现在没有什么可抱怨的，真的。

奥丽芙换了一个更加舒服的姿势，把注意力重新移回讲台。

……

演讲结束后，奥丽芙原本打算走到下面的讲台上对汤姆说上几句恭维的话，再问他一两个她已经知道答案的问题，可惜等着和他交谈的人已经有十多个了，她觉得实在没有必要为了拍马屁去排这个队，所以她和亚当道了别。等英从梦中醒来后，她们慢慢地穿过校园，重新回到生物大楼。

“工作量会很大吗？本顿要求的那份报告？”

“相当大。我需要加入一些对照组的研究来让我的结果更有说服力。除了这个，我还有其他的事情要做，助教的工作还在继续，再加上要在波士顿举办的生物发现学会研讨会上放上我的展示海报，”奥丽芙仰起头，暖暖的阳光洒在她的肌肤上，她笑了笑，“如果我这周和下周每晚都待在实验室里，应该就能按时完成了。”

“至少生物发现学会研讨会是非常值得期待的。”

奥丽芙点了点头，一般来说，考虑到过于昂贵的注册费、往返的路费和住宿费，她对学术会议是喜欢不起来的，不过英和马尔科姆也会参加这次的大会，所以奥丽芙对这次波士顿的探索之旅充满了期待。而且在带有免费酒吧的学术宴会上发生的学系内部的戏剧性冲突绝对是会娱乐效果极佳的大秀。

“我正在理工科范围内组织一个帮助来自全国各地的少数族裔女性群体的活动，我会召集像我一样的博士生和申请加入的本科生进行面对面的交流，并向她们保证如果她们来到研究生院，她们就会得到我们的帮助。”

“英，这太好了，你真的太棒了。”

“我知道。”英朝她使了个眼色，挽起奥丽芙的手臂，“我们可以住同一个酒店房间，从展位上拿些免费的小玩意儿，然后一起喝到烂醉。你记不记得‘人类遗传学’那次，马尔科姆醉到抓着他的海报卷筒开始乱砸路人，还有……那儿在干吗？”

奥丽芙迎着太阳的方向眯起眼睛看去。生物大楼的停车场一反往常，变得拥堵起来。人们纷纷按起了喇叭，并从他们的车里走了下来，想要找到造成堵塞的原因。奥丽芙和英沿着一列无法驶出停车场的汽车向外走去，在路上碰到了一群生物系的研究生。

“有人的电池没电了，他的车把出口的一列车都堵住了。”奥丽芙的实验室同学格雷格正一边翻着白眼，一边不耐烦地跳起来向前看去。他指了指一辆斜挡在一个很难通过的弯道上的红色皮卡，奥丽芙认出那是学系秘书谢丽的车："明天是我的论文开题报告答辩时间，我得开车回家准备，这也太荒唐了，什么鬼啊？为什么谢丽还站在那儿悠闲地和卡尔森聊天呢？我们是不是还得给他们送点儿茶和小黄瓜三明治过去？"

奥丽芙环顾四周，寻找着亚当黑色的头发和他高大的身躯。

"啊，没错，卡尔森也在那儿。"英说，她幸灾乐祸地笑了笑，"抱歉，小奥，我的意思是——亚当，你叫他亚当，对吧？不过，你们要是玩过老师学生那种制服诱惑的角色扮演类游戏，我百分之百会洗耳恭听的。"

她顺着英指的方向看去，正好看到谢丽重新钻到方向盘后，而亚当则绕着她的车轻轻地推了推。

"他在——"接着她就说不出话了。他停了下来，将双手放在挂到空挡位置的皮卡后方，然后开始……

向前推。

他的亨利衫被他鼓起的双肩和肱二头肌绷得紧紧的，当他弯下腰将数吨重的皮卡往前推出相当远的距离，并把它推到一个最近的空车位上时，他上背部结实的肌肉在那块黑色的布料下起伏和紧绷得非常明显。

啊。

当皮卡被推到一边的时候，围观的人群中响起了一阵掌声和口哨声。当那列车开始驶出停车场的时候，几个神经生物学的老师过来拍了拍他的肩膀。"真是够了，终于。"格雷格的声音从奥丽芙的身后传来，她依然站在那里眨着眼睛，感到大为震撼，她刚刚是产生了幻觉吗？亚当真的靠自己就推动了一辆庞大的皮卡吗？他该不会是从氪星来的兼职超人吧？

“小奥，去亲他一下。”

奥丽芙猛地转过身来，突然想起了英的存在：“什么？”不，不要，“不用了，我几分钟前才和他说了再见，而且——”

“小奥，你怎么会不想亲自己的男朋友呢？”

呃。“我……不是我不想，只是我——”

“拜托，他刚刚徒手推走了一辆皮卡欸！还是在一个上坡的路段！他绝对值得一个吻。”英推了她一下，做了一个挥手赶人的动作。

奥丽芙别无选择，叹了口气，只得朝亚当的方向走去。

他稍稍向下歪了歪脑袋，拉起T恤的下摆开始擦拭流到眼睛周围的汗，黑发遮住了他的额头，衣服被拉起的部分露出了一大块赤裸的肌肤。不过这没什么不雅的，真的，没什么特别的，就是身材很好的男人的腰腹罢了。但不知道为什么，奥丽芙还是不由自主地一直看向亚当·卡尔森裸露的肌肤，像是看到了美人鱼的尾巴，而且——

“奥丽芙？”他看到她了，她立刻避开他的目光。完蛋了，他看到她在盯着他了。她在一开始的时候强行吻他，现在又像个变态一样在生物系的停车场里色眯眯地盯着他看，还——“有什么要我做的吗？”

“没有，我……”她觉得自己的脸涨得通红，他也因为用力推车而有些脸红，眼神明亮而清澈，而且他看上去……好吧，至少他看到她以后没有不高兴，“英让我过来亲你一下。”

他正在亨利衫上揉搓的双手突然僵住了，然后说了句“啊”，还是平时那种不带什么感情色彩、让人难以捉摸的语气。

“因为你推动了皮卡。我……我知道这听起来有多离谱，我知道的，但我不想让她怀疑，而且这里还有几个老师，所以他们可能会把这件事告诉系主任，看起来会有一箭双雕的效果，不过要是你觉得不行，我可以离开——”

“可以，奥丽芙，深呼吸。”

对，没错，这是个很好的建议。奥丽芙深吸了一口气，这个动作让她意识到自己已经很久没做这件事了。这么想来，她反倒对亚当笑了笑，他同样对她扯了一下嘴角。她真的要开始习惯他这个人了，他的表情，他的身材，他和她相处时的独特方式。

“英是那边的那个，对吧？”亚当从奥丽芙的头顶上方看过去，“穿着一件蓝色的 T 恤？就是那个让你坐在我腿上的那个，梳着马尾辫……是类似马尾辫的那个？”

“是丸子头。对，那个就是英。”

“她在看着咱们。”

奥丽芙叹了口气，捏了捏自己的鼻梁。“我就知道。”她嘟囔着。

亚当用手背擦了擦额头上的汗。

奥丽芙局促不安地问：“所以……我们是该拥抱，还是怎样？”

“哦，”亚当看了看他的手，又低头看了看自己的身体，“我觉得你可能不太会想那么做，我现在还挺让人恶心的。”

她忍不住将他从头到脚打量了一番：他高大的身躯，他宽阔的肩膀，还有他耳边鬈曲的头发。他看起来并不恶心，即使是对于奥丽芙这种平时不怎么喜欢那些身材很好的，一看就像在健身房里花上大把时间进行塑身的家伙的人来说，他看上去……

也并不让人恶心。

不过尽管如此，也许他们还是不要拥抱比较好，奥丽芙也担心自己到头来会做出一些惊世骇俗的傻事，她或许应该和他道别，然后干脆直接离开——没错，这才是她该做的事情。

……如果不是从她的嘴里冒出了绝对称得上神经错乱的东西的话。

“那我们就直接亲吗？”她不假思索地脱口而出，那一瞬间，她真心地希望能从天外飞来一颗流星，然后精准地砸在她所站的位置上，因为——她刚刚是在向亚当·卡尔森索吻吗？她真的做了这种事吗？她怎么突然间就疯了呢？“我的意思是，不是那种*真正的*吻，”她赶紧补充道，“就和之前的那次一样，你懂的。”

可他似乎并不懂。他不懂其实也是情有可原的，因为他们之前的那个吻百分之百是那种*真正的*吻。尽管奥丽芙已经尽量不去回想，但它还是会时不时地闪现在她的脑海中，尤其是在她需要全神贯注地做某些重要的事情的时候，比如在老鼠的胰腺内植入电极[1]的时候，或是在赛百味决定吃什么的时候。它偶尔也会在她安静下来的时候突然冒出来，比如当她躺在床上快要睡着的时候，一种夹杂着尴尬、不安和一些别的什么东西的感觉就会突然袭上她的心头，那是她不想过于仔细地去研究这件事情造成的，现在不想，以后也不想。

“你确定吗？”

1　植入电极（implanting electrodes），美国研究人员研制出的一种新型植入电极，主要由丝质基材、超薄塑料层和纤细金属电极组成，可严密贴合器官曲面，精确监测器官细胞活动。

尽管她根本就不确定，但还是鬼使神差地点了点头。“英还在看着咱们吗？”

他快速抬眼看了看：“是的，而且她都不打算假装一下她没有在盯着这里。我……她为什么要这么关心？是因为你很出名吗？”

“不，亚当，”奥丽芙指了指他，“是你很出名。”

“我？”他看起来很困惑。

“总之，我们还是别接吻了，你是对的，那么做可能确实有点儿奇怪。”

“不。不，我不是这个意思……”一滴汗从他太阳穴的表面滑过，他又擦了擦他的脸，这次用的是衬衫的袖子，“我们可以接吻。”

“哦。”

“如果你觉得……如果你的朋友在看的话。”

“嗯，”奥丽芙吞了一下口水，“不过我们并不是必须要那么做的。”

“我知道。”

“除非你想。”奥丽芙觉得自己的手心又湿又黏，于是偷偷在自己的牛仔裤上擦了一把，“我说‘除非你想’的意思是除非你觉得这是个好主意。”可这和好主意根本就不沾边。相反，这是个糟糕的主意，就像她其他所有的主意一样糟糕。

“好吧，”他越过奥丽芙看向英，她可能正在编辑一个完整的Instagram 故事[1]准备上传呢，“那来吧。”

---

1 Instagram Story，是社交软件Instagram上的一项限时动态故事功能，可将过去24小时的照片与视频剪辑成一段可轻松浏览的10秒（后来时间有所放宽）短片，并会在发布24小时后自动从个人档案与动态上消失。

“嗯。”

他朝她走了几步，不过真的，他并不恶心。“为什么一个刚推完皮卡的大汗淋漓的人还能这么好闻”毫无疑问可以成为一个颇具价值的博士论文主题，也许世界上最优秀的科学家都应该积极地投身这项研究中去。

“我为什么不……”奥丽芙一点点靠近他，一只手犹豫着在空中停留了片刻，随后搭在了亚当的肩膀上。她踮起脚，仰头看向他，不过好像没什么用，她还是够不到他的嘴巴。于是她用另一只手抓住他的胳膊，希望以此得到更多的施力点，但她马上就意识到自己此时已经相当于在抱着他了，而就在几分钟前，他才跟她说过不要这么做。完蛋了。

“抱歉啊，是不是太近了？我本来没打算——”

还没等她把话说完，他就贴了过来，就那样——亲了下去。

这不过是个浅吻罢了——他把嘴唇贴在了她的嘴唇上，或许为了让她站得更稳，他还用手扶住了她的腰。这的确是个吻，但又算不上是一个吻。她的心脏完全没有必要在胸腔里怦怦狂跳，她的下腹也没有必要充斥着阵阵暖流，虽然说不上讨厌，但还是令人有些恐惧和困惑的。仅仅一秒钟后，奥丽芙就打退堂鼓了，当她的脚跟重新挨回地面时，亚当的身体似乎有那么几不可见的一瞬间也跟随着她的撤离而稍稍前倾，似乎想要填补他们嘴巴之间出现的空隙。不过当她使劲眨了眨眼睛，努力从亲吻带来的迷蒙中清醒过来时，他已经直起身子站在她的面前了。他的脸颊有些泛红，胸膛随着短促的呼吸上下起伏。但最后那点一定是她幻想出来的。

奥丽芙现在需要把视线从他身上移开，而他也需要看向别处，可为什么他们还要这样继续对视呢?

“很好。”她故作轻松地说，“那个，呃……起作用了。”亚当动了动下巴，但什么都没有说。“那么好吧，我准备去……呃……”她用大拇指朝身后比画了一下。

“英？”

“对。对，去找英。”

他用力吞了一下口水：“行，好的。”

她亲了他。她亲了他——两次，算上这一次的话。两次。倒不是说这有多么意义重大，也没人会在意，但，两次了，再加上今天早些时候的坐大腿事件，不过这也没有多么意义重大。“我们回头见，下周，对吧？”

他将手指放到唇边，然后马上又把手垂到了身侧：“对，在下周三。”

今天已经是周四了，也就是说距离他们下次见面还有六天的时间。这很好。无论是见面的时间还是频率，对奥丽芙来说，都是很好的。“好，那我们下周三——嘿，那野餐怎么办？”

“那个——啊，”亚当翻了个白眼，他多少有点儿变回自己平时的样子了，“对，那个该死——”他顿了一下，“那个野餐。”

她咧嘴一笑：“在下周一。”

他叹了口气：“我知道。”

“你还是打算去吗？”

他给了她一个眼神，那里面分明写着：我没有别的选择，如果可以，我宁愿用钳子一个一个地拔掉自己的指甲。奥丽芙大笑起来：“好吧，我也会去的。”

“这是唯一值得高兴的事。”

“你要带上汤姆吗？”

“可能会，他还挺喜欢人多的场合的。”

“好的，那我可以稍微跟他联络一下感情，而且我和你可以在系主任的面前好好表现一下咱们的感情是多么矢志不渝，有多少海誓山盟，到时候你在他眼里就是一只失去翅膀的鸟儿，再也没有一丝一毫潜逃的风险了。”

“完美，我可以再伪造一张结婚证明，假装不经意地丢到他的脚边。”

奥丽芙大笑着和他挥手道别，向着英的方向一路小跑。她用手的侧面在嘴上擦了擦，像是在努力清除她人生中第二次去亲吻亚当——亚当·卡尔森教授的这一事实，不过也还好，那算不上一个标准意义上的吻，所以并不重要。

“那么，”英一边说，一边把手机塞进口袋里，“你真的在生物大楼前和亚当·麦克阿瑟·卡尔森副教授亲热了。”

奥丽芙沿着楼梯向上走去：“我很确定那个并不是他的中间名，”她清楚记得在他办公室的金属牌子上写着一个“J”，“而且我们没有亲热。”

“虽然没有，但明显你们很想那么做。”

“才没有，你到底为什么要看着我们？”

“我没有，在他要扑向你的时候，我碰巧抬头看了一眼，我只是没办法移开视线而已。”

奥丽芙哼了一声，把耳机插进端口：“是啊，好巧啊。”

“他真的很喜欢你，从他看你的眼神我就看得——”

“我现在要大声放歌了，要盖过你声音的那种。”

“——不。”

过了很久，久到她已经扑在汤姆布置的报告上好几小时之后，她才想起她在告诉亚当她会参加野餐活动时他说的那句话。

这是唯一值得高兴的事。

奥丽芙低下头，对着自己的脚尖，露出了微笑。

第 7 章

假说：倒在我手上的防晒霜的总量和我想要干掉英的程度有着显著的正相关关系。

要交给汤姆的报告完成了大约三分之一——34 页，单行间距，Arial 字体（11 磅），非边距对齐。现在是上午 11 点，奥丽芙从凌晨 5 点左右就来到了实验室，分析肽样本，记录实验计划……她一直忙到现在。趁着聚合酶链式反应分析仪还在运行，奥丽芙偷偷打了个盹。而就在这时，格雷格气冲冲地闯了进来。

这很反常，但又不至于太过反常。格雷格的脾气本来就有些暴躁，而且在研究生院很多半公开的场合里，经常会发生一些让人情绪爆发的事情。究其原因，在奥丽芙看来，往往是那些会让从未涉足过学术界的人感到无比荒唐的事情，像“从助教介绍到个人简历，他们一连让我说了四次”“我需要的论文得付费才能查看”“我和我的导师开会，然后不小心叫了她一声‘妈’”。

奥丽芙和格雷格的导师都是阿斯兰教授，虽说他们两个一直相处得不错，但也从来不会过于亲近。奥丽芙最初希望通过选择一位女性导师来避免一些经常发生在理工科里针对女性的肮脏行为，但不幸的是，她后来发现实验室里全都是男性，这不是……一个理想的环境。这也就是格雷格冲进来，砰的一声把门关上，将一个文件夹丢到他的工作台上，然后坐在那里开始生闷气时，奥丽芙觉得不知所措的原因。实验室的另一个同学蔡司一脸不安地跟着他进来，小心翼翼地拍了拍格雷格的背。

奥丽芙犹豫了一下，充满渴望地看了看她的 RNA[1] 样本，然后走到格雷格的工作台前问他："怎么了？"

她以为自己会得到诸如"我的试剂已经停产了""我的 P 值[2] 是 0.06"，或者"读研究生就是个错误，但现在退学已经晚了，我的自我价值和我的学习成绩已经牢牢绑定了，如果半途而废的话，那我还能剩下什么"之类的答案，可让她没想到的却是：

"你该去问问你那个蠢男朋友怎么了。"

假约会到目前为止已经进行了一段很长的时间，以至于当别人把亚当说成她男朋友的时候，她也没有什么意外的感觉了。但格雷格的话还是完全出乎了她的意料，而且他话里满满的恶意还是让她忍不住问道："谁？"

"卡尔森。"他咒骂似的吐出这个名字。

1　RNA（ribonucleic Acid），核糖核酸，存在于生物细胞以及部分病毒、类病毒中的遗传信息载体。

2　P 值（P-value），是进行检验决策的一个依据。P 值即概率，反映某一事件发生的可能性大小。

“哦。”

“他在格雷格的论文指导委员会里。”蔡司用明显温和得多的语气解释道，不过他基本没有看奥丽芙的眼睛。

“哦，好吧。”这会很糟，非常糟，“发生了什么？”

“他否了我的提案。”

“该死，”奥丽芙咬了咬自己的下唇，“对不起，格雷格。”

“这会让我的很多事情都被迫延后，我得花好几个月的时间去修改它。全都是因为卡尔森的出现，他太吹毛求疵了，我原本就没想过让他进我的委员会，都是阿斯兰教授，她强迫我加他进来，就是因为她对他那些计算方面的蠢东西非常着迷。”

奥丽芙轻轻咬住脸颊内侧的肌肉，试着说出一些有用的话，可不幸的是，她什么都说不出来：“我真的很抱歉。”

“奥丽芙，你们会说起这些吗？”蔡司突然问她，眼神里充满了怀疑，“他有没有和你说过他没打算让格雷格通过？”

“什么？不，没有，我……”我每周只和他聊十五分钟，而且，好吧，就算我亲了他，两次，还坐过一次他的大腿，但最多也就是这样了，何况亚当还不怎么爱说话。我反倒希望他能多说一点儿，因为我对他一无所知，所以就算我能了解他哪怕很少的一些事情也好，“没有，他没说过，我觉得他要是那么做，就违反规定了。”

“天哪，”格雷格的手掌猛地拍在工作台的边缘，吓了她一跳，“他真是个讨厌鬼，天生的虐待狂。”

奥丽芙张了张嘴，可她张嘴究竟要干什么呢？为亚当辩解？可他的确是个讨厌鬼，还是不遗余力的那种。她见过他讨厌的样子，不过也许最近还好，也许他对她还好，可如果要她掰着指头细数一下总共有多少因为他而掉泪的熟人，那么……她需要用到的不仅仅是她所有的手指头，可能再加上她的十个脚指头还是不够，她可能需要从蔡司那里再借一些过来。

“他最起码有说是什么原因吧？你要修改什么呢？”

“所有。他想让我修改我的控制条件，再加上另外一个，算下来总共耗时会是原来的十倍。而且他说话的时候就带着一种优越感，他实在太傲慢了。”

好吧，这真的是老生常谈了，奥丽芙挠了挠她的太阳穴，尽量抑制住自己想要叹气的冲动：“真是烂透了，对不起。”她又重复了一遍，为自己实在说不出什么更加真诚或者更能安慰到他的话而有些不知所措。

“是的，没错，”他站起身，绕过他的工作台，在奥丽芙的面前停了下来，“你确实应该感到抱歉。”

她愣住了，觉得自己肯定是听错了：“你说什么？”

“因为你是他的女朋友。”

“我……”真的不是，即便她是，“格雷格，我只是在和他约会，我并不是他，你为什么要把我和这件事情扯上关系——”

“这一切对你来说当然是无所谓的，他就是个耀武扬威的浑蛋，你根本就不在乎他是怎么对待专业里的其他人的，否则的话，你根本就没有办法忍受自己和他在一起。”

听他这么说，她不由得退后了一步。蔡司见状，举起双手做出一个维持和平的姿势，并且走到了他们两人之间：“嘿，好了，我们别——”

“我不是那个驳回你方案的人，格雷格。”

“就算你不是，可你也完全不在乎现在半个系的人都活在对你男朋友的恐惧里。”

奥丽芙觉得自己气炸了：“你不能这么说我，我有能力把工作关系和个人感情区分开——”

“因为除了自己，你根本就不会在乎别人的死活。”

“你凭什么这么说？那你要我怎么做？”

“让他别再否掉其他人。”

“让他——”奥丽芙气急败坏地说，“格雷格，这对你来说是亚当否掉你以后的理性反应——”

“啊，亚当，是吗？”

她不得不咬紧后槽牙：“没错，亚当，我该怎么称呼我的男朋友好让你感到开心呢？卡尔森教授？”

“但凡你把系里的任何一个人当成朋友，你都会甩掉你那个该死的男朋友。”

“怎么——你有没有意识到你到底有多无知……”

她觉得没必要再说下去了，因为格雷格愤怒地冲出实验室，砰的一声关上了门，显然他对奥丽芙想要补充的任何内容都不会感兴趣，她用手从上到下抹了一下脸，着实被刚才发生的事情扰乱了心绪。

“他不是……他不是那个意思，至少他不是要针对你。”蔡司挠着头说，这倒是很好地提醒了奥丽芙他的存在，他自始至终一直站在这里，这个房间里，他听到了他们之间所有的对话，还是最前排的观众，用不了十五分钟，他们专业的所有人就会知道这件事情了，“格雷格需要和他的妻子在春天毕业，这样他们就能一起获得博士后的资格了，他们不想分居，你懂的。”

她点了点头，尽管她之前并不了解这个情况，但她还是可以想象他们的难处，于是她的怒火就消散了一大半：“哎，好吧。”朝我发火并不会让他的论文有更快的进展，不过她没有说出这句。

蔡司叹了口气：“并不是说要针对谁，可是你得明白，这对我们来说实在太怪了，因为卡尔森……可能他不在你的任何委员会里，但你肯定知道他就是那种人，对吧？”

她不知道要怎么回答。

“而且你们两个现在在交往，还有……”蔡司耸了耸肩，紧张地笑了笑，“这本来不该是个选边站的问题，但有的时候它就是有那种感觉，你知道吗？”

那天格雷格和蔡司的话一直在奥丽芙的脑中盘旋，久久无法散去。奥丽芙一边想着这些话，一边用她的老鼠过了一遍实验计划，接着这些话又出现在了当她设法找出处理那两个很难解释研究结论的离群值[1]的方法时；她在骑车回家时，暖风拂过她的脸颊，弄乱她的头发，她又一再想起这些话；就连她吃比萨的时候也在想着它们，那真的是她有史以来吃的最悲伤的两块比萨了，因为马尔科姆几周前突然开始走起了崇尚健康的路线（有关培养他的肠道菌群之类的东西），而且他拒绝承认把花椰菜放在比萨的酥皮上并不好吃。

在她的朋友当中，马尔科姆和杰里米在过去都和亚当结下过梁子，但在她和亚当谈恋爱这件事情上，他们似乎都能做到泰然处之。

1　离群值（outlier），也称逸出值，是指在数据中有一个或几个数值与其他数值相比差异较大。

奥丽芙没有考虑过太多别的同学的感受，主要是因为她一直以来都有些独来独往，所以过多地去关注那些和她没什么交集的人的意见和想法，对她来说是一种对时间和精力的浪费。尽管如此，格雷格所说的也或许是有那么一丝真实的成分在的。对奥丽芙来说，亚当绝不是个浑蛋，可当他对她研究院的同学都很恶劣的时候，接受他的帮助是不是就会让她变成一个坏人呢？

奥丽芙躺在她没有整理的床铺上，看着天花板上那些在黑暗中闪闪发光的星星。两年前，她借用马尔科姆的折梯小心翼翼地把它们粘到她的天花板上，如今它们都有些开胶了，床边角落里的那颗大彗星迟早有一天也会掉下来。她没让自己再想下去，而是翻了个身，从床上滚下来，在胡乱丢在房间里的牛仔裤口袋里翻出她的手机。

从亚当把号码给她的几天以来，她就一直没有使用过它——“要是发生了什么事情或是你要取消约会，直接给我打电话就行，它比发邮件可能要快点儿”。她轻触了一下他名字下方的蓝色图标，随即弹出了一个白色的屏幕，对话框中一片空白，没有任何消息的历史记录，这让奥丽芙感到一阵奇怪的焦虑，以至于她在用一只手输入文字的时候，不由得咬起了另一只手上拇指的指甲。

奥丽芙：< 你是不是没有让格雷格通过？ >

亚当从来没有打过电话。从来没有。之前奥丽芙和他在一起的时候，她甚至都没见他拿出手机查看过——尽管有那么大一个实验室的他很可能每分钟就会收到三十封新的邮件。但事实就是，她甚至不知道他还有一部手机。也许他是一个古怪的现代嬉皮士，非常讨厌这些技术设备；也许他给她的是一个办公室的固话号码，所以他当时说的是给他“打电话”；也许他不知道怎么发短信，这就意味着奥丽芙永远都不会收到他的回复——

她觉得手机振了一下。

亚当：<奥丽芙？>

她突然想起来，当时亚当把他的号码给了她，可她却忘记把自己的号码告诉他了，也就是说他没办法知道现在给他发短信的是谁，但他还是靠着令人不可思议的直觉正确地猜出了发短信的人是她。

他真见鬼。

奥丽芙：<对，是我。>

奥丽芙：<你是不是否掉了格雷格·科恩？他开完会以后碰到了我，我看他非常失望。>

对我。因为你。因为我们正在做的这件蠢事。

过去了大约一分钟的时间，奥丽芙觉得亚当可能因为给格雷格带来痛苦而发出了邪恶又刺耳的怪笑，接着他的信息就发过来了：

亚当：<我不能和你讨论其他研究生的论文会议。>

奥丽芙叹了口气，和那只马尔科姆为了祝贺她通过资格考试而送她的毛绒狐狸交换了一个意味深长的眼神。

奥丽芙：<我没有要你告诉我任何事情，他已经告诉我了，更何况我已经承受了他的攻击，就因为我是你的女朋友。>

奥丽芙：<“女朋友。”>

她的屏幕底部出现了三个小圆点，然后它们消失了，接着它们又出现了，最后，奥丽芙的手机振动了。

亚当：<委员会不会否掉学生，只会否掉他们的提案。>

她哼了一声，多少有点儿希望他能听得到。

奥丽芙：<对，没错，去告诉格雷格吧。>

亚当：<我告诉过他，我已经向他具体地解释了他所设计的研究当中有哪些缺陷，他会做出相应的修改，到时候我会在他的论文上签字。>

奥丽芙：<所以你承认了你就是那个最终决定否掉他的人。>

奥丽芙：<或者，像你说的，否掉他的提案。>

亚当：<是的，在目前的状况下，这个提案是不会产生具有科学价值的发现的。>

奥丽芙轻轻咬住脸颊内侧的肌肉，低头盯着手机，她不知道继续这段对话是不是一个糟糕的主意，她不知道如果继续说下去会不会有点儿太过了。可她很快就想起格雷格早些时候是怎么对待她的，于是她嘟囔了一句“去他的”，然后开始打字。

奥丽芙：＜难道你不觉得或许你可以用更和善的方式传达你的反馈吗？＞

亚当：＜为什么这么说？＞

奥丽芙：＜因为如果你那么做了，他现在也许就不会不高兴了。＞

亚当：＜我还是不明白为什么。＞

奥丽芙：＜你认真的吗？＞

亚当：＜处理你朋友的情绪并不是我的工作，他正在攻读的是博士学位，不是小学学位，如果他要追求学术，那以后的人生中，多的是他不喜欢的反馈，他要怎么处理这些是他自己的事。＞

奥丽芙：＜尽管如此，或许你也可以尽量不要像是乐于看到他延毕一样。＞

亚当：＜这简直太荒谬了，他的提案需要修改的原因是它目前所呈现的状态下会让他最终陷入失败的境地，我和其他委员会的成员给他的反馈会让他获得有用的知识。他是一个正在受训的科学家：他应该重视他所获得的指导，而不是对它感到失望。＞

奥丽芙咬牙切齿地输入她的回复。

奥丽芙：＜你必须知道，你否掉的人比其他任何导师都多，而且你批评别人的时候没必要说得那么难听，就像要把人家逼到退学而

且永远不让人家回来一样，你知道学生们是怎么看待你的吗？>

亚当：<我不知道。>

奥丽芙：<充满敌意，而且难以接近。>

这已经是润色过的了。你就是个浑蛋。奥丽芙原本想这么说，可惜只有我知道你可以不表现成那个样子，而且我不明白为什么你和我在一起的时候会那么不一样，我对你来说根本什么都不是，所以你每次在我面前转换人格是没有任何意义的。

屏幕底部的三个小原点跳动了十秒钟、二十秒、三十秒，整整一分钟过去了。奥丽芙重看了一遍她发的上一条短信，想知道是不是就是这个——让她到头来还是过于越界了。或许他正打算提醒她在星期五的晚上 9 点收到短信侮辱并不包含在他们假约会的内容里。然后一个蓝色的气泡框终于出现了，这个气泡框太长了，长到一个屏幕根本容纳不下。

亚当：<我只是在做我的工作而已，奥丽芙，我没有义务非要用友善的方式去提供反馈，也没有义务让系里的学生产生良好的自我感觉。我的工作是培养严谨的研究人员，尽可能避免他们发表没有价值或具有危害的垃圾，从而导致我们这个领域的倒退。学术界充斥着糟糕的科学和平庸的科学家，我不关心你的朋友们是怎么看待我的，我只在乎他们的工作有没有合格，倘若他们在被告知自己还不合格的时候就想退出的话，那就随便他们吧，不是每个人都具备成为科学家的条件，那些不具备条件的人就应该被淘汰。>

她盯着自己的手机，对他表现出的无情和残酷感到深深的厌恶。问题就在于奥丽芙完全理解格雷格的想法，因为她也有过类似的境遇。或许她无法赞同亚当的说法，因为自从她来到理工学院，自我怀疑、焦虑和自卑感总不时地困扰着她。在资格考试前的两周里，她几乎没有睡过觉，她经常担心自己对公共演讲的焦虑会不会对她的事业造成阻碍，而且她总是害怕自己会成为实验室里最笨的那个人。到了现在，她把绝大部分的时间和精力都花在成为一个尽可能最好的科学家上，她试图开辟一条属于自己的道路，并在这条路上有所成就，而一想到有人会对她的工作和感受如此不屑一顾，她就觉得无法接受这种深切的冷血和无情，这也就是她回复得那么不成熟，而且近乎幼稚的原因了。

奥丽芙：<那就去你的吧，亚当。>

不过她立刻就后悔了，但不知为什么，她又不愿意向他道歉。已经过了二十分钟，她意识到今天不会再收到亚当的回复了。手机屏幕的上方弹出一条提醒，上面显示手机电池的电量只剩下百分之五，于是她重重地叹了口气，从床上爬起来，找她的充电器去了。

……

“在这里右转。”

“好的，”马尔科姆用手指轻轻拨了一下转向灯杆，车内狭小的空间里响起了“咔嗒咔嗒”的声音，“向右转。”

“不对，别听杰里米的，向左转。”

杰里米向前探了探身子，用力拍了一下英的胳膊：“马尔科姆，相信我，英从来没有去过那个农场，它在右边。”

“可谷歌地图上说要往左。”

“那谷歌地图肯定弄错了。”

“那我该怎么走？”马尔科姆向着车里的后视镜做了个鬼脸，“左，还是右？小奥，我该怎么走？”

汽车的后座上，奥丽芙将目光从窗外收了回来，抬头看到后视镜里的马尔科姆，耸了耸肩：“我不知道，向右转吧，要是走错了，转到相反的方向就行。”她略带歉意地快速瞥了一眼英，但英和杰里米正忙着假装互瞪对方，根本就没有注意到她。

马尔科姆做了个鬼脸：“我们快迟到了，老天，我讨厌那些笨蛋野餐。”

“我们迟到了有……”奥丽芙瞟了一眼车里的时钟，“……一小时了，已经。我想我们最后到那儿还要再过十分钟。”*我只希望还能剩下一点儿食物。*她的肚子已经咕噜咕噜地叫了两小时，车上的人是不可能没有注意到这一点的。自从上周和亚当发生争执后，她就不想参加野餐会了。她想把自己藏起来，继续做她周末一直在做的事情，不再去想她之前没什么来由地对他说了句“去你的”。也许她应该向阿斯兰教授编个她需要待在实验室的借口，继续完成汤姆的报告。事实证明这份报告比预计的还要棘手和费时，这可能是因为奥丽芙没有办法无视其中的风险，并不断地重新试验、分析，字斟句酌地敲下每一个句子造成的吧。但她在最后一刻改变了主意，因为她答应过亚当要在系主任的面前和他做一场秀。他做了超出他本分的事情，终于成功地让英相信了他们在约会，事到如今，她要是违背约定的话，对他来说就太不公平了。

当然，如果他还愿意继续和奥丽芙打交道的话。

英叹了口气："要不就右转吧，马尔科姆，反正我们终归会到的。要是有人问起来，我们就谎称被美洲狮袭击了。天哪，怎么这么热？这也太疯狂了。对了，我带了防晒霜，SPF[1]30 和 SPF50 的，在没有涂防晒霜以前，你们谁都不许去其他地方。"奥丽芙和杰里米在后座上交换了一个无奈的表情，他们太清楚英的防晒霜强迫症了。

当他们终于到达时，野餐活动正在如火如荼地进行着。像很多提供免费食物的学术活动一样，这次来的人也很多，奥丽芙径直向桌子的方向走去，然后朝阿斯兰教授挥手打了个招呼。阿斯兰教授和其他老师一起坐在一棵巨大橡树的树荫下面，也朝奥丽芙挥手示意，她的开心是毋庸置疑的，因为她发现自己权威的辐射范围已经从学生每周在实验室里度过的八十小时延伸到了他们的业余时间。奥丽芙微微一笑，努力让自己看上去没那么幽怨，她一边抓起一串白葡萄往嘴里塞，一边环顾四下的田野。

英说得没错，这个 9 月异常炎热，一眼望去，到处都是人：有的坐在草坪椅上，有的躺在草地上，有的不断进出谷仓……他们都在享受当下的天气。有几个人在靠近主宅的折叠餐桌上正拿着塑料

---

1 SPF（sun protection factors），日光防护系数，它是防晒化妆品保护皮肤，避免日晒红斑的一种性能指标。

盘子吃东西，旁边进行着至少三场比赛：一场是球员站成一个圆圈的排球比赛，一场是足球比赛，还有一场是十几个裸着上身的家伙进行的飞盘比赛。

“他们到底在玩什么？”奥丽芙问英，她看到罗德古斯教授抢断了一个免疫学的人的动作，然后不安地回头看了看近乎空空荡荡的几张桌子，可供瓜分的食物所剩无几，到现在还剩下什么呢？奥丽芙只想要一个三明治、一袋薯片，或任何别的什么都可以。

“极限飞盘[1]？我猜。我也不知道，你涂防晒了吗？你只穿了背心和短裤，所以你真的得涂。”

奥丽芙又咬了一颗葡萄：“你们美国人和你们的冒牌运动。”

“我非常确定加拿大也有极限飞盘锦标赛，那你知道什么东西是货真价实的吗？”

“什么？”

“黑色素瘤。快涂上防晒霜。”

“我会的，老妈，”她笑了笑，“我能先吃点儿东西吗？”

“吃什么？这儿什么都没有了。哦，那儿还有些玉米面包。”

“哪里——哦，酷。把它拿过来。”

“伙计们，不要吃玉米面包，”杰里米突然从奥丽芙和英之间探出一个脑袋，“杰斯说一个药理学的一年级生在上面打了个喷嚏。马尔科姆去哪儿了？”

“停车……要了命了。”

1　极限飞盘（ultimate frisbee），又称终极飞盘，一种将美式足球概念结合到飞盘上的体育活动，是一种非肢体接触性的运动。

奥丽芙不再搜寻桌子上的东西，抬头看向英，她被英急迫的语气吓到了：“怎么了？”

“就是，要命了。”

“呃，怎么——”

“要命了。”

“这句你已经说过了。”

“因为——要命了。”

她环顾四周，想要弄明白到底发生了什么事情：“什么是——哦，是马尔科姆。或许他找到了什么吃的？”

“那个是卡尔森吗？”

奥丽芙已经走向马尔科姆，看看他有没有找到什么可以吃的东西，她很快把所有关于防晒霜之类的废话抛到了脑后，但当她听到亚当的名字时，突然就停了下来。或许让她停下的不是亚当的名字，而是英说话的方式。“什么？在哪儿？”

杰里米指着玩极限飞盘的那群人：“那个，是他吧？没穿上衣的那个？”

“要命了。”英又重复了一遍，考虑到她再怎么样也受了二十几年的教育，这词汇量实在是过于贫瘠了，“那是六块腹肌吗？”

杰里米眨了眨眼睛：“还可能是八块。”

“那是他真实的肩膀吗？他是做过隆肩手术吗？”

“我终于知道他把麦克阿瑟的奖金用到哪儿了，我觉得现实中不存在那样的肩膀。”

“天啊，那是卡尔森的胸吗？”马尔科姆把他的下巴搭在奥丽芙的肩膀上，“那就是他当时撕掉我论文提案的时候衬衫底下的东西吗？小奥，你为什么没有说过他还是个肌肉型男？”

奥丽芙只是站在那里，脚上像生了根，深深扎进了地下，她的两个手臂也毫无用处地悬挂在身体两侧。因为我也不知道，因为我也没有想到。也或许想过吧，一点点，那天见到他推皮卡的时候想过——尽管她大部分时间都在努力抑制自己往那个方面去想。

“难以置信。”英拉过奥丽芙的手，把它翻转过来，在她手掌上挤了一大坨防晒霜，“来，把这些涂到你的肩膀和腿上，脸上也要涂——你可能属于易患各种皮肤问题的高危人群，雀斑·Mc小姐。还有小杰，你也是。”

奥丽芙呆呆地点了点头，然后开始把防晒霜往自己的胳膊和腿上抹。闻着椰子油的味道，她努力不再去想亚当，不再去想他本来就长那样的事实。可她没法不想，但是，嘿。

“有真实的研究吗？”杰里米问。

“嗯？”英把头发扎成了一个团子。

“关于雀斑和皮肤癌之间有没有必然的联系。”

“我不知道。”

“我觉得应该会有。”

“真的，我现在就想知道。”

“等等，这里有Wi-Fi吗？”

“小奥，你有网络吗？”

奥丽芙用一张看上去几乎没有用过的餐巾纸擦了擦手：“我不知道，我把手机落在马尔科姆的车上了。”

英和杰里米埋头研究起了杰里米的手机，于是她把头转去了别的地方，然后清楚地看到了那群玩极限飞盘的人。他们一共有十四个人，不知道为什么，里面没有一个女人。这可能与大多数理工科专业里普遍过剩的睾酮有关。他们当中，有一半的人是老师和博士后：亚当、汤姆、罗德古斯教授，还有几个是药理学的人。他们都赤裸着上半身，不，不一样，根本不一样，他们没有一个和亚当是一样的。

奥丽芙并不是会对这方面感兴趣的那种人，她完全不是，那些对她具有原始的、本能的吸引力的男人，她用一只手就数得过来，事实上，只需要一根手指头就可以。而此时此刻，这根手指所代表的那个家伙正在朝她跑来，因为汤姆·本顿，上帝保佑他，刚刚笨手笨脚地把飞盘扔到了离奥丽芙大约 10 英尺远的草地上，而亚当，半裸着上身的亚当，刚好就在离飞盘落点最近的地方。

“哦，看看这篇论文。”杰里米兴奋地说。

“卡雷西等人在 2013 年发表的一篇荟萃分析[1]《光损伤的皮肤标志物和皮肤基底细胞的癌变风险》，发表于《癌症流行病学，生物指标和预防》[2]杂志。”

杰里米高兴地挥舞着拳头：“嘿，奥丽芙，你在听吗？”

不，没有，她没在听。她正在忙着把她的假男友从大脑和眼睛里清除出去，而且她希望肚子里那股突如其来的暖流也能尽快消散

1　荟萃分析（meta-analysis），是用于比较和综合针对同一科学问题研究结果的统计学方法，其结论是否有意义取决于其纳入研究的质量，常用于系统综述中的定量合并分析。

2　《癌症流行病学，生物指标和预防》（*Cancer Epidemiology, Biomarkers & Prevention*），创刊于1991年，月刊，由美国癌症研究协会主办并出版，同时也受美国预防肿瘤学学会赞助和支持。该刊发表关于癌症起因、癌症诱发机制、癌症预防和生存率的研究。

掉。她是多么盼望自己能身在别处，或者干脆患上间歇性的失聪和失明。

“听听这个：‘晒斑与基底细胞癌的相关性较弱但呈正相关，优势比[1]约为 1.5。’好吧，我不喜欢这篇。杰里米，拿着手机，我要给奥丽芙多挤点儿防晒霜。这是 SPF50 的，你可能更需要这个。”

奥丽芙把粘在亚当胸肌上的眼珠拔了下来，他现在和她的距离已经近得吓人了，她转身走向英：“等等，我已经涂了一些了。”

“小奥，”英用一种过来人才有的慈母般的口吻对她说——当奥丽芙不小心说出自己把炸薯条当成自己摄入蔬菜的主要途径时，或者当她把彩色和白色的衣服混在一起洗时，英都会对她使用这样的语气，“你知道文献上是怎么说的。”

“我不知道文献上是怎么说的，而且你也不知道，你只是看了一个摘要里的一句话而已，而且——”

英再次抓住奥丽芙的手，这一次，她往她手里倒了将近半加仑[2]的防晒霜。她倒得实在太多了，以至于奥丽芙不得不用另一只手接住快要洒落的部分——她就像个傻子一样站在那里，手像乞丐一样并起来，捧着几乎要淹没她手掌的该死的防晒霜。

“给你，”英笑得特别灿烂，“你现在可以有效地预防基底细胞癌了。讲真的，这病听起来简直太可怕了。”

“我……”但凡奥丽芙能自由活动她的上肢，她的手早就捂到自己的脸上了，“我讨厌防晒霜，黏糊糊的，还让我闻起来像椰林飘

1　优势比（odds ratio），一种描述概率的方式。

2　1加仑约等于3.78升。

香[1]。话说这也太多了。”

“只要皮肤能吸收，你就尽最大可能多涂点儿，尤其在有雀斑的地方，剩下的你分给别人就行。”

“好吧，英，你来点儿，你也来点儿。杰里米，你可是个红头发，你必须来点儿。”

“我可是个没有雀斑的红头发，”他得意地笑了笑，就像他亲自创造了自己的基因一样，“况且我已经涂了一吨了，谢谢你，宝贝。”他俯身在英的脸颊上亲了一下，英也热情地回应了他，他们差点有些没刹住车。

奥丽芙忍住不去叹气：“朋友们，那我要拿这个怎么办？”

“那你再找找别人，马尔科姆去哪儿了？”

杰里米哼了一声：“在那儿，和裘德在一起。”

“裘德？”英皱了皱眉。

“没错，那个神经生物的五年级生。”

“那个医学博士？他们是在约会还是——”

“朋友们，”奥丽芙用尽力气才没有让自己大喊出来，“我动不了啦。拜托，快来解决一下这个防晒霜惹出来的麻烦。”

“天哪，小奥，”英翻了个白眼，“你有的时候真的太小题大做了。坚持一下——”她向奥丽芙身后的一个人挥了挥手，然后提高嗓门说，“嘿，卡尔森教授！你涂防晒霜了吗？”

就在那百万分之一秒的瞬间，奥丽芙的整个大脑都燃烧了起来，

1　椰林飘香（piña colada），是由白朗姆酒、凤梨汁和柠檬汁调制而成的一款鸡尾酒。

然后瞬间化为一团灰烬，随之付之一炬的还有她的数千亿个神经细胞、数千亿个胶质细胞，还有不知道多少毫升的脑脊髓液，它们全都在一刹那不复存在了。她身体的其他部分运作得也不是很好，奥丽芙觉得自己所有的器官都进入了实时关闭状态。从认识亚当以来，奥丽芙有过至少十次希望自己当场去世的感觉，或被地球突然张开的嘴巴吞下去，或被一场意外的灾难袭击，总之，只要能让她摆脱他们尴尬的互动就可以。不过这一次，也许世界末日是真的到来了。

别转过去，*她中枢神经中仅剩的一些东西是这么跟她说的*。*假装你没有听到英的话*，*这一切就能凭空消失了*。然而，这是完全不可能的。他们之间似乎形成了一条直线：奥丽芙，她对面的英，还有可能——必定站在奥丽芙身后的亚当。奥丽芙似乎没什么选择了，准确地说，她没有任何选择，尤其是在亚当还没怎么意识到英的邪恶想法，没怎么看到在奥丽芙手上安营扎寨的那足有一大桶多的防晒霜的当口儿，脱口说出一句："没有。"

很好，完蛋了。

奥丽芙转过身来，看到他满身是汗地站在那里。他的左手拿着一个飞盘，上身很赤裸，非常、非常赤裸。"那简直太完美了！"英爽朗地说，"奥丽芙的太多了，正不知道怎么处理，就让她给你涂一点儿吧！"

亚当看着她，脸上完全是一副让人无法捉摸的表情。奥丽芙本想向他道歉，或者钻到桌子底下，或者，至少向他打个招呼——但她什么都没有做，只是直勾勾地盯着他。她发现尽管他们最后一次联系的时候她对他相当无礼，但他看起来似乎并没有生气，只是若有所思、略带困惑地看看奥丽芙的脸，又看看她手中那一捧白乎乎的黏液，可能正努力地想办法摆脱眼下的混乱状况——不过随后，他还是缴械投降了。

他点了一下头，然后转过身去，将飞盘扔向罗德古斯教授，背上的肌肉随着他的动作不断起伏，她听到他向罗德古斯教授大喊："我们休息五分钟！"所以他们真的是有在认真比赛的，当然了，他们真的是在进行那个该死的比赛。这就是她的命，这些都是她的选择，她的可悲的、愚蠢的、轻率的选择。

"嘿。"他们相互靠近时，亚当率先开口朝她打了个招呼。他看着她的手，看着她有点儿像乞讨似的把双手捧在身前，毫无疑问，她身后的英和杰里米正心照不宣地看着他们。

"嘿。"她脚上穿着人字拖，他穿着的是运动鞋，而且——他一直都很高，但现在对她来说，他实在是太高了，以至于她的眼睛对到的恰好是他的胸肌，而且……不，不行，她做不来。

"你能转个身吗？"他听后犹豫了一下，但还是照做了，他温顺得实在有些反常。可即使这样，奥丽芙的困扰还是没有得到解决，因为他的背同样很宽，和他的胸比起来丝毫不逊色，"你能，呃……低下点儿头吗？"

亚当低下头，直到他的肩膀……好吧，还是高得离谱，但不管怎样，她总算勉强够得到了。她抬起右手的时候，一些防晒霜滴到了地上——*这才是它们原本该在的地方*，她邪恶地想到。把防晒霜涂到亚当身上的时候，她不由得感慨，因为她从没想过，从来没有想过自己会给亚当·卡尔森涂防晒霜。

这已经不是她第一次触碰他的身体了，所以她也不该再为他的肌肉有多硬，或者他的肉基本没什么弹性而感到惊讶了。奥丽芙记得他推皮卡的方式，想象着他的卧推力量可能是她体重的三倍。她强迫自己别再想下去了，因为照这样的情况来看，她的思路很可能会向着奇怪的方向发展。而现在的问题是，她的手和他的皮肤之间没有任何阻隔物，他的皮肤被晒得很烫，在她的触摸下，他的肩膀保持着放松和一动不动的状态。即便这是公共场合，但他们这么亲密的举动也会让人觉得过于暧昧。

“呃，”她觉得有些口干舌燥，“可能我得给你道个歉，把你牵连进这种尴尬的状况里来，我真的非常抱歉。”

“没关系。”

“不过我还是觉得很抱歉。”

“这不是你造成的。”他的声音有些尖锐。

“你还好吗？”

“嗯。”他点了点头，但动作稍显紧绷，这让奥丽芙意识到也许他并没有她原本以为的那么放松。

“如果从 1 到‘相关关系等于因果关系’的量表上来看，你讨厌这个的等级是多少？”

不过让她没想到的是，他竟然轻声笑了起来，尽管声音还是有些紧张：“我并不讨厌，况且这又不是你造成的。”

“我知道这是在所有可能发生的事情里最糟糕的，还有——”

“奥丽芙，这不糟，”他稍稍转过身来，好能看着她的眼睛，他眼神中混杂着喜悦和一种奇怪的紧张感，“而且这种事情还会继续发生。”

“好吧。”

他的手指从她的左手手掌上轻轻滑过，偷偷取了一些她手里的防晒霜。总的来说，这对她来说是最好的，她真的不想在她百分之七十的同学面前，将防晒霜揉进他的胸肌里，更别说她的老板阿斯兰很可能正在密切地监视着他们的一举一动，不过她也可能没有那么做。奥丽芙并不打算转身查看究竟有多少人在注视着他们，她宁愿生活在不那么幸福的无知当中。“主要是你总爱和一群真的特别爱管闲事的人混在一起。”

她不禁大笑起来：“我知道，相信我，我现在真的很后悔和英做朋友。”她的手移动到他的肩胛骨上，那里有很多小的痣和雀斑，她不知道是不是可以用手指在上面玩按点连线的游戏，她完全可以想象自己会画出怎样惊艳的图像来。“不过，嘿，科学家已经证明了长期涂防晒霜是有好处的。话说你真的太苍白了。来，再低下一点儿，我就能够到你的脖子了。”

“嗯。”

她绕到他的正面，他实在太魁梧了，以至于她不得不在用掉剩下所有的防晒霜后，可能还需要再向英索要一点儿。“至少系主任能看到一场大戏，而且你看起来也很开心。”

他直勾勾地看了一眼正在用手给他的锁骨抹防晒霜的她，这让奥丽芙觉得自己的脸颊瞬间变得火辣辣的：“不，我是说——不是因为我……我刚刚的意思是，你玩飞盘的时候看起来很开心，类似这些。”

“那肯定比闲聊要好。”他做了个鬼脸。

她大笑：“有道理，而且我觉得这就是你身材这么壮的原因，我打赌你从小到大一直参加各种运动就是因为不想和别人聊天，这也解释了为什么你现在都成年了，性格还是这么——”奥丽芙突然停了下来。

亚当挑起一边的眉毛："充满敌意，而且难以接近？"

完蛋了。"我可没这么说。"

"你只是打了字而已。"

"我——我很抱歉，真的很抱歉。我不是故意要——"她抿起双唇，一时慌了手脚，然后她留意到他眼角慢慢出现了褶皱，"浑蛋，你整我？"

她在他的胳膊下面轻轻掐了一下，他大叫了一声，笑意更明显了，这反倒让她不知道他下一步会做些什么了。要是她用防晒霜在他胸前写下她的名字作为报复，到时候周围的皮肤都被晒黑，她的名字自然就凸显出来了。她试着想象了一下他脱下T恤，在他浴室的镜子中看到印在他身上的五个字母后，脸上会是怎样的表情，他到时候会不会用指尖触摸它们呢？

太疯狂了，她告诉自己，这所有的一切，都在让你慢慢失去理智，他真的很帅，而且你发现他很有吸引力。可这没什么大不了的，又有谁会在意呢？

她在他的肱二头肌上擦了擦基本上已经不剩什么防晒霜的双手，向后退了一步："你可以走了，敌意教授。"他身上混合着清爽的汗味、他的体味和椰子的味道。下次见他就要等到下周三了，奥丽芙也不知道为什么她在想到这点时，感到了一阵奇怪的胸闷。

"多谢，我想还要谢谢英。"

"嗯。你觉得下次她会让我们做什么？"

他耸了耸肩："拉手？"

"或者互相喂草莓？"

“真有你的。”

“或许她会升级她的小游戏。”

“假婚礼？”

“假装一起买房？”

“假装签房贷合同？”

奥丽芙大笑，他看向她的眼神温和、耐心，又充满好奇……她一定是产生了幻觉，可能她的脑袋不太对劲，她应该戴个遮阳帽的。

“嘿，奥丽芙。”

她把视线从亚当身上移开，发现汤姆正在朝他们走来。他也没穿上衣，身材非常健壮，腹肌的轮廓明显，很容易就数得出腹肌的块数。不过不知道为什么，对奥丽芙来说却没有任何吸引力。

“嗨，汤姆，”虽说她因为被他打断而有些恼火，但还是笑了笑，“我很喜欢你那天的演讲。”

“那天的演讲很棒，不是吗？亚当有告诉你我们改变了计划的事情吗？”

她歪过脑袋：“改变计划？”

“我们的研究项目获得了很大的进展，所以我们下周要去波士顿完成哈佛方面的准备工作。”

“哦，那太好了。”她转向亚当，“你们打算去多久？”

“就几天。”他的语气非常平静。不知出于什么原因，奥丽芙在得知时间并不太长的时候感觉松了口气。

“奥丽芙，你能在这周六之前把你的报告交给我吗？”汤姆问，“那我就能用周末的时间看一遍。趁着我还在这儿，咱们到时候可以稍微讨论一下。”

尽管她的大脑因为一阵慌乱和随之亮起的硕大的红色预警灯而瞬间爆炸，可她还是设法保持着微笑：“好的，当然可以，我会在周六的时候把它交给你。”哦，天哪。哦，天哪。她必须夜以继日地工作才行，恐怕这周她都没觉可睡了，就连她去厕所尿尿的时候都得带着她的笔记本电脑了。“完全没问题。”她又补充道，以使她更加相信自己的谎言。

“完美。”汤姆对她眨了眨眼，也或许他只是因为阳光太强所以眯起了眼睛，“你还回去玩吗？”他问亚当，在见到亚当点头后，他一转身，继续回到了游戏中。亚当又犹豫了一秒，然后朝奥丽芙点了点头就离开了。她努力不在他跑回去的时候一直注视他的背影，他的队伍似乎对于他的回归感到特别开心。显然运动是亚当·卡尔森的另一个长项——这也太不公平了。

她不用看就知道，在刚才过去的五分钟里，英、杰里米和剩下的几乎所有人都在注视着她和卡尔森的一举一动。她从离她最近的一个冷藏箱里拿出一罐苏打水，提醒自己这样才能实现他们当初订立约定的初衷，然后在橡树下找了一个离她的朋友们——这次防晒霜事件的始作俑者们很近的位置。此时此刻他们全都坐在树荫下，真是让人摸不着头脑。

经历了刚才的一切，她甚至都不怎么饿了。她被迫在众目睽睽之下给她的假男友涂抹防晒霜，这简直是个不大不小的奇迹。

“所以，你觉得他怎么样？”奥丽芙转向英。英的头正躺在杰里米的大腿上，马尔科姆的目光则紧紧地追随着那群玩飞盘的人，显然在阳光下奔跑的霍顿·罗德古斯已经完全让他无法自拔了。

“嗯？”

“卡尔森嘛，我觉得他和你在一起的时候跟和我们在一起的时候不大一样，还是说他也反复地对你说过‘你的 X 轴和 Y 轴上标的字体小得让人恼火’？”

奥丽芙抱着双膝微笑起来，因为她完全能想象亚当说这话时的样子，她几乎可以在脑中听到他的声音。

“没有，至少现在还没有。”

“那他是怎么样的？”

她张开嘴想要回答，觉得这个问题相当简单，当然了，简直小菜一碟：“他就是……你懂的。”

“我不懂，他肯定比表面看到的复杂得多。他脾气那么差，那么喜欢否定别人，那么爱生气，还——”

“他不是。”奥丽芙打断了她，但很快就有点儿后悔了，因为这并不完全是真的，“他可以是那样的，但他也可以不是那样的。”

“要是照你这么说的话，”英并不全然信服地点了点头，“那你们是怎么开始约会的？你从来都没有和我说过。”

“啊……”奥丽芙移开视线，向远处看去，亚当肯定做了什么值得注意的事情，因为罗德古斯教授正在和他击掌庆祝，她注意到汤姆从球场向她这边看过来，于是笑着向他挥了挥手，“呃，我们就是聊聊天，喝喝咖啡，还有……”

“那这些又是怎么开始的呢？”杰里米怀疑地插话道，“怎么有人会答应和卡尔森约会呢？好吧，在看到他半裸之前。”

你亲了他。你亲了他后，他还主动向你伸出援手，给你买司康饼[1]，用古怪又宠溺的语气叫你小鬼，即便他在做回那个爱发脾气的浑蛋时，看起来也没有那么糟糕，或者说不算太糟糕。反倒是你给他发信息让他滚蛋，最有可能让一切都毁掉的其实是你。

“他就是约我出去，然后我同意了。”不过这是个再明显不过的谎言，因为这就不是他会做出的事情。一个在《柳叶刀》上发表过论文并且有着发达的背部肌肉的人，是不会约像奥丽芙这样的人出去的。

“所以你们不是在 Tinder[2] 上认识的？”

“什么？根本不是。”

“可大家都是这么说的。”

“我连 Tinder 账号都没有。”

“那卡尔森有吗？”

没有吧，也可能有？奥丽芙按了按她的太阳穴：“谁说我们是在 Tinder 上认识的？”

马尔科姆看了看杰里米：“事实上，有传言说他们是在克雷格列表[3] 上认识的。”

“什么？”

马尔科姆耸了耸肩：“我没说我信了。”

“可你们为什么要讨论我们呢？”

1　司康饼（scone），一种英式速食面包（quick bread）。

2　Tinder，国外的一款手机交友 App，作用是基于用户的地理位置，每天“推荐”一定距离内的四个对象，根据用户在脸书上面的共同好友数量、共同兴趣和关系网给出评分，得分最高的推荐对象优先展示。

3　克雷格列表（Craigslist），美国一家广告网站。

英伸出手来，拍了拍奥丽芙的肩膀："别担心，我们现在不怎么讨论了，虽然之前确实总说，但后来莫斯和斯隆在女洗手间里就大家处理血液样本的事情大吵了一架，人们对你们的事情就不怎么感兴趣了，好吧，多少还有点儿吧。"她坐起来，一把搂过奥丽芙，将她抱在怀里，奥丽芙闻起来像个椰子，烦人，都怪那个讨厌的防晒霜，"嘿，冷静，我知道有些人觉得这件事很怪，但是我、杰里米和马尔科姆是替你高兴的，小奥。"英微笑着宽慰她，奥丽芙也因此放松下来，"主要是，你终于不再是处子之身了。"

第 8 章

假说：在分数从 1 到 10 的李克特量表[1]上，杰里米对时机的把握绝对是负 50，而且平均的标准误差不超过 0.2。

第 37 号货架里的醋盐味薯片已经卖光了，老实说，奥丽芙觉得这根本说不通，因为她在晚上 8 点进来的时候，还偷偷向休息室里的自动售货机那儿看了一下，当时机器里还剩下至少一袋她想要的薯片。她清楚记得她拍了拍牛仔裤屁股上的口袋，然后摸到四个 25 美分硬币后的那种狂喜。她还记得她很期待那个时刻的到来，应该是在两小时以后，到时候她预计会完成三分之一的工作，那样她就

1 李克特量表（Likert scale），由美国社会心理学家李克特于1932年在原有的总加量表基础上改进而成的。该量表由一组陈述组成，每一陈述有“非常同意”“同意”“不一定”“不同意”“非常不同意”五种回答，分别记为5、4、3、2、1，每个被调查者的态度总分就是他对各道题的回答所得分数的加总，这一总分可说明被调查者的态度强弱或其在这一量表上的不同状态。

可以奖励自己一袋四楼的自动售货机里当之无愧的至尊零食了。然而真到了她可以领取自己奖励的时候，却连一袋薯片都没有了。可问题是奥丽芙已经把她那几个宝贵的硬币塞进了投币口，而且她实在太饿了。

她选择了 24 号（Twix 巧克力[1]）——尽管远远不如她的醋盐味薯片，但也还说得过去——接着响起一个沉闷又令人失望的重击声，巧克力掉进了自动售货机底部的取物口。她弯腰拿出她买的巧克力，略显失望地盯着它那金色的包装纸在她的手中闪闪发光。

“你要是醋盐味的薯片就好了。”她对着它小声嘀咕，声音里带着一丝怨恨。

“给你。”

“啊啊！”她吓了一跳，立刻转过身来，把双手放到身前，摆出防御的姿势——甚至也可能是攻击的，却发现休息室里出现的只有亚当一个人，他正坐在中间的一张小沙发上，似乎正饶有兴致地看向她。

她戒备的姿势慢慢放松下来，然后把双手抱在胸前，想让自己突然加快的心跳回归正常：“你什么时候到这儿的？”

“五分钟前？”他平静地看着她，“你进来的时候我就在了。”

“那你怎么没吭声呢？”

他歪过脑袋：“我也想问你这个问题来着。”

她用手捂住自己的嘴巴，试图从恐惧中恢复过来：“我没看见你，你为什么会不声不响地坐在黑屋子里呢？”

---

1 特趣巧克力，玛氏公司旗下品牌。

“灯坏了，老问题了。”亚当拿起他的饮料——那是一瓶写着“赛拉菲娜”的可乐——多少有些滑稽，奥丽芙记得他有一个叫杰斯的研究生，曾经抱怨过亚当是严格禁止他们把食物和饮料带进他的实验室的。他抓起一个放在垫子上的东西递给奥丽芙：“给你，剩下的薯片归你了。”

奥丽芙眯起眼睛：“是你。”

“我怎么了？”

“是你偷了我的薯片。”

他的嘴巴弯出一个弧度：“抱歉，剩下的给你了。”他往包装袋里瞄了一眼，“我没有吃掉很多，我想应该没有。”

她犹豫了一下，然后向沙发走去，在有些迟疑地接过那个小袋子后，坐到了他的旁边：“那就谢谢你了。”他点了点头，喝了一口饮料。在他向后仰头的时候，奥丽芙试着不去盯着他的喉咙看，所以她把视线转移到自己的膝盖上：“你在晚上——”奥丽芙瞟了一眼时钟，“——10 点 27 分的时候还要摄入咖啡因吗？”想想看，鉴于他平时总是充满活力的样子，他根本就不该摄入任何咖啡因。不过如今他们每周三都要一起喝咖啡，而奥丽芙就是促成这件事情的人。

“我害怕自己睡太多。”

“为什么这么说？”

“我需要给一个截止时间是周日晚上的研究补助项目做一组最后的分析。”

“哦，”她往后一靠，换了个更为舒服的姿势，“我还以为这种事情会有手下替你完成。”

“事实上，要求你的研究生替你开夜车是会被人力反对的。”

“别开玩笑了。”

“是真的。那你又在干什么？”

“在写要交给汤姆的报告。”她叹了口气，“我明天就要发给他了，可有一段我就是不……”她又叹了口气，“为了确保万无一失，我重做了一些实验分析，可我做分析的设备实在是……唉。”

“你和艾塞古尔说过吗？”

艾塞古尔，他是这么称呼阿斯兰教授的。当然了，他是她的同事，又不是她的研究生，所以他叫她“艾塞古尔”是合情合理的。他已经不是第一次这么叫她了，奥丽芙也不是第一次才注意到这件事，只不过在他们单独坐下来聊天时，这种差异其实是很难被忽略的。亚当是老师，而奥丽芙显然不是，他们完全是不同世界的人，真的。

“我说过，但我觉得实验室已经没钱去买更好的设备了。她是个很棒的导师，只不过……她丈夫去年生病了，所以她决定提前退休，感觉她现在也不太关心实验室的事情了。”奥丽芙揉了揉她的太阳穴，她觉得自己的头要开始疼了，但前面还有一个漫长的夜晚在等待着她，“你会把我和你说的这些告诉她吗？”

“当然。”

她抱怨道：“千万别！”

“可能还要把你向我索吻，诱导我加入你假约会的秘密计划，还有最重要的关于防晒霜的事都告诉她。”

“天哪，”奥丽芙弯下身子，把脸埋在膝盖上，伸出手抱在头上，“天哪，防晒霜。”

“是啊，”因为被手挡住了，所以他的声音听起来有点儿闷闷的，

“是啊，是有点儿……”

“尴尬？”她提醒道，她直起身子，做了个鬼脸。亚当正看向别处，她也不知道他脸红的样子是不是她想象出来的。

他清了清嗓子：“和别的事情比起来是有点儿。”

“对啊。”还有其他的事情，很多都是她不愿意提及的事情，因为她所认为的其他事情和他所认为的其他事情显然是不同的，他所认为的其他事情可能是“糟糕的”“痛苦的”和“有被冒犯”，而她所认为的……

“防晒霜的事会出现在《第九条》的诉讼书里吗？”

他扯了一下嘴角：“那就写在第一页，非双方自愿的防晒霜涂抹事宜。”

“拜托，是我把你从基底细胞癌的魔爪里拯救出来的。”

“其实是打着 SPF 的幌子在我身上乱摸。”

她用 Twix 巧克力猛地拍了他一下，他略微有些闪躲，这让她觉得特别好笑：“嘿，你要来一半吗？因为我打算承包你剩下的所有薯片。”

“不了。”

“你确定？”

“受不了巧克力。”

奥丽芙盯着他，不可置信地摇了摇头：“不愧是你，不是吗？所有好吃的、可爱的，还有让人感到安慰的东西你都讨厌。”

“巧克力很恶心。”

“你只想活在由黑咖啡和原味奶酪贝果组成的黑暗又苦涩的世界里，偶尔再来点儿醋盐味的薯片。”

“但显然你才最喜欢那些薯片吧……”

“这不是重点。”

“——而且我很高兴你记住了我点过的东西。”

“这并不难，因为你总是点一样的东西。”

“最起码我从来都没点过那种叫作独角兽星冰乐的东西，小鬼。”

“那个特别好喝，味道就像彩虹一样。”

“不过是糖和一些食用色素而已。”

“那可是整个宇宙里我最喜欢的两样东西。对了，谢谢你买给我。”尽管奥丽芙一直在忙着做汤姆的报告，因而没能跟亚当说上几句话，她承认这多少让她有些沮丧，但独角兽星冰乐为这周三的假约会带来了美好的享受。

“不过话说回来，汤姆他人呢？只有咱们两个在周五的晚上埋头苦干吗？”

“出去了，我觉得应该是去约会了。”

“去约会了？他女朋友住在这儿吗？”

“汤姆有很多女朋友，而且在各地都有。”

“有没有假的？”她笑容满面地看着他，可以看出他也非常想笑，“我要付你 50 美分吗？来买你的半袋薯片？”

“你还是留着吧。”

“太好了，那大概是我月薪的三分之一呢。”

他终于被她成功逗笑了，而且——变化的不仅仅是他的表情，他们所在的整个空间都发生了改变。奥丽芙需要极力控制自己的肺，才能让它不要突然罢工，她需要持续地吸入氧气，好让自己不要迷失在他眼角出现的几条细纹和他脸颊正中的小酒窝里。“很高兴知道原来我毕业这么多年以来，研究生的工资就没再涨过。”

“你读博士的时候也是靠方便面和香蕉活下来的吗？”

“我不喜欢香蕉，但我记得我吃了很多苹果。”

“苹果很贵的，你在金钱方面也太挥霍了。”她歪过脑袋，不知道该不该问那件她特别想知道的事，尽管她告诉自己这么问可能并不合适，可她还是问了出来，“你今年多大？”

“三十四。”

“哇哦。”她以为他比三十四岁更小，或者更大，或者，她根本就认为他是存在于一个永恒维度中的人，所以在听到一个具体的数字时，她觉得实在是太奇怪了。他出生在一个特定的年份，比她出生的那年早了将近十年。“我二十六。”奥丽芙也不知道自己为什么要主动提起这个，他根本就没有问她，“去想象你曾经也是个学生，这本身就是一件很古怪的事情。”

“是吗？”

“嗯，你上大学的时候也像这样吗？”

“像哪样？”

“你懂的，”她对他眨了眨眼睛，“充满敌意，而且难以接近。”

他瞪了她一眼，但她已经变得不再把它当回事了：“其实，当时的我可能比现在更糟。”

“我就知道，”当她把身体向后靠，并且开始准备搞定她的薯片——那个整个自动售货机里她最想要的零食的时候，他们之间出现了一阵短暂而自在的沉默，“那现在有变好吗？”

“什么？”

“这个，”她不自觉地在自己周围打了一个手势，“学术界。你研究生毕业以后，它有变好吗？在你当了老师以后？”

“没有，天哪，没有。”他看起来真的有被这种设想吓到，这也太好笑了。

“那你为什么还要留下来？”

“不清楚，”他的眼中闪过一丝奥丽芙无法解释的东西，但——也并不奇怪，因为关于亚当·卡尔森，她不知道的事情还有很多，他很讨厌，但也有着让人意想不到的深度，“可能是沉没成本的谬误吧，一旦你在这件事上投入很多的时间和精力，那你就很难再走出去了。”

她“嗯”了一声，思考着他刚才的话：“曾经有个人跟我说过，学术界花了大量经费，却没有得到什么具有重要意义的伟大成果，所以你需要找到一个真正能让你坚持下去的理由。”她想起在洗手间遇到的那个男人，想知道他现在会在哪里，他有没有顺利毕业，他记不记得在世界的某个角落，有一个女孩不知为什么，经常会不经意地想起他们曾经偶然的邂逅，“不过，听到他这么说，还是挺让人沮丧的。我知道研究生院对于每个人来说都是痛苦的，而且在周五的晚上看到已经有终身教职的老师也在这里实在太让人难过了，像你这样的人原本应该，我不知道，或许应该躺在床上看着网飞的电视剧，或者和你的女朋友共进晚餐——”

“难道你不是我的女朋友吗？”

奥丽芙笑了起来：“又不是真的。”可既然都说到这儿了，你到底为什么没有女朋友呢？因为我越来越弄不明白了，除非你根本就不想找，或许你只喜欢一个人待着，就像你一直表现出来的那样。而我来了，在你身边烦着你，我本该把我的薯片和糖果直接塞进口袋，马上回到我那些烦人的蛋白质样本前，可不知出于什么原因，在你身边实在太舒服了，尽管不知道为什么，但我已经深深地被你吸引了。

“你会待在学术界吗？”他问，“等你毕业以后。”

“可能会，也可能不会，”他微笑起来，而奥丽芙大笑着说，“我还没有决定。”

“好吧。”

“只是……这里有我喜欢的东西，我喜欢待在实验室里，喜欢做研究，每次提出新的研究想法，都会让我觉得自己正在做的是件特别有意义的事情。可如果以后打算走学术这条路的话，那我还要做很多别的事情，那些事情是我所……”她摇了摇头。

“别的事情？”

“对，主要是一些公关之类的东西，像申请经费，然后说服别人资助我的研究，建立人脉对我来说简直就是地狱一样的存在。还有公开演讲，甚至是那种需要取得别人好感的一对一的谈话，这对我来说都是非常困难的。每到这种时候，我的脑袋就会爆炸，整个人都会僵在那里，所有人都在看着我，准备对我指指点点，我的舌头也不听使唤了，然后我就由衷地希望我可以原地去世，整个世界也可以随之毁灭，还有——”她发现他在微笑，于是愁眉苦脸地对他说，“反正你能明白我的意思就行。”

“如果你愿意的话，你是可以做些事情的，只要多练习就好了，比如让你的思路更有条理之类的。”

“我知道，我试着这么做了——在和汤姆见面以前我就做了准备，可当他问了我一个非常简单的问题时，我还是结结巴巴，像个傻子一样。”后来是你帮了我，帮我整理思路，甚至不动声色地就帮我摆脱了困境，“我也不知道，可能是我的脑子坏掉了吧。”

他摇了摇头：“和汤姆见面的那次，你表现得非常好，尤其是你当时还被迫坐在你假男友的旁边。”她并没有指出正是因为他的存在才让事情变得好了起来，“汤姆显然被打动了，这可是个不小的壮举，如果说有人把它搞砸了，那也肯定是他。对了，他那么做我真的很抱歉。”

“他做了什么？”

“强迫你说起自己的私生活。”

“哦，”奥丽芙移开视线，看向自动售货机发出的蓝色的光，“没关系，都过去很久了。”听到自己继续往下说，她觉得很惊讶，她居然感觉自己想要继续说下去，“那是我上中学时的事了。”

“那确实……很小。”他的语气中有些特别的东西，也许是因为没有明显的情绪起伏，也许是因为没有过多的同情，她反而奇怪地感到安心。

“我那时十五岁。那天我和妈妈在那里，只是……我甚至不知道是怎么发生的。皮划艇。我当时想养一只猫。我们在争论倒垃圾的事，她说垃圾桶已经溢出来的时候，我就不应该再往上面丢垃圾，而是要把它们拿出来。接下来的事情就是她确诊了，三周以后她就——”她无法继续说下去，她的嘴唇、她的声带和她的心都无法组织出那几个词了，所以她把它们吞了下去，“儿童保护机构不知道要怎么安置我到成年的那天。”

“你爸爸呢？”

她摇了摇头：“我连他的照片都没见过，我妈说他是个浑蛋。”

她轻声笑道，“我从来不倒垃圾的基因就是从他们的家族遗传过来的，而且我祖父母一辈的人在我很小的时候就过世了，因为显然我身边的人一直以来都是这么做的。”她试着用开玩笑的语气说出来，她真的努力想让自己看上去没有那么悲惨，甚至觉得自己已经做到了，“就是……只剩我自己了而已。”

“那后来呢？”

“在寄养家庭待到十六岁，然后我就获得自由了。”她耸了耸肩，不愿再回想下去，“如果能早点儿发现就好了，哪怕早几个月都好——那她可能就会活下来了。手术和化疗可能真的有用，而且我……我一直很擅长研究科学这件事情，所以我觉得至少我能做点儿什么……”

亚当把手伸到口袋里找了一会儿，随后掏出一张皱皱巴巴的纸巾。奥丽芙疑惑地盯着它好一会儿，才发现自己的脸颊不知为什么已经被打湿了。

啊。

“亚当，你刚刚是要给我一张用过的纸巾吗？”

他抿起嘴：“可……可能吧，我只是一时被吓到，不知道该怎么办了。”

她破涕为笑，接过他那张不怎么平整的纸巾，擤了擤鼻子。既然他们都接过两次吻了，用同一张纸擦鼻涕又有什么大不了的呢？“对不起啊，我平时不是这样的。”

“怎么样的？”

“爱哭。我……我不该说这个的。”

“为什么？”

“因为，”这很难解释清楚，每次谈到她的妈妈，她就会变得既悲伤又感性，这就是她几乎从来不提这件事的原因，也因此，她才会对癌症深恶痛绝，它不仅夺走了她最爱的人的生命，也让她人生中那些最幸福的瞬间变成了噩梦一样的存在，“它让我想哭。”

他微笑道：“奥丽芙，你可以聊这件事，而且你也要允许自己哭。”

她能感觉出来，他是认真的。她可以一直聊她妈妈的事情，不管聊多久，他都会一秒不落地用心听下去，可她并不确定自己已经做好了畅所欲言的准备，所以她耸了耸肩，试着换个话题：“无论如何，那些都过去了。我现在做着自己喜欢的实验室的工作，而且基本上也不怎么理会其他的事情，像是文献摘要、学术会议、人际交往、教学工作、被拒绝的经费申请，”奥丽芙指着亚当的方向，“还有被否掉的论文提案。”

他扬起嘴角：“你的实验室同学还在为难你吗？”

奥丽芙满不在乎地摆了摆手：“他本来就不怎么喜欢我，但也无所谓了，他会恢复过来的。”她咬了咬嘴唇，“我对那天晚上的事很抱歉，我太没礼貌了，你完全有发脾气的权利。”

亚当摇了摇头，“没关系，我能理解。”

“我明白你的意思，你就是不想要一支三流的千禧一代的科学家队伍。”

“我可没用过‘三流的千禧一代的科学家’这种词。”

“不过也差不多，我还是觉得你在提反馈意见的时候，不需要那么苛刻，即便你更委婉地提出你的批评，我们也能明白你的意思。”

他转过来，看了她好一阵，才点了一下头：“记下了。”

“那你以后可以不那么严厉吗？”

“不大可能。”

她叹了口气：“我说，我要是真的因为假约会这件事情失去了所有的朋友，走到所有人都讨厌我的那一步，到时候没有一个人愿意理我，你就得每天陪着我，我还会一直不断地骚扰你，那你还会觉得刻薄地对待这个专业的所有研究生是件值得的事吗？”

“当然了。”

她又叹了口气，这次脸上却带着微笑。她把头靠在他的肩膀上，虽然可能有些唐突，但她觉得很自然——也许是因为他们对如何在需要秀恩爱的场合下表现自己早已驾轻就熟了，也许是因为他们一直在谈论的事情，也许是因为夜已经深了。亚当……好吧，他并没有表现出介意的样子，他就在这里，在她的太阳穴下，从他黑色的棉质卫衣里透出安静、自在、温暖而可靠的力量。她静静地靠了他好一会儿，然后听到他打破了沉默：

“对于让格雷格修改论文提案的事情，我并没有觉得抱歉，让我觉得抱歉的是这件事把你也牵扯了进来，让你无辜被骂。而且只要我们的关系还在继续，这种事情就有可能再次发生。”

“好吧，我也要为短信的事向你道歉。”她再次说道，“不过你真的很好，即使你充满敌意又难以接近。”

“谢谢夸奖。”

“我要回实验室了，”她站起身来，抬起一只手，按了按自己脖子的根部，“看来我那个灾难性的印迹是不会自行修复了。”

亚当眨了眨眼，眼中闪过一丝光亮，就好像他没想到她会这么快离开，就好像他希望她再多待一会儿：“为什么是灾难性的？”

她抱怨道："就是……"她拿出手机，轻点了一下起始键，找出最新拍摄的一张蛋白质印迹[1]的照片。"看到了吗？"她指着靶蛋白[2]，"这里——它不应该……"

他若有所思地点了点头："你确定起始样本是没问题的？还有凝胶？"

"对，我认为是没问题的，不会过黏，也不会过干。"

"那问题可能就出在一抗[3]上了。"

她抬头看着他："你这么觉得？"

"嗯，如果是我的话，我会先检查一下稀释液和缓冲液，如果都没问题的话，那也可能是不稳定的二抗[4]出了问题。如果还是不行，你就来我的实验室，你可以借用我们的，其他的设备和用品也是一样的，如果你有什么需要，直接找我的实验室负责人就可以。"

"哦，哇哦，谢谢。"她笑了，"好的，我现在真的有点儿后悔没让你加入我的论文指导委员会了，可能有关你特别凶残的传言被过分夸大了。"

他扯了一下嘴角："也可能是你把我最好的一面激发出来了呢？"

她咧嘴一笑："那或许我就该留下来，然后把系里的所有人从你

---

1 蛋白质印迹（western blot），检测、分析特定蛋白质的生物学检测技术，用于确定样本中特定蛋白质的特性、大小和丰度。

2 靶蛋白（target protein），由生物活性化合物处理和控制的功能性生物分子。

3 一抗（primary antibody），能和非抗体性抗原特异性结合的蛋白，以大鼠、小鼠、山羊和兔等动物为宿主，以单克隆或多克隆抗体的形式生产。

4 二抗（secondary antibody），第二抗体能和抗体结合，即抗体的抗体，其主要作用是检测抗体的存在，放大一抗的信号。

的坏脾气里拯救出来？”

他瞥了一眼她手上的蛋白质印迹的照片：“既然这样，那你一定没法很快毕业了。”

她喘着粗气大笑道：“我的老天，你刚才——”

“客观地——”

“这是最无礼、最卑鄙的事——”她大笑起来，一手捂着肚子，一手对他摇了摇食指。

“——基于你的印迹——”

“——任何人永远都不可以对一个在读的博士生这样说，永远不可以。”

“如果真的让我放手去做，我绝对能想出更卑鄙的事。”

“行了，绝交吧。”她希望自己的脸上没有挂着笑容，那么也许他就会严肃地对待她的话，而不是用那种充满耐心又饶有兴致的表情看着她，“说真的，尽管我们的曾经还是很美好的。”她站起身来要走，装出一副很生气的样子，但他抓住她运动衫的袖子，轻轻地拉了拉，于是她再次坐了下来，挨着他坐在狭窄的沙发上——或许他们挨得比之前更近了。她继续瞪着他，但他显然不为所动，仍然温柔地看着她。

“其实五年多才毕业也没什么不好的。”他用安抚的语气说。

奥丽芙哼了一声：“你不过是想让我永远留在你身边，直到你的《第九条》诉讼书变成有史以来最庞大、最翔实和最有说服力的那一个。”

“其实这就是我一直以来的计划，这也是我突然亲你的唯一原因。”

“哎呀，别说了。”她把下巴埋进胸口，咬着自己的嘴巴，希望她像个白痴一样咧嘴傻笑的样子没有被他发现。“嘿，我能问你一件事吗？”亚当充满期待地看着她，这个表情最近经常表现在他的脸上，于是她继续说，声音变得很柔很轻，“你究竟为什么要这么做？”

“做什么？”

“假约会。我知道你想让自己看上去不再有潜逃的风险，可是……你为什么不真正地去找个人约会呢？我的意思是，你也没那么坏。”

“这个评价好高啊。”

“不是，拜托，我想说的是……从假约会里你的表现来看，我敢肯定有很多女人……好吧，一些女人是会想和你进行真正的约会的。”她咬了咬自己的嘴唇，手里抠着自己牛仔裤膝盖上裂开的洞，“咱们是朋友，虽然一开始不是，但现在是了，所以，你可以跟我说。”

“咱们是吗？”

她点了点头。是的。是的，我们是。拜托！“好吧，虽然你提到了毕业时间，这的确打破了维系我们学院友谊的神圣原则，但如果你告诉我现在这样要比你去找个真正的女朋友更好，我就考虑原谅你。”

“确实更好。”

“真的？”

“是的。”他似乎很诚实地答道。他的确很诚实，亚当不会撒谎，在这一点上，奥丽芙完全可以赌上她的生命作为担保。

“可为什么呢？难道你很享受隔着防晒霜被抚摸？还是很珍惜向学校的星巴克捐上大几百块的机会？”

他淡淡一笑，然后收起了笑容。他同样也没有看向她，而是望着她几分钟前丢在桌上的皱皱巴巴的塑料包装袋。

他吞了一下口水，她看到他的下巴动了动。

“奥丽芙，”他深深地吸了口气，“我想你应该知道——”

“啊！我的妈呀！”

他们俩都吓了一跳，奥丽芙比亚当受到的惊吓更大，她转身看向休息室的门口，杰里米站在那里，正用一只手夸张地捂着自己的胸口：“你们吓死我了，你们在这黑黢黢的地方坐着干吗？”

那你来这里干吗？奥丽芙很想不客气地反问他。“只是闲聊几句。”她说。尽管这样并不能很好地描述此刻正在发生的事情，然而她却不能确切地说出原因所在。

“你们吓死我了。”杰里米有点儿嗔怪地又重复了一遍，“小奥，你不是在写你的报告吗？”

“对啊。”她偷瞄了一眼旁边一动不动、面无表情的亚当，“我就是出来透口气，其实我这就打算回去了。”

“哦，酷，我也一样。”杰里米微笑着往自己实验室的方向指了指，“我得去隔离一群还没有交配过的果蝇，在它们还没有交配之前，知道吗？”他挑了挑眉毛，奥丽芙勉强挤出一个几不可见的假笑。通常来说，她是很喜欢他的幽默感的，不过只是通常来说，此时此刻，她真的希望……她也不确定自己希望怎样。“小奥，你要一起回去吗？”

不要，事实上，我在这里挺好的。“好啊。”她不情愿地站了起来。亚当也跟着站了起来，收拾了一下他们刚才用的包装袋和空瓶子，分类丢进了回收垃圾箱里。

“祝你度过愉快的一晚，卡尔森教授。”杰里米站在门口说。亚当只是向他略微点了一下头，那双眼睛再次变回了难以解读的状态。

我看那就这样吧，她想。她不知道为什么胸口像是被压了一块大石头一样，可能只是因为她累了，或者只是吃得太多了，也可能是还没有饱。“回头见，亚当，对吧？”她喃喃道，然后向门口走去，准备离开这个房间。她把声音压得很低，所以杰里米基本上听不到，也许亚当也没有听到，因为她并没有听到他的回应。然而，当他从她身边经过的时候，她感受到他的指关节轻轻擦过她的手背：

“晚安，奥丽芙。”

第9章

假说：我在电子邮件里提到附件的次数越多，我实际在邮件里添加附件的可能性越小。

时间：星期六，下午6:34

发件人：Olive-Smith@stanford.edu

收件人：Tom-Benton@harvard.edu

主题：胰腺癌研究报告

嗨，汤姆：

这是你要求的报告，详细描述了到目前为止我所做的工作，以及我对未来方向的想法和我以它为基础需要拓展的资源。很期待听到你对这份报告的看法！

此致

敬礼！

奥丽芙

时间：星期六，下午 6:35

发件人：Olive-Smith@stanford.edu

收件人：Tom-Benton@harvard.edu

主题：胰腺癌研究报告

嗨，汤姆：

对了，忘记添加附件了。

此致

敬礼！

奥丽芙

时间：星期一，下午 3:20

发件人：Tom-Benton@harvard.edu

收件人：Olive-Smith@stanford.edu

主题：胰腺癌研究报告

奥丽芙：

报告已经看完了。你看你可以来亚当家聊聊这份报告吗？明天上午 9 点可以吗？我和亚当会在周三下午动身前往波士顿。

TB

奥丽芙：< 汤姆刚刚邀我去你家聊我发给他的报告的事，我过去合适吗？ >

亚当：< 当然了，什么时候？ >

奥丽芙：< 明早 9 点。你到时候在家吗？>

亚当：< 可能吧。你需要搭车吗？我可以去接你。>

奥丽芙：< 我的室友可以送我过去，不过，还是谢谢你的好意。>

……

马尔科姆把她送到一幢非常漂亮的西班牙殖民时期遗留下来的房子前，房子外墙是用灰泥粉刷的，带着拱形的窗户。马尔科姆一直拒绝从房子的私人车道上退出去，直到奥丽芙同意在她的背包里塞进了一罐胡椒喷雾。她沿着砖砌的小路走到房子的入口，满院的绿植和门廊温馨的氛围让她不由得惊叹不已。就在她准备按门铃的时候，她听到有人喊了她的名字。

亚当出现在她身后，他全身是汗，显然刚刚结束晨跑。他戴着一副太阳镜，下身穿着一条短裤，上身穿着一件普林斯顿大学数学竞赛的 T 恤，胸前的布料有点儿粘到身上了。他这一身的搭配中，唯一不是黑色的只有他耳朵上的那对苹果无线耳机，它们从他湿漉漉的鬈发里探了出来。她感觉自己的脸上出现了一个弯弯的笑容，她试着去想象他耳机里此刻正播放着的是什么，可能是 Coil[1] 的歌、发电站乐队[2] 的歌、地下丝绒乐队[3] 的歌，也可能是关于 17 世纪法国建筑的 TED 演讲、节水型园林改造的播客节目，又或者是鲸鱼的声音。

如果可以的话，她会从她的薪水里拿出一大笔钱来换取单独翻看他手机五分钟的机会，为的就是弄乱他的播放列表，添加一些泰勒·斯威夫特的歌，或许再加点爱莉安娜·格兰德的歌，主要是为了拓宽一下他的涉猎范围。尽管她无法透过黑色镜片看到他的眼睛，但她其实也不需要看到，因为他在发现她的那一刻就扬起了嘴角。尽管他的笑容很淡，可她很确定，那就是一个笑容。

“你好吗？”他问。

奥丽芙这才意识到原来他一直在盯着她看：“呃，嗯。抱歉啊，你呢？”

他点了点头：“来的路上还好吧？”

“嗯，我正要敲门呢。”

“不用了。”他从她身边走过，帮她打开门，等着她走进屋里，然后把门关上。她闻到了他身上的气味——夹杂着汗味、肥皂味和

---

1 Coil，英国乐队，组建于1982年，风格有电子、黑暗氛围、试验音乐、工业金属。成员有约翰·巴伦（John Balance）、彼得·克里斯托弗森（Peter Christopherson）、塞波尔·桑德拉（Thighpaul Sandra）、波斯·布朗（Ossian Brown）。

2 发电站乐队（Kraftwerk），德国的前卫音乐团体，在电子音乐开疆拓土的历史中扮演十分关键的角色。

3 地下丝绒乐队（The Velvet Underground），美国摇滚乐队，对美国的Rock & Roll有深远的影响。

某种浓郁的好闻的味道——让她再一次好奇为什么自己会对这个味道产生熟悉的感觉。“汤姆可能在里面。”

亚当的住所明亮又宽敞，陈设非常简单。“不是说有动物标本吗？”她小声问。

如果不是发现汤姆正坐在厨房里拿着笔记本电脑打字，亚当显然就要朝她比中指了。汤姆抬头看到她，朝她粲然一笑——她希望这是一个好的征兆。

“谢谢你过来，奥丽芙，因为我不太确定在离开之前还有没有时间再去一趟学校。请坐吧。”亚当离开了房间，可能是去洗澡了。奥丽芙感觉自己的心跳开始加速，因为汤姆已经根据她的报告做出了决定，在接下来的几分钟里，她将得知自己未来命运的走向。

“你可以帮我说明几件事吗？”他说着，把笔记本电脑转向她，指着她之前发送给他的几个图形，“好让我能正确地理解你的实验计划。”

二十分钟后，亚当回来了，他的头发湿漉漉的，身上穿的是一件黑色亨利衫，她怀疑他的衣橱里有数不清的黑色亨利衫，尽管这件稍稍有点儿不大一样，但还是恰到好处地贴合他的身形。奥丽芙刚刚完成对她的 RNA 分析的解释，汤姆正用他的笔记本电脑做着笔记。

“你们弄完以后，我可以送你回学校，奥丽芙，”亚当说道，“反正我都要开车。”

“我们已经弄完了，”汤姆说着，手上还在敲着键盘，“她现在归你了。”

哦。奥丽芙点点头，小心翼翼地站起身来。汤姆并没有给出一个明确的答案，他对她的项目提出了很多聪明又有趣的问题，可他没有告诉她他是否想在来年和她一起工作。这是不是说明他最终会给她一个否定的答案，但不大愿意在她“男朋友”的家里告诉她这个消息？要是他一直以来都觉得她的项目并不值得投资该怎么办？要是他只是看在亚当这个朋友的面子上和她做做样子该怎么办？虽然亚当说过汤姆不是那样的人，但要是他并不了解他，而且现在——

“可以走了吗？”亚当问，她抓起背包，试着让自己振作起来。没事的，她会没事的，她可以过一会儿再哭。

“当然。”她在转身离开的时候，最后看了一眼汤姆，可不幸的是，他似乎完全专注在自己的电脑上，“再见，汤姆，今天很高兴见到你，祝你一路顺风。”

“我也是，”他连看都没有看她，“今天聊了很多有趣的东西。”

“嗯。”他说的应该是基于基因组的预后的部分，她一边想，一边跟在亚当身后向房间外走去。她怀疑那一部分太没有说服力了，但她太笨了，不管怎样，报告发出去就是发出去了。笨蛋，笨蛋，笨蛋。她本该加强那一段的阐述的。现在最重要的事情就是让自己不要哭出来，至少不要在这里哭出——

“还有，奥丽芙。”汤姆补充道。

她在门框下停住了，回头看向汤姆：“嗯？”

“明年我会在哈佛见到你，对吧？”他的视线终于和她对到，“我给你准备了超棒的工作台。”

她的心情被瞬间引爆了，一种最纯粹的喜悦在她的胸腔里炸裂开来，奥丽芙觉得强烈的幸福感、自豪感和快慰感自上而下冲刷过她的全身，这股力量强烈到可以轻而易举地将她击倒在地，但出于某种生物学上的奇迹，她居然还能保持直立，并且还对汤姆笑了笑。

“我等不及要去看看了，”她说，她几乎要喜极而泣了，“真的很谢谢你。”

他朝她使了个眼色，给了她一个亲切而充满鼓励的微笑。奥丽芙强忍着激动的心情，一直等到走出屋子，才兴奋地挥了挥拳，她来回跳了好几次，接着又挥了挥拳。

“你好了吗？”亚当问道。

她转过身来，这才想起自己并不是一个人。他的手臂交叉在胸前，手指轻敲着他的肱二头肌。他的眼里充满了宠溺——她本该感到尴尬的，但她无法抑制地飞奔向他，扑到他的怀里，紧紧抱住他。她闭上了眼睛，而他在犹豫了几秒之后，也伸开双臂，将她搂入怀中。

“恭喜。”他抵着她的头发轻声说，就像奥丽芙要再次泪崩一样。

他们坐进亚当的车里——一辆普锐斯，完全就是他会开的那种车——然后向学校驶去，她感觉太过开心了，以至于不大可能安静下来。

“他要接收我了。他说他要接收我了！”

“他要是不收你，那他就是个白痴。”亚当温柔地微笑着，“我就知道他会这么做。”

“他告诉过你吗？”她睁大了眼睛，“你说你就知道，可你都没有告诉过我——”

“他没有，我们没有讨论过你的事。”

“哦？”她歪过脑袋，在汽车座椅上转过身来，好以更好的角度看向他，“为什么？”

“心照不宣的默契。因为可能牵扯到利益上的冲突。”

“对哦。”当然了，这是有道理的。一边是好朋友，一边是女朋友，好吧，其实是假的女朋友。

“我能问你件事吗？”她点了点头。“美国有那么多癌症实验室，你为什么选择了汤姆的？”

“呃，其实不算是我选择了他，而是因为我之前给很多人发过邮件，其中还有两个是在加利福尼亚大学旧金山分校的，那儿可比波士顿近多了，但到最后只有汤姆回复了我。”她将脑袋靠在椅背上，这才第一次意识到自己将要远离现在的生活整整一年的时间，她和马尔科姆的共享公寓，和英的促膝长谈，还有亚当。不过她很快就把这个想法抛到了脑后，现在还不是时候，她还没有做好认真考虑这件事的准备。“不过话说回来，你们导师为什么从来不回复学生们的邮件呢？”

“因为我们每天都会收到两百来封邮件，而且大部分的邮件都是在问‘为什么我只得到了一个C-？’。”他沉默了片刻，“我觉得今后你完全可以找你的导师来帮忙，那样你就不用自己去联系了。”

她点了点头，记下了他的话。“不过哈佛的事能进展得这么顺利，我还是很开心的，这也太棒了！汤姆的名气太大了，我可以在他的实验室里做所有我想做的实验，我可以每天二十四个小时、每周七天都待在实验室里。如果实验结果符合我的预期，我就有可能在影响力很大的杂志上发表论文，而且也许在几年之内就能开始临床试验了。”她对未来充满希望，“嘿，咱们除了是出色的假约会合伙人以外，现在还有了一个共同的拍档！是不是很酷？”她突然想到一件事，“不过，你和汤姆的研究项目是什么？”

“基于细胞的模型[1]。”

“非晶格模型[2]？”他点了点头。“哇哦，真的太酷了。”

“这绝对是我正在做的最有趣的项目，而且这笔经费也来得正是时候。”

“什么意思？”

他在更换车道的时候沉默了片刻：“它和我所有受助的项目都不一样，其他的那些都是基因相关的课题，所以这个是很有趣的，不过不要误会我的意思，毕竟十年以来一直在研究同一个东西，多少都有点儿固化了。”

“你的意思是……枯燥？”

“都要枯燥死了。我甚至也短暂地考虑过在工业界找个工作。”

奥丽芙倒吸一口凉气。从学术界转向工业界会被视作最终极的背叛。

“别担心，”亚当微微笑道，“汤姆挽救了局面。我当时告诉汤姆我再也不喜欢做研究了，但他和我经过头脑风暴，找到了很多新的研究方向，那些都是我们热衷探索的东西，接着我们就写了经费申请报告，能再次找到工作的热情是一件让人高兴的事情。”

奥丽芙突然对汤姆涌起了感激之情，不仅因为他即将拯救她的项目，还因为是他让亚当继续留在了他的工作岗位上，是他给了她

1　基于细胞的模型（cell-based models），是将生物细胞表示为一个离散实体的数学模型。

2　非晶格模型（off-lattice），允许细胞在空间中连续运动，并可以根据控制单个细胞之间机械的相互作用力的定律及时更新系统的模型。

一个认识亚当的机会："嘿，你知道吗，我们得喝杯咖啡庆祝一下。"

"庆祝什么？"

"所有的一切——你的经费，我去哈佛借读，还有我们进展得无比顺利的假约会。"

她的这个提议似乎有些不合理，因为明天才是他们假约会的日子。可上周三他们只在一起待了短短的几分钟，而且她从上周五的晚些时候就开始强行一再地放下手中的手机，抑制住大概三十次想要给他发送消息的冲动。因为他可能对她想要告诉他的事情完全不感兴趣，他根本不需要知道在蛋白质印迹这件事上他的判断是正确的，出问题的的确是一抗。他是不可能在周六的晚上 10 点回复她的信息的，可她实在太想知道他是不是在办公室了，于是她在编辑和删除了两次信息之后，终于发了一条"嘿，在干吗？"给他，不过让她庆幸的是，她在最后关头还是放弃了给他转发《洋葱新闻》[1]上那篇关于防晒提示的报道，那是她前一天看到的一篇搞笑文章。

尽管她的这个提议可能不太合理，但今天是一个意义重大的日子，她很想庆祝一下，和他一起。

他轻轻咬了咬脸颊的内侧，愁眉苦脸地问："你说的是真正的咖啡，还是洋甘菊茶？"

"那要看你会不会对我发脾气了。"

"如果你再点南瓜之类的东西，我就会生气。"

她翻了个白眼："你真没品位。"她的手机响起了一个提示音。

1 《洋葱新闻》(*The Onion*)，由一家专门以幽默手法炮制假新闻，以独到的构思和创作录制具有嘲讽性的新闻和新闻人物视频的组织创刊，涉及的内容包括日常家居、流行文化、政治生活等。

"啊，我们在喝咖啡以前，得先去接种弗吕切拉流感疫苗。"

他的眉心出现了一条竖线："要去哪里？"

"打弗吕切拉流感疫苗，"奥丽芙重复了一遍，不过从他额头那道竖线的加深程度来看，好像再重复几遍都无济于事，"为教职工和学生提供的免费大规模流感疫苗。"

亚当做了个鬼脸："这疫苗叫弗吕切拉？"

"对啊，就像那个叫科切拉[1]的音乐节一样。"显然亚当没怎么听说过，"你没有收到学校发的通知邮件吗？我至少收到五封了。"

"我有个很好用的垃圾邮件过滤器。"

奥丽芙皱了皱眉："斯坦福的邮件也会被屏蔽掉吗？不应该啊，那样的话，一些管理员和学生的重要邮件也会被过滤掉了——"亚当挑起一边的眉毛："嗯，对啊。"*不要笑，不要笑，他并不需要知道他多会逗你开心。*"好吧，我们该去打流感疫苗了。"

"我就不打了。"

"你已经打过了吗？"

"没有。"

"我相当肯定这是强制性的，每个人都必须打。"

亚当的肩膀清楚地表明，他其实并不包含在"每个人"的范围之内："我从不生病。"

"我不相信。"

"真的。"

1　科切拉音乐节（Coachella），每年在美国加利福尼亚州印第奥市举行为期三天的音乐和艺术的节日。

“喂，这次的流感要比你想象的严重得多。”

“没有那么严重。”

“非常严重，尤其是对像你这样的人来说。”

“像我这样的人？”

“你懂的……就是上了一定岁数的人。”

他扯了一下嘴角，拐进了学校的停车场里：“你这小鬼。”

“来吧。”她向前探了探身子，用食指戳了戳他的肱二头肌。时至今日，他们已经有过太多肢体上的触碰，不管是在公开场合，还是在他们独处的时候，又或者兼而有之的情况下。这样的触碰并不让人尴尬，反而给人一种舒服自然的感觉，就像奥丽芙和英或马尔科姆在一起时的感觉一样。“咱们一起吧。”

他没有动，选择平行地停到一个需要奥丽芙使用特技动作花上两小时才能停进去的车位里：“我没时间。”

“你刚才明明答应了我一起喝咖啡，你肯定有时间。”

他用不到一分钟的时间把车停好，抿紧双唇，没有接她的话。

“你为什么不愿意去打针呢？”她怀疑地打量着他，“难道你是‘反疫苗’组织的拥护者？”

啊，如果眼神能杀人的话，他现在的眼神就是了。

“好吧，”她皱起眉头，“如果不是的话，那到底是为什么呢？”

“没必要去找那个麻烦。”他变得有些心烦意乱了吗？他这是在咬自己的嘴巴吗？

“真的只要十分钟就可以。”她伸手拽住他上衣的袖子，“你到了那儿以后，他们会刷一下你的大学身份卡，然后给你打一针。”她感觉在她说到最后几个字的时候，她指尖之下的他的肌肉骤然紧绷起来，“特别简单，最重要的是，你在这接下来的一整年里都不会再得流感了，完全不会——啊。”奥丽芙用手捂住了嘴巴。

“怎么了？”

“我的老天。”

“怎么了？”

“你该不会——啊，亚当！”

“到底怎么了？”

“你是害怕打针吗？”

他姿势不变，完完全全动弹不得，他屏住了呼吸：“我不害怕打针。”

“没关系的。”她尽可能用安慰的语气对他说。

“我知道，因为我不——”

“就算你害怕打针也没有关系。”

“我不怕——”

“我懂，打针确实很可怕。”

“不是——”

“你是可以害怕的。”

“我没有。”他对她说，他的反应着实有些过激了，然后他转过身去，清了清嗓子，又伸手挠了挠喉咙的一侧。

奥丽芙抿了抿嘴，然后说：“其实，我以前也很害怕。”他好奇地看向她，她继续说，“在我还是个孩子的时候，我……”她不得不清了清嗓子才能说得下去，“我妈妈必须抱着我，医生才能给我打针，否则我就会疯狂扭动，闹个不停，她只好用冰激凌来贿赂我，可问题是我一打完针就马上要吃到它。”她大笑起来，“所以我们在去看医生之前，她就事先买好一个冰激凌三明治，等到我要吃的时候，她口袋里的冰激凌早就化了，弄得到处都是……”

该死。她哭了，又一次。在亚当的面前，又一次。

“她好可爱。”亚当说着，离她更近了一点儿，“不过话说回来，我真的不怕打针，”他重申道，不过这一次他的语气变得温柔而缓和，“我只是觉得……很恶心。”

她吸了吸鼻子，抬头看向他，无法抑制自己想要拥抱他的冲动，但她今天已经抱过他了，于是她只好拍了拍他的胳膊：“哎哟。”

他按住她，用怨念的眼神看着她：“不要‘哎哟’我。”

可爱。他真可爱。“不是，我跟你说真的，打针真的让人恶心，他们会用那东西戳你，然后你就会流血，那种感觉——啊。”

她下了车，等着他从车里走出来。当他也下车时，她微笑着安慰他：“我懂你说的那种感觉。”

“你真的懂吗？”他似乎不太相信。

“嗯，的确很糟糕。”

他还是有些不太相信她：“真的糟糕。”

“而且还吓人。”她挽过他的手臂，把他往接种疫苗的帐篷那里拉去，“不过，你得学着克服它，为了科学，所以我要带你去打流感疫苗。”

“我——”

“没有商量的余地。我会全程拉着你的手的。”

“我不需要你拉着我的手，因为我是不会去的。”但他会去，否则他完全可以停下脚步，站在原地不动，或者进入静止状态，任她怎么拽都拽不走，然而……

她将手从他的肘部滑到他的手腕上，抬头看向他："你会去。"

"求你了，"他看起来特别痛苦，"不要逼我。"

他也太可爱了。"这都是为了你好，也是为了那些可能会靠近你的老人家好，也就是那些比你还老的人。"

他叹了口气，败下阵来："奥丽芙。"

"来吧，要是幸运的话，我们还会被系主任看到，打完针我会买一个冰激凌三明治给你。"

"冰激凌三明治的钱还得由我来付，对吗？"到了这个地步，他似乎已经认命了。

"大概吧。算了，当我没说，你可能根本就不喜欢冰激凌，毕竟你讨厌生命中一切美好的东西。"她继续走着，若有所思地咬着自己的下唇，"或许你更喜欢自助餐厅里剩的生西蓝花？"

"除了流感疫苗本身，我不应该再遭受语言上的虐待了。"

她喜笑颜开："你还真有军人该有的样子，就算邪恶的大针头来抓你也不屈服是吧？"

"你这小鬼。"不过，当她继续拉着身后的他往前走时，他就没有再反抗了。

9 月初的上午 10 点，太阳已经升得很高了，无比明亮又火辣的阳光透过奥丽芙的棉质汗衫照在她的身上，枫香树的叶子还是深绿色的，没有任何变黄的迹象。今年似乎与过去的几年不同，这个夏天一直延续到了学期开始，不愿就那么草草地结束。本科生们此刻要么在上午的课堂里昏昏欲睡，要么还在床上没有起来，因为今天的斯坦福校园里没有了往日那种纷扰混乱的氛围。而奥丽芙——奥丽芙明年就有实验室了，这是她从十五岁开始就梦寐以求的东西，是她一直以来为之努力的东西，而这一切，就要成为现实了。

这是她人生中最幸福的时刻。

她不禁微笑起来，路边的花圃散发着清幽的香气，她一边低声哼着歌，一边和亚当并肩安静地走着。当他们穿过中心广场时，她的手指从他的手腕上滑下来，贴合上了他的手掌。

第 10 章

假说：如果我坠入爱河，事情就会走向一个糟糕的结局。

奥丽芙的基因敲除小鼠已经吊挂在一根铁丝网上很长时间了，考虑到它并没有蛋白表达，所以这本来就是不该发生的事情。这时她的手机亮了，她用余光扫了一眼手机屏幕，虽然能看到信息的发送人（亚当），却没办法看清信息的内容。

现在是周三早上的 8 点 42 分，这让她立刻担心起他是不是想要取消过会儿的假约会。也许他会觉得既然昨天接种完疫苗后她已经挑了一个冰激凌三明治给他（虽然最后好像还是她吃掉的），那他们今天就没有必要再见面了。也许她不该逼他坐到长凳上和他重数一遍他们过往跑完的所有马拉松。也可能是她偷偷拿过他的手机，给他下载了她最喜欢的跑步软件，还把她添加到他好友列表里的行为把他惹烦了。他似乎很喜欢这整个过程，不过也许他并不喜欢。

奥丽芙瞟了一眼自己戴着手套的双手，然后继续观察她那只抓着铁丝网不放的小鼠。

“小子，别这么拼了。”她弯曲膝盖，直到自己的视线达到和笼子齐平的位置。小鼠的小爪子扑腾着踢来踢去，尾巴挣扎着前后摇摆。“你本来被预设成不擅长这个的，我本来也打算写一篇你有多不擅长这个的论文，这样你就可以得到一大块奶酪，而我也可以得到一份真正有报酬的工作，还能享受在买机票的时候在我名字旁边加上‘博士’头衔的快乐，”小鼠吱吱地叫了一声，松开了铁丝网，优雅地在测试笼的底板上发出一声闷响，“这样就行了。”她迅速脱掉手套，用拇指解锁了手机。

亚当：＜我的胳膊疼。＞

她起初以为他发给她的是他们今天不能见面的理由，但看到信息时，她想起了今天早上醒来她揉着自己疼痛的手臂的场景。

奥丽芙：＜是因为流感疫苗吗？＞

亚当：＜真的特别疼。＞

她咯咯地笑起来，老实说她完全没想到自己居然是这种人，可她现在完全就是这样一副捂着嘴巴傻笑的蠢样子，况且还是在实验室的正中央。她的基因敲除小鼠抬头看向她，红色的小眼睛里充满了疑惑和讶异。奥丽芙匆忙转身，回头去看她的手机。

奥丽芙：＜哦，亚当，我真的很抱歉。＞

奥丽芙： < 我该过去在它上面亲一下吗？ >

亚当： < 你从来都没说过会这么疼。 >

奥丽芙： < 不过说句公道话，锻炼你的情绪调节能力可不是我的工作。 >

亚当的回复是一个表情（一只竖起中指的手），奥丽芙因为嘴巴咧得太大而觉得脸被扯得很疼。她正准备回复一个亲吻的表情，突然被一个声音打断了。

“恶心。”

她的目光从手机上移开，发现英正伸着舌头站在实验室门口。

“嘿，你来这儿干吗？”

“借手套，而且成功地被恶心到了。”

奥丽芙皱起眉头：“怎么了？”

“我们的小尺寸手套都用光了。”英走进来，翻了个白眼，“老实说，他们从来都不能把东西买全，不能因为实验室里只有我一个女生就认为我对手套的需求量不大啊——”

“不是，我是问你为什么恶心？”

英做了个鬼脸，从奥丽芙的储物处抽出两副紫色的手套：“因为你太爱卡尔森了。我拿走几副应该没关系吧？”

“你在说什么？”奥丽芙对她眨了眨眼，手里仍然抓着手机，英是疯了吗？“我并没有爱上他。”

“嗯哼，当然了。”英把手套塞满自己的所有口袋，在抬头看向她的时候，才发现奥丽芙苦恼的表情，她睁大了眼睛，“嘿，我开玩笑的！你才不恶心，我给杰里米发信息的时候可能看起来也和你一样，而且这确实很甜蜜啊，你看你有多爱他——”

“可是我没有，爱他。”奥丽芙开始慌了，“我没有……这只是……”

英抿住嘴唇，像是在憋笑：“好吧，你说什么就是什么吧。”

“不，我是认真的，我们只不过是——”

“伙计，这没什么的。”英安慰她道，语气中还带着些激动，“我想说的是，你真的很酷。你那么了不起，那么特别，那么真诚，你是我在这个世界上最喜欢的人。我有的时候还会担心除了我和马尔科姆，万一没人能体会到你有多好该怎么办，不过现在好了，我再也不用担心了，因为我上次在野餐会上，在停车场里，在……每隔一段时间，看到你和亚当一起，我都看得出来你们在疯狂地爱着对方。你们简直是爱惨了，这真的很可爱！不过第一次的那个晚上除外，”她若有所思地补充道，“我还是觉得那太尴尬了。”

奥丽芙僵住了：“英，不是那样的，我们只是……约会而已。就是很随意的那种，一起闲逛，了解一下对方，我们并不是……”

“好吧，当然，你说什么就是什么吧。”英耸了耸肩，对于奥丽芙说的，她显然一个字都不会相信，“嘿，我要回去弄我的细菌培养了，等我休息的时候再来烦你，好吗？”

奥丽芙缓慢地点了点头，看着她朋友的背影向门口走去，当英停下脚步，然后转向她的时候，她的心跳漏了一拍，表情顿时变得凝重。

“小奥，我其实想告诉你……我之前很担心你会因为我和杰里米约会的事情受到伤害，但现在我不担心了，因为我知道你真正……是什么样的。好吧，”英略带局促地对她咧嘴笑笑，“我不说那几个字了，因为你不想让我说。”

她挥手离开，留下奥丽芙呆在原地，她盯着英消失的那个门框看了很久。然后把目光收回到脚下的地板上，一下子瘫坐在身后的凳子上，满脑子只剩下一个词：

该死。

……

这不是什么世界末日，事情就这么发生了，即便是最优秀的人也会有怦然心动的时候，但英说的是爱。啊，老天哪，她说的是*爱*——对一个假的约会对象。但这并不意味着什么。

可是：见鬼。见鬼，见鬼，*见鬼*。

奥丽芙把办公室的门反锁起来，重重地跌进椅子里，她希望整个学期都不会在上午 10 点前出现在办公室的同事今天不要破例早到。

这都要怪她，都是她做的蠢事。她早就知道了，她*早就知道*她开始发现亚当的魅力了，她几乎是从一开始就知道了。后来她开始找他聊天，开始了解他，即便这原本不是他们计划中的一部分，而且，他这个该死的家伙和她的预期简直天差地别，这反而让她越来越想和他待在一起。他真该死。在过去的几周里，这种感觉一直都在，但她就是没有注意到它，因为她是个十足的傻瓜。

她猛地站起来，从口袋里掏出手机，拉出和马尔科姆的对话框。

奥丽芙：< 我们得见一面。 >

马尔科姆简直反应神速，不到五秒钟就回复了她。

马尔科姆：< 约午饭吧？我要深入研究幼鼠的神经肌肉接点。 >
奥丽芙：< 我现在就得见你。 >
奥丽芙：< 立刻。 >
奥丽芙：< 求你了。 >

马尔科姆不愧是马尔科姆，他总会在奥丽芙需要的时候及时出现。一直以来，她都对他可以让她放心地大哭一场而心存感激。她这次恐怕又要掉眼泪了。

马尔科姆：< 去哪儿？你的实验室？ >
奥丽芙：< 不，别在生物大楼。 >
马尔科姆：< 咖啡店？ >
奥丽芙：< 行，我们在星巴克见吧。 >
马尔科姆：< 嗯，10 点见。 >

……

“我早就跟你说过会这样。”

奥丽芙已经没有力气把额头从桌子上抬起来了：“你没有。”

“好吧，可能我没有说‘嘿，别去干假约会这种傻事，因为你会爱上卡尔森的’，可我确实说过这一整个想法都很蠢，绝对会酿成一场‘车祸’——眼下这个状况就很能说明问题了。”

她从冰冷的桌面上爬起来，把手掌按在自己的眼睛上，她还没有做好面对马尔科姆的准备。她还不能面对他，她还没有准备好：“怎么会这样？我不是这样的，这不是我。我怎么会……为什么偏偏是亚当·卡尔森。谁会喜欢亚当·卡尔森呢？”

马尔科姆哼了一声，摆了摆手：“所有人，小奥。他高大、忧郁，是个拥有天才头脑的沉闷的年轻人。所有人都喜欢高大、忧郁，拥有天才头脑的沉闷的年轻人。”

“我就不喜欢。”

“很明显，你喜欢。”

她紧闭双眼，呜咽起来：“他真的没有那么沉闷。”

“不，他很沉闷，只不过你没有注意到，因为你就快爱上他了。”

“我没有——”她不停地拍打着自己的额头，“该死。”

他向前探过身子，抓住她的手。“嘿，”他的声音变得温柔又让人安心，“冷静点儿，我们会解决这个问题的。”他甚至还笑了笑，在这种时候，奥丽芙简直太爱他了，即便他刚刚说了一堆我早就跟你说过之类的话，“首先你要告诉我，你有多喜欢他。”

“我不知道，有程度分级吗？”

“嗯，有喜欢，还有那种喜欢。”

她摇了摇头，彻底蒙了：“我只是喜欢他，我想和他待在一起。”

“我知道了，其实这也不能说明什么，你还喜欢和我待在一起呢。”

她做了个鬼脸，感觉自己脸红了：“有点儿不太一样。”

有那么一瞬间，马尔科姆沉默了。“我懂了。”他明白这对奥丽芙来说有着非常重大的意义。他们曾经多次谈起这个话题——她很少有被吸引的经历，尤其是性方面的吸引，她不知道究竟是自己出了什么问题，还是她的过去在某种程度上阻碍了她在这方面的发展。

“老天。”她只想躺在地板上，或沉沉地睡去，或去参加赛跑，或着手写她的论文提案，总之只要不去处理这个问题，让她做其他的任何事情都好，“它之前就有了，只是我没有搞清楚。我之前就是觉得他很聪明、吸引人、笑起来很好看，我们可以成为朋友，而且——”她用手掌揉了揉眼眶，希望她能回到过去，擦除之前整整一个月里做出的种种人生选择，“你恨我吗？”

马尔科姆很惊讶：“我？”

“对。”

“不，我为什么要恨你？”

“因为他之前对你做过恶劣的事情，让你成吨的数据统统作废。只是……他对我不是——”

“好吧，我明白了。”他改口道，“我也不知道我明白了没，不过我可以相信他和你在一起的时候会和他在我那个该死的研究生顾问委员会里的时候不一样。”

“所以你恨他。”

“对——我恨他，或者说……我讨厌他。但你不需要因为我的关系而讨厌他。不过我一定要保留在你看男人眼光差这方面的自由评论权，而且每隔一两天我就会憋不住。但是小奥，我在野餐会上看到你们两个在一起，你们之间的互动绝对和我与他之间的互动不一样。另外，你知道的，”他不情愿地补充道，“他并不是不性感，我能明白你为什么会被他吸引。”

“我一开始和你说起假约会这件事的时候，你可不是这么说的。”

“没错，可我这不是为了帮你吗？你那个时候又没有爱上他。”

她抱怨道：“能不能求你别再用这个字了，现在说这个好像还太早了。”

“好吧。”马尔科姆喝了一口他的拿铁，“不过话说回来，这也太浪漫喜剧了吧，所以你打算怎么告诉他这个消息？”

她按摩着自己的太阳穴：“什么意思？”

“呃，”他用另一只没有拿杯子的手做了一个大大的手势，“你对他有好感，而且你们关系很好，假设你打算告诉他你的……感情……我能用‘感情’这个词吗？”

“不能。”

“好吧，随便吧。”他翻了个白眼，“你会告诉他的，对吧？”

“当然不会，”她扑哧一声笑了出来，“你不能告诉一个正在和你假约会的人你——”她在大脑里试图搜寻一个适合的词，可惜没有找到，然后无意中发现，“喜欢他，事情不会就这么结束的，亚当肯定会觉得这一切都是我精心策划的，其实我一直都在追他。”

“可要是他也喜欢你呢？要是他也想和你更进一步呢？”

她大笑：“不可能。”

“为什么不可能？”

“因为……”

“因为什么？”

“因为那可是他呀，他可是亚当·卡尔森，而我……”她的声音越来越小，因为没必要再说下去了，而我只是我，我只是一个没什么特别的普通人。

马尔科姆安静地等了很久。“你不知道，对吗？”他的语气很悲伤，“你很了不起，你很漂亮、很聪明、很有趣，还富有爱心。你很独立，是个天才科学家，无私又忠诚——见鬼，小奥，看看这个你制造出来的荒谬的混乱局面，全都是因为你不想让自己的朋友带着任何愧疚和她喜欢的人约会。这所有的一切，卡尔森是不可能没有注意到的。”

“不，”她坚定地说，“不要误会我的意思，我确实觉得他喜欢我，但他只是把我当作一个朋友，要是我和他说了，那他就不想……”

“不想什么？不想和你继续假约会了？看起来你也不会损失什么。”

也许是吧。他们之间所有的交谈，亚当看向她的那些眼神，当她点了额外的鲜奶油时他无奈地摇头，他被自己的坏情绪左右的样子，那些短信，他和她在一起时自在的状态，那种不同于此前她有些畏惧的亚当·卡尔森的巨大反差……也许所有这些加起来都不算什么，但她和亚当现在已经成了朋友，而且也许在9月29日之后，他们甚至还能保持朋友的关系。一想到他们不能再做朋友，奥丽芙的心就沉了下去："可我还是愿意继续下去。"

马尔科姆叹了口气，将她的一只手握在手中："那样你会越陷越深的。"

她抿了抿嘴，飞快地眨了眨眼睛，想把马上要掉下的眼泪重新憋回去："也许会吧，我也不知道……我之前从来没有这样过。我从来都没想过会变成这样。"

他给了她一个安慰的微笑，尽管奥丽芙觉得并没有被安慰到。"听我说，我知道这会让你感到害怕，但这也未必是件坏事。"

一滴眼泪顺着奥丽芙的脸颊滚落，她赶紧用自己的袖子将它擦去："不，这糟透了。"

"可你终于找到了你喜欢的人，好吧，虽然这个人是卡尔森，但这终归是件很棒的事。"

"但这不可能，也不可以。"

"小奥，我明白你的意思，我懂。"马尔科姆紧紧握住她的手，他的手温热又让人心安，"我知道这会让人害怕，也会让人变得脆弱，但你要允许自己去在乎，你可以让自己成为别人的一个特殊的存在，不是普通朋友，也不是点头之交。"

"但我不可以。"

"为什么不可以？"

"因为所有我在乎的人都走了！"她厉声说，但她立刻就后悔了，声音变得柔和下来，"一直以来都是这样的，我的妈妈、我的祖父母、我的爸爸，不管以什么样的方式，最终都离我而去了。如果我真的去在乎亚当，他肯定也会离开我的。"好了，她终于大声地说出来了，这样会让它听起来更加真实。

马尔科姆长叹了一口气：“哎，小奥。”他是为数不多可以让奥丽芙坦承她的恐惧的人。在过去的很长一段时间里，她都是缺乏归属感的，那种永无休止的怀疑一直萦绕在她的心头，因为她一个人孤独地走了很久，所以总觉得到头来结局都一样，那就是她永远也不配得到别人的照顾。他的脸上分明写着他懂她，表情里充满了悲伤、理解和同情，让人不忍再看下去。于是她看向别的地方——咖啡店里的店员，堆在柜台旁边的咖啡杯盖，一个女孩的笔记本电脑上的贴画——然后把她的手从他的手掌中滑开。

“你该走了，”她试着挤出一个微笑，但这个笑容并不明显，“去完成你的手术。”

他仍然看着她的眼睛：“我在乎你，英在乎你——英肯定会在你和杰里米之间坚定地选择你。而且你也在乎我们，我们都在乎着彼此，我要待在这里，我哪儿也不去。”

“是不一样的。”

“怎么不一样了？”

奥丽芙没有回答，她拿过马尔科姆点的饮料附送的餐巾纸，把脸上的眼泪擦干。亚当不一样，而且奥丽芙想从他身上得到的也不一样，但她就是不能——她不想把这些清楚地告诉他，起码现在不想。“我不会告诉他的。”

“小奥。”

“绝不。”她坚定地说，随着泪水被擦去，她的心情也有所平复。也许她并不是她所认为的那种人，但她可以伪装成那种人的样子，她甚至可以对自己隐藏最真实的想法。“我不打算告诉他，不然会很糟糕。”

“小奥。”

“我甚至都不知道怎么跟他说。我该怎么措辞？用哪些词才合适？”

“其实你或许应该——”

“我该告诉他我喜欢他吗？告诉他我无时无刻不在想着他？还是我对他有非常强烈的好感？还是——”

“奥丽芙。”

最终向她发出提示的不是马尔科姆的话，不是他脸上慌张的表情，不是他明确地看着她身后某处的事实，而是英刚好在这个时刻发来的信息，是它让奥丽芙看到了手机屏幕上的数字：

10:00。

已经 10 点了，这是周三上午的 10 点，奥丽芙正坐在学校的星巴克里，也就是过去的几个周三的早上她都会来的那个校园里的星巴克里。她猛然转身，在看到亚当的那一瞬间，甚至没有任何惊讶的感觉。他就站在她身后离她很近的地方，除非在他们上次见面之后他的耳膜破裂了，否则他必定非常清楚地听到了刚刚从奥丽芙的嘴巴里说出的每一个字。

她真的希望自己可以当场去世，希望自己能爬出自己的身体，爬出这间咖啡店，融化在吓出的一身汗里，渗进地板上的瓷砖缝里，或者直接消失得无影无踪。但她所想的这些统统超越了她现有的本领，所以她只好无力地笑了笑，抬头看向亚当。

第 11 章

假说：每当我撒谎时，情况就会恶化七百四十三倍。

“你……你听到了？”她不假思索地问道。

马尔科姆一边匆忙地收拾自己放在桌上的东西，一边小声说：“我正要走。”但奥丽芙几乎没有反应，因为她的注意力还在亚当身上，他正从后面将一把椅子拖到她的对面。

该死。

“嗯。”他淡淡地答道，奥丽芙觉得就在此时此地，她的身体马上就要变成无数的碎片了。她希望他收回刚刚说出的话，改口说：“没有，听到什么？”她希望回到今天更早一些的时刻，让这可怕又混乱的一天重新倒带——不去看她手机上的信息，那样英就不会撞到她对她假男友花痴的样子，那她就不会在这个最不合适的地方向马尔科姆倾诉心事。

不能让亚当知道，就是不能让他知道。否则他就会认为奥丽芙当初是故意吻他的，是她一手策划了这个悲剧，是她的操控才让他落入这个陷阱。他会恨她的。一想到这点，她就非常害怕。于是她想了一下说：

“我并不是在说你。”

谎言就像泥石流一样顺着她的舌头滚落。没有预先精密的筹谋，它是如此迅速，而且最终势必会造成巨大的混乱。

“我知道。”他点了点头，而且……他甚至没有表现出任何惊讶，就好像他从来都没有想过奥丽芙可能会对他产生兴趣一样。这让她想哭——这种情绪在这个愚蠢的早上好多次出现在她身上——但她忍住了，紧接着吐出另一个谎言。

“我只是……我对一个人产生了感情。”

他再次点了点头，这一次他的动作很慢。有那么一瞬间，他的眼神变得暗淡，嘴角也微微抽动了一下，但她只是眨了眨眼，他就又变回了漠然的表情：“嗯，我猜到了。”

“这个人，他是……”她吞了吞口水，他是谁？快，奥丽芙，快，一个免疫学家？说冰岛话吗？还是一只长颈鹿？他是谁？

“如果你不愿意的话，可以不用解释。”亚当的声音虽然没有往常那么平稳，但依然给人舒服的感觉，奥丽芙感到很累，这才发现她一直在搓着手，但她并没有打算停下来，而是把手藏到了桌面底下。

“我……只是因为……”

“没关系。”他安慰似的向奥丽芙笑了笑，可她却几乎再也无法看向他，多一秒钟都不行。于是她避开他的视线，拼命想要说些什么，好把自己的话圆回来。此时在咖啡店的窗外，有一群本科生正挤在一台笔记本电脑前，对着屏幕上播放的东西放声大笑。一阵风吹散了一摞笔记，一个男孩慌忙四处去捡。远处，罗德古斯教授正朝着星巴克的方向走来。

“这……我们的约定……”亚当的声音把她拉回到咖啡店，拉回到她编造的谎言，拉回到他们之间的这张桌子，以及他对她说话时那种轻柔的语气里。温柔，他一直以来都那么温柔。亚当，我曾经认为你真的很坏，可现在……“如果终止对我们两个都好的话……”

“不用，”奥丽芙摇了摇头，“不需要，我……”她强迫自己向他笑了笑，“太复杂了。”

“我明白。”

她张开嘴巴，想要对他说他并不明白，他不可能明白，事实上，他什么都不可能明白，因为这一切都是奥丽芙编造的，是她编造了这个烂摊子。“我不……”她舔了一下嘴唇，“没必要提早结束我们的约定，因为我不会告诉他我喜欢他，因为我——”

“小子，”一只手拍在了亚当的肩膀上，“你怎么没在你的办公——哦，我懂了。”罗德古斯教授的目光从亚当身上移开，落到了奥丽芙的身上。在那一瞬间，他站到了桌边，注意到了她，惊讶地发现她也在这里，随后他的嘴巴缓缓咧开，露出一个大大的笑容：“嘿，奥丽芙。”

在奥丽芙来到研究生院的第一年里，罗德古斯教授就被学校分配到了她的研究生咨询委员会里，而他和她的研究并没有太大的相关性，这无疑是校方做的一个奇怪的决定。不过在奥丽芙的印象里，她和他的互动一直都很愉快，她每次在她的委员会议上结结巴巴地发言时，他总是第一个对她微笑的人，有一次他还称赞了她的《星球大战》T恤——每当莫斯教授针对奥丽芙的研究方法想要开始长篇大论的时候，他就会小声地哼起达斯·维德[1]的专属背景音乐。

“嘿，罗德古斯教授，”她相当确信，她的笑容并没有它应有的感染力，“你好吗？”

他摆了摆手：“嘘，拜托，叫我霍顿，你已经不是我的学生了。”他饶有兴致地拍了拍亚当的背，“而且和我最老、社交障碍情况最严重的朋友约会，也真是辛苦你了。”

奥丽芙听得下巴都快掉下来了，他们居然是朋友？迷人乐天的霍顿·罗德古斯和沉默寡言的亚当·卡尔森是老朋友？这是她应该知道的事情吗？亚当的女朋友应该知道这个，对吧？

罗德古斯教授——霍顿？天哪，霍顿。她大概永远也没有办法习惯教授们也是真实的人这件事情了，他们除了有姓以外，还有真实的名字。她转向亚当，虽然被定义为社交障碍，但亚当并没有感到困扰。他问：“你今晚就走了，对吧？去波士顿？”他讲话的方式也发生了一些变化——音调更低了，语速也更快了，显得更加随意了，给人一种自在的感觉。他们真的是老朋友。

“嗯，你还能送我和汤姆去机场吗？”

“要看情况。”

“看什么情况？”

“看汤姆会不会被堵住嘴，然后被五花大绑地塞进后备厢里。”

亚当叹了口气：“霍顿。”

“好吧，我可以让他坐到后座，但如果他不能把嘴巴闭好，我就

1　达斯·维德（Darth Vader），《星球大战》中的反派人物。

把他丢到高速公路上。”

“好，我会和他说的。”

霍顿似乎很满意：“总之，我不是有意要打断你们的。”他再次拍了拍亚当的肩膀，眼睛却看着奥丽芙。

“没关系。”

“真的？那好吧。”他的笑容逐渐变大，从旁边的桌子旁拉过一把椅子。亚当闭起眼睛，似乎已经认命了。

“所以，我们聊什么呢？”

聊什么，我刚才正撒谎撒到一半，真是谢谢你的提问。“啊……没什么。你们两个是怎么……”她在他们之间来回看了看，然后清了清嗓子，“抱歉，我忘了你和亚当是怎么认识的了。”

砰的一声闷响——霍顿在桌子底下踢了一脚亚当：“你这个小浑球，居然没和她讲过咱们这几十年来的交情？”

“正在试图忘掉。”

“你想得美。”霍顿转向她，“我们是一起长大的。”

她皱着眉对亚当说：“我还以为你是在欧洲长大的。”

霍顿摆了摆手：“他从小四海为家，我也一样，因为我们的爸妈是同事，都是外交官，他们真是最差劲的爸妈。不过后来我们两家都在华盛顿定居了。”他向前探身，“你猜是谁和他一起上了高中、大学，还有研究生院的？”奥丽芙睁大了眼睛，她的表情显然被霍顿捕捉到了，从他对着亚当又是一脚的这个动作上就看得出来。“你还真的连屁都没有告诉她，我看你还真是喜欢搞深沉神秘那一套啊。”他深情地白了他一眼，转而继续看向她，“亚当有没有告诉过你，他因为揍了一个坚持认为大型强子对撞机会毁灭地球的人被学校停课，最后差点没有高中毕业的事？”

“你怎么没说你和我一起做了这事也被学校停课了？真好笑。”

霍顿没有理他：“我爸妈因为某些任务出国，暂时忘了我的存在，所以我们当时在我家玩了一个礼拜的《最终幻想》[1]——真的太爽了。那亚当申请去法学院的事呢？他一定和你讲过这件事。”

“从严格意义上来说，我从来没有申请过去法学院。”

“骗人，全是骗人的。那他最起码告诉过你他是我毕业舞会的舞伴吧？那可是引发过巨大轰动的现象级事件。”

奥丽芙看向亚当，等着他像刚才一样接着否认下去。但亚当只是微微一笑，对上了霍顿的眼睛：“确实轰动一时。”

“奥丽芙，你想象一下，在2000年年初的时候，华盛顿贵得离谱的男子私立学校里，两个十二年级的同性恋学生。好吧，总之我们两个都出柜了。我和里奇·穆勒在高三约会了一整年——后来他竟然为了一个交往了几个月的家伙在舞会的前三天甩了我。”

“他这蠢蛋。”亚当嘟囔道。

“我当时有三个选择：不去舞会，一个人郁郁寡欢地待在家里；独自去舞会，一个人郁郁寡欢地在学校游荡；或者让我那个本来准备待在家里因为γ-氨基丁酸而郁郁寡欢的最好的朋友来当我的舞伴。你猜我选了哪个？”

她屏住呼吸：“你是怎么说服他的？”

“这就是重点，我没有去劝说他。是我告诉他里奇的事情的时

1 《最终幻想》（*Final Fantasy*），由坂口博信创作、SQUARE公司开发并持有的跨媒体系列作品。

候，他自己提出来的。”

“别指望有下一次。”亚当嘟囔着。

“你能相信吗？奥丽芙？”

相信亚当会假扮别人的男朋友，好让那个人摆脱悲惨的境地？“不能。”

“我们手牵着手，我们慢慢起舞，我们让里奇吐出了他的潘趣酒[1]，并让他对他每一个该死的决定感到后悔。然后我们回家玩了很久的《最终幻想》。那次简直太酷了。”

“确实意外得有趣。”亚当相当不情愿地承认。

奥丽芙看着他，突然意识到：霍顿就是亚当的英，是他的人。尽管亚当和汤姆也很亲近，但亚当和霍顿的关系显然更好，这让……这让奥丽芙完全不知道要怎么处理这样的信息了。

或许她应该告诉马尔科姆，他大概会开心到飞起或者激动到发狂。

“好啦，”霍顿站起来说，“真的特别精彩。我去买杯咖啡，过会儿我们三个应该出去逛逛，我已经不记得上一次在亚当的女朋友面前让他难堪有多开心了。不过他现在暂时是你的了。”他在说完“你的”这两个字后得意地笑了笑，这让奥丽芙的脸颊瞬间红了起来。

当他去柜台点饮料的时候，亚当翻了个白眼。奥丽芙简直被霍顿迷住了，她盯着他的背影看了一会儿：“呃，那是……？”

“霍顿就是这样。”亚当似乎一点儿也不生气。

1　潘趣酒（punch），一种果汁鸡尾酒，有的会加碳酸水或苏打水，通常调味后在底部混有葡萄酒或蒸馏酒。是通常在宴会、自助餐厅或派对上能看到的最显眼的饮品。

她点了点头，还是有点儿茫然："我无法相信我竟然不是你的第一个。"

"我的第一个？"

"你的第一个假约会对象。"

"好吧，毕业舞会时的霍顿应该算是第一个。"他似乎认真琢磨了一会儿，"霍顿在……感情上比较倒霉，他其实不该这么倒霉的。"她的心头为之一暖，因为从他的语气中，她听得出他对霍顿的关心和强烈的保护欲，她不知道他有没有意识到这一点。

"他和汤姆是不是有过一段……？"

他摇了摇头："霍顿要是知道你这么问肯定会生气的。"

"那他为什么不愿意送汤姆去机场呢？"

亚当耸了耸肩："从研究生院开始，霍顿就没有理由地、深深地讨厌着汤姆。"

"好吧。为什么呢？"

"不清楚，霍顿也不清楚为什么。汤姆说他是在嫉妒他。不过我觉得这只是个性上的问题。"

奥丽芙默默地消化了一下这些信息："你也没有告诉过霍顿咱们不是真的？"

"没有。"

"为什么？"

亚当移开视线："我不知道。"他的下巴紧绷起来，"我想我只是没有……"他的声音越来越小，摇了摇头，然后有些勉强地对她微微笑道，"他对你的评价很高，你知道吗？"

"霍顿？对我？"

“对你的工作，还有你的研究。”

“哦。”她不知道在这种时候该说点儿什么。你们什么时候聊起我的？为什么聊起我？“哦。”她毫无意义地又重复了一遍。

她不知道为什么在现在，也就是此时此刻，她第一次感觉到了他们的约定可能给亚当的生活带来的影响，这让她受到了巨大的打击。尽管他们接受假约会这件事情是因为他们都能从中得到好处，但她突然意识到比起失去的，亚当可能得到的东西简直微乎其微。在所有奥丽芙爱着的人中，她只对英一个人撒过谎，但那绝对是无可避免的，至于其他同学的想法，她可以不去在意。可亚当……向他的同事和朋友撒谎已经成为他的日常，每天都要和他进行互动的学生以为他正在和他们的一个同学约会。他们会觉得他是个好色之徒吗？他和自己的这种关系会在某种程度上改变他们对他的看法吗？而系里的那些老师呢？还有别的系的老师呢？虽然和研究生约会是被学校允许的，但这并不代表他们在听到这件事情的时候不会皱起眉头。还有亚当，万一他遇到——或者已经遇到——一个他真正喜欢的人呢？他虽然在立下约定的时候说过他不会跟别人约会，但那已经是几周之前的事了。奥丽芙自己当时也信誓旦旦地承诺自己绝不会在此期间喜欢上任何人，但现在看来，她真的很可笑，简直是自扇嘴巴。事到如今她已经从他们的约定中收获了预期的利益，英和杰里米对她的谎言照单全收，但亚当的研究经费依然被冻结着。

可尽管如此，他仍然在帮助她。而奥丽芙则想用慢慢滋长的感情去回报他的善良，这必然会让他产生不适的感觉。

“你想来杯咖啡吗？”

奥丽芙的目光从手上移开，抬头看向他：“不了。”她感到有一阵火辣辣的灼烧感卡在胸口，她清了清嗓子，一想到喝咖啡，她就忍不住有点儿想吐。“我想我得回实验室了。”

她弯腰去拿她的双肩包，打算站起来马上离开，但就在这时，她的脑子里突然闪过一个念头。她发现自己正盯着他，而坐在对面的他微微皱起眉头，担心地看着她。

她试着向他笑了一下：“我们是朋友，对吧？”

他眉间皱起的纹路变得更深了：“朋友？”

“对，我和你。”

他认真地看了她很久，他的脸上掠过了一丝冷酷和淡淡的哀伤，但只一瞬间就消失了：“是的，奥丽芙。”

她点了点头，她也不知道是不是应该因此而感到释然。她没有想到今天会变成这样，只觉得自己眼皮的后侧有一股奇怪的压力，这让她加快了将双手穿过背包带子的速度。她颤抖地微笑着向他挥手道别，要不是他叫住了她，她早就离开了这个该死的星巴克。

“奥丽芙。”

她在他的椅子前停了下来，低头看向他。她终于有一次可以用高于他的视角去看他，感觉还挺奇怪的。

“我说这个可能不太合适，不过……”他动了动下巴，又眨了眨眼睛，又闭了一下眼睛，好像是在整理思绪，“奥丽芙，你真的……你非常出色，如果你告诉杰里米你的感受，我不相信他不会不……”他的声音越来越小，然后点了点头，像是给他说的话加上了一个句点。然而，不管是他的话，还是他说话的方式，都只会让她的眼泪掉得更快。

他以为是杰里米。亚当以为他们最初立下约定的时候，奥丽芙就已经爱上杰里米了——他以为她现在仍然爱着他，就是因为她那个说了一半的谎言。但她太害怕了，以至于无法将它收回，而且——

她又要开始了，她又快哭了，在这世上她最不想做的就是在亚当面前哭。

“我们下周见，行吗？”

她不等他回答，就快步朝门口走去。她的肩膀撞到了人，但她没来得及道歉就迅速冲了出去。离开咖啡店，她深深地吸了一口气，然后向生物大楼走去。她试着清空自己的大脑，强迫自己想些别的事情，比如她为今天晚些时候的助教工作所准备的东西，还有她答应阿斯兰教授最晚明天就要发送出去的奖学金申请，以及英的姐姐下周会到城里，她答应给大家做些越南菜。

一阵寒风吹过校园里大树的叶子，奥丽芙的上衣被吹得紧紧贴住她的身体。她抱起自己的胳膊，没有转头去看刚刚离开的咖啡店。秋天终于还是来了。

第 12 章

假说：如果我不擅长做 A 活动，那么我被要求参加 A 活动的概率就会以指数的形式增长。

自从亚当走后，奥丽芙就觉得校园里空荡荡的，其实在她不大可能遇到他的那些日子里也是如此。不过这不怎么说得通，因为斯坦福绝对和“空荡”这个词不沾边，学校里总是挤满了上下课的本科生，他们既吵闹又烦人。奥丽芙的生活里也挤满了各种事情：她的小鼠已经大到可以进行行为分析了；她几个月前提交的一篇论文终于得到了修改；她不得不开始为明年搬到波士顿制订具体的计划；她做助教的那门课程马上就要进行期中考试了；本科生们神奇地开始出现在办公室的接待时间里，他们一个个战战兢兢地问着总是能在课程大纲的前三行就找得到答案的问题。

马尔科姆花了好几天的时间试图说服奥丽芙把真相告诉亚当，到后来——谢天谢地——他终于被她的固执打败，于是转而去冥想，默默消化自己那些持续上演的约会闹剧。不过他烤了几批奶油糖果饼干，虽然嘴上说着“绝对不是在奖励你的自我毁灭行为，奥丽芙，我只是在试着完善我的食谱”，但显然他撒谎了。奥丽芙把那些饼干都吃光了，当他把海盐撒到最后一批饼干上的时候，奥丽芙从后面抱住了他。到了周六，英来参加她们的“啤酒和烤棉花糖夹心饼干”之夜，她和奥丽芙幻想了一下离开学术界，在工业界找到一份薪水不错，并且周末可以休息的工作。

“比如，我们可以在周日上午睡个懒觉，不用再在早上 6 点的时候去检查我们的小鼠。”

“对啊。”英望眼欲穿，然后叹了口气。电视上正播放着《傲慢与偏见与僵尸》，但她们谁都没有认真在看。“我们可以买到真正的番茄酱，不用再去汉堡王偷拿那些小包装的，而且可以订购我在电视上看到的无线吸尘器。”

奥丽芙喝醉了，咯咯地笑了起来，然后翻到她的身边，床板被她压得嘎吱作响：“你认真的吗？一个吸尘器？”

“无线的那种，真的特别酷，小奥。”

“这也太……”

“……什么？”

“只是……”奥丽芙又笑了起来，“有够随意的。”

“你闭嘴，”英微笑着，并没有睁开眼睛，“我有严重的灰尘过敏症。”

“不过你知道吗？”

“你这是准备用《全民猜谜大挑战》[1]里吸尘器的问题来考我吗？”

英的眼角出现褶皱：“不，我一个问题都想不起来。等等，我想也许首位坐到首席执行官位置的女性是在一家吸尘器公司工作的？”

“不是吧？这也太酷了！”

“但也有可能是我现编的，总之我的意思就是……我觉得我还是想要？”

“那个吸尘器？”奥丽芙打了个哈欠，已经懒得去捂嘴了。

“不，我想要的是一份学术界的工作，还有和它相关的所有东西：实验室、研究生、繁重的教学负担、国家卫生研究院的拨款竞赛、不成比例的低薪水，这所有的一切。杰里米说马尔科姆说得对，工业界的工作才是行业的核心，可我只想留下来，成为一名教授。痛苦是肯定的，小奥，但只有这样才能给像咱们这样的女性创造出好的环境，并和那些享有资格的白人男性一较高下。”她咧嘴笑了，样子美丽又凶悍，“杰里米可以去工业界，从雇主那儿赚到丰厚的酬金，但我会继续为我的无线吸尘器投资。”

奥丽芙醉醺醺地端详着英那张雄心勃勃的同样醉醺醺的脸，她突然有了一种安心的感觉：她最好的朋友逐渐开始明白她往后想要的究竟是怎样的生活，也很清楚自己想要和谁一起生活。这着实让她的胃部产生一阵剧痛，那里似乎是对亚当的离开反应最为强烈的

1 《全民猜谜大挑战》（*Trivial Pursuit*），是一种包括一个棋盘、一枚骰子和一套问题卡片的益智游戏。棋盘以六种不同颜色的格子标记，每种颜色代表一种类型的问题，蓝色代表地理，粉色代表娱乐，黄色代表历史，紫色代表艺术与文学等。

地方，但她把它压了下去，尽量不让自己想太多。所以她伸手去拉她朋友的手，在那里轻轻地捏了一下，把她头发上香甜的苹果味深深地吸进肺里。

“英，你会做得很好，我等不及要看到你改变世界的样子了。”

总的来说，奥丽芙的生活还是一如既往地向前走着，只是这是她第一次有了其他更想做的事，也是她第一次有了想要待在一起的除朋友以外的其他人。

那么，这就是喜欢一个人的感觉了，她默默地想。因为亚当不在城里，即便是再小的偶遇机会现在也都没有了，所以这让她觉得生物大楼变成了一个不值得去的地方；在看到一头黑发的人时，她开始习惯性地转头；或者在听到一个低沉的像亚当一样浑厚的声音时，她总失望地发现那不是他；在杰斯提到计划去荷兰旅行的时候，她会想起他；在《危险边缘》[1]节目里，以“恐尖症”[2]为正确答案时，她想到的引导问题是：“害怕打针是什么病？”她觉得自己被困在一个奇怪的地狱里，她能做的就只有等待，等待，无尽的等待……亚当几天后就会回来，而那个奥丽芙爱上别人的谎言还会继续存在。9月29日很快就要来了，无论如何，指望亚当用看待爱人的眼光去看待她的想法是很荒谬的。总的来说，他能喜欢她，愿意做她的朋友，她就已经很幸运了。

周日在健身房跑步的时候，她的手机响了。亚当的名字突然出

---

1 《危险边缘》(*Jeopardy*)，哥伦比亚广播公司制作的益智问答游戏节目，已经经历了数十年历史。

2 恐尖症（aichmophobia），恐惧症分类中单一恐惧症中的一种神经症，指患者对利器等有尖的东西产生莫名恐惧感的一个心理症状。

现在了屏幕的顶部，她马上停下来点开他的信息。最先出现的是一张照片，照片上是一杯装在巨大的塑料杯里的饮料，顶部放着一个像是麦芬一样的东西，图片的底部明晃晃地标着“南瓜派星冰乐”几个字。在照片的下面，是亚当发送的文字。

亚当：<你觉得我能偷偷把这个带上飞机吗？>

不用别人告诉她，她也知道她现在对着手机咧嘴傻笑的样子就像一个傻子。

奥丽芙：<呃，运输安全管理局是出了名的无能。>

奥丽芙：<不过或许也没有那么无能。>

亚当：<太遗憾了。>

亚当：<那你要是在这儿就好了。>

奥丽芙脸上的笑容久久没有退去，但随后当她想起自己身处的混乱局面时，笑容变成了一声沉重的叹息。

……

她端着一盘组织样本正要去电子显微镜实验室，有人拍了拍她的肩膀，她吓了一跳，差点儿摔倒，而险些一起毁掉的还有“几千美元的联邦拨款经费”。她转身发现罗德古斯教授正看着她，脸上挂着他那充满魅力和少年感的笑容，就好像他们是准备一起去喝几杯找点儿乐子的死党，而不是在读的博士生和她那个从来没有时间读完她上交的任何报告的咨询委员会的前任导师。

“罗德古斯教授。”

他皱起眉头：“我以为我们说好了你要叫我霍顿的？”

他们什么时候说好的？“好吧，霍顿。”

他高兴地笑了起来：“男朋友出城了吧，嗯？”

“哦，嗯……对。”

“你要进去？”他用下巴指了指电子显微镜实验室，奥丽芙点了点头。“来，让我来。”他刷了一下他的身份卡将门打开，然后帮她撑着门。

“谢谢。”她把她的样本放在一张工作台上，感激地对他笑笑，然后把双手插在身后的口袋里，“我本来打算找一辆手推车的，不过没有找到。”

“这层只剩下一个了，我觉得应该是被人拿回家转卖了。”他咧嘴一笑。马尔科姆是对的，他在过去的两年里一直是对的：霍顿·罗德古斯的确有种随性又毫不费力的魅力。奥丽芙又不是只对高大、忧郁，又拥有天才智商的沉闷的年轻人感兴趣。“也不能怪他们，我在读研究生的时候也会做出类似的事情。你最近怎么样？”

“嗯，还行，你呢？”

霍顿没有理会她的问题，漫不经心地靠在墙上：“有多糟糕？”

“糟糕？”

“我的意思是，亚当走了。见鬼，连我都想念那个小浑球了。”

他轻声地笑了起来，“你还好吧？”

“哦。”她把手从口袋里抽出来，双臂交叉放在胸前，随后又改变了主意，笨拙地垂下胳膊，放在身体两侧。没错，完美，要表现得自然一点儿：“还行，挺好，挺忙的。”

霍顿似乎这才真的松了口气：“太好了，你们是不是一直在电话联系？”

没有，当然没有。电话联系是这世界上最困难、最有压力的事情，我都没有办法和给我安排洗牙的和善女士打电话，更何况给亚当·卡尔森。“啊，主要是发信息，你懂吧？”

“没错，我可太懂了，无论亚当和你在一起的时候有多么沉默寡言，多么爱生闷气，但请你相信他已经在努力了，他和其他人在一起的时候，包括我，要糟糕一百万倍。”他叹了口气，摇了摇头。但听得出来，他的话里充满宠溺，这是一种奥丽芙无法忽略的纯粹的感情。我最老的朋友，他是这么形容亚当的，显然他并没有撒谎。“事实上，从你们开始约会以来，他就变得比以前好很多了。”

奥丽芙有种局促不安的感觉，不知道该说些什么，只好回了一句简单且让人痛苦又尴尬的话：“真的吗？”

霍顿点点头：“真的，我很高兴他终于可以鼓起勇气约你出去了。他这几年来一直在念叨这个了不起的女孩，但他总是担心你们在同一个系里这件事，而且你知道他是怎样的……”他耸了耸肩，然后摆摆手，“我很高兴他终于醒悟过来了。”

奥丽芙的大脑突然“短路”了，神经细胞也变得迟缓而冰冷。她花了好几秒才完成对“亚当几年来一直想约她出去”这条信息的处理，这实在让她无法理解，因为……这不可能。这完全没道理。

如果不是两个月前她对亚当做出《第九条》那件事情，他甚至压根儿都不知道奥丽芙的存在。即便他知道有奥丽芙这么一个人，也绝对不会和霍顿聊到她，除非……除非……

霍顿指的是另一个人，一个和亚当一起工作的人，一个和他在同一个系的人，一个“了不起”的人，亚当喜欢的一定是那个人。

奥丽芙那些就在刚才还处于半僵硬状态的思绪，开始随着这些信息重新运作起来。撇开这次谈话完全侵犯了亚当的隐私这一事实不谈，奥丽芙忍不住开始思考起他们的约定对他产生的影响。如果霍顿说的这个人是亚当的同事，那么她不可能没有听说过亚当和奥丽芙约会的事情，她也许见过他们两个在周三一起喝咖啡，或者在汤姆演讲时看过奥丽芙坐在亚当腿上，或者……天哪，还有奥丽芙在那次罪恶的野餐会上给他涂防晒霜。这些都会对他的未来产生不好的影响，除非亚当并不介意，如果他很确定他的感情是不会得到任何回应的话——而且，哎，那不会很有趣吗？像希腊悲剧一样有趣？

“不管怎样，”霍顿借助反推墙壁的力量站直了身子，伸手挠了挠自己脖子的后侧，“我觉得这几天我们应该来场四人约会，我有一阵子没有约会了，实在太让人心痛了，不过也许是时候再试一试了。希望我可以尽快给自己找个男朋友。”

奥丽芙感觉自己的胃变得更沉了：“那很好啊。”她试着笑了一下。

“是吧？”他大剌剌地咧嘴一笑，“亚当肯定会对这个深恶痛绝的。”

他的确会。

“不过到时候我可以给你讲很多关于他的有意思的小故事，差不多从十岁到二十五岁？”霍顿对即将到来的约会充满期待，“他会尴尬死的。”

“是关于动物标本的吗？”

“动物标本？”

“没什么，只是之前汤姆提到过关于……”她摆了摆手，“没什么。”

霍顿的目光突然变得锐利：“亚当说你明年可能要和汤姆一起工作，是真的吗？”

“哦……对，是有这个打算。”

他若有所思地点点头，然后似乎是下定了某种决心一样，继续说道：“那你在他身边的时候要小心点儿，好吗？”

“小心？”什么？为什么？这和亚当之前提过的霍顿不喜欢汤姆有关系吗？“什么意思？”

“也要让亚当小心，尤其要让亚当小心。”霍顿一脸认真地说，片刻之后，又恢复了轻松的表情，“不管怎样，汤姆是在研究生院才认识亚当的，我可是从十几岁的时候就认识他了——好故事都是从那个时候来的。”

“哦，可能你不应该告诉我，因为……”因为他和我只是假情侣的关系，他必然不愿意让我介入他的生活里，况且，他可能还爱着另一个人。

“啊，当然，我会等他在的时候再讲，我想看看我给你讲他戴报童帽那段时期的事情时，他脸上会有什么表情。”

她眨了眨眼睛：“他戴……？”

他郑重地点点头，走了出去，关上他身后的门，留她一个人在阴冷幽暗的实验室里。奥丽芙不得不深深地吸了几口气，才让自己专注地投入工作当中。

……

起初她收到邮件的时候，觉得他们一定是发错了。也许是她搞错了，因为她最近这段时间的睡眠一直不好，再加上那不必要的、无法得到回应的心动而产生的精神恍惚，产生错觉也是情有可原的。但在查看了第二遍、第三遍和第四遍后，她才意识到她并没有看错。那么错误可能就出在生物发现学会研讨会那边了，因为他们不可能——绝对没有可能——会认真地通知她：她之前提交的摘要正式入选了专题讨论组的研讨项目。

由导师组成的专题讨论组。

这根本不可能，几乎没有研究生会被选进口头报告这一环节，他们研究生大多时候都是把自己的研究发现做成海报进行展示的，而能够进行演讲的则是那些在职业生涯中已经有所建树的学者。但当奥丽芙登入研讨会网站，下载了会议日程安排时，她才发现上面赫然写着她的名字。在所有演讲者的名单中，只有她的名字没有任何前缀，没有“医学博士”，没有“博士”，没有“医学博士”和“博士”。

完蛋了。

她抱着笔记本电脑跑出实验室，在走廊上差一点儿就撞到了格雷格。他恶狠狠地瞪了她一眼，但她并没有理会，上气不接下气地冲进阿斯兰教授的办公室后，膝盖一下子瘫软下来："可以谈谈吗？"还没有等她回答，奥丽芙就关上了门。

她的导师一脸惊恐地从办公桌后抬头看向她："奥丽芙，出什么——"

"我不想演讲，我没办法演讲，"她摇着头，试图让话语听上去合情合理，但最终只是让自己的声音听起来没有那么惊慌失措和神经错乱而已，"我没有办法。"

阿斯兰教授把头偏向一侧，双手交叉，撑在身前。她的导师总会呈现出一种让奥丽芙舒服的冷静状态，但此刻她平静的表情却让她想要掀倒离她最近的一件家具。

冷静下来，深呼吸，运用你的正念，还有那些马尔科姆总在嘴里念叨的口诀。"阿斯兰教授，我那篇生物发现学会研讨会的摘要被选入演讲环节了。不是海报，是演讲，要大声讲出来，在专题讨论组的会议上，要站在，所有人面前。"奥丽芙的声音变成了尖叫。但出于某种难以理解的原因，阿斯兰教授的脸上却绽开了笑容。

"这太好了！"

奥丽芙眨了眨眼睛，然后又眨了眨眼睛："这……不好吧？"

"胡说。"阿斯兰教授站起身来，绕过她的办公桌，用手在奥丽芙的胳膊上来回抚摸，显然是在表示祝贺她，"这太棒了，比起海报，演讲会带给你更高的知名度，而且很可能会为你以后得到博士后的职位铺路。我实在太为你高兴了，奥丽芙。"

她的下巴都快掉下来了："可是……"

“可是？”

“我没有办法演讲，我说不出来。”

“奥丽芙，可你现在不就是在说吗？”

“我没办法站在人前说。”

“我就是人啊。”

“可这儿只有你一个人，阿斯兰教授。我没有办法对着一群人说话，这和科学什么的没有关系。”

“那是为什么呢？”

“因为，”因为我的喉咙会发干，我的大脑会宕机，我会差劲到让观众席上的人掏出他的十字弓射向我的膝盖骨，“我还没有准备好，在公共场合，演讲。”

“你当然是准备好了的，你可是个优秀的演说家。”

“我不是，我会结巴，会脸红，会走来走去，还有很多很多，尤其是在一大群人的面前，而且——”

“奥丽芙，”阿斯兰教授厉声打断了她，“我之前是怎么跟你说的？”

“呃……‘不要把多通道移液器放错地方’？”

“不是这句。”

她叹了口气：“要像普通的白人男性一样自信。”

“如果可能的话，要比他们更自信，因为‘普通’这个词跟你一点儿都不沾边。”

奥丽芙闭起眼睛，深吸了一口气，这才从惊恐发作的边缘恢复过来。当她再次睁开眼睛的时候，她的导师正带着鼓励的微笑注视着她。

“阿斯兰教授，”奥丽芙苦着脸说，“我真的觉得我做不来。”

“我知道这对你来说很难，”她的脸上带着几分悲伤，“但你可以的，我们一起努力，直到你觉得自己可以胜任这项任务为止。”她这一次将双手放在奥丽芙的肩膀上。奥丽芙的手里还抱着她的笔记本电脑，就像抱着一个漂在海上的救生圈一样，但这却给了她一种奇怪的安全感。“别担心，我们还有好几个礼拜的准备时间。”

虽然你说“我们”，但我才是那个要在几百个人面前演讲的人。而且当有人提出一个三分钟的长问题，好让我承认我的研究从本质上来说就是结构不合理的没用垃圾时，我才是那个要拉裤子的人。“嗯。”奥丽芙不得不强迫自己的脑袋上下摆动，深吸一口气，然后慢慢地呼出，“好吧。”

“也许你可以试着整理一份草稿出来，然后在下一次的实验室会议上练习一下。”又是一个让人安心的微笑，奥丽芙点了点头，但并没有感到一丝一毫的安心，“如果你有任何问题的话，我一直都在这里。哦，我很遗憾没有办法看到你的演讲了，你要答应我，一定要帮我录下来，这样就仿佛我也在那里一样了。”

*可是你不会在那里，到时候只有我孤身一人。*她一边关上身后阿斯兰教授办公室的门，一边苦涩地想。她瘫软地靠在墙上，紧紧闭上双眼，试图平复脑中混乱焦躁的思绪。当听到马尔科姆叫她的名字时，她再次睁开眼睛。他和英站在她的面前，用半是好笑半是担忧的表情端详着她。他们端着星巴克的杯子，里面飘出的焦糖和胡椒薄荷的味道让她觉得胃很不舒服。

“嘿。”

英喝了一口饮料：“你为什么站在你导师的办公室门口打

吨儿？”

“我……”奥丽芙用身体的力量推了一下墙壁，一边从阿斯兰教授的门口往远处走了几步，一边用手背揉了揉鼻子，“我的论文摘要入选了，就是生物发现学会研讨会那个。”

“恭喜！”英笑了笑，“不过会入选是理所当然的，对吧？”

“它入选演讲了。”

一时之间，两双眼睛都默默地看向了她。奥丽芙以为也许马尔科姆会龇着牙做出痛苦的表情，但当她看向他的时候，却发现他的脸上挂着一个淡淡的微笑。“这很……棒吗？”

“没错。”英扫了一眼马尔科姆，又看回奥丽芙，“这，呃，非常好。”

“这是一个空前绝后的灾难。”

英和马尔科姆忧心忡忡地交换了一个眼神，他们太了解奥丽芙有多害怕公开演讲了。

“阿斯兰教授怎么说？”

“还是那几句，”她揉了揉眼睛，“没关系的，我们可以一起努力什么的。”

“我觉得她说得没错。”英说，“我来帮你练习，我们保证你可以背得滚瓜烂熟，一定会没事的。”

“嗯，”或者一定不会，“我想提醒你，大会将在两周后举行，我们应该预订酒店还是民宿？”

不过就在她提出这个问题的时候，她注意到一件奇怪的事情。问题并不出在英的身上，因为她还在平静地喝着她的饮料，但本来准备把杯子送到嘴边的马尔科姆却僵住了。他一边咬着自己的嘴唇，一边研究他的上衣袖子。“关于这个……”他开始说。

奥丽芙皱起眉头：“怎么了？”

“呃，”马尔科姆稍稍挪动了一下自己的脚，也许这并不能说明什么，但他似乎和奥丽芙离得远了一些，这就让她觉得有点儿不太寻常了，“我们已经订了。”

“你们已经订好房间了？”

英高兴地点了点头：“对，”她似乎并没有注意到马尔科姆已然一副快要中风的样子了，“订了会议酒店。”

“哦，好吧，那我该给你多少钱？因为——”

“问题是……”马尔科姆似乎走得更远了一些。

“问题是什么？”

“是这样的。”他不安地摆弄着他杯子上的纸板杯托，瞟了一眼沉浸在幸福里、对他的不安浑然不觉的英，“杰里米用他的奖学金订了一个房间，他让英和他一起住。后来杰斯、科尔、希卡鲁提出让我和他们待在一起。”

“什么？”奥丽芙瞥了一眼英，“真的吗？”

“这对所有人来说都是最省钱的办法，而且这是我第一次和杰里米一起旅行。”英一边心不在焉地插话，一边在手机上打着字，“啊，我的老天，我想我找到了！为理工科少数族裔的本科生举办波士顿活动的好地方！我想我已经找到了！”

“太好了。”奥丽芙无力地说，“可是我还以为……我还以为咱们会住在一起。”

英抬头瞥了一眼，一脸懊悔地说：“是啊，我知道，我也是这么和杰里米说的，但是他说你……你懂的。”奥丽芙歪过脑袋，一头雾水，英继续说道，“我的意思是，既然你可以和卡尔森住在一起，为什么还要花钱再开一个房间呢？”

啊。“因为，”因为，因为，因为，“我……”

“我会想你的，但咱们在房间里除了睡觉，做不了任何其他的事情。”

“好吧……”她抿了抿嘴说，“是啊。”

英的笑容让她想要叹气。“太棒了，我们到时候可以一起吃饭，一起参加海报展会，当然了，晚上还要一起喝酒。”

“当然，”奥丽芙所能做的就是让自己的声音听起来没有那么苦涩，“我很期待。”她带着一个尽可能灿烂的笑容补充道。

“好的，太好了。我得走了，女性科学外联协会的会议 5 点就要开始了。咱们周末来一起计划一下波士顿的夜间活动，杰里米之前说了一些关于幽灵之旅的事情！”

直到英走到了再也听不到他们说话的地方，奥丽芙才转身面向马尔科姆，他此时已经举起双手，做出了防御状。

“首先，英提出这个计划的时候，我正在监控我那个二十四小时的实验——那真的是我人生中最糟糕的一天。老天，我没法很快毕业了。既然她提出来了，我能有什么办法？告诉她你不能和卡尔森住在一起，因为你们是假情侣？啊，不过等等——既然你已经迷上他了，也许你们可以真的——”

“好吧，我明白了。”她的胃开始疼了，“不过你还是应该早点儿告诉我。”

“我本来打算和你说的。可是后来我甩了神经生物系的裘德，然后他就发疯了，用鸡蛋砸了我的车。在那之后我老爸给我打电话问好，问我的项目进展得怎么样了。到后来，事情演变成了他一直追问我为什么不用秀丽隐杆线虫模型。小奥，你知道他爱管闲事已经到了丧心病狂的程度，他真的管得太宽了，结果我们就吵起来了，我老妈也跟着掺和进来了……”他停了下来，深吸了口气，“好吧，要是你当时在的话，肯定会听到那些尖叫声。最终的结果就是，我把这件事忘了，真的很抱歉。”

“没关系，”她挠了挠太阳穴，“不过我想我得找个住的地方。”

“我来帮你，”马尔科姆恳切地对她说，“我们今晚可以上网看看。”

“多谢，不过不用担心，我会搞定的。”或者搞不定，大概，可能。离会议的举行只剩下不到两周的时间，所以或许所有的房间都已经被预订一空了，剩下那些的价格无疑都超出了她的承受范围。她大概要卖掉一个肾才付得起吧？但这其实也不失为一个可行的方法——毕竟她有两个肾。

“你没生气，对吧？”

“我……”*有，没有，或许有一点儿*，“没有，这并不是你的错。”当马尔科姆向她探身的时候，她拥抱了他。为了宽慰他，她略微有些尴尬地拍了拍他的肩膀。尽管她很想责备他，但看看自己，她又有什么立场去责备别人呢？出现这种问题的原因——至少是大部分的原因——还是她最初愚蠢又轻率地做出向英撒谎的决定，接着开始了这个假约会的骗局。如今她要在那个笨蛋研讨会上演讲，在结束之后还有可能睡在公交车站里，把苔藓当作早餐。可尽管如此，她还是不由自主地一直思念亚当。简直太完美了。

奥丽芙把笔记本电脑夹在腋下，向实验室走去。一想到一边放幻灯片一边演讲的场景，她就觉得既畏惧又沮丧。胃里有种像铅块一样让人不舒服的东西不断地向下拽着她，她在冲动之下绕道去了洗手间。走进那个离入口最远的隔间，她靠在墙上，将后脑勺贴在冰冷的瓷砖表面。

直到她肚子里的下坠感越来越强，强到膝盖再也无法承受的时候，她的整个背部也向下滑去，她彻底地坐到了地板上。奥丽芙就这样待了不知多久，她想要欺骗自己，这并不是她的人生。

第 13 章

假说：大约有三分之二的假约会终究逃不掉同住一个房间的宿命，而在这其中，又有百分之五十的概率会出现房间里只剩一张床的情况，这无疑会让问题变得更加复杂。

距离会议中心二十五分钟路程的地方有一家民宿，不过那是一间配有充气床垫的储藏室，虽说她付得起这里每晚一百八十美元的房费，但她看到有一条评论写着房东喜欢扮成维京人，所以……不用了，谢谢。她在距离坐地铁四十五分钟车程的地方找到了一个更便宜的房间，但当她预订的时候，却发现这个房间在几秒之前被人抢先订走了，这让她有一种想把自己的笔记本电脑扔到咖啡店那一头的冲动。当她试着在一家破旧的汽车旅馆和一张郊区廉价的沙发之间做出抉择的时候，一个影子罩在她的身上。她皱着眉抬起头，本以为眼前会出现一个本科生，想要借用她一直占着的插座，结果却发现……

“啊。”

亚当正站在她的面前，傍晚的阳光洒在他的发丝和肩膀上，形成一层薄薄的光晕。他用手指紧紧捏着一个平板电脑，一脸阴沉地低头看着她。距离上一次见他还不到一周的时间，确切地说是六天，换算一下也就是短短的一百多个小时而已，而鉴于他只是她刚认识不到一个月的人，所以这真的没什么。然而，现在知道他回来了，她所在的这个空间，这整个校园和这整座城市都彻底改变了。

充满了无限的可能性，这就是亚当出现时她的感觉。至于是什么方面的可能性，她却不得而知。

“你……”她的嘴巴有点儿干，鉴于她大概在十秒前才喝过水壶里的水，这将是个非常具有科学研究价值的事件，“你回来了。”

“回来了。”

她没有忘记他的声音、他的身形，还有他那些衣服如此合身的样子，她没有办法忘记——她有两个内侧颞叶[1]，而且功能健全，被头骨好好地包裹着，这就意味着她完全有能力编码和存储记忆。她什么都没有忘记，但不知道为什么此刻的大脑会一片空白。“我还以为……我不——”没错，奥丽芙，太棒了，口才非常流利，“我不知道你回来了。”

虽然他的表情有些疏离，但还是点了点头：“我是昨晚的航班。”

“哦。”她大概早该准备一些要说的话，可她没有想到会在周三

1　内侧颞叶（medial temporal lobe），由位于内侧颞叶表面的大脑皮质以及位于颞叶表面下的皮质下灰质结构组成的解剖结构。它也是一种功能性结构，通常与海马旁的区域和海马结构相关，这是一组高度相互关联的区域，对大脑发育至关重要，是形成长期情景记忆的区域。

之前就见到他，如果她能提前知道的话，也许就不会穿着她最旧的紧身裤和最破的T恤，顶着乱糟糟的头发出现在这里了。并不是说她有任何关于她穿着泳装或者晚礼服亚当就会注意到她的幻想，但现在多少让她有点儿……“你要坐下来吗？”她向前探身，去收拾她的手机和笔记本，好把小桌子另一边的空间腾出来给他。不过他在坐下前犹豫了一下，她这才意识到也许他原本并没有停留的打算，可现在他也许觉得自己不得不坐下来了。他把自己优雅地折叠到椅子里，就像一只身形巨大的猫咪。

干得漂亮，奥丽芙，谁不爱一个死乞白赖博取关注的人呢？

“你不用收拾。我知道你很忙，忙着争夺麦克阿瑟奖，忙着完成研究生院的事情，还要忙着吃羽衣甘蓝脆片。”比起待在这里，可能他更想去别的地方。她啃着自己拇指上的指甲，有一种内疚的感觉，开始感到恐慌，然后——

然后他笑了。突然间，他的嘴巴周围出现了几条凹痕，脸颊上也出现了两个酒窝，他此刻的神情变得和刚才大不相同。餐桌上方的空气仿佛都变得非常稀薄，这让奥丽芙的呼吸都不顺畅了。

“我说，在每天只吃布朗尼蛋糕和每天只靠羽衣甘蓝维生之外，其实还是有更折中的选择的。”

她粲然一笑，只是因为——亚当在这里，和她在一起，而且他在对她微笑。“我不信。”

他摇了摇头，嘴巴仍然弯成一道弧线：“你好吗？”

现在好多了。“挺好的，波士顿怎么样？”

“还不错。”

“很高兴你回来了，我相当肯定你不在的这段时间里，我们专业的辍学率已经急剧下降了，我们不能任其发展下去。”

他向她投去一个充满耐心，却又觉得被占了便宜的眼神：“你看起来很累，小鬼。”

“哦，是啊，我……”她用手揉了揉脸颊，告诫自己要像之前一直坚持的那样，不要因为自己的外表而产生任何难为情的感觉。而好奇霍顿前几天提到的那个女人到底长什么样子也是同样愚蠢的想法。她可能非常漂亮，可能很有女人味，可能有很棒的身材曲线，可能是一个真正需要穿胸罩的人，一个没有满脸雀斑的人，一个用起眼线液来得心应手、不会把自己的眼睛弄得一团糟的人。“我还好，不过一整个礼拜都是这样。”她按了按自己的太阳穴。

他歪过头：“发生什么事了？”

“没什么……都怪我的笨蛋朋友，我恨他们。”她顿时感到一阵内疚，于是做了个鬼脸，“好吧，我也不是真的恨他们，但我确实恨我爱他们。”

“是那个防晒霜朋友？英？”

“也是唯一的那个朋友，还有我的室友，他应该了解得更多一些。”

“他们做了什么？”

“他们……”奥丽芙用手指压住双眼，“说来话长，我们要一起参加生物发现学会研讨会，可他们都各自找好住处了，也就是说现在我得自己找地方住了。”

“他们为什么要这么做？”

“因为……”她短暂地闭了一下眼睛，叹了口气，“因为他们以为我想和你住在一起，因为你是我的……你懂的，‘男朋友’。”

有那么几秒钟，他是完全静止不动的，然后开口说："我明白了。"

"没错，一个相当大胆的假设，但是……"她摊开双臂，耸了耸肩。

他轻轻咬了咬脸颊的内侧，忧心忡忡地说："我很抱歉你不能和他们住在一起了。"

她摆了摆手："啊，不是因为这个，本来挺有趣的，只不过我现在需要找个附近的住处，不过到目前为止还没有找到一个我付得起的。"她的目光落在了笔记本电脑的屏幕上，"我正在考虑订这家汽车旅馆，车程需要一小时，还有——"

"他们不会知道吗？"

她从那张像素很低，而且看起来很可疑的旅馆照片上抬起头来："嗯？"

"英不会知道你没有和我住在一起吗？"

啊。"你到时候住在哪儿？"

"会议酒店。"

理所当然。"那么，"她挠了挠鼻子，"我不会告诉她的，我觉得她也不会太过在意的。"

"但如果你住在车程需要一小时的地方，她肯定就会注意到。"

"我……"没错，他们会注意到，还会提出各种问题，到时候奥丽芙就不得不编出一大堆借口，甚至还要用一些半真半假的回答来搪塞他们，为她这几周以来用谎言搭起来的叠叠乐[1]继续添砖加瓦，“我会想办法的。”

他缓缓点头：“对不起。”

“啊，不，这又不是你的错。”

“但事实就是有人会说这是我的错。”

“根本不是这样的。”

“我愿意为你支付旅馆房间的钱，但我不确定方圆十英里内还有没有剩余的房间。”

“啊，不用。”她坚决地摇了摇头，“我是不会接受的，这不是一杯咖啡、一个司康饼、一块饼干，或者一杯南瓜星冰乐。”她朝他眨了眨眼睛，向前探了探身子，试着转移话题，“不过话说回来，菜单上出新品了，你完全可以把那个买给我，那会让我开心一整天。”

“行。”尽管他看起来有点儿嫌弃。

“太棒了！”她咧嘴一笑，“我想今天还会更便宜一点儿，因为周二好像有折扣，所以……”

“你可以和我住一个房间。”

他用冷静而理智的语气说出这句话，给人造成一种这也没什么大不了的错觉。奥丽芙差点儿就被骗了，可当她的耳朵和大脑终于彼此相连的时候，才理解了他刚刚说的那句话的意思，意思是：

她可以。

和他。

1　叠叠乐（Jenga），也叫叠叠木、叠叠高，是一款经典的木制益智积木玩具，设计理念来源于我国汉朝的黄肠题凑木模。

住一个房间。

奥丽芙非常清楚和别人同住意味着什么，即便同住非常短的一段时间也是如此。睡在同一个房间里，就意味着你们会看到彼此穿着睡衣的尴尬样子，意味着你们要轮流使用浴室，意味着一个人会因为要在被单下找到一个舒服的睡觉姿势而在黑暗中发出清晰而响亮的沙沙声。睡在同一个房间里，意味着……不，不。这是一个可怕的想法。奥丽芙开始思考自己是不是这段时间太累了，于是她清了清嗓子："事实上，我不能。"

他平静地点了点头，可然后，然后他依旧平静地问道："为什么？"

她非常想用自己的脑袋去撞面前的这张桌子。

"就是不能。"

"当然能，房间是双床标准间。"他主动说，就好像这条信息可能会改变她的想法一样。

"这不是个好办法。"

"为什么？"

"因为人们会以为咱们……"她注意到亚当的神情，于是立刻安静下来，"好吧，好吧，他们早就那么以为了，可是……"

"可是？"

"亚当，"她用手指搓了搓额头，"只会有一张床。"

他皱起眉头："不，就像我说的，会有两张——"

"不是，不会有两张，我很肯定，只会有一张床。"

他困惑地看了她一眼："我前几天收到了预订酒店的信息确认邮件，如果你需要，我可以转发给你，上面写着——"

“上面写着什么并不重要，反正终归只有一张床。”

他盯着她，百思不得其解。她叹了口气，无助地靠在椅背上。很明显，他这辈子从来都没看过一部浪漫喜剧，或是一本爱情小说。“没什么，不用理我。”

“我的专题研讨会是属于大会正式开始前的子研讨会，然后我会在大会开始的第一天做一个演讲。整个会议期间，酒店都会帮我保留这个房间，不过我可能在第二天晚上过后就离开，去参加一些别的会议。所以从第三天晚上开始，你就可以一个人待着了，所以我们只有一晚需要住在一起。”

听着他逻辑清晰、有条不紊地列出她应该接受他的提议的合理理由，她感到一阵强烈的恐慌：“听起来似乎是个糟糕的主意？”

“那好吧。可我就是不明白为什么。”

“因为……”因为我不想，因为我很难过。因为在那之后，我可能会更加难过。因为9月29日的那一周马上就要到了，我一直努力不去提醒自己这件事情。

“你是在害怕我会没有经过你的同意就亲你，坐到你的腿上，或者用涂防晒霜当借口去摸你的身体？可是我永远不会——”

奥丽芙拿起她的手机朝他丢过去，他用左手接住了它，一脸得意地研究了一会儿她亮闪闪的氨基酸手机壳，然后小心翼翼地把它放到了她笔记本电脑的旁边。

“我恨你。”她闷闷不乐地对他说。她可能一直在噘着嘴的同时保持着微笑。

他动了一下嘴角：“我知道。”

“你可以忘掉我做过的那些事吗？”

“不大可能。如果真的忘记了那些事，我敢肯定还会发生一些别的事。”

她生气地将双臂交叉在胸前，然后露出了一个小小的微笑。

“我可以问问霍顿或者汤姆，看看能不能和他们一起住，然后把我的房间留给你。”他建议道，“不过他们已经知道我有一个自己的房间了，所以我找个借口——”

“不，我是不会把你从你的房间赶出去的，”她用手整理了一下自己的头发，然后呼了口气，“你会讨厌的。”

他歪过脑袋，“讨厌什么？”

“和我住在一个房间。”

“我会吗？”

“是的，你看起来像是那种……”你看起来像是那种喜欢和别人保持距离，不会妥协让步，而且很难懂的人；你看起来是那种一点儿都不在乎别人怎么看你的人。你很清楚自己在做什么，你令人恐惧，又备受赞扬。可一想到有那么一个人让你想要敞开心扉，而那个人又不是我的时候，我就觉得我不可以再坐在这张桌子上了。“像是那种需要私人空间的人。”

他注视着她的眼睛：“奥丽芙，我觉得这对我来说没什么。”

“可如果到头来你还是觉得有什么的话，那你也只能和我在一起了。”

“只是一个晚上而已。”他绷紧了下巴，然后又放松下来，“我们是朋友，不是吗？”

自己说过的话，现在被扔回到她这里。可我不想做你的朋友。她很想这么说，问题是她也不想不做他的朋友。她真正想要的东西是她完全没有能力得到的，所以她需要忘掉它，从脑子里彻底将它丢出去。

“没错，我们是。”

“那么，既然是朋友，就不要因为你得大半夜在你并不熟悉的城市里乘坐公共交通工具害我操心，在没有自行车道的路上骑车就已经够危险了。”他嘟囔地抱怨着。那一瞬间，她觉得自己的胃里，有某种东西向下沉了一下。他在试着去做一个好朋友，他很关心她。她不去珍惜她现在所拥有的这一切，反而还要毁掉它，甚至——甚至想要更多。

她短暂地闭了一下眼睛，然后深吸了一口气：“你确定吗？那样不会打扰到你吗？”

他默默地点了点头。

“好吧，那好吧。”她勉强地笑了笑，“你打呼噜吗？”

他扑哧一声笑了出来：“我不知道。”

“欸，拜托，你怎么会不知道呢？”

他耸了耸肩：“可我就是不知道。”

“好吧，那可能就说明你不打，不然的话，会有人告诉你的。”

“有人告诉我？”

“室友，”她突然想到亚当今年三十四岁，所以他可能已经十年都没有室友了，“或者女朋友。”

他淡淡一笑，垂下眼帘：“我想在研讨会过后，我的‘女朋友’会告诉我的。”他的语气平静又不失礼貌，显然是想开个玩笑。但奥丽芙却觉得脸颊发烫，再也不敢多看他一眼，只是拉起她开衫袖子上的一个线头，想找点儿话说。

“我的那篇笨蛋摘要，”她清了清嗓子，“被选去演讲了。”

他对上了她的眼睛：“导师专题讨论组的？”

“对。”

“你不开心吗？”

“对。”她龇了龇牙。

“是因为要公开演讲吗？”

他记得她说过的话，他当然会记得。“是啊，会非常糟糕的。”

亚当盯着她，什么都没有说。没有宽慰她会没事的，或者演讲一定会很顺利的；也没有认为她反应过度，低估了这个不可多得的绝好机会。不知道为什么，他在面对她的焦虑时，选择了照单全收，这和阿斯兰教授的热情鼓励所带来的效果完全相反：她得到了真正的放松。

“我在研究生院读三年级的时候，”他平静地说，“我的导师派我代表他去参加一个导师专题讨论会。当时距离会议只剩下两天了，我没有幻灯片，也没有演讲稿，只知道演讲的题目。”

“哇哦。”奥丽芙试着想象那是一种怎样的感觉——在没有得到充分的预先告知的情况下，却被赋予如此艰巨的任务。与此同时，亚当在她没有提问的情况下就直接向她坦露自己的事情，这一点让她感到非常惊讶：“他为什么要那么做？”

“谁知道呢？”他仰起头，盯着她头顶上方的某个地方，语气中带着一丝苦涩，“可能因为他有急事，或者因为他觉得这是一次可以帮助我成长的经历，或者单纯就是因为他可以这么做。”

奥丽芙打赌是最后一个原因。她虽然不认识亚当之前的导师，但她知道学院可以说是一个老男孩俱乐部，那些掌权者总是喜欢肆无忌惮地利用那些没有权势的人替他们做事。

“那它是吗？一次帮助你成长的经历？”

他又耸了耸肩：“任何能让你在恐慌的状态下连续四十八小时保持清醒的事情都可以。”

奥丽芙笑了：“那你是怎么做的？”

“我做得……”他抿了抿嘴，“不够好。”他沉默了半晌，目光锁定在咖啡店窗外的某个地方，“不过话说回来，没什么是完美无缺的。”

从目前看来，尽管似乎不可能有人从亚当的那些科学成就中找出不足的地方，但他认为自己永远都无法做到最好。这就是他对别人那么严格的原因吗？就是因为他被教导要用同样近乎不可能的标准去要求自己吗？

“你还和他有联络吗？我是说你的导师。”

“他现在退休了。汤姆接替了他，领导着他之前所在的实验室。”

他没有直接回答她的问题，反而显得措辞谨慎、晦涩不明，这让奥丽芙禁不住好奇地问道：“你之前喜欢他吗？”

“这很复杂。”他一只手在下巴上摩挲着，若有所思地望着远处，“不，不，我从前不喜欢他，现在仍然不喜欢。他很……”他停了很久，久到她已经要说服自己他不会再说出什么了的时候，才继续说了下去。他看着傍晚的阳光消失在橡树丛后：“严酷。我的导师很严酷。”

她轻声笑了起来，亚当将目光投回她的脸上，因为困惑而眯起了眼睛。

“抱歉啊。”她依然在笑，“我就是觉得听你抱怨你从前的导师很好笑，因为……”

“因为？”

“因为他听上去和你一模一样。”

“我才不像他。”他反驳道。他的反应比奥丽芙预想的要更激烈，于是她哼了一声。

“亚当，我很确定如果我们让别人用一个词来形容你，十有八九会出现‘严酷’这个词。”

她话还没说完，就看到他的身子僵在了那里，肩膀的线条顿时变得僵硬紧绷，下巴也不自然地微微抽动着。她本能地想要向他道歉，可她却不知道要为了什么道歉，毕竟她刚才说的也不是第一次对他提起了——他们之前就已经讨论过他讲话犀利、不轻易妥协的指导风格，而且他似乎总表现得并不在意，甚至还会默默地认下她说过的那些话。可此刻他却握紧了放在桌子上的手，眼睛甚至也比以往更加黝黑深邃。

“我……亚当，我是不是——”她结结巴巴地说，但还没等她继续说下去，他就打断了她。

“每个人和他的导师之间都会有不愉快的地方。”他说，语气中带着一种终结的意味，似乎在警告她不要再说下去了，不要去问“发生了什么”，也不要去问“你为什么会这么想”。

于是她咽了咽口水，点点头说：“阿斯兰教授……”她犹豫了，他的指关节已经变得没那么苍白，肌肉的紧绷感也慢慢消失了。不过这一切可能都是她想象出来的。没错，一定是这样。“我想说的是，她很棒，只不过有的时候我感觉她并不是很了解我需要更多的……”指导、支持，还有一些实用的建议，而不是盲目空泛的鼓励，“我甚至连自己需要什么都不清楚，我觉得这可能就是问题所在——我不是很擅长在这些方面进行沟通。”

他点了点头，似乎是在小心措辞：“当导师很难。没有人教你怎么做，虽然我们一直在接受成为科学家的训练，但有了教授这个身份后，我们还要确保学生们也能学会如何进行严谨的研究。我要对我的研究生负责，所以我会给他们设定很高的标准。他们要是怕我，那也没关系，因为风险很大，所以如果我让他们害怕意味着他们会认真地对待他们的训练的话，那么我完全接受。”

她歪着头：“这是什么意思？”

“我的工作是确保我已经成年的研究生们不会沦为平庸的科学家，这就意味着我的任务是要求他们重做他们的实验，或者调整他们的研究假设，这是在所难免的。”

尽管奥丽芙从来都不是一个愿意取悦别人的人，但亚当在对待别人对他的看法上所表现出的冷漠和不屑却非常令她着迷。“你真的一点儿都不在乎吗？”她好奇地问，“关于你的毕业生可能不会喜欢你这件事？”

“不，我也不是很喜欢他们。”她想起了杰斯和亚历克斯，还有她不怎么熟悉的亚当的六个研究生和博士后。想到他们觉得他专横的同时，他也一样觉得他们很烦人，她就不自觉地轻声笑起来。“说句实话，我一般很少会喜欢别人。”

“好吧。”*不要问，奥丽芙，不要问*，“那你喜欢我吗？”

他抿了抿嘴，仅仅犹豫了千分之一秒：“不，你就是个在饮料方面品位奇差的小鬼。”他看了看平板电脑屏幕上的一角，嘴角勾起一抹淡淡的微笑，“把你的幻灯片发给我。”

“我的幻灯片？”

“给你的演讲准备的，我要看看。”

奥丽芙尽量不让自己流露出吃惊的表情：“啊——你……我又不是你的研究生，你不需要这么做。”

“我知道。”

“你真的不需要——”

“可是我想。”他说，他注视着她的眼睛，声音低沉，奥丽芙觉得胸口一紧，慌忙移开视线。

“好吧。”她终于成功地扯断了她袖子上那根冒出来的线，“你的反馈意见让我躲到厕所里哭的可能性有多大？”

“这就取决于你幻灯片的质量了。”

“那你可不用手下留情。”

“放心，我不会的。”

“很好，非常好。”她叹了口气，却感到非常心安，因为她知道他要检查她的工作了，“你会来听我的演讲吗？”她没想到自己会问出这样的问题，亚当似乎也同样惊讶。

“我……你希望我去吗？”

不。不想，那将非常可怕、非常丢脸，甚至可能是一场灾难。你会看到我最差劲、最虚弱的那一面。如果可能，你最好全程把自己关在洗手间的隔间里，这样你就不会一不小心走进来看到我出丑了。

尽管他不是她的导师，也无法在她被一连串难以应付的问题淹没或在演讲途中投影仪突然坏掉时替她做些什么，或许她也并不需要他去做些什么，然而，只要一想到他会出现，坐在观众席里，一切似乎就没有那么痛苦了。

她突然意识到了亚当身上究竟有什么特别的地方了，不管他的名声怎样，也不管他们的初次邂逅有多么不同寻常，打从一开始，奥丽芙就觉得他是站在她这一边的。他一次又一次地以她未曾想过的方式包容着她，让她觉得自己不再是孤身一人。

她轻轻舒了口气，这个想法本该让她感到不安，但她反倒因此变得异常平静："是的。"她对他说，觉得可能会得到好的结果。她也许永远无法从亚当身上得到她想要的东西，但至少现在，他还在她的生活里，对她来说，这就足够了。

"那么，我会去的。"

她向前探身："你到时候会提出复杂冗长又具有诱导性的问题，让我语无伦次，失去同行的尊重，然后永久性地破坏我在生物领域的地位吗？"

"有可能。"他微笑地说，"我现在是不是应该给你买那个恶心的——"亚当指了指收银台，"——南瓜泥？"

她咧嘴笑了："啊，没错，我是说，如果你想的话。"

"我宁愿给你买点儿别的东西。"

"那太糟了。"奥丽芙跳起来向柜台走去。她拽着他的袖子，强行把他拉起来。亚当顺从地跟在她的身后，嘴里嘟囔着一些黑咖啡之类的东西，奥丽芙并没有理会他。

足够了。她再一次对自己说，你现在所拥有的，已经足够多了。

第14章

假说：这次研讨会将是我职业生涯中最为糟糕的经历，对我的幸福感和心智健全方面都是如此。

酒店的房间里有两张床。

确切地说是两张双人床，奥丽芙在看到这一幕的时候觉得自己的肩膀都放松了下来，努力抑制住想要攥紧拳头的冲动。得了吧，你们这些笨蛋浪漫喜剧。她可能是爱上了那个和她假约会的男人，就像一个没有任何经验的傻瓜，但至少她在短时间内不会和他同床共枕。考虑到她过去几周的糟糕表现，她非常、非常需要这场胜利。

奥丽芙把她的包放在靠窗的床上，因为她非常笃定地认为亚当昨晚是睡在离房门较近的那张床上的，有很多小的线索——床头柜上有一本看起来像写着德语名的书、一个内存盘、一台她曾经多次看见他随身携带的平板电脑、一个插在电源插座上的手机充电器，还有一个放在床脚的看起来很贵的黑色行李箱——这可能是奥丽芙在沃尔玛的折价商品区完全淘不到的款式。

“我想这个就是我的了。”她喃喃地说着，坐在床上弹了几下，试了试床垫的结实程度。这是一个非常漂亮的房间，虽然没有那么夸张，但奥丽芙还是突然很感激当初她提出分摊一半房费的时候亚当哼了一声，像是觉得她疯了一样地看着她。而且这里很宽敞，所以他们在房间里走动的时候不会有肢体上的触碰。和他待在一起，也不会让她觉得非常像是《天堂七分钟》[1]的变态升级版体验。

倒也不是说他们会有很多共处一室的机会，在几个小时之后，她就要发表演讲了——啊——在那之后，她会参加学系的社交聚会，然后和朋友们一起出去玩……好吧，只要她觉得可以。不过亚当很可能已经被安排了大量的会议，也许他们连面都见不到。他今晚回来的时候她应该已经睡了，明早当一个人正在洗漱的时候，另一个人可以装作还没醒来。他们一定会相安无事的，起码不要比现在还要糟糕就可以。

一般来说，奥丽芙在参加会议时会有一套固定的着装：黑色牛仔裤和看起来磨得最不厉害的羊毛开衫。但英在几天前曾经跟她说起要是参加演讲的话，这套衣服也许太不正式了，在叹息了几小时之后，奥丽芙决定带上那条她在研究生院面试前趁打折买的黑色裹身裙，还有从英的姐姐那里借来的黑色高跟鞋。这在她做出决定的

1 《天堂七分钟》（*Seven Minutes in Heaven*），一款主要由青少年玩的派对游戏。选择两个人在黑暗、封闭的空间里单独待七分钟。在此期间，玩家可以做任何他们选择做的事情。许多玩家利用这段时间私下交谈或进行更亲密的活动。

当下似乎是个不错的主意，但当她溜进浴室换上裙子时，却发现裙摆已经跑到了她膝盖上方几英寸的位置，她这才意识到裙子一定在上次洗过之后严重缩水了。她幽怨地给刚刚发信息给她的英和马尔科姆分别发了张照片。<还是适合出席会议的。>后面还有一个火焰的表情符号。奥丽芙一边祈祷英是对的，一边梳理着她的鬈发，并试图搞定她变干的睫毛膏——显然她不该在一元店里买化妆品。

她走出浴室，嘴里小声地背诵着她的演讲稿，就在这时，门被打开了，有人——亚当，毫无疑问是亚当——走进了房间。他一手握着房卡，一手在手机上打着字，但当他抬起头看到奥丽芙的时候，他停了下来，张大了嘴巴。

他停在那里，嘴巴保持着张开的状态。

“嘿，”奥丽芙强行挤出一个微笑，她觉得心脏此刻在胸腔内跳动的频率实在过快，也许等到回去以后，她需要好好地检查一下它到底出了什么问题，心血管健康方面的问题还是要尽早重视起来，“嗨。”

他猛地合上嘴巴，清了清嗓子：“你……”他吞了吞口水，换了下两脚的重心，“来了。”

“对，”她点了点头，依然面带微笑，“我刚到，航班准时降落了，还挺意外的。”

亚当似乎有些迟钝，也许他还在倒时差，也许他昨晚和他那些知名的科学家朋友聊得太晚了，但也有可能是和霍顿提过的那位神秘女郎。他就那么静静地盯着奥丽芙看了一会儿，然后张口只说了句：“你看上去……”

她低头扫了一眼她的裙子和高跟鞋，怀疑自己的眼妆已经洇开了，距她化好妆已经过去整整三分钟了，所以很有可能。“很专业？”

“我不是这个意思……”亚当闭上眼睛，摇了摇头，好像在让自己镇定下来，“不过，没错，很专业。你好吗？”

“好。还行。我的意思是，我只希望自己已经死了。”

他粗声笑了出来，离她更近了一些：“你会没事的。”她之前觉得他穿毛衫很好看，那是因为她从来都没有见他穿过西装。原来他一直都拥有这样的秘密武器。她心里这么想着，努力不让自己死死地盯着他看，可此刻的他却让她挪不开眼睛，他真该死。

“会没事的，”她将自己的头发向后捋了一下，微笑着说，“等我死了以后。”

“你会顺利过关的，你写了讲稿，而且背下来了，幻灯片也很好。”

“可我觉得被你改掉背景之前的那一版幻灯片更好。”

“但那是柠檬绿色。”

“我知道，而且会让我的心情变好。”

“但我觉得很恶心。”

“呃，无论如何，还是要再次谢谢你帮我搞定了这个问题。”以及回答了我的一百三十九个问题。也谢谢你每次用不到十分钟的时间回复我的邮件，即使是在凌晨五点半的时候，而且你还非常少见地打错了“共识”这个词，我很怀疑你当时还处在半梦半醒的状态里。“还有，谢谢你让我和你一起住。”

“没什么。”

她挠了挠自己鼻子的一侧："我猜那张床是你的，所以把我的东西放在了这里，不过要是你……"她慌乱地在房间里指了指。

"不用，那就是我的床。"

"好的。"她并没有计算两张床之间究竟有多少英寸，她肯定不可能去量的，"那到目前为止，研讨会进行得怎么样？"

"还是老样子。我大部分时间都在哈佛，和汤姆在一起，只有中午的时候才回来吃了个饭。"

当他提到食物的时候，奥丽芙的肚子发出了很响的咕咕声。

"你还好吗？"

"嗯，我今天好像忘吃东西了。"

他的眉毛弯了起来："我没想到你居然能撑这么久。"

"嘿！"她瞪了他一眼，"我在过去的整整一周都处在绝望的状态里，这需要消耗大量的卡路里，以防——你在干什么？"

亚当弯下身子，从他的行李箱里翻出一个东西，递给奥丽芙。

"这是什么？"

"卡路里，给你的绝望状态提供燃料。"

"啊。"她接了过来，然后认真地看着手中的蛋白棒，尽量抑制住想哭的冲动。这真的是食物，很可能是飞机上发的小零食，他没有吃，最后带下了飞机。毕竟他是不需要绝望的，他可是亚当·卡尔森教授。"谢谢，你……"当她把蛋白棒换到另一只手上的时候，它的包装纸已经被搓皱了，"你还会来听我的演讲吗？"

"当然了，具体几点开始？"

"今天 4 点，在 278 房间，第 3b 场次。唯一的好消息是，我的演讲会和主题演讲在同一时段，也就是说到时候有可能只有少数人会过来听……”他的背明显变得僵硬了，奥丽芙犹豫了，“还是说你本来打算去听主题演讲？”

亚当舔了一下嘴唇：“我……”

她的目光此时正好落到了他脖子上挂着的参会证明上。

亚当·卡尔森，博士

斯坦福大学

主题演讲人

一瞬间，她目瞪口呆。

“啊，我的老天。”她抬起头，瞪大眼睛看着他，而且……啊，天哪，不过至少他总算有些惭愧的样子，“你怎么能不告诉我你是主题演讲人呢？”

亚当挠了挠下巴，觉得浑身都不自在：“我没有想到会这样。”

“啊，我的老天。”她重复地说着。

不过说句实话，这件事说到底还得怪她，主讲人的名字可能是用 300 磅大小的字印在会议日程安排和所有宣传材料上的，更不用说大会的应用软件和电子邮件了，她到底有多蠢，才没注意到这么明摆着的事实？

“亚当，”她刚想用手指揉眼睛就改变了主意，都怪那个该死的眼妆，“我不能和生物发现学会研讨会的主题演讲人假约会。”

“其实从严格意义上讲，主题演讲人一共有三个，剩下的两个分别是住在欧洲和日本的五十多岁的已婚女性，所以……”

奥丽芙双臂交叉放在胸前，冷冷地看着他，直到他安静下来，她忍不住大笑起来："我怎么从来都没听你提起过？"

"这没什么大不了的，"他耸了耸肩，"我甚至怀疑我其实不是他们的首选。"

"好吧。"当然了，因为存在有人拒绝担任生物发现研讨会主讲人的情况，她歪过脑袋，"我在抱怨我那个只有十四五个人参加的十分钟的演讲时，你觉得我是个大傻子吗？"

"完全没有。你有那种反应很正常。"他想了一会儿，"不过我有的时候确实觉得你是个傻子，特别是在看到你把番茄酱和奶油起司涂在贝果上的时候。"

"可那样配起来真的很好吃。"

他看起来一脸的痛苦："我一点儿都不觉得。你什么时候在你的专题讨论组里做报告？也许到时候我还能去听一次。"

"不用，我已经可以应付下来了。"她摆了摆手，希望自己表现出一副满不在乎的样子。"没关系，真的，"确实如此，"不过我得用手机给自己录下来了，"她翻了个白眼，"因为阿斯兰教授说虽然她不能来参加研讨会，但想听我的第一次演讲。如果你喜欢听到磕磕巴巴的演讲，而且也喜欢隔着手机感受二手的尴尬，我到时候是可以发送给你的。"

"我喜欢。"

奥丽芙的脸红了，决定换个话题："这就是即便你不经常待在这里，他们还是在整个会议期间都帮你保留一个房间的原因吗？因为你是个大人物？"

他皱起眉头："我不是。"

"从现在开始，我可以叫你'大人物'吗？"

他叹了口气，走到床头柜前，把她之前注意到的内存盘装进口袋：“我得把幻灯片拿到楼下，小鬼。”

“好吧。”他可以离开了，没问题，完全没问题，奥丽芙并没有让自己的笑容有丝毫的减退，“那我们演讲结束后再见吧？”

“没问题。”

“还要在你的演讲也结束后。祝你好运，还有，恭喜你，这是一个巨大的荣誉。”

不过亚当似乎没想到这一点，他走到门边停了下来，手放在门把手上，回头看向奥丽芙。奥丽芙和他四目相交，片刻过后，他告诉她：“别紧张，好吗？”

她抿了抿嘴，然后点点头：“我会按照阿斯兰教授常说的去做。”

“她是怎么说的？”

“要像普通的白人男性一样自信。”

他粲然一笑，脸颊上的两个小酒窝简直好看得令人窒息。“奥丽芙，会很顺利的，”他的笑容变得温柔，“就算不顺利，至少也会结束的。”

几分钟后，当奥丽芙坐在她的床上，一边凝望着波士顿的天际线，一边嚼着她的午餐时，她才突然发现亚当给她的蛋白棒的外壳是巧克力。

……

当她正在进行第三次的检查，好确定自己是不是走对了房间时——没有什么能比轻快地走进房间，对着一群对高尔基体[1]的展示充满期待的观众讲述胰腺癌会给人留下更深刻的印象了——一只手搭在了她的肩膀上，她在转过身来发现那是谁的手后粲然一笑：

“汤姆！”

他穿着一套炭灰色西装，金色的头发向后梳理得很利落，虽然看起来没有在加利福尼亚的时候年轻，但同样非常专业。在一大堆陌生的面孔中看到这样一张友善的脸，这让她想要吐在自己鞋子里的强烈欲望稍微有所减轻。

“嘿，奥丽芙，”他帮她撑着门，“我想着可以在这儿见到你。”

“哦？”

“在会议日程安排上看到的，”他奇怪地看着她，“你没注意到咱们在同一个专题讨论组里吗？”

啊，完蛋了。“呃……我……我还没看讨论组里还有谁。”因为我可一直在忙着害怕呢。

“那你就不用费心了，反正大都是些无聊的人，”他朝她使了个眼色，然后把手滑到了她的背上，一把将她推向讲台，“当然，除了我和你。”

1　高尔基体（Golgi apparatus），真核细胞中内膜系统的组成之一，是由光面膜组成的囊泡系统，它由扁平膜囊、大囊泡、小囊泡三个基本成分组成。

她的演讲进行得不错。

但也说不上完美。因为她在“光敏感通道蛋白”[1]这个词上卡壳了两次，而且她的染色在投影仪某种奇怪的显示方式下看起来更像是个黑色的斑点，而不是它本来应该呈现出的切片形态。“它的样子和在我电脑上的时候不一样，”奥丽芙跟她的观众说，脸上带着紧张的微笑，“在这一点上你们信我就对了。”人们轻声笑了起来，她也稍稍放松了些。她庆幸自己花了好几小时背诵所有她要说的话。房间里没有她担心的那么满，来的人并不多——他们很可能在其他的研究机构做着和她相似的研究——他们甚至还在做笔记，并且全神贯注地听着她说的每一个字。这本该让人不知所措并充满焦虑，但在演讲过半的时候，她突然意识到这让她感到一种莫名的兴奋，因为她意识到还有其他人也对这项在过去两年中占据了她大部分时间的研究课题充满热情。

坐在第二排的马尔科姆装出一副被深深吸引的表情，而每当奥丽芙碰巧看向英、杰里米和一群斯坦福的其他研究生时，他们也都会热情地朝她点点头。因为她的场次被推迟了，所以在最后的提问环节，主持人只留出了一个问题的时间——那是个很简单的问题。在结束的时候，两名专题讨论组中的其他成员——著名的癌症研究学者，奥丽芙要很努力地克制自己，才能不表现得像个狂热的粉丝一样——和她握了手，并就她的研究提了一些问题，这让她既激动不安又喜出望外。

1　光敏感通道蛋白（channelrhodopsin），一种受光脉冲控制的具有7次跨膜结构的非选择性阳离子通道蛋白。

“你刚才太了不起了，”结束后，英这么对她说，她挤上前来拥抱她，“而且你看起来又辣又专业，在你演讲的时候我突然好像看到你以后在学院的样子。”

奥丽芙用两只手将她抱住：“什么样子？”

“你成了一名位高权重的研究员，被一群学生包围着，他们所有人都在认真地听你讲的每一句话，而你正在一封由几个段落组成的邮件下面回复没有加粗加大的‘不行’。”

“那也太好了，那我是开心的吗？”

“当然不啊，”英哼了一声，“那可是学院。”

“姑娘们，学系晚会将在半小时后开始。”马尔科姆凑过去吻了吻奥丽芙的脸颊，捏了捏她的腰，她穿上高跟鞋后只比他稍稍矮一点儿。她笑了笑，想着要是能拍张和他并排站着的照片就好了。“我们应该去喝点儿免费的酒，去庆祝奥丽芙终于成功念对了一次‘光敏感通道蛋白’。”

“你也太烦人了。”

他把她拉过来，紧紧地抱了一下，在她耳边小声说：“你今天真棒，我的卡拉马塔。”随后他又放大声音，“我们不醉不归！”

“你们先去吧，我去拿我的内存盘，把这些东西放回酒店再去。”

奥丽芙穿过此刻已经空空荡荡的房间向讲台走去。她感觉肩上的重担终于被卸了下来，终于可以真正地松一口气了。从专业的角度来说，事情在往好的方向发展：她发现只要做足准备，她就可以在其他科学家的面前把几个连贯的句子串联起来；她有了明年进行研究的场所和方法；而且就在刚刚，她所在领域里的两位大师还称赞了她的工作成果。她微笑起来，不禁开始思考应不应该给亚当发送一条信息，告诉他他是对的，她成功地活了下来。或许她也该问问他的主题演讲进行得怎么样了，他的幻灯片是不是也出了问题，他会不会把诸如“微阵列”“染色体核型分析”之类的词念错，或者他有没有打算去学系晚会。不过他可能会去见朋友，但她或许可以请他喝一杯，感谢他对她所有的帮助，至少这一次，一定要由她来付钱。

“一切都很顺利。”声音是从她背后传来的。

奥丽芙转过身，发现汤姆站在那里，双臂交叉在胸前，身体靠在桌子旁。不过他好像已经盯着她看了好一会儿了。

“谢谢，你的也是。”他的演讲只是把之前在斯坦福演讲过的内容进行了浓缩，奥丽芙不得不承认在那期间她有些走神了。

“亚当在哪儿？”

“我想应该还在做他的主题演讲吧。”

“好吧，”汤姆翻了个白眼，可能里面有些欢喜的成分，不过奥丽芙完全没有从他的表情中看到这一点，“他是会那样做的，不是吗？”

“做什么？”

“超过你。”他撑了一下桌子站了起来，然后缓缓走向她，“好吧，超过所有人，这并不是人身攻击。”

她皱起眉头，觉得非常困惑，想问问汤姆这话到底是什么意思，但他却走得更近了，继续说道：“我想咱们明年会相处得很好。”

想到汤姆因为相信她的工作能力而愿意带她去他的实验室，奥丽芙的不安就逐渐消失了。“对，”她笑了笑，“非常感谢你给了我和我的项目一个机会，我已经等不及要和你一起工作了。”

“不客气，”他也笑了笑，“我觉得我们可以从彼此身上获得很多东西，你认为呢？”

虽然在奥丽芙看来，她从中得到的好处似乎要比他能得到的多得多，但她还是点了点头：“我希望是的，我认为成像和血液生物标志物可以达到完美的互补，只有把它们结合在一起，我们才能——”

“而且我有你需要的东西，对吧？研究经费，足够大的实验室，我还有可以正确指导你的时间和能力。”

“是的，你有，我……”突然间，她可以清楚地看到他眼角膜的灰色的外缘了。他是不是靠得更近了？他个子很高，但并没有比她高出多少，所以平时并没有给人这样的压迫感。“我真的很感谢。特别，特别感谢，我很肯定——”

猛然间，她嗅到了一股陌生的味道，他呼出的灼热而难闻的气体扑打在她的嘴角，还有——他的手指，就像钳子一样紧紧地掐住她的上臂，他为什么——他干什么——

“你在——”奥丽芙的心都跳到了嗓子眼儿，她挣脱了手臂上的束缚，向后退了几步，“你在干什么？”她用手摸了摸肱二头肌的位置——他抓过的地方真的很疼。

天哪，他真的那么做了？他是想吻她？不，那一定是她臆想出来的，她一定是疯了，因为汤姆绝对不会——

“只是预演一下，我想。”

她怔怔地盯着他，因为太过震惊，她竟一时间没有缓过神来。很快他再次靠近，面对她弯下腰来。刚才的一幕再一次发生了。

她一把将他推开。她用双手在他的胸口使劲推了一把，他踉踉跄跄地向后退了几步，发出几声优越感十足的无情大笑。她的肺好像被卡住了一样，顿时觉得喘不上气来。

“预演？什么？你疯了吗？”

“拜托。”他为什么还在微笑？为什么他的脸上会出现这么油腻又可恶的表情？为什么他看着她就像看着——“像你这样的漂亮姑娘应该能够搞清楚现在的状况了。”他用猥亵的眼神上下打量着她，这让她觉得无比恶心，“你别以为我不知道，你挑这条短裙就是为了勾引我。顺便说一句，腿真不错，我明白亚当为什么会在你身上浪费时间了。”

“你……什么……”

“奥丽芙。”他叹了口气，把手插进了口袋里。他本来应该看上去没有任何威胁性，就那么懒洋洋地站在那里，但他此刻给她的感觉却完全不同。“你该不会以为我收你进我的实验室是因为你很优秀吧？啊？”

奥丽芙只是张大嘴巴，吃惊地又向后退了一步，她的一个鞋跟被地毯绊了一下，幸亏她抓住桌子才没被绊倒。

“像你这种姑娘，很早就搞清楚了在学术生涯中，那些该死的知名成功学者都是怎样出人头地的。”他仍然面带微笑，而奥丽芙曾经居然认为这样的微笑非常亲切，让人安心，“你和亚当上床了，不是吗？我们都知道你会为了同样的原因和我上床。”

她真的要吐了，毕竟之前她也是打算吐在这里的，可这一次却和她的演讲无关：“你真恶心。”

“是吗？”他耸了耸肩，依旧气定神闲，“那你也一样。你利用亚当来接近我，去我的实验室，还有这次研讨会，也一样。”

“我没有，我在还不认识亚当的时候就提交了——”

“噢，得了吧。你是在说你觉得那个可怜的摘要被选入演讲是因为它本身质量很高，而且很有科学价值吗？”他做了一个难以置信的表情，“这里有个人实在自视过高了，因为她的研究只是依附在别的研究上的废物，而且她就像个没有办法流利地连说出两个词的白痴。”

她完全动弹不得，感觉胃正在明显地下坠，里面似乎有什么东西绞在了一起，脚像是被钉在了地上。“这不是真的。”她小声说。

“不是吗？你觉得这个领域的科学家们不会因为想要巴结伟大的亚当·卡尔森，而去提携正在和他上床的随便哪个谁吗？你觉得这不是真的？我就这么做了，我告诉他，他那个非常普通的女朋友可以来我这里工作。不过或许你是对的，”他的语气温和又充满嘲弄，“或许你比我更懂理工学院。”

“我要把这件事情告诉亚当。我要——”

“当然可以。”汤姆摊开双臂，“去吧，你自便，我的手机借你？”

“不需要，”她的鼻孔微微张开，一股带着寒意的愤怒向她袭来，“不需要。”她转身大步向门口走去，强忍着喉咙里渐渐上涌的恶心感和胆汁。她要去找亚当。她要去向大会的组织者举报汤姆，她再也不愿意见到那张脸。

“一个小问题。你觉得亚当会相信谁呢，奥丽芙？”

她在离门口只有几英寸的地方突然停住了。

“是一个和他睡了两周的女人，还是一个他多年的好友，一个刚刚和他一起获得了他职业生涯中最重要的研究经费的合作伙伴，一个比你更早认识他，在他年轻的时候就一直支持他的人，一个真正能称得上是优秀的科学家的人？”

她转过身，气得浑身发抖：“你为什么要这么做？”

“因为我可以。”汤姆耸了耸肩，“因为和亚当的合作虽然给我带来了很多好处，但他事事都要精益求精的做派有时实在有点儿烦人，所以这一次我也想从他那里拿走点儿东西，比如你。你非常漂亮，我希望明年能有更多的时间和你在一起。谁能想到亚当在看姑娘这方面品位这么好呢？”

“我看你是疯了，如果你还觉得我会去你的实验室，你就——”

“啊，奥丽芙，你会去的，因为如你所见——虽说你的工作不是特别出色，但它很好地补充了我实验室里正在进行的项目。”

她发出一声苦笑：“你真的鬼迷心窍了，你觉得做了这样的事后我还会继续和你合作吗？”

“嗯，不过你其实别无选择，因为如果你想完成自己的项目，我的实验室是你唯一的机会。而如果你放弃的话……那么，你之前给我发过你所有的实验计划，也就是说我轻轻松松就能复现这些实验。不过你也别担心，或许我会在致谢的部分提到你的名字。”

她感到脚下的地面在翻转。“你不会的，”她小声说，“这是科研不端行为。”

“听着，奥丽芙，出于友善，我还是给你个建议：接受现实吧。别让亚当为这种事情烦心，让他保持开心，保持对你的兴趣，越久越好，然后来我的实验室，做些像样的成果出来。如果你能让我开心，我会保证你就是未来胰腺癌领域里的救世主。至于那些有关你妈妈还是姨妈，还是你那个笨蛋幼儿园老师死于癌症的美丽又悲惨的小故事，它们只能让你走这么远，你不过是个没什么天分的普通人。”

奥丽芙转身跑出了房间，头也不回。

……

当她听到从门口传来的房卡的“哔”声时，她立刻用袖子擦了擦脸。可这并没有什么效果——她已经哭了整整二十分钟了，即便用一大卷纸都没办法擦干她的脸颊。不过说真的，这不是奥丽芙的错，因为她确信亚当会出席大会的开幕典礼，最起码他在结束演讲后会参加学系晚会。他不是说过他是社会关系网络委员会的成员吗？他真的应该出现在别的地方，比如去维系他的社交关系，去建立人脉，去他所在的委员会。

可他却出现在了这里。奥丽芙听到了他进来的脚步声，随后他在卧室的门口停了下来，接着……

她想去看他，但她的眼睛似乎并没有听从她的指令，毕竟她现在的状态非常糟糕，简直是悲惨又灾难性的糟糕。不过她至少应该转移一下亚当的注意力，也许她应该说些什么，任何什么都行。

“嘿，”她试着笑了笑，但眼睛却依然盯着自己的手，“你的演讲还顺利吗？”

“你怎么了？”他的声音平静而低沉。

“你刚刚结束吗？”她依旧保持着笑容，很好，很好，这样很好，“提问环节怎么样——”

“你怎么了？”

“没什么，我……”

她没能说完这句话，而她脸上的微笑——如果她对自己足够诚实的话，从一开始那就不能算是一个微笑——正在消失。奥丽芙听到亚当朝她走了过来，但她没有看他。她闭上眼睛，觉得这是关闭闸门的唯一方法，但显然这么做也没有起到很好的作用。

当发现他跪在她面前的时候，她吓了一跳。他就在她的椅子前面，他们两个人的脑袋看上去一般高——他正愁眉不展地认真看着她。她想用手捂住自己的脸，但他的手凑了过来，抬起她的下巴。她逃无可逃，只好正视他的眼睛。接着他的手指继续上滑，捧起了她的脸颊。他再一次问道：

“奥丽芙，你怎么了？”

“没什么。”她的声音在颤抖，然后消失在了某个地方，最终融化在了泪水之中。

“奥丽芙。”

“没什么，真的。”

亚当注视着她，并没有松开手，他继续问道：“是因为有人买走了最后一包薯片吗？”

尽管脸上湿漉漉的，她还是禁不住笑出声来：“嗯，那个人是不是你？”

“当然了，”他的拇指滑过她的颧骨，帮她擦去了一滴正在滚落的眼泪，“我把所有的都买走了。”

她微笑起来，这次的笑容比刚才那个硬挤出来的要好太多了：“那我希望你有一份可靠的医疗保险，因为你这样可能会得 2 型糖尿病。”

“那也值了。”

“你这个魔鬼。”她一定靠在了他的手上，因为他的拇指正在愈发轻柔地抚摩着她。

“你就是这么和假男朋友说话的吗？”尽管他看起来非常担心，但不论是他的眼睛，还是他嘴巴的弧度，都展现出了极度的耐心，“出什么事了，奥丽芙？”

她摇了摇头：“我只是……”

她不能告诉他，可她也不能不告诉他。但目前看来，她不能告诉他。

你觉得亚当会相信谁呢，奥丽芙？

她只好深吸一口气——她需要把汤姆的声音从脑袋里赶出去，这样才能继续。说点儿什么好呢？说点儿不会让这间酒店的天塌下来的东西就好：“我的演讲。我觉得其实还可以，而且我的朋友们也是这么说的，但后来我听到有人聊起我的演讲，他们说……”亚当真的不应该再摸她的脸了，她的眼泪肯定弄湿了他的整只手，还有他西装的袖子。

“他们说了什么？”

“没什么，说我的研究是依附于别的研究的衍生品，很无聊，还有我说话结结巴巴的。他们知道我是你的女朋友，我被选来做演讲就是因为这个。”她摇了摇头，她需要放下这件事，把它彻底忘掉，然后再仔细考虑一下该怎么办。

“谁？谁这么说的？”

哦，亚当。“某些人，我也不太清楚。”

“你有没有看到他们的身份卡？”

“我……没有注意。”

“是你专题讨论组里的人吗？”他的语气中似乎压抑着某种情绪，给人一种暗示着暴力、情绪失控和骨头断裂的压迫感。尽管亚当的手仍然温柔地捧着她的脸颊，但他的眼睛却眯了起来。他再次绷紧了下巴，奥丽芙感到一股寒意顺着她的脊背滑过身体。

“不是，”她说了谎，“没什么大不了的，不要紧。”他的嘴唇抿成一条直线，鼻孔张得大大的，所以她又补充道：“反正我也不在乎别人怎么说我。”

“是啊。”他嘲弄地说。

此刻的亚当，就是那个让学院里的研究生们叫苦不迭的情绪阴郁、脾气暴躁的亚当。虽然奥丽芙不应该因为看到他生气而感到惊讶，但他之前从来没有在她面前这样过。“不，真的，我不在乎人们说——”

“我知道你不在乎，但这就是问题所在，不是吗？”他盯着她。他离她实在太近了，她甚至可以看到黄色和绿色是怎样混入他那清澈的棕色瞳仁里的。“他们说什么并不重要，重要的是你怎么想。你觉得他们是对的，难道不是吗？”

她觉得嘴里塞满了棉花：“我……”

“奥丽芙，你是一个伟大的科学家，而且你未来还会变得更好。”他看她的样子那么真诚，那么严肃——她的心都要碎了，“无论那些浑蛋说了什么，都和你一点儿关系也没有，而且和他们大多数人也没有关系。”他的手指在她的肌肤上移动，然后穿过她耳后的头发，“你的工作非常出色。”

她连想都没想。好吧，即便她想过了，可能也没有办法阻止自己就那么扑到他的身上——她把脸紧紧地贴在他的脖子上，用力地抱住了他。这个主意很糟糕，不仅糟糕，还特别愚蠢，且不合时宜，亚当必然随时都会把她推开，然而……

他的手掌滑到了她的后颈，几乎要将她压进他的身体里了。奥丽芙就这样待了很久，温热的泪水不住地流下，浸湿了他喉咙处的皮肤。她只觉得他很可靠，很温暖，很坚实——不管是在她的指尖下，还是在她的生命中。

你再这样下去，我会爱上你的。她想着，眨了眨眼睛，睫毛扫到了他的皮肤。你这个大浑蛋。

直到她抽回身子，他才把她从怀里松开。她再次擦了擦自己的脸颊，觉得这下也许真的能振作起来了。她吸了吸鼻子，他探身从电视柜上抓起一盒纸巾。“我真的没事了。”

他叹了口气。

“好吧，可能……可能我现在还是有事的样子，但我会好起来的。”她从那个酒店的纸盒子里抽出一张纸巾擤了擤鼻子，“我只是需要一点儿时间去……”

他认真地看着她，点点头，眼神再次变得难以捉摸。

“谢谢你对我说那些话，还有谢谢你让我在你的酒店房间里把鼻涕擤得到处都是。”

他笑了笑：“而且只要你想，随时都可以。”

“还有你的衣服上。你要……你要去参加学系晚会吗？”她问，她担心自己不得不离开这把椅子，离开这个房间。老实说，潜藏在她身体里的，拥有自己意识的那个声音在悄悄地告诉她，你真正不想离开的，其实是他的陪伴。

“你呢？”

她耸了耸肩。“我之前说过会去，可我现在不想和别人说话。”她再一次擦了擦脸颊，却发现泪水已经奇迹般地止住了。她百分之九十的眼泪都是因为亚当·卡尔森才流出来的，不过，也正是这个人，成功地让她停止了哭泣，谁会想得到呢？“尽管我觉得免费的酒的确很有用。”

他若有所思地盯着她看了一会儿，轻轻咬了咬脸颊的内侧，然后点了点头，似乎做出了某种决定。他站起身来，向她伸出一只手：“来吧。”

“哦，”她不得不仰起脖子去看他，“我想我还是等一会儿再——”

“我们不去参加学系晚会了。”

我们？“什么？”

“来吧。”他又说了一遍，这一次，奥丽芙抓起了他的手，没有松开。她也没法松开，因为他的手指正紧紧地攥着她的手指。亚当直勾勾地看向她的鞋子，直到她明白了他的意思，然后扶着他的胳膊，让自己的身体保持平衡，把脚滑进鞋子里。

“我们去哪儿？”

“去搞点儿免费的酒。好吧——”他修正道，“——只是对你来说免费。”

当搞懂他的意思后，她几乎倒吸一口凉气：“不行，我……亚当，不行，你得去参加学系晚会，还有开幕典礼，你可是主题演讲人啊！”

“还是开幕式的主旨发言人。”他从床上抓起她的红色粗呢大衣，拉着她向门口走去，“你穿这双鞋能走路吗？”

“我……能，可是……”

“我拿着房卡呢，你的就不用拿了。”

“亚当，”她抓住他的手腕，他随即转头看向她，“亚当，你不能缺席这些活动，人们会说你——”

他勾起一边的嘴角笑着说：“说我想和我的女朋友待在一起？”

一瞬间，奥丽芙的大脑一片空白，片刻过后，它又恢复了运作，然后——

整个世界都变得有些不同了。

当他再次拉起她的手时，她笑了笑，就这么跟着他离开了房间。

第15章

假说：通过传送带运送来的食物真的能让生命中的某些时刻变得美好起来。

所有人都看到了他们。

奥丽芙之前从来没有见过的人，她从博客的文章里和学界的推特上看到过的人，系里那些在早些年里当过她老师的人，对亚当微笑的人，直呼他名字的人，或者叫他“卡尔森教授”的人，称赞他“演讲真棒”的人，或者对他说“回头见”的人，全然无视奥丽芙的人，还有好奇地看她的人——看看她，又看看亚当，再看看他们握在一起的手。

亚当不断地向他们点头示意，只有在看到霍顿的时候才停了下来。

“你们不参加这些无聊的聚会了？”霍顿带着会心的微笑问道。

“没错。”

“那我一定要喝光你的酒，再替你道个歉。”

“没必要。”

“那我就说你家里有急事，”霍顿使了个眼色，“也许是未来的家里有急事，这么说听起来会不会更好？”

亚当翻了个白眼，拉着奥丽芙走出了酒店。她必须快走几步才能跟得上他的脚步，并不是因为他走得特别快，而是因为他的腿太长了，所以他迈一步，就差不多相当于她要迈三步的长度。

“呃……我穿着高跟鞋呢，喂。”

他朝她转过身来，目光顺着她的腿向下看去，随后又迅速地转移了视线：“我知道，你在之前‘纵向不足’的这个问题上得到了改善。”

她眯起了眼睛：“嘿，我有 5 英尺 8 英寸，其实已经相当高了。”

“嗯。”亚当的脸上明显是一副不置可否的表情。

“你那是什么脸？”

“什么脸？”

“你的脸。”

“我不是一直都是这张脸？”

“不，你现在明明是一张‘你长得并不高’的脸。”

他笑了，但并不明显：“这双鞋可以走路吗？要不我们回去？”

“没什么问题，但我们能不能走得慢一点儿？”

他假装叹了口气，但确实放慢了脚步。他放开了她的手，推着她后腰的位置引导她向右走，她不得不掩饰自己身体轻微的颤抖。

“所以……”她把拳头塞进自己的大衣口袋，试图不去在意仍然残留在她指尖的那种轻微的酥麻感，“你刚才说的那些免费的饮料，有搭配食物吗？”

“我带你吃晚饭，”亚当的嘴角轻轻上扬，“不过，你可真不是那种一喝就醉、一推就倒的便宜约会对象。”

她靠在他身边，用肩膀撞了撞他肱二头肌的位置，不过要是没有注意到她没有做过任何付出，这本身也是一件很难的事情，“可不是嘛！我是完全按照计划，靠着这段感情骗吃骗喝的。”

他一边的嘴角上扬得更加明显了：“你想去哪儿，小鬼？”

“让我想想……除了自来水和煮久了的菠菜，你还喜欢什么？”

他斜了她一眼：“汉堡怎么样？”

“哦，”她耸了耸肩，“要是没有别的选择的话，那也行吧。”

“汉堡有什么不好的？”

“我不知道，只不过吃起来很像脚丫子。”

“吃起来像什么？”

“墨西哥菜怎么样？你喜欢墨西哥菜吗？”

“汉堡吃起来不像——”

“或者意大利菜呢？比萨就挺好，而且可能会有一些芹菜口味的供你选择。”

“那汉堡就是了。”

奥丽芙大笑：“那中国菜怎么样？”

“午饭的时候吃过了。”

“好吧，可人家中国人一天要吃好几顿中国菜呢，所以不要因为你中午吃了，晚上就不吃——啊。”

亚当往前走了整整两步后才发现奥丽芙已经在人行道的中间停了下来，他转过身看向她：“怎么了？”

“那里。”她指了指马路对面一个红白相间的广告牌，亚当的目光顺着她手指的方向看去。他看了很久，但只是那么愣愣地盯着，然后眨了眨眼睛，然后：

“不行。”

“那里。”她重复了一遍，觉得自己的脸上逐渐露出一个大大的笑容。

“奥丽芙，”他的双眉之前出现了一条深深的竖线，“不要了吧，还有很多更好的饭店，我们可以——”

“可我就想去那一家。”

“为什么？还有别的——”

她走向他，揪起他的西装袖子：“拜托，拜托？”

亚当捏了捏他的鼻子，叹了口气，噘起嘴巴。但在仅仅不到五秒钟后，他就将手放到她的肩胛骨间，引着她穿过了马路。

……

在他们排队等位子的时候，他压低声音向她解释说，回转寿司本身没什么，问题在于它是那种只要花二十美元就能吃到饱的自助餐。

“这可不是什么好的征兆。”他告诉她，但他并不想抗争到底，语气里反而充满了听天由命的无奈。当服务员将他们领进去的时候，他顺从地跟在她的身后，来到他们的座位。奥丽芙大为惊叹地看着传送带上次第排列的盘子在餐厅当中穿梭，开心得合不拢嘴，好一会儿，她才想起亚当也在这里，这才把注意力转回到他的身上，而此刻他的目光正落在她的身上，表情中既有恼怒，又有宠溺。

“我说，”他一边说着，一边盯着一盘从他肩膀上方“掠过”的海藻沙拉，“我们可以去家正经的日本餐厅，不管你想吃多少寿司，我都乐意付钱。”

“可那些寿司能围着我转吗？”

他摇了摇头：“我要收回刚才说过的话，你可真是个便宜得让人不安的约会对象。”

她并没有理会他，揭起玻璃罩子，抓起一个巧克力甜甜圈。亚当小声嘀咕了一句，听上去很像是“非常正宗”，服务员经过的时候问他们有什么需要的，他为他们俩点了一瓶啤酒。

“你觉得这个是什么？”奥丽芙夹起一块寿司在她的酱油里蘸了蘸，“金枪鱼还是三文鱼？”

“大概是蜘蛛肉吧。”

她把它塞进嘴里：“真好吃。”

“真的？”他一脸不怎么相信的样子。

事实上并没有那么好吃，但是没关系，而且好吧，这真的是太有趣了，这正是她所需要的，好清除她脑子里的……所有东西——除了此时此的她和亚当以外的所有东西。

“真的。”她把剩下的那块推向他，默默地激他试吃一下。他痛苦不堪地掰开了筷子，把它夹了起来，嚼了很久。

“这吃起来就像脚丫子。”

“不可能，来点儿这个。”她从传送带上取来一碗毛豆，“你可以尝一下这个，它就和甘蓝菜差不多。”

他拿了一个放到嘴里，努力装出不怎么讨厌它的样子：“不过我们可以不用说话。”

奥丽芙歪过脑袋。

“在酒店里的时候你说你不想和别人说话，所以如果你只想吃东西的话，完全可以不和我说话……”他用明显不可置信的眼神扫了一眼她摞起来的空盘子，“……安静地吃东西就好。”

“可你不是别人。”这么说似乎很危险，于是她笑了笑，“我敢说你在保持安静这个方面相当拿手。”

“你用的这是激将法？”

她摇了摇头：“我只是真的想说话而已，我们可以不聊生物研讨会的事吗？也不要聊科学，以及这个世界上到处都是浑蛋这个事实，可以吗？”你最亲密的朋友和合作伙伴就是其中之一。

他放在桌上的那只手握成了拳头，点头的时候咬紧了后槽牙。

“太棒了，那我们可以聊聊这个地方有多么好——”

“简直糟透了。”

“——或者聊聊寿司的味道——”

“像脚丫子一样。”

“——或者聊聊《速度与激情》系列电影里你最喜欢哪一部——”

“第五部，虽然我的直觉告诉我你会说——”

“《东京漂移》。”

“就是这个。”他叹了口气，和她交换了一个默契的微笑，随后他们的笑容逐渐散去——他们就那样注视着彼此，一种浓烈而甜蜜的氛围在他们之间弥漫开来，极具魅惑性，又恰到好处。奥丽芙不得不从他的注视中移开视线，因为——不，不行。

她把脸别过去，目光正好落到一对坐在离他们几英尺远的男女身上。他们就像亚当和奥丽芙的翻版，也在桌子旁边相对而坐，也有着和他们之间一样温柔的注视和试探的微笑。“你觉得他们正在假约会吗？”她一边问着，一边靠到了椅背上。

亚当顺着她的目光看向那对男女：“我还以为假约会的内容主要是指去咖啡店和涂防晒霜？”

“不，那些只是最精彩的一部分。”

他默默地笑了起来。“那么，”他把注意力放回到桌子上，认真调整他筷子的角度，好让两根筷子彼此平行，“我倒愿意推荐他们尝试一下。”

奥丽芙微沉下巴，想要掩藏她的微笑，随后向前探身，偷拿了一个毛豆。

……

电梯里，她一手抓住他的上臂，一手脱下了她的高跟鞋。此刻的她连半点儿优雅都不剩了，他仔细端详着她，摇了摇头：“你不是说穿着不疼吗？”他的语气充满好奇。或者说他是觉得很好笑？还是说有疼爱的成分在里面？

“那已经是很久以前的事了。”她用手指将鞋子钩了起来，两只鞋子在她的指间晃来晃去，当她重新直起身子时，却发现亚当再次变得高不可及，“我现在恨不得马上剁掉这双脚。”

电梯叮咚一声，门开了：“那样恐怕会适得其反。”

“哎，你不知道——嘿，你在干什——”

亚当一个公主抱将她抱了起来，她的心脏瞬间狂跳不止。因为她的小脚趾上起了一个水泡，所以他要这么抱着她回房间。她大叫起来，不过很快就意识到她似乎也没有什么别的选择了，索性就用胳膊搂住他的脖子，靠在他的身上，想着如果他突然决定把她丢下去，她也可以试图确保自己幸免于难。他的手厚实而温暖，环抱在她的背和膝盖上。他的前臂紧实健硕，这让她并不真的担心他会突然丢下她。

他闻起来很香，所以他给人的感觉更好了。

“我说，从这里到房间只有二十米远——”

“我不知道你说的话是什么意思。”

“亚当。”

“我们美国人是用英尺来计算距离的，加拿大人。”

“我太重了。”

“确实挺重，”但从他稍微挪了一下她在他怀里的位置，以便刷房卡开门的轻松程度来看，这明显与他所说的话不相符，“你应该从日常饮食里去掉南瓜饮料。”

她揪了揪他的头发，靠在他的肩膀上笑着说：“没门儿。”

他们的参会名牌还在电视柜上，还在原来的位置纹丝未动。亚当的床上有一份半展开的会议日程安排表、几个手提袋，还有一些堆积如山的无用传单。奥丽芙一下子就注意到了它们，她感觉有成百上千块细小的玻璃碴儿深深地压进一个新鲜的伤口中。她的脑子里又浮现了汤姆对她说过的每一个字，他所有的谎言，所有的真相，带有嘲讽的侮辱，以及……

亚当一定知道了她的想法，尽管他可能没什么办法，但他一定知道了。因为他刚把她放下来，就马上收起和研讨会相关的所有东西，把它们放到一把面向窗户的椅子上，好让它们从他们的视线里消失。而奥丽芙……她本来可以抱住他的，但她并不打算这么做——她今天已经抱过他两次了——但她真的可以抱住他。不过她决意将那些细小的碎片全数抛到脑后，就那么肚皮朝上地躺在了床上，怔怔地盯着房间的天花板。

她原本以为和他在这么狭小的空间里共度一整晚是件很尴尬的事情，事实上，尽管她最初觉得有点儿尴尬，或者说她在今天早些时候刚到这里的时候是这样的，但此时她的内心感到非常平静，充满了安全感。就像她那个总是忙乱纷扰又极尽苛求的世界，现在终于慢了下来，再慢一点儿，一点点就好。

她翻身去看他的时候，身下的床罩发出了沙沙的声音。他似乎也很放松，把西服外套搭在椅背上，然后摘下手表，一丝不苟地摆放在桌面上。这种日常的家庭生活——想到他会和她同时结束一天的工作，再回到同一处住所——令她感到宽慰，就像顺着她的脊椎慢慢向下的一种爱抚。

“谢谢你，给我买吃的。”

他皱起鼻子瞥了她一眼：“我并不认为那些是什么能吃的东西。”

她笑了笑，翻过身去：“你不会再出去了吧？”

“出去？”

“对啊，去见其他重要的科学家？或者再去吃七磅多的毛豆？”

“我想我已经把这十年来该做的社交都做完了，该吃的毛豆也都吃完了。”他脱掉鞋和袜子，将它们整齐地摆在床边。

“那你要待在房间里吗？”

他停了一下，看着她问：“那你想一个人待着吗？”

不，我不想。她用手肘撑起身子：“我们来看电影吧？”

亚当向她眨了眨眼：“好。”尽管他似乎非常惊讶，但并没有不高兴，“不过如果你对电影的品位和对餐厅的品位是一样的，那可能就——”

他还没来得及看到，枕头就砸了过来。它从他的脸上弹开，然后掉在了地上。奥丽芙咯咯地笑着跳下了床：“你介意我先洗个澡吗？”

“你这小鬼。”

她开始在她的手提袋里翻找起来：“你来选电影吧！我看哪一部都行，只要没有杀马的场景就可以，因为——完蛋了。”

“怎么了？”

“我忘带睡衣了。”她翻了翻自己的大衣口袋，里面没有她的手机，她这才想起自己根本就没有把它带去餐厅，“你有看到我的——啊，在这里。”

手机快没电了，可能是因为她在演讲结束后忘了关掉录音功能。她已经有好几小时没查看手机了，上面有几条未读的信息——主要是英和马尔科姆发来的。他们问她在哪里，还打不打算参加学系晚会；他们告诉她要尽快赶过去，因为“酒正像小河一样流淌”；后面的，也是最后的几条是要告诉她他们正在前往市中心的一家酒吧。

英在发消息的时候肯定都快喝醉了，因为她的最后一条消息是这么写的：< 你要是想来找我们，给我打电话，奥利维。[1]>

“我忘带睡衣了，想看看能不能从朋友那里借点儿什么，不过看来他们还得再过好几个小时才会回来。也许杰斯没和他们一起去，我发个信息问问——”

“拿着。”亚当把一个叠得很整齐的黑色东西放到她的床上，“如果你愿意的话，可以用这个。”

她疑惑地研究着它：“这是什么？”

“一件 T 恤，我昨天就是穿着它睡觉的，不过它比你身上穿的这件可能会好很多，我的意思是如果睡觉时穿的话。”他补充道，脸颊上泛起了淡淡的红晕。

“哦。”她拿起 T 恤，将它展开，立刻就注意到了三件事情：这件衣服很大，大到她穿上后会盖在她的大腿中部或者更往下的地方；它的味道太好闻了，混合着亚当的体香和洗衣液的香气，她很想把脸埋进去，就算连续闻上几个星期都没有问题；衣服的正面，写着几个白色的大字……

“……生物忍者？”

亚当挠了挠自己的后颈：“不是我买的。”

“那是你……偷的？”

“是别人送的。”

“好吧，”她咧着嘴笑了起来，“这礼物真是太赞了，忍者教授。”

他冷冷地看着她：“要是你告诉别人，我可不会承认。”

---

1 原文中，英写的是Olvie，而奥丽芙的名字是Olive。

她再次笑了起来："你确定可以借我吗？那你穿什么？"

"什么都不穿。"她一定瞪着眼睛看了他很久，因为他被她逗笑了，摇了摇头，"我开玩笑的，我在衬衫里还套了一件T恤。"她点点头，匆匆走进浴室，提醒自己避开他的眼睛。

独自站在热水淋浴下，是很难把注意力集中在那些不太新鲜的寿司和亚当只有半边嘴角明显上扬的笑容上的。同样的，她也很难忘记为什么他能让自己黏着他整整三小时。汤姆今天对她做的事情极其卑劣，她已经做好了举报他的准备，她得把这件事情告诉亚当，她必须做点儿什么才可以。可每当她试着条理清晰地思考这个问题时，耳边就会响起他的声音，他的声音实在太大了——普通。腿真不错。依附在别的研究上的废物。悲惨的小故事——她担心自己的骨头会被震成碎片。

所以她决定尽可能快地洗完这个澡，通过阅读贴在亚当洗发水和沐浴露上的标签（内含某种防过敏和平衡酸碱的东西，让她直翻白眼）来分散自己的注意力，并以最快的速度将自己擦干。她摘下隐形眼镜，然后偷挤了一点儿他的牙膏。她的目光落到他的牙刷上时，发现那支牙刷连柄带毛都是炭黑色的，不禁轻声笑了起来。

她走出浴室后，看到他正坐在床边，上身穿着一件白色的T恤，下身穿着格子睡裤。他一手拿着电视遥控器，一手拿着手机，皱着眉头在两个屏幕之间来回查看。

"是你会做出来的事。"

"会做的，什么事？"他心不在焉地问道。

"用黑色的牙刷啊。"

他抽动了一下嘴角："网飞的电影目录列表里没有'马不会死'

这个选项，是不是很震惊？”

“实在太猥琐了，对吧？这简直太有必要了。”她把自己那条长度过短的裙子揉成一团塞进包里，想象着把这团东西塞到汤姆的喉咙里，“如果我是美国人，肯定会在那个平台上竞选国会议员。”

“所以在那之前，我们应该假结婚吗？这样你就可以获得一个美国公民的身份了。”

她的心脏猛地跳了一下：“啊，对哦，我觉得是时候假装进入下一个阶段了。”

“那么，”他在手机上轻敲了几下，“我就谷歌一下死马，再随便加上一个听起来不错的电影名字就可以了。”

“我通常就是这么做的。”她轻快地穿过房间，在走到他身边的时候停了下来，“你搜到什么了吗？”

“这儿有一个，讲的是一个语言学教授被要求帮忙破译一个外星人的——”

他抬起头，目光从手机移到她的身上时，突然沉默了。他张了张嘴巴，又合了起来，视线飞快地扫过她的大腿，她的双脚，她的独角兽及膝长袜，然后又迅速回到她的脸上，不，准确地说也不是她的脸上，而是她肩膀上方的某个地方。他清了清嗓子，说：“合身……就好。”他又重新看回自己的手机，手里的遥控器被他攥得更紧了。

她过了好一会儿才意识到他所指的是那件 T 恤。“哦，对啊。”她粲然一笑，“完全就是我的尺寸，对吧？”它那么宽大，几乎和她的裙子所覆盖住的部分一模一样，而且它就像穿久了的鞋子一样柔软舒适，“我都有点儿不想还给你了。”

“那它是你的了。”

她踮着脚，上身有些摇晃不稳。她不知道现在坐到他的旁边到底合不合适，不过既然他们需要一起选电影，坐在一起才会更方便一点儿。“我这个星期真的可以睡在这里吗？”

“当然可以，反正我明天就会离开。”

“哦。”她当然是知道这一点的。从几周前他第一次告诉她的时候就知道了。今天早晨在旧金山登机的时候她就知道了。几小时前她就知道了。她甚至还用这条确定无误的信息安慰自己，不管她和亚当在同一个狭小的空间里会出现怎样的压力和尴尬，只要忍一忍，很快就会过去。不过现在看来，这一切并不尴尬。比起必须在没有他的情况下仍继续待在这里，仍待在没有他的地方，和他分开好几天反而让她觉得压力更大些。“你的手提箱有多大？”

“嗯？”

“可以把我装进去吗？”

他抬头看向她。她脸上仍然带着微笑，但他一定注意到了她眼中隐藏在玩笑和有些生涩的幽默之下的某种东西，和她没能完全埋藏在自己内心的某种脆弱而带有恳求成分的东西。“奥丽芙，”他把手机和电视遥控器都丢到床上，“别让那些东西……”

她只是歪过脑袋，她已经不想再哭了，因为没有任何意义。况且她并不是这么——这么软弱，这么不堪一击，这么动不动就怀疑自己的人，好吧，至少她之前不是。老天哪，她恨汤姆·本顿。

“让那些东西？”

“别让那些东西毁掉你的研讨会，毁掉你的科学研究，或者让你看轻自己取得的所有成绩。”

她低下头，一边认真研究自己长袜上的黄色色块，一边把脚趾塞在柔软的地毯下，然后又抬眼看向他。

“你知道让我觉得最难过的是什么吗？”他摇了摇头，奥丽芙继续说，“在演讲的过程中，有那么一瞬间……我真的沉浸在里面了。确实，我很害怕，害怕到快吐了，但当我对着一大群人谈论我的工作、我的研究假设、我的想法，解释我的推理、试验、犯过的错误，以及我的研究为什么这么重要的时候，我……我感到非常自信，我觉得自己是擅长做这个的。这一切都是对的、有趣的，就像科学在被分享的时候应该有的样子。”她用胳膊抱住自己的身体，“就像在将来的某个时刻，我也可能成为一个学者一样，那种真正的学者，也许以后还能有一番大作为。”

他点了点头，仿佛能完全明白她的意思：“奥丽芙，我真希望当时我也在那儿。”

她能看得出来他真的后悔没有陪在她的身边，但即使是亚当——这个百折不挠，雷厉风行，所向披靡的亚当——也会有分身乏术的时候，事实就是他并没有看到她的演讲。“我不知道你够不够好，你也不用再问自己这个问题了，重要的是你来这里的理由是不是足够好。”当初在洗手间里遇到的那个男人是这么说的，多年以来，每当她遇到困难的时候，她都会对自己重复地说起这句话。可万一他一直都是错的呢？万一真的存在“足够好”呢？万一这才是那个最重要的东西呢？“可万一我真的很普通呢？”

他沉默了好一会儿，就那么盯着她，眼中有一丝悲伤和沮丧。他似乎思考了很久，然后用平静而低沉的声音说：“我在研究生院读二年级的时候，我的导师告诉我，我就是个失败的人，我注定会一事无成。”

她无论如何都没有想到，这居然是从他嘴里说出的话：“什么？为什么啊？”

“因为处理剂的设计出了问题，不过当时已经不是他第一次那么说了，也绝对不是最后一次，而且他还会因为一些其他更加微不足道的小事斥责我，有时他甚至不需要任何理由就会当众羞辱他的研究生，但那一次是让我印象最深刻的，因为我记得……”他吞了一下口水，奥丽芙可以清楚地看到他的喉咙迅速地抽动了一下，“我记得我相信了他说的话，觉得自己注定会一事无成。”

“可是你……”曾经在《柳叶刀》上发表过论文，拥有终身教职和几百万美元的研究经费，还是一个重要会议的主题演讲人。奥丽芙一时之间都不知道该提哪一项成就比较好，于是只好说：“你是麦克阿瑟奖金的获得者。”

“我确实是，”他放声笑了出来，“在获得麦克阿瑟奖学金的五年之前，也就是我读博士的第二年，我花了整整一周的时间去做申请法学院的准备，因为我以为自己永远都不可能成为一个科学家了。”

“什么？”她简直不敢相信自己的耳朵，“法学院？”

他耸了耸肩：“我的父母应该非常乐于看到这样的结果，因为如果没有办法成为一个科学家，那成为什么对我来说都没有太大的差别。”

“那是什么……是什么阻止了你呢？”

他叹了口气：“霍顿，还有汤姆。”

“汤姆。”她重复了一遍这个名字，突然觉得胃部一阵绞痛，变得像铅一样沉重。

“如果不是因为他们，我在博士读到一半的时候可能就退学了。我们的导师是这个领域里出了名的虐待狂，我想大概就像我一样吧。”他撇了一下嘴角，露出一个几不可见的苦涩微笑，“我在读博士之前就知道他有这样的名声了，但问题是，他也确实很有才能，是最好的那一个，而且我以为……我以为自己可以忍受，无论他怎么贬损我，我都会觉得自己的忍耐是值得的，我以为这是一个关乎牺牲、自律和努力工作的问题。”亚当的声音有些紧张，好像这并不是他经常会谈论到的话题。提问的时候，奥丽芙试图表现得平静而温和：

“但并不是这样的吧？”

他点了点头：“在某种程度上，恰恰相反。”

“和自律、努力工作相反？”

“我们确实在努力工作，这点是没什么问题的，但是自律……自律是建立在明确的期望之上的，它定义了什么是理想的行为准则，而没能遵循这种准则的人或物将会以最具效率的方式被处理掉。至少我以前是这么想的，就算到了现在，我还是这么认为。但你说过我对我的研究生很严酷，我想也许你是对的——”

“亚当，我——”

“——但我想要努力去做的就是为他们设定目标，然后帮助他们实现这些目标。如果我发现他们没有按照我们协商好的方案去执行，我就会和他们说他们究竟错在了哪里，并需要在哪些地方做出改变。我不会溺爱他们，不会用赞美来粉饰批评。我并不相信奥利奥反馈法[1]那套狗屁说辞，如果他们因此觉得我很可怕或者充满敌意，那就随他们去吧。”他深深地吸了口气，“但我从来都对事不对人，我做出的评价都基于他们的工作，有些工作做得很好，剩下的那些则不尽如人意。如果做得不好，可以重做一遍，进行改善，但我不希望他们把自身的价值和他们做出来的东西联系到一起。”他顿了顿，他看上去——不，是他让人感觉非常遥远，好像这些都是他经过深思熟虑的事情，好像他希望他的学生也能做到一样，“我知道这听上去很自以为是，我也很讨厌这样，但科学是很严肃的事情，而且……我相信这是我作为一个科学家的职责。”

“我……”酒店房间里的空气瞬间冷了下来。是我告诉他的。她想，她觉得自己的胃里有东西在翻搅，是我一次又一次地告诉他他有多么可怕、多么充满敌意，以及他的学生有多么讨厌他。“你的导师不是这样的吗？”

“我以前一直不太理解他的想法，可过了这么多年，我终于明白了，他就是一个邪恶的人。在他的监视之下发生了很多糟糕的事情——很多科学家没有因为他们的想法和原创的论文得到应有的褒奖。相对资深的研究员犯下较为常规的错误时尚且会被公开地大肆贬低和羞辱，更不用说那些还在受训的研究生了。人们被框在一个很高的期望之中。可他从来都不说明这个期望具体是什么样的，总是随意设定一个完全不可能的截止日期，而且这往往来自他的突发

1 奥利奥反馈法（Oreo cookie feedback），也被称为“三明治反馈法”，是过去比较推崇的一种反馈方式。反馈主要被分为三段：第一段是对被管理者的肯定和赞美，第二段是指出对方的错误和不足，第三段是对对方的鼓励，即“表扬—批评—表扬”的反馈方法。

奇想。一旦研究生们无法满足这些要求，就必然会受到惩罚。他经常给他的博士生们分配相同的任务，让他们互相竞争，他就是以此取乐的。有一次，他让我和霍顿各自去做同一个研究项目，并告诉我们谁先拿到可以发表的成果，谁就可以得到下个学期的研究经费。”

她试着想象要是阿斯兰教授公然要求奥丽芙和她的同伴展开竞争会是一种怎样的感觉。不过应该还是不一样的——亚当和霍顿一直都是很好的朋友，所以这完全没有可比性。就好比有人告诉奥丽芙，为了拿到下个学期的薪水，她必须在学术上胜过英。“你是怎么做的？”

他用手捋了捋头发，其中一缕落在了他的额头上：“我们选择了合作，我们发现我们的技能是互补的——有了计算生物学家的帮助，药理学专家会取得更多研究成果，反过来也一样。事实证明，我们是对的，我们的研究真的做得很好。尽管熬夜想办法修改我们的实验计划很累人，但我们也是很开心的，因为我们首创了一个专门的知识块。”在这个瞬间，他似乎很享受地沉浸在那段回忆中，可很快他就紧闭双唇，动了动他的下巴，“可到了学期结束的时候，我们把研究发现提交给了我们的导师，他却说我们谁都无法拿到经费，因为这项研究是我们合作完成的，这不符合他的指导方针。在接下来的春季学期里，我们必须在完成实验室工作的基础上，每周教授六节《生物学概论》。当时我和霍顿住在一起，我发誓有一次听到他在睡梦中说的梦话都是‘线粒体是细胞的动力来源’。”

“可是……你们已经给了你们导师想要的东西啊。”

亚当摇了摇头：“他想要的只是一场权力的游戏，而且到最后他得到了他想要的：他不但因为我们没有照他的‘谱子乱弹琴’而惩罚了我们，还以自己的名义发表了我们的研究发现，完全没有提到我们在研究中扮演了怎样的角色。”

“我……”她用手指捏紧那件她借来的T恤上松软的布料，“亚当，对不起，我不该拿他和你相比，我不是故意——”

“没事的。”他对她笑了笑，有些僵硬，但却让人安心。

不会没事的，亚当可以直截了当地说这很痛苦，倔强、直言不讳并且毫不妥协地说出来。尽管他平时不怎么和善，但他并不油滑虚伪，也从未心怀恶意，恰恰相反：他坦诚得过了头，以至于用要求自己的那套标准去要求其他人。不过尽管他的研究生都不满于他苛刻的评价和对他们待在实验室工作有着超长的时长要求，可都承认他确实是一个事必躬亲的导师，而且他也绝对不会一一过问所有细节。他们中的大多数人都在毕业的时候发表了一些论文，而且也在学术界得到了很好的工作。

“你当时又不知道。”

“可我还是……”她咬着自己的嘴唇，觉得既内疚又挫败，她对亚当的导师和汤姆把学院当成他们私人的游乐场感到非常愤怒，同样也在气自己，气自己不知道该做些什么，“为什么没有人举报他呢？”

他短暂地合上了双眼：“因为他入围了诺贝尔奖，两次。因为他有一些位高权重的朋友，所以我们觉得没有人会相信我们。因为他可以轻松地成就或者毁掉你的职业生涯。因为我们觉得没有真正能帮我们的现行制度。”他下巴的动作分明显示出了他的酸涩和痛苦，目光已经从她的身上移开。亚当·卡尔森居然会有感到无力的时候，这也太魔幻了，然而他的眼睛还透露出了另一个故事："当时我们都吓坏了，也许在内心深处，我们都认同了这一点，觉得我们只配得到这样的结果，那就是我们不过是个失败的人，我们注定会一事无成。"

她感到心痛，为了他，也为了自己："我非常，非常抱歉。"

他再次摇了摇头，这一次他的表情有些转晴了："当他对我说我是个失败者的时候，我认为他是对的，打算因此放弃我唯一在乎的东西。虽然汤姆和霍顿都和我们的导师有过节，当然了，每个人都和他有过节，但他们却帮了我。不知道是什么原因，我的导师似乎总能知道我的研究出现了什么问题，不过汤姆在我们之间总能起到重要的调节作用。他替我挡掉了很多废话，所以我就不用再忍受那些东西了。从某种程度来说，他是我导师最喜欢的学生，是他的斡旋才让实验室变得不那么像个角斗场。"

听亚当把汤姆说得像个英雄一样，奥丽芙觉得非常恶心，但她还是决定保持沉默，因为这和她并没有关系。

"还有霍顿……霍顿也受到了很多侮辱，但他能从不同的视角去看待发生在我身上的事情，所以能帮我更加客观地面对问题——他偷走了我的法学院申请书，一张一张地把它们折成了纸飞机——就像我今天能够站在不同的视角去看待发生在你身上的事情一样。"他看向她，眼中露出一种她无法理解的光芒，"奥丽芙，你一点儿都不普通，你被邀请并不是因为人们觉得你是我的女朋友，压根儿就没有这种事。你被邀请是因为生物发现学会研讨会的摘要审核都会经过一个盲选的阶段，我会知道这件事是因为我以前被拉去参与过审核，而你提交的这份摘要很重要、很严谨，也很精彩。"他深深地吸了口气，他的肩膀随着她的心跳上下起伏着，“我希望你能像我看你一样地看待自己。”

也许是他说的这些话，也许是他说话的语气，也许是他用这样的方式告诉她发生在他身上的事，也许是他在今天早些时候像一个披着黑色铠甲的真正的骑士牵起她的手，把她从痛苦中拯救出来的情形，也许并不是这些，该发生的终究会发生，也许是所有的这一切，但——不重要了。突然之间，她觉得这些似乎都不重要了。为什么会这样，怎么会这样，今后会怎样……此时此刻，奥丽芙在乎的只是，她想这么做，似乎这就足以让所有的事情都变得好起来。

一切来得那么轻缓：她向前迈了一步，站到他的双膝之间，抬起一只手，用手指托住他的下巴。她的动作很慢，慢到他本可以阻止她，或者他本可以抬起下巴让她无法触碰，又或者他本可以说点儿什么，但他什么都没有做。他就那么抬头看向她，棕色的眼睛清澈又明亮。他侧过脑袋，把脸贴在她的手掌上。奥丽芙在心跳加速的同时，也感到了一种前所未有的宁静。

虽然她还从来没有真正地触摸过他的脸，但她觉得他的脸和自己想象中的差不多：在夜晚长出的胡楂之下，他的肌肤是那么柔软；和她相比，他的脸是那么温暖。她弯下腰，这一次终于轮到她比他高了。她把嘴唇盖在他的嘴唇上，他嘴唇的样子就像是在哼唱一首老歌，娴熟而又自如，毕竟他们也不是第一次接吻了。不过这个吻和之前的那些都不一样：静谧、小心翼翼又饱含深情。亚当把手轻轻地放在她的腰间，热切而急迫地向她仰起他的下巴，就像他早就想这么做了一样，又或者其实他一直都想这么做。尽管这并不是他们的初吻，但却是属于他们俩的初吻。奥丽芙尽情地享受着这个绵长的吻，她专注于唇齿间的触感，从彼此身体散发出的气味，那令人窒息的亲密感，还有亚当轻微不畅的呼吸、奇怪的停顿，以及为了找到适合的角度和某种形式的协调，他们嘴唇细微的开合。看到了吗？她很想得意扬扬地说，至于对谁说，她也不太清楚，但她就是想说，看到了吗？所有的浪漫喜剧都是这么演的……奥丽芙贴着他的双唇咧嘴笑了起来。而亚当——

当她后撤的时候，亚当就已经在摇头了，即使在回吻她的时候，他嘴边似乎也一直有个没有说出口的“不行”。他的手指紧紧扣在她的手腕上，将她那只放在他脸上的手拉开：“这样不好。”

她的微笑渐渐退去。他说得对，完全正确，可也并不完全正确。“为什么？”

“奥丽芙，”他又摇了摇头，把扶在她腰间的那只手移到了他的唇边，似乎想要触摸一下他们刚才的那个吻，以确认它是真实存在过的，“这……不行。”

他真的应该这么做，可是……“为什么？”她再次问道。

亚当用手指按了按他的眼睛，她不禁有些晃神儿，想知道他究竟有没有发现他的左手还握在她的手腕上，他的拇指还在她的脉搏上来回摩挲。“这并不是我们来这里的目的。”

她能感觉到她的鼻孔正在微微膨胀：“可这也不意味着——”

“你还没有想清楚。”他吞了一大口口水，“你现在很沮丧，而且喝醉了，而且——”

“我只喝了两瓶啤酒，而且已经是几小时以前的事了。”

“你还是个研究生，现在要靠我找住的地方，即便不是这样，我所拥有的权力也会让这一切变成某种胁迫——”

“我——”奥丽芙大笑着说，“我没有觉得被胁迫，我——”

“但你爱的是别人！”

她差点儿就畏缩了，因为他吐出这句话的时候是那么激动。她本该被它劝退，或者干脆离开，然后彻底清醒，明白这一切有多么荒谬和糟糕，但她并没有这么做。到目前为止，那个喜怒无常、脾气暴躁的浑蛋亚当已经和那个给她买饼干、帮她检查幻灯片、让她趴在他胸前哭的她的亚当兼容得非常好了。即便她也曾经有过无法将这两个亚当互相调和的时候，但如今他的众多面孔都清晰地展现在了她的面前，她不想失去他的任何一面，一个都不想失去。

“奥丽芙。”他重重地叹了口气，闭上了眼睛。她突然想到也许他正在想霍顿提到的那个女人，但她马上就赶走了这个想法，因为这太过痛苦了，以至于她根本没有办法承受。

她应该直接告诉他的，她应该诚实地向他承认她并不在乎杰里米，也没有那个所谓的“别人”，从来都没有过。但她太害怕了，恐惧让她的身体变得麻痹。从那天以后，她就觉得自己的心很容易碎，一碰就碎的那种，亚当可以把它摔成千万个碎片，却仍然对这一切一无所知。

“奥丽芙，你现在只是一时冲动，可到了明天呢？到了一个星期以后、一个月以后呢？我不想你后悔——”

“那如果我想呢？”她向前探身，然后用数秒的沉默拉长了刚刚的那句话，“那如果我想要这样呢？不过或许你也不会在乎，”她挺起肩膀，迅速地眨了眨眼，以缓解眼睛的刺痛感，“因为你不想这样，对吗？或许你对别人更感兴趣，或许我对你来说没什么吸引力，所以你不想这样——”

他拽着她的手腕，把她拉到他的身旁，她差点儿失去平衡。

哦。

没错了。

他凝视着她的眼睛，绷紧下巴，然后又放松："你根本就不知道我有多想。"

并不是说奥丽芙没有……他们之前是接过吻的，他们有过很多肢体接触，但直到现在，她才觉得好像有什么东西被开启了一样。很长一段时间以来，她都觉得亚当是帅气迷人的，她摸过他的身体，坐过他的腿，也隐约想过或许她可以和他有更加亲密的关系。她幻想过他，幻想过性，也幻想过他和性，但都非常抽象、模糊，没有那么明确，就像黑白的线条艺术，只是一幅画作的底稿，而现在，这幅画已经被上色了。

他们之间会发生什么是显而易见的，她双腿之间湿漉漉的疼痛将会洇成一片，他双眼之中的瞳孔将会越发放大。兴奋眩晕，大汗淋漓，滑滑腻腻，这将是一项挑战。他们会为彼此付出，也会向对方索取，他们会前所未有地亲近。而现在，奥丽芙似乎能够看到这些了，这真的，真的是她想要的。

她向他靠近，然后又靠近了一点儿："那么……"她的声音很小，但她知道他听得到。

他紧紧闭上眼睛："我让你和我住一个房间并不是因为这个。"

"我知道，"奥丽芙拨开他前额的一缕黑发，"我也不是因为这个才同意的。"

他微微张开嘴巴："可你说过的，不发生性关系。"

她是这么说过，她记得那时她认真思考并制定了她的基本规则，在他的办公室里一条一条地说给他听，她还记得那时她很确定，她永远、也绝对不会想在每周和亚当·卡尔森有超过十分钟的见面。“我还说过这是一件在校园范围内的事情，可我们刚刚去外面吃了晚餐，所以……”也许他知道什么对他们来说是最好的，但他内心真正想的则是另外一件事了。她几乎可以看到他的控制力出现裂纹，正在逐渐土崩瓦解。

“我没有……”他稍稍挺起身子，肩膀和下巴都那么紧绷，他实在太紧张了，他仍然没有看她的眼睛，“但我现在什么都没有。”

她花了很长时间来分析这句话的意思，这多少让人有点儿尴尬：“啊，没关系，我有做避孕，而且不在生理期，”她咬着嘴唇，“不过我们也可以做些……别的事情。”

亚当咽了下口水，然后又咽了一下，接着点了点头。他的呼吸不太正常，奥丽芙觉得他恐怕会在这个时候对她说不。他甚至也是想这么做的，终究还是进行了最后的抵抗：“要是你过后恨我怎么办？要是我们回去以后，你改变主意——”

“我不会的，我……”她又向前迈了一步。天哪，她和他离得更近了，她不要考虑以后，她无法去想，也不愿去想：“我从来没对一件事情这么确定过，当然如果细胞理论不算在内的话。”她笑了笑，希望他也能对她微笑。

但亚当的嘴巴仍然抿成一条直线，表情仍然非常严肃，但这已经没有那么重要了，因为奥丽芙再次感受到了他的触摸，就在她髋骨中间的斜坡上，就在他给她的那件棉 T 恤下。

第16章

假说：不管别人怎么说，性永远都是一种温和的享受行为——啊。

啊。

就像剥了一层皮一样。

亚当用流畅的动作把T恤扯了下来，就好像那件白色棉织物是扔在房间一角的众多杂物中的一个。奥丽芙不知道剩下的那些东西是什么，不过她知道的是，几秒之前他似乎还很勉强，甚至几乎不想碰她，可现在他却……不一样了。

现在变成他在主导全局。他用宽大的双手环抱着她的腰，一边用指尖滑过她绿色波点内裤上的松紧带，一边亲吻着她。

亲吻的时候，奥丽芙想，他像是饿了很久一样。就好像他一直都在隐忍克制地等待着这一刻，就好像他早就想过他们之间可能会发生这样的事情，但选择暂时不去理会那样的想法，于是它在黑暗幽深的某个地方疯狂生长，到了如今有点儿失控的地步。奥丽芙原本以为她知道接吻到底是怎么回事，毕竟他们之前是接过吻的，但直到现在她才意识到，原来一直以来都只是她单方面去吻他而已。

不过或许这只是她幻想出来的。可能这是不同类型的吻吧？不过当他的舌头在她的嘴巴里舔抵交缠的时候，当他在她的脖子上轻柔地咬了一口的时候，当他的手指隔着她的内裤托住她的屁股，从嗓子的深处发出喉音的时候，她觉得自己的腹腔内有某种东西在不停翻搅，化成盈盈一片。他把手伸进她的 T 恤，一路摸到了她肋骨的位置，奥丽芙喘着粗气，对他笑了笑：

“你之前也这么做过。”

他似乎有些困惑地向她眨了眨眼睛，瞳孔又大又黑：“什么时候的事？”

“我在走廊上亲你的那个晚上，你也这么做过。”

“我做了什么？”

“你碰到了我的这里。”她把手移到她肋骨的位置，隔着衣服盖在了他的手上。

他透过乌黑浓密的睫毛抬眼看向她，慢慢撩起她 T 恤的一角，露出她的大腿、她的臀部，直到衣服被卡在了她胸部的下方。他靠向她，将嘴唇紧紧地贴在她肋骨最底部的位置。奥丽芙粗重地喘息着，他轻轻地咬了咬她，她的呼吸变得更粗重了。

“这里？”他问。她觉得自己的脑子越来越晕，可能是因为他靠得太近了，可能是因为房间的温度太高了，也可能是因为此时在他面前的她，身上几乎只剩下内裤和袜子了。“奥丽芙，”他的嘴巴向上移动了不到一英寸的距离，牙齿抵着她的肌肤和骨骼，“这里？”

她没想到，或者说从来都没想过自己会这么兴奋，不过话又说回来，在过去的几年里，她就没有真正地想过性这件事。

好一会儿她才集中了精神，不过还是点了点头："可能吧，没错，是那里。那个吻……那个吻挺不错的。"当他把她身上的那件T恤完全褪去的时候，她倏地闭上了眼睛，一点儿反抗的意思都没有，毕竟那件衣服本来就是他的。他目不转睛地注视着她，但这并不妨碍她继续想事情："你还记不记得？"

现在他反而变成了那个无法保持专注的人。他就像看到了某种壮观的景象一样死死地盯着她，张开双唇，呼吸变得急促起来："记得什么？"

"我们的初吻啊。"

他并没有回答这个问题，相反，他上上下下反复打量着她，眼神有些发直地对她说着话："我想把你留在这个酒店的房间里整整一个礼拜，"他伸出一只手抓住她，并没有用那种温柔的方式，相反，他的力气大到让奥丽芙不禁咬紧了牙关，"不，整整一年。"

他将另一只手抵在她肩胛骨的位置，调整她的姿势，让她面对着他略微弓起身子。他唇齿之间的配合让人惊叹。奥丽芙的手背捂在嘴巴上，发出了低声的呜咽，她以前并不知道，也从来没有想过她是如此敏感。

"你太美味了，奥丽芙。"

他的手掌按在她的脊柱上，奥丽芙的身体弯得更厉害了，就像是某种邀约。"这可能是种侮辱，"她笑着说，"毕竟让你觉得美味的只有小麦草[1]和奇亚籽[2]——啊。”

从她的喉咙深处发出了一声呻吟，显然他很想把她整个人都吞进嘴里。奥丽芙觉得她也该去抚摸他，她要确保和她在一起对他来说并不是件苦差事。要不把手放到之前他拽着她轻碰过的地方试试？他可以指导她按照他喜欢的方式做。或许他们都觉得在这件事情上已经达成了一致，那就是他们不会再去讨论能不能做这件事情，奥丽芙控制不了自己——她只是希望他能喜欢这个，能喜欢她。

“这样可以吗？”她一定是想得太过出神了，因为她突然发现他正皱着眉抬头看向自己。他的拇指在她的髋骨上来回摩挲：“你太紧张了，”他的声音有些慌张，“我们不是必须——”

“可是我想，我说了我想。”

“就算说过也没有关系，你随时都可以改变主意。”

“我不改。”但奥丽芙能肯定的是，他看她的眼神又变得拒人于千里之外了，不过这一次他只是把额头靠在她的胸骨上，呼出的温热气体打在他刚刚舔过的皮肤上，指尖轻抚着她内裤的松紧带，然后伸进了这层薄薄的棉布里。

“我想我改主意了。”他喃喃地说。

她僵住了：“我知道我什么都没有做，不过要是你告诉我你喜欢怎么来，我可以——”

“这么看来，我最喜欢的颜色一定是绿色。”

---

1 小麦草（wheatgrass），鹅观草属，一种独特的小麦，成熟后结红色的小麦浆果。其嫩叶可以榨汁或晒干磨粉。

2 奇亚籽（chia seed），薄荷类植物芡欧鼠尾草的种子，原产地为墨西哥南部和危地马拉等北美洲地区。

他的拇指摩擦着她身上所剩无己的布料，她重重地呼了一口气。她急促地呼吸着，似乎所有的空气都要被她耗尽了。一想到他现在肯定知道了他会给她带来快感，她就感到一阵尴尬。

他必然知道了，因为他回头看向她的时候，眼神发直，呼吸急促。“天哪，”他轻声说，“奥丽芙。”

“你想……”她觉得自己的嘴巴就像沙漠一样干燥，“你想让我脱下来吗？”

“不，”他摇了摇头，“还不用。”

“可如果我们——”

他们两个明明什么都还没做，她这样实在显得有些太过夸张、太过急迫了，这多少让她觉得有些尴尬。“对不起，”她的体内交织着两股暖流，一股紧紧地盘踞在她的下腹部，另一股径直涌上了脸颊，奥丽芙几乎没有办法清楚地将它们区分开来，“我……”

他抬起头，在乌黑的鬈发映衬下，他白皙的皮肤上充血的颜色更加明显了：“奥丽芙，你为什么这么紧张？你以前做过这个，对吧？”

“我……做过。”她也不知道是什么驱使她继续说下去的，就连方圆一英里外的傻瓜都能知道这绝对是个糟糕的主意，但既然他们站得这么近，她已经没什么撒谎的余地了，于是她坦白了。

亚当停了下来，变得一动不动，肌肉在她的手中弯曲有力。他们就这样待了一会儿，都僵硬地保持静止的状态，直到他抬头盯着她叫了她的名字：“奥丽芙。”

“但是没关系，”她赶忙补充道，因为她看到他摇了摇头，离开了她的身体。这真的没关系，对奥丽芙来说是这样的，因此对亚当来说也应该是这样的："我能搞定的——我用了几小时就学会使用全细胞膜片钳了，这件事不可能比那个更难。而且我打赌你经常做这个，所以你可以告诉我怎么——"

"那你肯定会输。"

房间里的温度降了下来。

"什么？"

"你打的赌会输。"他叹了口气，一只手从上到下抹了一把脸，"奥丽芙，我不可以。"

"你当然可以。"

他摇了摇头："对不起。"

"什么？不，不，我——"

"你基本上就是个处——"

"我不是！"

"奥丽芙。"

"我不是。"

"但也差不多，因为——"

"不，你不能这么说。童贞这种东西又不会一直变来变去，它是很明确的、二进制的、名词性的、二元对立的，可能是序数的。我想说这就像卡方检验[1]、斯皮尔曼等级相关系数[2]、逻辑回归[3]、分对数模

1　卡方检验（Chi-square test），用途非常广的假设检验方法。

2　斯皮尔曼等级相关系数（Spearman's rank correlation coefficient），主要用于解决名称数据和顺序数据相关的问题。

3　逻辑回归（logistic regression），一种广义的线性回归分析模型，常用于数据挖掘、疾病自动诊断、经济预测等领域。

型[1]、那个愚蠢的 S 型函数[2]，还有……”

尽管已经和他相处好几周了，但再次看到他那一边嘴角明显上扬的笑容时，她依然会感到无法呼吸。当他用他宽大的手掌捧起她的脸，让她的脸慢慢挨近他，并笑着缓缓地给了她一个温暖的吻时，她觉得自己简直要窒息了。

“你这小鬼真是太皮了。”他贴着她的嘴唇说。

“也许吧。”她也微笑起来，然后回吻了他。她张开双臂，用胳膊搂住他的脖子，他把她深深地陷入他的怀抱，感到一种让她颤抖的快乐。

“奥丽芙，”他说着，将她向后拉了一点儿，“如果出于某种原因让你觉得……让你觉得性是一种不舒服的东西，或者是一种你不希望在我们现在这样的关系里发生的事情，那么——”

“不，不是，并不是那样的，我——”她深吸了一口气，想着要怎样向他解释这个问题，“我不是不想，我只是……我对它并没有特殊的欲望。可能我的大脑有些奇怪，身体也是，我不知道自己是怎么了，我就是不太能像其他人，其他正常人一样体会那种吸引力，我只是试着……只是去做而已，去完成这件事情。虽然和我做的人非常好，但其实我就是感觉不到任何……”她闭上眼睛，这实在让人有点儿难为情，“除非我真的信任并喜欢上一个人，否则我是无法感受到对方的任何性吸引力的。可我从来没有喜欢过别人，或

1　分对数模型（logit model），将逻辑分布作为随机误差项的分布进行回归的一种二元离散选择模型。

2　S 型函数（sigmoid function），一种在生物学中常见的 S 型函数，也称为 S 型生长曲线。

者几乎没有喜欢过别人，这种状态已经持续了很长一段时间了，但现在——我真的很喜欢你，也真的很信任你，所以我生平第一次想要——”

她无法再胡言乱语下去了，因为他的嘴巴又贴了上来，这次的吻来得更用力、更激烈，就好像他想把她吸到自己的身体里去。“我想要，”他一松开她，她就马上说，“和你一起，我真的很想。”

“我也是，奥丽芙，”他叹了口气，“你不知道我有多想。”

“那就来吧，求你了，千万不要说不，”她咬了一下她的嘴唇，又咬了咬他的嘴唇，接着咬了一下他的下巴，“好吗？”

他深吸了一口气，点点头。她微笑着亲吻了他脖子上的曲线，他张开一只手，放到她的下背部：“不过我们可能应该换一种方式。”

……

她花了很长时间才明白他的意图。并不是因为她很笨，也不是因为她对性方面的事已经忘得差不多了，当然也不是因为她在这方面很稚嫩，只是因为……

好吧，或许在性方面她确实有些稚嫩，且在遇到亚当之前的很长一段时间里，她都没有想过和性相关的问题，不过即便她想过，也从来不会是这样的：他在她上面，跪在她的双腿之间，慢慢地弯下身子。“你在干什——”

她仿佛是一块黄油，而他就像一把滚烫的餐刀一样将她切开。

他的动作缓慢而沉着，就算她绷紧了贴着他手掌的大腿，或者试图挣脱他的掌控，他都没有任何停下来的打算。

“亚当，停下来。”她央求道。有那么一会儿，他好像根本无意识，然后抬起头来，眼神迷蒙，好像意识到他本该听她说话一样。

“嗯？”他贴着她身体的嘴唇发出了振动。

“也许……也许你该停下来？”

他突然不动了，手紧紧地抓着她的大腿：“你改变主意了？”

“没有，但我们应该做点儿……别的事情。”

他皱起眉头：“你不喜欢这个？”

“嗯，不是，我的意思是，我从来都没有……”他眉间的竖线变得更深了，“我才是怂恿你做这件事的人，所以我们应该做些你喜欢的，而不是为我做……”

“你说要做些我喜欢的事情，”他呼出的热气打在她的身上，“我正在做。”

“你不可能想要——”

他捏了捏她的腿：“我并不记得我在哪一刻做了自己不喜欢的事。”

这样的行为太过亲密了。可看着他这么如痴如醉，看他认真地盯着她，盯着她的脸、她的腿、她身体的各个部位，她就没有办法抗拒他了。他的手很大，一点一点往上挪，离她的胸部越来越近，但并没有真正地触碰到。奥丽芙这样躺着，她觉得多少有点儿难为情，但亚当似乎并不介意。

“难道你不想——”

他轻轻地咬了她一下：“不想。”

“我都还没说呢——”

他抬眼一瞥：“我并不想做别的事。”

她觉得她从没见过他对任何事情表现得这么热情过，即便是在完成经费项目申请书或从事计算生物学的工作时都没有。而当她注意到他的胳膊，她意识到事情变得更糟了，整件事顿时被提升了好几个等级……

他们彻底摧毁了“不发生性关系”的约定规则。

第 17 章

假说：当我觉得我已经跌到谷底的时候，有人还会再给我递一把铲子，而那个人，很可能就是汤姆·本顿。

第一次过后，奥丽芙迷迷糊糊地睡着了，在她的梦里，出现了很多奇怪的东西：寿司变成了蜘蛛的形状；她妈妈在世的最后一年，多伦多下起的第一场雪；亚当的两个小酒窝；汤姆·本顿冷笑着粗暴地吐出“悲惨的小故事”这几个字；然后又是亚当，这一次他在叫她的名字。

接着她觉得床垫沉了一下，听到有人在床头柜上放东西的声音。她慢慢地眨眼醒来，房间里开着一盏昏暗的灯，她一时竟有些恍惚。她发现亚当坐在床边，正帮她把一缕头发别到她的耳后。

“嗨。”她笑了笑。

“嘿。”

“我睡了多久？”

“就一会儿，大概三十分钟吧。”

“嗯。”她把双手抻过头顶，在床垫上伸了个懒腰，这时看到床头柜上出现了一杯水，“那是给我的吗？”

他点了点头，把杯子递给他。她用胳膊撑起身子，接过杯子喝了下去，并微笑着向他表示了感谢。他的目光停留在她的胸部，因为他的嘴巴，那里仍然有些疼痛酸胀。接着他移开了视线，看向自己的手掌。

啊，也许，他们现在发生了性关系——和谐的性关系，美妙的性关系。奥丽芙这么想着，可亚当是怎么想的呢？他需要一个属于自己的空间，也许他想要回那个属于他的枕头。

她把空杯子递还给他，然后坐了起来：“我该回到我的床上去了。”

她准备离开，把属于他的空间归还给他，但他猛地摇了摇头。他不想让她走，他希望她哪儿都别去，永远都不要离开。他用另一只手紧紧抱住她的腰，似乎要把她拴在身上一样。

奥丽芙其实并不真的介意这样。

“你确定吗？我可不敢保证我不会抢你的毯子。”

“没关系，反正我身上一直很暖和。”他拨开她额头上的一缕碎发，“而且我好像记得某人说过，我看起来像个会打呼噜的人。”

她假装愤愤不平地喘着气说：“谁这么大的胆子？快告诉我是谁说的？我要亲自给你报仇——”他把冰凉的玻璃杯抵在了她的脖子上，她尖叫起来，不过尖叫声很快就变成了笑声。她抬起膝盖，试图扭动身体，挣开他的束缚：“对不起，对不起，你不打呼噜！你睡觉的时候像王子一样！”

“这还差不多。”他把杯子放到床头柜上，暂且收手，但奥丽芙仍然蜷缩着身子，因为刚刚要阻止他的进攻，她的脸颊依然通红，呼吸依然急促。他面带微笑，脸颊上露出两个好看的酒窝，这个微笑和早些时候对着她的脖子的那个一模一样，他当时贴着她的肌肤，痒得她一直哈哈大笑。

“不过我要对袜子的事说句抱歉，”她有些畏缩地说，“我知道这会引起争议。”

亚当低头看了看裹在她小腿上的彩虹色的弹性布料：“袜子会引起争议？”

“不是袜子本身会引起争议，而是该不该在发生关系的过程中还穿着它其实是个争议点。”

“有这种事？”

“当然了，至少在那本放在我们家里打蟑螂的《大都会》[1]杂志上是有这个讨论题的。”

他耸了耸肩，完全就像个可能只看过《新英格兰医学杂志》[2]和《推卡车文摘》的人：“为什么会有人关心是不是穿着袜子呢？”

“或许他们不想在不知情的情况下和脚趾畸形的人发生性关系呢？”

“那你的脚趾畸形吗？”

---

1 《大都会》（*Cosmopolitan*），美国创办的国际知名女性杂志之一，在世界享有声誉。杂志于1886年创办，针对时尚、生活、健身和美容等问题为妇女出谋划策，是世界上最畅销妇女杂志之一。

2 《新英格兰医学杂志》（*The New England Journal of Medicine*），由美国麻州医学协会所出版的评审性质医学期刊和综合性医学期刊，创刊于1812年。

“嗯哼，真的奇丑无比，绝对可以报名马戏团的那种。看到它们你就再也不想和我发生性关系了，它们本身就是个外置的避孕工具。”

尽管他明显特别想笑，但还是叹了口气，努力装出一种阴郁多思又严肃紧张的样子，这让奥丽芙非常喜欢。

“不过我见你穿过好几次人字拖了。顺便说一句，这可不符合实验室的要求。”

“那一定是你搞错了。”

“那好吧，是我搞错了。”

“我可不喜欢这种刻意的巴结，卡尔森教授，我非常重视斯坦福大学学术环境的健康和安全指导方针方面的问题，还有——你怎么——”

他比她高大太多了，以至于他在扒她的袜子时，还能腾出一手来按住她的肚子，她也不知道为什么，就是很喜欢每一个这样的时刻。她奋力反抗，这或许会让他的身上在明天出现几处瘀青，可在他终于成功脱下她的两只袜子时，奥丽芙已经笑得上气不接下气了。亚当虔诚地抚摸着她的双脚，仿佛它们精致玲珑，形状完美得不像属于一个每年会去跑两次马拉松的人。

“好吧，你说得没错，”她的胸部剧烈地起伏着，好奇地看向他，“你的脚长得太丑了。”

“什么？”她喘着气挣脱出来，用力推了一把他的肩膀，结果他仰面朝天地垫在她的身下，和她一起倒在了床上。他那么高大，当然能轻而易举把她拽倒了，不过：“你重说。”

“是你先说的。”

“你重说，我的脚明明很可爱。”

“可能是丑得很可爱吧。”

“那根本就不是一回事。”

他大笑的喘息温暖地拍打着她的脸颊：“可能德语里面有一个词，专门用来形容特别丑但又特别可爱的东西。”

她愤怒地喘着气，用刚好能让他感觉到的力道咬了咬他的嘴唇。亚当似乎失去了一直以来对自己的控制力，他突然想要更多。他交换了他们的位置，把她压在身下，他们之间的啃咬变成了亲吻，不过这可能是奥丽芙单方面的改变，因为她发现自己正吻着他的嘴唇，就在她刚刚咬过的那个地方。

她或许应该让他停下来，因为她现在浑身是汗，黏糊糊的，或许她应该先去洗个澡，没错，这听起来是个很好的性爱礼仪。可他实在是太温暖、太强壮了，一副容光焕发的样子；他太好闻了，即便他们已经做了那么多事情，他还是那么好闻。于是她禁不住改变了想法，双手环住他的脖子，把他拉了下来。

“你肯定有一吨重。”她对他说。他想撑起身体，摆脱贴在她身上的状态，但她用腿缠住他的腰，把他抱在怀里。他会给她一种强烈的安全感。他战无不胜，是一个真正意义上的虐杀者，而且他让她也变成了一个强大而凶猛的人，一个在早餐之前就可以彻底击败汤姆·本顿和胰腺癌的人。

“不要，我喜欢这样，别走，求你了。”她咧开嘴巴朝着上面的他笑了起来，她发现他的呼吸突然加快了。

“你确实是会抢毯子的那种人。”他早些时候在她脖子的下部发现了一小块儿地方，那块儿地方会让她呜咽，让她拱起身子，让她把头埋进枕头里。他好像发现了新大陆一样，开始向那个地方发动了猛烈的进攻。他吻她的方式很特别，谨慎中带着放纵，这让她不禁怀疑为什么她过去总觉得吻是一件没有意义又无趣的事情。

虽然她嘴上说着“我该去清洗一下了”，但并没有挪动身子。他向下滑了几英寸，注意力正好被她的锁骨和她胸部的曲线所吸引。

“亚当。”

他没有理会她，一路滑到她突出的髋骨、肋骨，还有她腹部紧绷的肌肤上。尽管数量很多，但他吻了她的每一个雀斑，像是要把它们存在脑子里一样。

“亚当，我浑身都黏糊糊的。”她稍微扭动了一下。

作为回应，他把手掌移到她的臀部，好让她不要再动：“嘘，我会把你弄干净的。”

她感受到他的舌尖在她的大腿和腹部的肌肤上游移，她听到从自己嘴里发出的粗重的喘息和轻微的呻吟。她将手指滑进他的头发，让他紧紧地贴在她的身上。当那一刻到来的时候，她觉得一切的污秽都被冲走了。这时他终于问道：“我能再来一次吗？”

她抬头看向他，她涨红了脸，整个人蒙蒙的，咬了咬嘴唇。她想要，他和她靠得越近，她就越能感受到那种他带给她的强烈的安全感和归属感。

“我想要，”她伸手去触摸他用来支撑身体的那只手臂，他的身体立刻静止了下来，“但我觉得有点儿疼，而且我——”

他立刻就对刚才提出的那个问题后悔了，因为他迅速地从她的身上下来，似乎是害怕挤到她，想给她更多的空间，尽管她根本就不想要什么所谓的空间。

“不是，”她慌了，“我并不是让你……”

“嘿。”他注意到了她有多慌张，于是弯下腰来亲吻了她。

“我真的很想——”

“奥丽芙，”他躺到她身边，蜷起身体，“你说得没错，我们睡觉吧。”

“什么？不要，”她坐起来，皱起眉头看向他，“我不想睡觉。”

她可以看出他其实很挣扎，他努力地想把那个部位藏起来，努力不去看她赤裸的身体，但……还是很挣扎：“你坐的是今天一大早的航班，可能你还没有倒好时差。”

“可我们只有一个晚上。”唯一的一个晚上。在这个晚上，奥丽芙可以允许自己远离外面的世界，可以不去想汤姆，不去想今天早些时候发生的事情，不去想亚当喜欢的那个神秘女人，在这个晚上，她可以暂时忘掉她想要的任何感情都不是相互的。

“嘿，”他伸出手，把她的头发拨到身后，“你不要有任何亏欠我的感觉，我们睡一会儿，然后——”

“可你说过一个晚上的。”她下定了决心，将手掌按到他的胸前，不到一秒钟，她就跨坐在了他的身上，“我想要整整一个晚上。”她微笑地看着身下的他，头发就像帘子一样垂了下来，像一个为他搭起的避难所一样。“来吧，亚当。”她将额头抵在他的额头上，他还是忍不住了，伸手抓住她的腰，把她拉入怀中，他们紧贴在一起，像水流一样彼此贴合。

“你根本就不知道我有多想和你做这些。”

“我想可能我是知道的，”她吻了吻他的嘴唇，“至少知道一部分吧。”他眼神迷蒙地轻轻抚摸她的嘴角。

“我很怀疑。”

她轻轻地咬了咬他坚硬的腹部，然后抬头看向他：“做就好了。”

……

她觉得这确实是一个漂亮的酒店房间，主要是因为房间里有几扇超大的窗户，从这里可以看到波士顿日落后的景色、街道上不停穿行的车流，以及远处天空中的云朵。她感觉在那里一定正发生着某些事情，某些并不需要她参与其中的事情，因为她只要待在这里，和他待在一起就好。

“那是什么语言的？”她突然想起来，随即问道。他没有办法低下头看她的脸，因为她的脑袋正依偎在他的下巴下，不过他还是继续用指尖在她的臀部画着某种图案。

“什么意思？”

“你读的那本书，封面上有恐龙化石的那本，是德语的？”

“荷兰语。”他的声音从他的胸腔发出，声音的震动穿过了她的身体。

“学起来难吗？”

他似乎深深地吸了一下她的发香，思考了一会儿：“我不知道，因为我一直就会。”

“在双语环境下长大会不会很奇怪？”

“那倒没有，我记得我们在搬回来之前，我一直是用荷兰语思考问题的。”

“你当时多大？”

“嗯，九岁？”

一想到亚当还有当小孩的时候，她就觉得想笑：“你之前会和你的爸妈说荷兰语吗？”

“不会，”他犹豫了一下，才又进行了详细的说明，“照顾我的主要是用做家务来换取食宿的外国年轻人，真的有很多。”

奥丽芙撑起身子，双手托腮放到他的胸膛上。她看着他，他看着她，街灯照在他坚毅的脸上，尽管他一直都很帅气，但在这样的午夜时分，他是如此勾魂摄魄。

“他们很忙吗？我是说你的爸妈。”

他叹了口气：“他们对自己的工作非常投入，不是很擅长为别的事情腾出时间。”

她轻声哼了起来，脑海中浮现出这样一个画面：五岁的亚当试着向爸妈展示他自己画的一幅简笔画，他身材高大的爸妈穿着深色的套装，表现出一副心不在焉的样子，而四周，围满了对着耳麦讲话的特工。她对外交官真的一无所知：“你小时候开心吗？”

“这……很难去说开不开心，”他似乎陷入了沉思，“有点儿像那种教科书里的典型教育模式。作为家里唯一的孩子，他们给我提供了充裕的物质环境，但基本上没有什么情感上的支持。我可以做任何我想做的事，可就是没有人陪我一起做。”这听上去有些伤感。奥丽芙和妈妈的生活虽然一直都不富裕，但她从来没有过孤单的感觉，直到后来妈妈得了癌症。

“除了霍顿？”

他笑了："除了霍顿，不过那是后来的事了，我想在遇到他的时候我就已经有了自己的行为模式。我已经学会了自娱自乐，会把时间花在我的爱好、参加活动和学校的课程里，所以当我必须和别人在一起的时候，我就变得……充满敌意又难以接近。"她翻了个白眼，轻轻地咬了他一下，这让他轻声笑了起来："我变得越来越像我的爸妈，"他喃喃地说着，"完全地投入工作当中。"

"根本就不是这样的，你很擅长为别人腾出时间，比如我。"她微笑地看向他，但他似乎很尴尬地移开了目光，于是她决定换个话题，"我会说的唯一一句荷兰语是'ik hou van jou'。"她的发音一定很糟，因为亚当花了很长时间去辨析这个词，当他终于明白了以后，眼睛睁得大大的。"我的大学室友有一张海报，上面用各种语言写着'我爱你'，"奥丽芙解释说，"它就在我的床对面，是我每天早上醒来看到的第一个东西。"

"所以在四年结束以后，你就学会了所有语言的'我爱你'？"

"第一年年底就全学会了。她在大二的时候加入了一个姐妹会，对她来说是个不错的选择。"她垂下眼睛，把脸贴在他的胸口，然后又抬头看向他，"不过要是你仔细想想，就会觉得这很蠢。"

"很蠢？"

"有谁需要用所有语言去说'我爱你'呢？人们只需要知道一种语言的就可以，有的甚至连一种语言的都不会用到。"她用手指将他的头发捋到脑后，"不过如果换成'洗手间在哪里'的话……"

他随着她的手向后倾了倾身体，像是从她那里得到了抚慰。"Waar is de W.C."奥丽芙困惑地眨了眨眼睛，于是他继续说，"就是'洗手间在哪里'的意思。"

“好吧，我猜到了，只不过……你说荷兰语的时候声音很……”她停住了，然后清了清嗓子，她觉得自己要是不知道他说另一种语言时的声音有多迷人的话，那会更好，“总之，那会变成一张非常有用的海报。”她用手指轻抚他的额头：“这是怎么来的？”

“我的脸？”

“这个小伤疤，在你眉毛上边的这个。”

“啊，打架留下的。”

“打架？”她轻声笑了起来，“是因为你的一个研究生想杀掉你吗？”

“拜托，是在我小的时候。不过我看得出某些研究生是会往我的咖啡里倒乙腈[1]的。”

“啊，他们完全会这么做。”她赞同地点了点头，“我也有一个，在我额头上，也算是吧。”她把头发拨到肩膀后面，让他看她太阳穴旁边的那个半月形的短线。

“我知道。”

“你知道？你见过我的伤疤？”

他点了点头。

“你什么时候注意到的？它真的不太明显。”

他耸了耸肩，用拇指顺着它轻轻地抚摸着：“它是怎么来的？”

“我不记得了，不过听我妈妈说我四岁的时候，多伦多下了一场

1　乙腈（acetonitrile），一种化学物质。它对人体的危害是比较大的，能够通过吸入法或者是饮食进入体内。另外也能够通过皮肤接触，被人体所吸收，常会导致人面色苍白，出现肠胃障碍，引起恶心、呕吐、腹泻等症状，比较严重的会引起阵发性抽搐，导致患者出现昏迷，甚至会引发呼吸衰竭等。

巨大的暴风雪，雪一英寸一英寸地堆积起来，那是五十年来最猛烈的一次，你懂的。所有人都知道它要来了，我妈妈让我准备了好几天，她跟我说要下大雪了，我们可能会被困在家里好几天。我当时实在太兴奋了，跑到外面一头扎进雪里——不过我是在暴风雪开始大约半小时后才这么做的，结果就是我的头撞在了一块石头上。”她轻声笑起来，亚当也笑了起来，这是她妈妈最喜欢讲的一个故事，如今只有奥丽芙可以讲这个故事了，它只存在于她一个人的心里了，“我好想念雪啊，尽管加利福尼亚很美，而且我也很讨厌寒冷，但我真的好想念下雪啊。”

他继续抚摸着她的伤疤，嘴角挂着淡淡的微笑。半晌，当他们重新被寂静笼罩的时候，他开口说：“波士顿明年会下雪。”

她的心跳漏了一拍：“好吧。”但她不会去波士顿了，再也不会去了。她不得不再找一个别的实验室，或者放弃实验室的工作，尽管这令人心碎，但她别无选择。

亚当的手沿着她的脖子向上摸，轻轻地环住她的后颈：“那里有好几条适合在雪中徒步的小路，我和霍顿读研究生的时候经常去，”他似乎犹豫了一下，然后接着说，“我很想带你去。”

她闭上双眼，想象了一下那个画面：亚当的头发在白雪和深绿色树木的映衬之下显得格外黑亮，她的靴子陷入松软的雪地的那种奇妙感觉，寒冷的空气在她的肺里流动，一只温暖的手紧紧包裹着她的手，她几乎可以看到雪花在她的眼皮上飞舞，真幸福啊。

“不过到时候你人在加利福尼亚。”她有些心烦意乱。

没有回应。过了很久，依然没有回应。

奥丽芙睁开眼睛：“亚当？”

他的舌头在嘴巴里转了转，好像在认真地斟酌他即将说出的话：“我可能会搬到波士顿。”

她困惑地对他眨了眨眼睛，搬家？他要搬家？“什么？”不，他到底在说什么？亚当不是要离开斯坦福吧？他从来都没有——所谓潜逃的风险，这件事从头到尾都是不存在的，对吧？

只是他从来没有说过。奥丽芙回想起他们的谈话，他抱怨过系里扣住他的研究经费，抱怨过他们怀疑他要离开，抱怨过人们因为他和汤姆的合作而做出的种种假设，但……他从来都没有否认过他们的说法。他说被冻结的资金被指定用于本年度的研究，这就是他想让他们尽快发放它们的原因。

“哈佛，”她低声说，觉得自己真是愚蠢至极，“你要搬到哈佛。”

“我还没做决定。”他的手依然搂在她的脖子上，拇指来回抚摸着她喉咙下方跳动的脉搏，“我被邀请去参加面试，但正式的录取通知还没有下来。”

“什么时候？你什么时候去面试？”她问，但她已经不需要他的回答了，因为她突然想通了所有的来龙去脉，“明天。你明天并不打算回去。”他从来都没有说过他要回去，他只是跟她说他会提前离开研讨会。哎，老天，太傻了，奥丽芙，你太傻了。“你要去哈佛，用这周剩下的时间去面试。”

“只有这样才能避免系里更加怀疑我，”他解释说，“参加研讨会是一个很好的借口。”

她点了点头，岂止很好，简直相当完美，老天。她觉得这太让人恶心了，尽管她是躺着的，可还是觉得膝盖发软。“他们会给你这个职位的。”她喃喃地说，想必他也很清楚他会得到这个职位，毕竟，他可是大名鼎鼎的亚当·卡尔森啊。他是被邀请去面试的，所以很可能是他们先向他抛出橄榄枝的。

“现在一切都还不确定。”

怎么不确定？当然已经板上钉钉了。“为什么是哈佛？”她想都没想就脱口而出，“为什么……你为什么要离开斯坦福？”尽管她尽最大的努力让自己平静下来，但她的声音还是有些颤抖。

“我爸妈住在东海岸，虽说我和他们有些矛盾，但他们迟早会需要我离他们近一点儿的。”他停了下来，但奥丽芙知道他并没有说完，她暗暗给自己鼓了鼓劲儿，“主要的原因是汤姆，还有和他申请的研究项目。我想慢慢转变自己的研究方向，做更多和他类似的工作，但只有我们取得好的结果以后，才有可能实现。和汤姆在一个部门会大大提高我们的工作效率，所以从职业发展来说，搬过去是势在必行的。”

尽管她已经鼓足勇气，但还是感觉胸骨被重重地砸了一拳，一时间她竟呼吸不上来了。她的血液瞬间沸腾，然后在血管里结了冰，以至于胃部出现了抽搐，心脏也猛地沉了下去。

她只是微笑着点了点头。“你说得没错，”她低声说，这让她的声音听上去没有那么抖了，“有道理。”

“而且我也可以帮你适应新的环境。”他提出，然后明显变得害羞起来，“如果你想去波士顿，想去汤姆的实验室，我可以带你到处转转，要是你……要是你觉得孤单的话，我可以给你买南瓜饮料。”

她没有办法做出回应，她真的——她无法回答他，只好耷拉着脑袋想了一会儿，然后强行打起精神，再次抬起头向他笑了笑。

她可以做到的，她会做到的：“你明天什么时候走？”他可能只是要搬到一家离哈佛校园更近的酒店。

“一大早。”

“好，”她向前倾身，把脸埋进他的脖子里，他们是睡不着的，就算睡着一秒钟都是一种极大的浪费，“你走的时候，不用叫醒我。”

“你是说你不打算帮我把行李搬下楼？”

她靠着他的脖子大笑起来，更紧地依偎在他的怀里。她想，这将成为属于他们的美好夜晚，也将成为他们的最后一晚。

第18章

假说：人的心，有的时候比最弱的氢键更容易破碎。

叫醒奥丽芙的不是高挂在天上的太阳，也不是客房服务——亚当肯定在门上挂了“请勿打扰”的牌子，真正让奥丽芙从床上爬起来的，是从床头柜上不断传来的嗡嗡声，尽管她真的，真的不想面对接下来的这一天。

她把脸埋进枕头，伸出一只胳膊去够她的手机，然后把它贴到自己的耳朵上。

“喂？”她有些不快，才发现这甚至连一通电话都不是。手机上有一长串通知：有一封阿斯兰教授发来的邮件，她向她的演讲表示了祝贺，并要求她把录音发给她；有两条蔡司发来的消息——<你看到多通道移液器了吗？><没事了，已经找到了，多谢。>；有两条马尔科姆发来的消息——<看到信息给我打个电话吧，拜托。>；还有……

英发来的一百四十三条消息。

“什么……？”她对着屏幕眨了眨眼睛，解锁了她的手机。她一边向上滑动，一边有点儿害怕这一百四十三条消息全部都是提醒她涂防晒霜的。

英：<我>

英：<的>

英：<妈>

英：<呀>

英：<我的妈呀>

英：<我的妈呀　我！的！妈！呀！>

英：<你到底死哪儿去了？>

英：<奥丽芙>

英：<奥丽芙·路易斯·史密斯>

英：<开个小玩笑　我知道你没有中间名字>

英：<（但如果你真的有的话　那肯定是路易斯　否则来打我呀　你知道我是对的）>

英：<你在哪儿？！？！？>

英：<你错过太多了　你错过太多太多了>

英：<你房号是多少　我要去找你>

英：<小奥我们需要当面谈谈这个问题！！！！！！>

英：<你死了吗？>

英：<你最好死了　否则我不会原谅你居然错过这个　小奥>

英：<小奥　这是真实的生活　还是一个虚幻的故事（其后跟了

一堆奇怪的符号）>

英：<小奥奥奥奥奥奥奥奥奥奥奥奥奥奥奥奥奥奥奥奥奥奥奥奥奥奥奥奥>

奥丽芙长叹一声，揉了揉脸，她决定跳过那剩下的一百三十条消息，直接把她的房间号码发给了英，然后去洗手间刷牙，换衣服，准备好从英的嘴里听到一些其实她并不怎么感兴趣的事。比如可能杰里米在学系晚会上跳了爱尔兰的踢踏舞，或者蔡司用舌头绑了一根樱桃梗。奥丽芙承认这些都非常具有娱乐价值，但不管错过哪一件事，她都可以活下来。

她做得很好，她在擦脸的时候这么想着。她没有过多地去在意她有多痛；没有去想她的身体为什么会嗡鸣不止，也许在接下来的两三小时里，或者更久的时间里她都会处在这样的状态里；她没有去在意亚当在她的皮肤上留下的淡淡的、令人舒服的气味；她更没有故意去留心他昨晚放在那里的黑色牙刷已经消失不见了。

没错，她做得很棒。

当她走出浴室的时候，有人正在使劲敲门，力道大得不禁让她担心门会被这样拆下来。她打开门，发现英和马尔科姆站在门口，他们快速地依次拥抱了她，然后就大声交谈起来。她几乎听不清他们在说什么——尽管她感觉她隐隐约约地听到了一件可以称得上是颠覆性的，可以改变人生的、成为历史上的分水岭的时刻的事情。

他们叽叽喳喳地走到奥丽芙那张没有使用过的床边坐了下来。当他们又互相咿咿呀呀地讲了一分钟后，奥丽芙终于决定干预一下，她举起了她的双手。

“先等一下，”老天，她已经开始头疼了，今天注定会是一场噩梦，原因非常多，“所以到底发生了什么？”

“一件极其古怪的事。”英说。

“明明是极酷的，”马尔科姆插话道，“她的意思是最酷的事。”

“你当时去哪儿了，小奥？你不是说过要来找我们的吗？”

“我回房间了。我只是，呃，演讲完太累了，所以就睡着了，后来——”

“蹩脚，小奥，太蹩脚了，不过我现在没时间去谴责你的蹩脚，因为我得告诉你昨晚发生的事情。”

“应该由我来说，”马尔科姆向英投去一个刻薄的眼神，“因为这件事本来就是关于我的。”

“有道理。”她挥了挥手，做出让步。

马尔科姆开心地笑了笑，然后清了清嗓子，“小奥，在过去的这几年里，我一直想和谁发生性关系来着？”

“呃……”她挠了挠她的太阳穴，试着回忆他之前说过的话，光她能想起来的，就有三十来个人，“维多利亚·贝克汉姆？”

“不是，好吧，也是，但不是这个。”

“那是大卫·贝克汉姆？”

“这个也是，但不是这个。”

“是那个辣妹吗？就是那个穿阿迪达斯运动衣的那个？”

“不是，好吧，也是。你别把注意力都放在名人的身上，想想那些真实生活里的人——”

“霍顿·罗德古斯，”英焦急地脱口而出，“他在学系晚会上勾搭到了罗德古斯。小奥，我不得不非常遗憾地通知你，你已经不再是教授天菜俱乐部的主席了，你打算引咎辞职，还是接受财务主管的职位？”

奥丽芙眨了眨眼睛，然后又眨了好几下，然后她听到了自己的声音：“哇哦。”

“这能不能算最古怪的——”

“最酷的，英，”马尔科姆打断了她，“最最酷的。”

“是古怪得很酷的那种。”

“好吧，不过是那种纯粹的、百分之一百的酷和百分之零的古怪。”

“等等，”奥丽芙打断了他们，她觉得自己的头越来越大了，“霍顿根本不是我们系的，他怎么会出现在这个晚会上？”

“不知道，但你说得很对，既然他是药理学的人，那我们就可以放心地做我们想做的事，不用去知会其他任何人了。”

英歪过头问：“是这样的吗？”

“对，我们在去 CVS[1] 买保险套的路上已经查了斯坦福的社交章程，”他幸福地闭上了眼睛，“绝对是有史以来最热辣的预备知识。”

奥丽芙清了清嗓子，这确实很古怪。“我真替你开心。”她真的是这么想的，“是怎么发生的？”

“是我去找他搭讪的，简直太了不起了。”

“他太没皮没脸了，小奥，但也很了不起，我拍了一些照片。”

马尔科姆愤怒地喘着粗气说：“啊，我的老天，这可能是违法

1 CVS，美国最大的药品零售商，在美国的36个州和哥伦比亚特区运营着超过5400家零售药店和专用药品店。

的，我们可以起诉你，但如果我在照片里是好看的，就请把它们发给我。”

“我会的，宝贝，现在你先告诉我们性方面的事情。”

马尔科姆一向对他性生活的细节非常坦诚。他闭上眼睛，微笑着娓娓道来，英和奥丽芙互相交换了一个意味深长的眼神。

“这还不是最绝的部分。他说想要再次见到我，今天，去约会，他居然自己说出了‘约会’这个词。”他倒在床垫上，“老天，他实在太火辣了，还幽默，还有亲和力，真是一只可爱又下流的小野兽。”

马尔科姆看上去太开心了，奥丽芙实在不想让他扫兴，于是把昨晚某个时刻郁结在她喉咙里的那个肿块吞了下去。她跳上床，尽全力紧紧抱住他，英也在马尔科姆的另一侧用力抱住了他。

“我太为你高兴了，马尔科姆。”

“我也是。”英的声音被他的头发盖住了，听上去有点儿闷。

“我也为我感到高兴，我希望他是认真的。记不记得我说过我的约会训练都是为了冲击金牌？那么，霍顿就是一块更珍贵的白金奖牌。”

“你应该问问卡尔森，小奥，”英建议说，“看看他能不能知道霍顿对马尔科姆的真实想法。”

她可能不会有这样的机会了，至少短期之内不会了：“我会的。”

马尔科姆挪了一下身子，转向奥丽芙：“对了，你昨天和卡尔森庆祝了吗？”

“庆祝？”

“是啊，昨晚我跟霍顿提起因为不知道你去哪儿了，所以我很担心，他告诉我你们可能去庆祝了，好像是为了卡尔森的经费被‘释放’的事。对了，你从来都没和我说过卡尔森和霍顿是最好的朋友，这似乎是你应该和霍顿·罗德古斯粉丝俱乐部的创始人兼最活跃的成员——你的好室友分享的信息。”

“等一下，”奥丽芙坐了起来，她瞪大了眼睛，“你说经费被‘释放’，也就是说它们……是被冻结的那些？是被斯坦福扣住的那些？”

“或许是？霍顿说了一些系主任终于松口了，决定让卡尔森自行支配他的钱之类的话。我有努力去集中注意力，但是谈到卡尔森，这多少让人有点儿扫兴——无意冒犯。而且，我总会不自觉地被霍顿的眼睛迷住。”

“还有他的屁股。”英补充道。

“还有他的屁股。”马尔科姆喜滋滋地叹了口气，“他的屁股太好看了，他的下背部还有好几个小小的窝。”

“啊，我的妈呀，杰里米也有！真的让人很想咬上去。”

“它们是不是最可爱的——”

奥丽芙没再听下去，她从床上下来，抓起桌上的手机查看今天的日期。

9 月 29 日。

今天是 9 月 29 日。

她当然知道了，早在一个多月前，她就知道今天会来了，但在过去的一周里，她一直忙着为演讲发愁，这使得她根本没有精力去管别的事情，而且亚当也没有提醒过她。想想过去二十四个小时里发生的一切，他忘记告诉她他的经费已经被发放下来也是情理之中的事情，况且，经费的发放所暗含的意思是……

她闭上双眼，紧紧地闭了起来。英和马尔科姆仍在她背后兴奋地叽叽喳喳，而且音量越来越大。当她睁开眼睛的时候，她的手机亮起了一条新的通知，是亚当发来的。

亚当：<我的面试会在下午 4 点半的时候结束，不过我晚上有空，所以我想知道你愿不愿意和我在晚上一起吃个饭。校园附近有好几家不错的餐厅（但是调查的结果并不乐观，没有一家是有传送带的，太丢脸了）。如果你朋友那里没什么事的话，我可以带你去校园里转转，或许也可以去汤姆的实验室看看。>

亚当：<当然了，还是得看你的安排。>

已经快到下午 2 点了，奥丽芙觉得自己的骨头似乎比昨天重了一倍。她深深地吸了口气，挺直了她的肩膀，开始在手机上键入回复亚当的内容。

她知道有些事情是不得不做的。

……

5 点整的时候，她敲响了他的房门。他很快就给她开了门，身上仍然穿着休闲裤和扣角领衬衫，这一定就是他面试时的着装了，而且……

他正对着她微笑，而且不是她早已习惯的那种似有若无的微笑，是真正意义上发自内心的微笑。他的脸颊上出现了酒窝，眼睛周围也出现了皱纹，见到她，他是真的非常开心。他还没开口，她的心就已经变得支离破碎了。

“奥丽芙。”

她还是没能弄清楚，为什么他叫她名字的方式那么独特，似乎她的名字背后蕴藏着某种说不清道不明的东西，某种没能完全浮出水面的东西，好像给了她一种可以向下探究的可能性。奥丽芙很想知道这究竟是真实存在的，还是她幻想出来的而已，还有他究竟有没有意识到这一点。奥丽芙还想知道很多事情，但她强行让自己停下来，因为此时这些都已经不再重要了。

“进来。”

这是一家比会议酒店更加豪华的酒店，这让奥丽芙小小地翻了个白眼。她不明白为什么人们会在亚当·卡尔森这种并不怎么在意住宿环境的人身上浪费几千美元，他们应该给他一张折叠床，然后把钱捐到更有意义的地方，像是濒危的鲸鱼、银屑病的研究，还有奥丽芙本人。

“我给你拿来了这个——我想这应该是你的。”她朝他走了几步，拿出一个手机充电器。她让充电线的一端垂下去，以确保亚当在接过它的时候不用碰到她的手。

“是我的，谢谢。”

“我是在床头灯后面发现它的，可能就是因为这，你才忘了拿，”她抿起嘴巴，“也可能是因为你上了岁数，已经有点儿老年痴呆了，淀粉样斑块[1]开始大量出现了。”

他瞪了她一眼，她试着把笑憋回去，但还是没有憋住。而他一边翻着白眼，一边叫着她小鬼，然后——

他们又在这么做了，该死。

她把目光移开，因为——不可以，再也不可以这样了：“面试怎么样？”

“还行，不过这只是第一天。”

“一共有多少天？”

“有好多天，”他叹了口气，“而且我和汤姆还有一个关于研究项目的会议。”

汤姆，是了，当然，当然了——这就是她来这里的原因，她要来向他解释——

“谢谢你能来，”他对她说，声音内敛而真诚，就像她跳上了一列已经开动的火车并同意见他一样，奥丽芙给了他巨大的快乐，“我以为你可能正忙着和你的朋友们在一起。”

她摇了摇头：“没有，英和杰里米出去了。”

“我很抱歉。”他说，看起来真的在为她感到遗憾。奥丽芙过了好一会儿才想起她曾经对他撒下的谎，以及他以为她爱上了杰里米这件事。虽说那仅仅是在几周前发生的，但如今看来，似乎已经非常遥远了。当时她还觉得被亚当发现她喜欢上他是这世界上最糟糕的事情，可经过了这几天发生的一切，她觉得自己那时的想法简直

1 淀粉样斑块（amyloid plaques），由 β 淀粉样蛋白异常沉积于脑神经元外构成的斑块结构，出现在大脑皮质。

太傻了。她真的应该将真相和盘托出，可到了现在，她的坦白又有什么意义呢？还是让亚当按照他自己的想法来吧，毕竟这比真相对他更加有利。

“马尔科姆和……霍顿在一起。”

“啊，好吧。”他点了点头，一副精疲力竭的样子。奥丽芙稍稍幻想了一下霍顿给亚当发消息的样子，又想了想她和英在过去的两个小时里遭受的冲击，马尔科姆会不会也遇到了相同的情况呢？于是她笑了笑：“情况有多糟糕？”

“糟糕？”

“马尔科姆和霍顿的这件事。”

“啊，”亚当将一侧的肩膀靠到了墙上，双臂交叉在胸前，“我觉得应该相当好，至少霍顿是很喜欢马尔科姆的。”

“你们讨论过这件事吗？”

“他的嘴就没闭上过。”他翻了个白眼，“我有没有说过霍顿私底下只有十二岁？”

她大笑起来：“马尔科姆也是。虽然他经常约会，而且他通常很会把控对别人的预期，但这次和霍顿——我午餐的时候吃了个三明治，他突然主动说起霍顿对花生过敏的事，可我吃的明明连花生果酱三明治都不是！”

“霍顿对花生根本就不过敏，他只是假装过敏，因为他不喜欢那个味道。”他揉了揉他的太阳穴，“今天早晨我是被马尔科姆胳膊肘上的俳句惊醒的，是霍顿凌晨 3 点发给我的。”

“写得好吗？”

他挑起一边的眉毛，她又大笑起来：“老天，他们真的——”

“是最差劲的，”亚当摇了摇头，“但我觉得霍顿可能需要，一个值得他关心的人，以及一个同样关心他的人。”

“马尔科姆也是，我只是……担心或许他想要的会比霍顿能给他的更多？”

“相信我，他已经做好婚后联合报税的准备了。”

“那就好，我真的很高兴，”她笑了笑，不过她的笑容很快就消失了，“一厢情愿的感情确实……不好。”*我是明白的，而且或许你也明白。*

他仔细地研究着他的手掌，无疑是在想霍顿曾经提起的那个女人：“对啊，挺不好的。”

她感到一种奇怪的心痛，那大概就是嫉妒吧。这对她来说有一种让她困惑的陌生感，她从前并不会这样，尽管她从十五岁以后就一直被孤独包围，但那与此时既尖刻又迷茫的感觉截然不同。虽然奥丽芙每天都在想念她的妈妈，但随着时间的推移，她已经拥有了驾驭这种痛苦的能力，她已经将它转化为工作的动力和决心。但嫉妒……所带来的痛苦并不会对她的成长有所帮助，只会让她焦躁不安，而且只要一想到亚当，她就会觉得胸口闷闷的。

“我必须向你确认一件事情。”他说，严肃的语气让她不禁抬头看向他。

“你说。”

“昨天你在研讨会上听到的谈论你的人……”

她一下子僵住了：“我不想再——”

“我并不想强迫你做任何事情，但不管他们是谁，我希望……我觉得你应该考虑进行投诉。”

啊，苍天啊，老天哪，这是在开什么残忍的玩笑吗？“你真的很喜欢投诉，是不是？”她大笑了一声，尽管效果不怎么样，但她还是试着表现出幽默。

“我是认真的，如果你决定这么做的话，无论你需要我做什么，我都会帮助你。我可以陪你去和生物发现学会研讨会的组织者谈谈，或者我们也可以回斯坦福，找《第九条》的办公室负责人，还可以——”

“不。我……亚当，不。我不打算投诉。”她用指尖揉了揉眼睛，觉得这好像是一个天大的、残忍的恶作剧，但亚当并不知道。他只是单纯地想要保护她，而她想要的是……保护他。“我已经决定了，我不会去的，最后的结果只会是弊大于利。”

“我理解你为什么会这么想，我在读研究生的时候，遇到我导师的事情时也有过这样的感觉，我们有相同的遭遇。但总还是有办法的，不管我们面对的这个人是谁，他们——”

“亚当，你……”老天，她用一只手从上到下抹了一把自己的脸，抬头看向他，“你还是放下这件事吧，求你了。”

他认真地看着她，沉默了一会儿，然后点了点头：“好吧，当然可以。”他离开墙壁，直起身子，尽管仍想劝说她，但还是尽力克制住了自己，“你想去吃晚饭吗？附近有一家墨西哥餐厅，或者你想吃寿司？那种真正的寿司？还有一家电影院，里面可能有一两部马不会死的电影。”

“其实我不……我不饿。”

“哦，”他的表情是一种带着挑逗意味的温柔，“我没想到还有这个选项。”

她无力地笑了笑："我也没想到，不过我想告诉你一些事，"她强迫自己继续说下去，"今天是 9 月 29 日。"

她顿了一下。亚当认真地看着她，耐心而充满好奇地说："确实是。"

她咬了咬自己的下唇："你已经知道系主任对你经费的处理结果了吗？"

"啊，对了。是的，经费很快就会发下来了，"他看起来非常高兴，像个孩子一样，眼睛闪闪发光，这让她看得有些心碎，"我本来打算在吃晚饭的时候告诉你的。"

"那太棒了。"她笑得很勉强，她越是焦虑，笑容就越小越可怜，"真的很棒，亚当，我真替你高兴。"

"这都归功于你涂防晒霜的高超手法。"

"没错，"她的笑声听起来很假，"我一定会把这些写到我的简历里的：有着丰富的假女友经验，高超的防晒霜涂抹技法和熟练的微软办公软件应用技术，可立即入职，非诚勿扰。"

"并不能立即入职，"他温柔地凝视着她，"我得说，暂时还不行。"

变得更重了——从她意识到自己应该怎么做以后就一直压在她胃部的重量又增加了。而现在，这一切终于走到了尾声，就在这一刻，为所有的过往画下句点吧。奥丽芙可以做得到，她会做到的，这样一来，事情就会变得更好。

"我想我应该可以，"她吞了一下口水，就像酸流进了她的喉咙，"立即入职。"她扫视着他的脸，注意到了他的困惑，在她卫衣的下摆处，她的拳头被自己暗暗地攥紧了，然后接着说道："毕竟，我们给自己设定了这个期限，而且我们都完成了当初的目标，英和杰里米的感情很稳定——我甚至怀疑他们已经不记得我曾经和杰里米约会过了，你的经费也被‘释放’了，真的太棒了，所以事实就是……”

她觉得眼睛有些刺痛，于是紧紧闭了起来，尽管非常困难，但她还是设法把眼泪锁在眼眶里。

事实就是，亚当，那个你视作朋友、合作伙伴，和你很亲很近的人，是那么可怕，那么卑鄙。我不知道他告诉我的那些是不是事实，我无法确定，我现在什么都没有办法确定了。我很想问问你，非常迫切地想问你，可我太害怕了。我害怕他是对的，你会选择相信他而不是我，但我更害怕你选择相信我，那你就会因为我的话被迫放弃很多对你来说非常重要的东西：你的友谊，还有你和他共同的研究。就如你所看到的，任何一种结果都会令我害怕，因此，与其告诉你这样的真相，我宁愿告诉你另外一个事实，一个我认为对你来说最好的事实，一个会让我出局，但可以让结果变得更好的事实。因为我开始怀疑这是否就是爱情真正的意义所在：纵然将自己撕成碎片，也要让对方完好无损。

她深深地吸了口气：“事实就是，我们做得很棒，现在也是时候结束这种关系了。”

从他张开嘴巴的方式和他看向她眼睛时的茫然，她感觉得到他似乎还没有分析出刚才她话里的意思。“我觉得我们不需要明确地告知任何人，”她继续说，“只要我们不再一起出现在大家面前，过一段时间，他们就会认为我们没能走到一起，也就是我们分手了，可能你……”这是她最难说出口的部分，但也是他应该听到的，毕竟，当初他认为她爱上杰里米的时候，也曾这么对她说过，“亚当，祝你在哈佛和……你真正的女朋友一切顺利，不管你选择的是谁，我相信她一定会回应你的感情。”

她能准确地分辨出他是在哪一刻突然明白过来的，她也能清晰地梳理出他脸上混杂的各种情绪：惊讶、困惑，然后是一丝倔强，还有一瞬间的脆弱，这些都在最终那个茫然空洞的表情中消失不见了。随后，他的喉咙动了动。

“好，”他说，“好吧。”他低下头盯着自己的鞋子，一动不动，他正慢慢地消化她的话。

她向后退了一步，脚跟有些晃动。房间外的走廊上响起了手机的铃声，随后又传来了一个人大笑的声音，这就是一个再平常不过的日子里会听到的再平常不过的喧闹声。

“这是最好的办法，”她说，因为她实在无法忍受他们之间的这种沉默了，“这是我们说好了的。”

“你想怎样都可以，”他的声音有些沙哑，而且他似乎有点儿……心不在焉，好像他已经退回自己内心的某个地方，“你要怎样都可以。”

“我真的非常感谢你，感谢你为我做的所有事情。不仅仅是英的事情，当我遇到你的时候，我觉得特别孤独，而你……我非常感激那些南瓜味的所有，谢谢你帮我解决蛋白质印迹的问题，谢谢你在我去你家的时候特意藏起了松鼠标本，还有……”

她再也无法继续说下去了。她已经哽咽得说不出话来，眼睛的刺痛感愈加强烈，眼泪也似乎马上要溢出来了，于是她点了一下头，非常果断，为这个仍然悬在空中、看不到尽头的句子画下了一个句点。

所以就这样吧，这一定就是最后的结局了。要是奥丽芙在去门口的时候没有从他身边经过，他们就到此为止了——要是他没有伸手抓住她的手腕要她停下，要是他没有立刻把那只抓着她的手缩回来，一脸惊恐地看向那只手，就好像在责怪自己在还没有征得她同意的情况下就去碰她。

要是他没有说："奥丽芙，如果你有任何需要，不管什么需要，你有任何事情，无论什么时候，你都可以来找我。"她看到他的下巴在动，仿佛还有很多话要说，那些他藏在心里的话，"我希望你来找我。"

她几乎没有察觉到她用手背去擦已经湿润的脸颊，也没有注意到她正向他走去，直到她闻到了他身上的气味，正是那股幽微又熟悉的混杂着肥皂和海水的味道使她猛然清醒。她已经在大脑的地图上将他进行了精准的定位，储存在她所有的感觉器官中，从他的眼睛，到他那种似有若无的微笑，从他的双手到他的肌肤。他的气味充斥在她的鼻腔里，她甚至都不需要思考，身体就知道要怎么做了。她踮起脚尖，用手抓住他的上臂，轻轻地在他脸颊上亲了一下。他的皮肤很柔软，很温暖，虽然带着一点儿刺痛，但并不让人讨厌。

一个体面的告别，她想，恰到好处，令人满意。

而他却将手伸到了她的下背部，一把将她拉进怀里，让她没有办法落下刚才踮起的脚。他把脸转了过来，直到她的嘴唇再也无法只是轻轻地落在他脸颊的皮肤上。她的呼吸变得急促，对着他的嘴角发出喘息声，在这宝贵的几秒钟里，她索性让自己尽情享受其中。他们闭上眼睛让那种深深的快乐贯穿他们的身体，让他们就那么跟从自己的本能，和对方待在一起。

无声的，静止的，最后的时光。

奥丽芙张开了嘴，转过头来，贴着他的嘴唇说："不要这样。"

亚当从胸腔深处发出一声低沉的哼声，可她才是拉近他们之间距离的那个人，她才是那个让他们吻得更深的人——她才是那个把手指插进他的头发，用修剪得很短的指甲刮擦着他的头皮的人。她把他抱得更紧了，而他将她的背抵到了墙上，让她的嘴里发出闷哼。

这太可怕了，这感觉好得让人害怕，他们毫不费力地就可以让这一切永不停歇地继续下去，任由时间无限地拉长延伸，忘掉所有外物，永远地停留在这个时刻。

但亚当先退了回去，他盯着她的眼睛，试图让自己镇定下来。

"这很好，是吧？"奥丽芙问，有些伤感地微微笑了一下。

她并不确定"这"指的到底是什么，或许是他还搂着她的双手，或许是最后的一吻，也或许是那些别的——防晒霜、他对最喜欢的颜色的荒唐回答、深夜安静的谈话……这所有的一切都很好。

"是的。"亚当的声音听上去是那么低沉，甚至有点儿不太像他自己的声音了。当他再一次把嘴唇贴在她的额头上时，她觉得她对他的爱比泛滥的河水还要汹涌。

"我想我该走了。"她轻声对他说。她没有再看他，他沉默地让她离开。

于是她就这么走出了房间，当她听到身后关闭的房门发出"咔嗒"的声音时，她觉得那仿佛是她从高空中坠落的声音。

第 19 章

假说：不知道该怎么办的时候，就去问问朋友，他们会帮助我的。

她在接下来的一整天里都一个人待在酒店里，睡觉，大哭，撒谎——当初就是因为这个她才一步步陷入如今的困局里无法自拔的。她告诉英和马尔科姆她要和大学里的朋友们待上一天一夜，随后拉上遮光窗帘，把自己埋进床上，严格来说，应该是亚当的床上。

她不太允许自己过多地细想目前的状况，她感觉自己体内的某个部位，很可能是她的心脏，已经碎成了好几大块，与其说是碎，不如说是整齐地裂开，然后又断成了两半。她决定躺在她感情的碎片中沉沦，睡一整天非常有助于减轻她的痛苦。她很快就意识到，麻木其实是件好事。

第二天她还是撒了谎。她谎称阿斯兰教授和她的朋友们临时邀请她去参加研讨会，之后在波士顿做一个短途旅行。然后她深吸了口气，强打精神，拉开窗帘，强迫她的血液重新流动起来（她做了50个仰卧起坐，50个开合跳和50个俯卧撑，尽管在做俯卧撑的时候她有点儿作弊，把直腿换成了跪姿）。接着她洗了澡，刷了牙，这是过去的三十六小时里她第一次去做这件事情。

这并不是一件容易的事，在镜子里看到亚当的那件“生物忍者”T恤，她还是忍不住大哭起来，但她提醒自己，她已经做出了决定，既然决定把亚当的幸福感放到第一位，那她就不会后悔。不过要是让汤姆·本顿抢走她过去几年倾注了那么多心血的项目的全部功劳，她一定会疯掉，因为这个项目对她来说意义太过重大了。或许真要到了那个时候，她的人生除了悲惨的小故事就什么都没有了，不过这次与之前不同，在这个悲惨的小故事里，主角换成了她自己。

她的心或许碎了，但她的大脑还可以正常运行。

亚当说过，大多数教授之所以懒得回复，甚至不会点开她的邮件，是因为她只是一个学生。所以她听从了他的建议：她给阿斯兰教授发去邮件，请她帮忙把自己介绍给她之前联系过的所有研究员，再加上两个对她的工作表现出兴趣的讨论组里的成员。尽管阿斯兰教授马上就退休了，而且在过去的几年里，她多多少少已经放弃了科学研究，但她仍然是斯坦福大学的正教授，所以她的推荐还是有一定分量的。

接下来，她开始在谷歌上大范围地搜索有关科研伦理、剽窃和盗取他人想法的相关信息，但这个问题是比较复杂的，因为奥丽芙在之前给汤姆的报告里详细地描述了所有的实验计划，她现在才意识到这是相当鲁莽的行为。但当她开始用更加清醒的头脑去审视当前的情况时，发现其实也没有她最开始以为的那么可怕，毕竟她写的那份报告结构严谨、内容翔实，只要稍加改动，就能在学术刊物上出版。它很有希望迅速通过同行评议，最后的研究结果是能以她的名义发表的。她决定换个角度看待这个问题，尽管汤姆粗鲁无礼地羞辱了她，但如果作为美国顶尖的癌症研究员的他都表达出窃取她研究的想法，那么她也可以把这当成一种非常、非常间接的赞扬。

在接下来的几小时里，她极其谨慎地避开与亚当有关的任何想法，转而研究起其他有可能在接下来的一年里支持她和她的项目的科学家，尽管机会渺茫，但她必须试一试。当她听到有人敲门的时候，已经是下午三四点了。此时，她的名单中又添加了三个新的名字。她以为是客房服务，赶忙穿上衣服开门，但当英和马尔科姆冲进房间的时候，她郑重地咒骂了自己为什么不在开门之前看一看门上的猫眼，活该她这种人被连环杀手砍死。

“好吧，”英说着，一头扎进奥丽芙还没有收拾好的床上，“现在你只能用两句话来解释并说服我不去因为你忘记问我少数族裔的外联活动进行得怎样而生你的气。”

“我真的很抱歉，”奥丽芙用手捂住了嘴巴，“所以进行得怎么样？”

“完美。”她的眼里闪烁着快乐的光，“来参加的人非常多，大家都很喜欢这个活动。我们正在考虑把它固定下来，变成一个一年一度的活动，正式地成立一个组织，进行点对点的定向指导。每个研究生都会分配到一两个本科生，等到她们进入研究生院，她们就能指导更多的本科生了，那么在十年之内，我们就会占领整个世界了。”

奥丽芙看着她，激动得说不出话来：“这简直……你太了不起了。”

“我真的很了不起，对吧？好了，以下是你为自己辩护的时间，准备好了吗？来吧。”

她张了张嘴，但过了好久，却什么都没说出来：“我真的没什么好辩护的，我正忙着……阿斯兰教授让我完成的任务。”

“这也太荒唐了。你现在可是在波士顿，你要做的是去爱尔兰酒吧，假装你是红袜队[1]的粉丝，去吃唐恩都乐[2]，而不是为你的老板工作。”

“可是严格来说，我们是来参加工作研讨会的。”奥丽芙指出。

“研讨会，研讨如何放纵的会。”马尔科姆也像英一样躺到了床上。

“我们能出去吗？就我们三个？”英恳求道，“我们去自由之路[3]看看，吃点儿冰激凌，喝点儿啤酒。”

“杰里米呢？”

“在展示他的海报呢，我太无聊了。”英调皮地咧着嘴笑了。

奥丽芙没有心情社交，也没有心情喝酒，更不想去自由之路，但她终归要学会带着那颗破碎的心有效地穿行在这个社会中。

她微笑着说：“我先看一下我的邮件，然后咱们就可以走了。”

---

1 红袜队，即波士顿红袜队（Boston Red Sox），美国职业棒球队，隶属于美国职棒大联盟的美国联盟东区。

2 唐恩都乐（Dunkies），全称Dunkin' Donuts，是一家专业生产甜甜圈，提供现磨咖啡及其他烘焙产品的快餐连锁品牌，总部位于美国马萨诸塞州，为美国十大快餐连锁品牌之一。

3 自由之路（The Freedom Trail），一条从波士顿公园到查尔斯顿之间的由红砖铺成的曲折延伸3公里多的街道。

从她最后一次检查邮件到现在只有三十分钟的时间，但她的邮箱里已经莫名其妙地增加了大约十五条新的消息，不过其中只有一封不是垃圾邮件。

时间：下午 3:11

发件人：Aysegul-Aslan@stanford.edu

收件人：Olive-Smith@stanford.edu

主题：为胰腺癌项目联系研究员

奥丽芙：

我很乐意为你引荐，我会去询问有没有学者可以给你提供到他们实验室工作的机会。我也觉得如果邮件由我来发，可能会受到更多的重视。

对了，你还没有把你的演讲录音发给我呢，我非常期待！

亲切的问候，

艾塞古尔·阿斯兰博士

奥丽芙在心里默默盘算了一下，如果她在回复中发送的不是录音而是名单会不会显得不太礼貌，答案是肯定的。于是她叹了口气，然后把她的演讲从手机传到了笔记本电脑上。但她发现这段音频的时长居然有好几小时，这才想起她忘了在演讲结束以后按下暂停键了，于是她的叹息变成了抱怨："可能要花点儿时间了，朋友们，我得给阿斯兰教授发送一个音频文件，但我得先剪掉一部分。"

"行吧。"英气鼓鼓地说，"马尔科姆，你愿意讲讲昨晚你和霍顿约会的故事来给我们解解闷儿吗？”

“可以啊。好吧，那么，首先，他穿了一件婴儿蓝的扣角领衬衫，真是可爱死了。”

“婴儿蓝？”

“你那个怀疑的语气到底是什么意思？然后他给我带了一枝花。”

“那花是哪儿来的？”

“不知道。”

奥丽芙在Mp3播放器里点来点去，想要在时间轴上找出这个文件的具体剪切位置，从她把手机落在酒店的房间开始到录音结束的最后一段都是没有任何声音的。“他可能是从自助餐厅里偷拿的？我好像在楼下看到过粉色的康乃馨。”

“所以是粉色的康乃馨吗？”

“……也许吧。”

英突然大笑起来：“就像那句话说的一样，‘浪漫已死’。”

“你真的好烦啊！然后，在开始约会的时候，发生了另外一件事，一个只可能发生在我身上的大灾难，因为我整个该死的家族都对科研充满了迷恋，所以我参加的所有研讨会他们都会参加。”

“我的妈呀，你不要跟我说你们——”

“没错，我们走进饭店之后，我看到了我的老妈老爸，还有我的叔叔和爷爷，他们坚持让我们和他们一起吃，也就是说，我和霍顿的第一次约会变成了一顿该死的圣诞晚餐。”

正在笔记本电脑上研究音频的奥丽芙抬起头露出了和英一样目瞪口呆的表情：“情况有多糟？”

“你这问题真有意思，因为我只能非常尴尬地回答你：还真是该死的叹为观止啊。他们都很爱他，因为他是个了不起的科学家，还因为他比有机奶昔还要圆滑。在两小时的时间里，他不知怎么就帮我说服了我爸妈成为一个工业界的科学家是一件很棒的事。我没有开玩笑，今天早上我老妈打来电话，说的都是什么我已经长大了，可以掌控自己的未来了，终于可以找个靠谱的约会对象了之类的，还说我老爸也是这么认为的。你们能相信吗？总之，晚饭过后我们去吃了冰激凌，然后我们去了霍顿的酒店房间，潇洒到就像世界末日要来一样——”

“——像你这种姑娘，很早就搞清楚了在学术生涯中，那些该死的知名成功学者都是怎样出人头地的。你和亚当上床了，不是吗？我们都知道你会为了同样的原因和我上——”

奥丽芙猛地敲下空格键，立刻中止了录音的回放。她的心脏在胸腔里怦怦狂跳——一开始是因为困惑，然后她意识到了自己在无意中录下的是什么东西，再然后她因为又听到了那些话而感到怒火再次燃起。她将一只颤抖的手放在嘴唇上，试图把汤姆的声音从她的脑子里清除出去，她花了两天的时间试图恢复过来，可现在她——

“那是什么鬼东西？”马尔科姆问。

“……小奥？”英试探性的声音提醒了她房间里还有其他人。她的目光从笔记本电脑移开，发现她的朋友们都坐了起来，他们正震惊地瞪大眼睛，充满关切地看向她。

奥丽芙摇了摇头，她不想——不，她完全没有勇气去解释：“没什么，只是……”

“我听出来了，”英说，她过来坐到了奥丽芙的旁边，“我听出这个是谁的声音了，我们听过他的演讲，”她顿了一下，看向奥丽芙的眼睛，“是汤姆 · 本顿，对不对？”

“这是什么——”马尔科姆站了起来，他的声音充满了真正的不安，还有愤怒，“小奥，你为什么会有汤姆 · 本顿说这种屁话的录音？到底怎么回事？”

奥丽芙抬头看了看他，又看了看英，然后又看了看他，他们都用一脸不解的表情担心地看着她。她的手在不知不觉中被英握了起来，她告诉自己要坚强，不要带入太多情绪，要麻木不仁，但……

“我只是……”

她试过了，她真的试过了，但她的脸却皱了起来，过去几天所有的事情一齐涌上她的心头，奥丽芙向前倾倒，把头埋到英的大腿上，放声大哭起来。

……

奥丽芙不想再听汤姆口喷恶言了，所以她把耳机交给她的朋友们，自己去了洗手间，打开水龙头，直到他们听完。在这不到十分钟的时间里，她始终都在抽泣。随后马尔科姆和英走了进来，他们挨着她一起坐到了地板上。英也在哭，愤怒的眼泪大颗大颗地滑过她的脸颊。

*至少有个浴缸可以让我们放水。*奥丽芙一边想着，一边把手里的那卷厕纸递给她。

“他是最恶心、最令人作呕、最可耻、最丢人现眼的人。我祝他在我们说话的这会儿疯狂地拉肚子，我祝他得尖锐湿疣，我祝他一辈子都得忍受全宇宙最大最疼的痔疮，我祝他——”

英打断了马尔科姆：“亚当知道吗？”

奥丽芙摇了摇头。

“你得告诉他，然后你们两个要去举报本顿，把他踢出学术界。”

“不，我……我不可以。”

“小奥，你听我说，汤姆是在对你进行性骚扰，亚当不可能不相信你，更何况你还有录音为证。”

“这并不重要。”

“这当然重要！”

奥丽芙用手掌擦了擦她的脸颊：“要是我告诉亚当，他就不会继续和汤姆合作了，他们正在做的这个项目对他来说实在太重要了，更何况他明年还想搬到哈佛去，而且——”

英哼了一声：“不，他不会去的。”

“可他和我说——”

“小奥，我见过他看你的眼神，他就是深深爱上你了，如果你不去，那他是不会搬到波士顿的，而且我是绝对不会让你为这个浑蛋工作的……怎么了？”奥丽芙和马尔科姆互相看着彼此，英的目光在他们的身上来回跳转，“你们俩为什么要这样看着对方？还做出一副彼此心知肚明的表情？”

马尔科姆叹了口气，捏了捏自己的鼻梁：“好吧，英，你要认真听，不过为了防止你提出这样的问题，我要提前回答你：不是，这绝对不是编的，这是真实发生的事情。”他在开始之前，深深地吸了口气，“卡尔森和奥丽芙从来没有在一起过，他们假装交往是为了让你相信奥丽芙已经不喜欢杰里米了——尽管她从一开始就没有喜欢过他。虽然我不确定卡尔森能从这个约定里得到什么，我忘了问了，但假交往进行到一半的时候，奥丽芙对卡尔森产生了好感，于是对他撒了谎，假装她爱上了别人。但后来……”他侧着眼睛看了奥丽芙一眼，“好吧，我其实不想多嘴，但那天我看这个房间里只有一张床是使用过的，所以我很确定他们之间有新的进展。”

这段概括分毫不差，不由得让奥丽芙觉得更加痛苦了。她把脸埋到自己膝盖上的时候，正好听到了英说：“现实生活中绝不可能发生这种事情。”

“可它确实发生了。”

“不可能。这肯定是一部浪漫喜剧，或者是一本写得很烂的青少年小说，这样是不会大卖的。奥丽芙，你让马尔科姆做好他的本职工作就行，他是当不了作家的。”

她强迫自己抬起头，她从来都没有见过英眉间的竖线这么深过：“是真的，英。对你说谎我真的觉得特别对不起，我其实不想这样的，但——”

“你居然和亚当·卡尔森假交往？老天，我就说那个吻真的很诡异。”

“我真的很抱歉，”她申辩似的举起双手，“当时看来是个好主意，而且——”

“可是你居然会和亚当·浑蛋·卡尔森假交往。”

“当时只是两害相权取其轻，求你了，不要讨厌我，我——”

“我并不讨厌你。”

嗯？“你……不讨厌我？”

“当然不了，”英有些愤愤不平，“你能为我做这样的事情，我开心还来不及呢。不，我的意思是，这是不对的。这也太荒唐了，本来就没有必要搞这么复杂，你真的是个会呼吸的活体浪漫喜剧制造机，而且……老天，小奥，你真是个傻瓜，但是个讨人喜欢的傻瓜，也是我的傻瓜。”她不可置信地摇了摇头，不过很快，她就把手扣在奥丽芙的膝盖上，瞥了一眼马尔科姆，“等等，你和罗德古斯的事是真的吗？还是说你们也是假装的，好让法官把他即将成为孤儿的教子的抚养权判给他？”

“真得不能再真了，”马尔科姆得意地笑笑，“我们像兔子一样真。”

“太好了。对了，小奥，我们以后再谈这个，一定要大谈特谈，可能在未来的十年里，我们会一直谈起 2020 年著名的假交往事件，但现在我们必须把注意力放到汤姆身上。不管你和亚当是不是真的在一起，我觉得这件事情的性质是不会改变的。我坚持认为他是希望知道这件事的，反正我是希望知道的。小奥，如果把角色对调，你成了那个会蒙受损失的人，而亚当成了那个被性骚扰——”

“我没有被性骚扰。”

“不，小奥，你被性骚扰了。”英严肃地看着她，目光灼热，奥丽芙这才意识到这件事情以及汤姆所作所为的严重性。

她颤抖地吸了一口气：“如果把角色对调，我也希望知道。但这是不一样的。”

“怎么不一样？”

因为我爱上了亚当，而他并不爱我。奥丽芙按着她的太阳穴，试图用思考去压制越来越严重的头痛："我不想把他所喜爱的东西从他的身边夺走，亚当对汤姆有尊重、有钦佩，而且我知道汤姆在过去帮助过亚当，所以或许他不知道这件事情会更好一些。"

"要是有办法知道亚当会怎么想就好了。"马尔科姆说。

作为回应，奥丽芙吸了吸鼻子："对啊。"

"要是有个非常了解亚当的人可以让我们问一问就好了。"马尔科姆说，他这次的声音变大了。

"对啊，"英又重复了一遍，"要是那样就好了，但可惜没有啊，所以——"

"要是这屋子里的某个人最近刚好开始和亚当三十年来最亲密的朋友约会就好了。"马尔科姆几乎都要叫起来了，充满了被动攻击似的屈辱，英和奥丽芙瞪大了眼睛，你看看我，我看看你。

"霍顿！"

"你可以去问问霍顿！"

马尔科姆气鼓鼓地说："你们俩怎么能这么聪明，却又这么迟钝呢？"

奥丽芙突然想起一件似乎非常重要的事："霍顿讨厌汤姆。"

"啊？"

"他为什么讨厌他？"

"我不知道，"她耸了耸肩，"亚当却没怎么放在心上，觉得这只是霍顿个性上的怪癖，不过——"

"嘿，我男友的个性非常完美。"

"……或许还有别的原因？"

英用力地点了点头："马尔科姆，奥丽芙现在上哪儿可以找到霍顿？”

“我不知道，不过——”他轻轻地敲了敲他的手机，得意地笑了笑，“我这里面刚好有他的电话号码。”

……

霍顿（或者霍顿·泡泡屁屁，马尔科姆在通讯录里给他取的就是这个名字）的演讲快要结束了，奥丽芙赶上了最后的五分钟——是一些关于结晶学的东西，她既听不懂，也不想听懂。他的演讲那么流畅，而他又那么充满魅力，这完全符合她对他的预期。在他回答完问题后，她走到了讲台上。她走上台阶的时候，看到他正在对她微笑，他似乎真的很高兴见到她。

“奥丽芙，我男友的亲室友。”

“对，没错，呃，演讲很棒。”她命令自己不要再搓自己的手了，“我想问你一个问题……”

“是关于第四张幻灯片里的核酸吗？我是瞎掰的，因为那是我的博士生做的图，她比我聪明多了。”

“不，这个问题是关于亚当的——”霍顿的眼睛一下子亮了起来，“——好吧，其实是关于汤姆·本顿的。”他的眼睛又瞬间黯淡了下去。

“关于汤姆的什么？”

对啊，那具体是关于汤姆的什么呢？奥丽芙不知道该从哪里说起，她甚至都不确定自己到底想问什么。她当然可以将她所有的故事向霍顿和盘托出，然后乞求他帮她收拾到目前为止她所有的烂摊子，但不知为何，她总觉得这不是个好主意："你知道亚当正在考虑搬到波士顿吗？"

"知道。"霍顿翻了个白眼，将目光转向了那几扇高高的窗子。窗外乌云密布，似乎预示着一场暴雨即将到来。9月的风已经带有寒意了，吹动了一棵孤立在远处的山核桃树。"谁不想从加州搬到这里来呢？"他语带嘲讽。

尽管她很喜欢四季分明的感觉，但她把这样的想法藏在了心里："你觉得……你觉得他在这里会开心吗？"

霍顿重新看向她，然后认真地端详了她一会儿："你知道吗，你已经是亚当的女朋友里我最喜欢的那一个了。并不是说他有过很多女朋友，你是这十年以来唯一能和计算建模竞争的女人。但你问了这个问题，在我这里你就永远都能坐稳第一的位置了。"他思考了一会儿这个问题，"我想亚当在这里会快乐的，不过还是会用他自己的方式去表达，那种深沉的、克制的快乐。但他会快乐的，只要你也在这里。"奥丽芙忍住自己想要发出哼声的冲动，"只要汤姆表现得够好。"

"为什么这么说？汤姆怎么了？我……我不是想去揣测什么，但之前在斯坦福的时候你跟我说过要小心他，你……不喜欢他？"

他叹了口气："并不是说我不喜欢他——虽然我确实不喜欢他，但我对他更多的是不信任。"

"可为什么呢？亚当跟我说过在他的导师摧残他的时候汤姆为他做过的事。"

“看吧，这就是我不信任他的主要原因。”霍顿忧心忡忡地咬着他的下唇，像是正在考虑要不要继续说下去，以及怎么说下去，“汤姆有没有在很多发生冲突的情况中为亚当说情呢？那肯定是有的，这的确是不争的事实，但那些冲突又是怎么引起的呢？我们的导师确实特别难搞，但不会对所有的事情都一一过问。我们进入他实验室工作的时候，他正忙着成为一个著名的大浑蛋呢。他根本就不了解实验室每天在发生什么，所以他就让汤姆这样的博士后来指导像亚当和我这样的研究生，汤姆也就成了实验室实际上的管理者。然而我们的导师却清楚地知道亚当每一个小的失误，他每隔几周会来一次，每次来都会告诉亚当，他是一个失败的人，但都是因为一些小事就去否定他，比如他连试剂都会弄错，还会失手摔坏烧杯，等等。而每当到了这个时候，汤姆，这个我们导师最信任的博士后，就会当着大家的面去维护亚当，然后挽救局面。但这种模式只是为亚当量身定制的，因为他是我们这个专业最有前途的学生，注定会成就伟大的事业。刚开始的时候，我只是怀疑汤姆想故意阻挠亚当的发展，但这几年我却一直在想，他想要的其实是不是别的东西……”

“你跟亚当说过吗？”

“说过。但我没有证据，而亚当……好吧，你也知道他这个人，他只要相信一个人，就不会有任何动摇。他对汤姆非常感激，”他耸了耸肩，“他们后来成了哥们儿，从那时起，他们就变成了很好的朋友。”

“你有感到过困扰吗？”

“没有，其实这件事本身并不会困扰到我。我知道这听起来好像我在嫉妒他们的友谊，但事实是亚当一直以来都埋头在自己的事情上。他太过心无旁骛了，以至于他其实根本就没什么朋友，他能交到朋友，我是为他感到开心的。真的，可是汤姆……"

奥丽芙点了点头。是啊，*汤姆*。"他为什么要这么做？这么……不肯放过亚当呢？"

霍顿叹了口气："这就是亚当没有把我的顾虑放在心上的原因，因为真的没有什么明确的理由。我觉得汤姆其实并不讨厌亚当，或者至少我觉得不是单纯的喜欢或者讨厌就能说明白的，而且我承认汤姆很聪明，也非常、非常狡猾，他可能有些嫉妒亚当，有点儿想要利用他，或许还想支配和操控他。虽然亚当对自己取得的成就其实没有那么在乎，但他毕竟是我们这一代科学家里最优秀的一个，能够对他产生影响……是一种特权，也是一个不小的成就。"

"没错。"她又点了点头，那个问题，那个她来这儿想要问的问题，已经逐渐在她的脑海中成形了，"在知道了这所有的事情以后，在知道了汤姆对亚当有多么重要以后，如果你有证据可以证明……真实的汤姆是什么样的，你会给亚当看吗？"

值得称道的是，霍顿并没有问她有什么证据，或是要去证明什么，他用坚决而审慎的表情仔细地看着奥丽芙的脸，然后小心地开口说：

"我不能替你决定这件事情，我觉得我不应该这么做，"他的手指不停地敲击着讲台，似乎仍在深思，"但我想告诉你三件事。第一件事你大概早就知道了：亚当首先是个科学家，我也是科学家，你也一样，所以我们都知道，只有基于可用的全部证据得出的结论，而不是只采用那些易得的，或者能证明我们研究假设的部分证据，才可以称得上严谨的科学，对吧？"

奥丽芙点了点头，他继续说道："第二件事你可能知道，也可能不知道，因为是关于政治和学院的，除非你每隔一周亲自去开那种每次时长都有五小时的教师大会，否则完全理解是有点儿困难的，但我想说的是：在亚当和汤姆的合作中，汤姆是那个受益更多的人，这就是亚当是他们获得拨款的那个项目的主研人的原因，而汤姆……好吧，其实可有可无。你别误会我的意思，我是说他的确是一个非常优秀的科学家，但他能出名主要还得归功于我们之前的导师。他是所有学生里最出色也最聪明的那个，他接过来的本来就是一个运行顺畅的机器，他只是让它继续运行下去罢了。但亚当是从零开始，开创了一条属于自己的研究路线，而且……我觉得他总是忘记自己有多优秀。可这对他来说也未尝不是件好事，因为他本来就够不讨喜的了。"他生气地说，"如果他再自负一点儿的话，你还能想象吗？"

奥丽芙听了不禁大笑起来，但声音听起来又没有那么爽朗。她用双手抹了抹自己的脸颊，跟她预想的一样，她的手果然在闪闪发光。显然，默默落泪已经成为她最近的常态了。

"最后一件事，"霍顿继续说，他并没有因为她流泪而停下来，"可能是你并不知道的，"他顿了一会儿，"过去有很多机构都邀请过他，真的非常多。有人许他丰厚的报酬，有人许他重要的职位，他们承诺他可以随意使用任何用具和设备。其中也包括哈佛，哈佛不是今年才开始邀请他的，但他在今年才第一次同意参加他们的面试，而且是在你决定去汤姆的实验室以后才同意的。"他朝她温柔地笑了笑，然后把目光移开，开始收拾桌上的东西，把它们塞进他的双肩包里，"随你怎样想吧，奥丽芙。"

第 20 章

假说：敢惹我？你会后悔的！

她只好撒谎了。

再一次。

撒谎好像正在逐渐成为她的日常。她向哈佛大学生物系的秘书说出了她精心编造的故事：她是卡尔森教授的学生，现在需要马上找到他，因为她需要当面告诉他一个重要的信息。她暗自发誓这是她最后一次说谎了，因为她觉得压力真的太大了，实在是太难了，这给她的心血管健康和心理健康都带来了很大的压力。

不过，她在这方面做得很差劲，生物系的秘书看上去并不相信她的那套说辞，但她肯定觉得就算告诉她生物系的老师带亚当出去吃晚餐了也没什么大不了的。奥丽芙在 Yelp 软件[1]上搜索了那家餐厅，上面显示那是一家高级餐厅，从优步上叫一辆车的话，只要不到十分钟就能到了。奥丽芙低头看了看自己的破洞牛仔裤和淡紫色的匡威鞋，不知道那家餐厅的人会不会让她进去，亚当看到她会不会生气。然后她开始思考自己是不是正在犯下一个错误，一个会毁掉她的人生、亚当的人生和优步司机的人生的错误。当车停到路边的时候，她很想把目的地改成会议酒店，而后司机——莎拉·海伦，软件上是这么显示的——转过头来，对她笑了笑："我们到了。"

"谢谢。"奥丽芙刚想从副驾驶的位置上下去，却忽然发现自己的腿完全动不了了。

"你还好吗？"莎拉·海伦问。

"还好，只是，呃……"

"你这是要吐在我的车里吗？"

奥丽芙摇了摇头。不。是的。"可能？"

"千万别，否则我会毁掉你的乘客评分。"

奥丽芙点点头，试着从座位上滑下来，可她的四肢仍然没有任何反应。

莎拉·海伦皱起眉头："嘿，你怎么了？"

"我只是……"她觉得自己的喉咙哽住了，"我需要去做一件我不想做的事。"

莎拉·海伦发出了哼声："是工作上的事，还是感情上的事？"

1　Yelp软件，美国著名的商户点评网站，创立于2004年，囊括各地餐馆、购物中心、酒店、旅游等领域的商户。用户可以在Yelp网站中给商户打分，提交评论、交流购物体验等。

“呃……两者都有。”

“哎呀，”莎拉·海伦皱起了鼻子，“这可是双重威胁，能拖一拖吗？”

“不，不能。”

“你能让别人帮你做吗？”

“不能。”

“你能改名换姓，烧掉指纹，加入证人保护计划[1]，然后彻底消失吗？”

“呃，我也不知道，我不是美国公民，所以可能不行？”

“那你能直接说‘去他的’，然后承担接下来的后果吗？”

她闭上眼睛想了一会儿，如果她不去做这件事情，会有什么样的后果？首先，汤姆可以继续肆无忌惮地做一个彻头彻尾的浑蛋，而亚当则永远不会知道他被利用这件事情，他会搬到波士顿，奥丽芙就再也没有机会和他说话了，对她来说，他所意味着的一切就这么结束了……

在一个谎言中结束。

在那么多谎言之后的又一个谎言。她撒了那么多谎，可那些本该告诉他的真相她却没能说得出口，这都是因为她太害怕真相了，害怕真相会让她所爱的人离她而去，她太害怕失去他们了，她太害怕到最后自己还是孤身一人。

可谎言并没有带来好的结果，事实上，一直以来都糟透了。那

1　证人保护计划（Witness Protection Program），又称为“蒸发密令”，是美国联邦政府出台的一项旨在保护证人出庭作证后不受到人身伤害（由作证引起）的一项措施和政策。

么，是时候实施 B 计划了。

是时候说点儿实话了。

“不，我不想承担接下来的后果。”

莎拉 · 海伦笑了：“那你就去做吧，朋友。”她按下一个按钮，奥丽芙旁边的门哐当一声打开了，“而且你得给我一个五星好评，我还送了你一次免费的心理治疗呢。”

奥丽芙这一次终于从车里走了出来。她付给莎拉 · 海伦 1.5 倍的车费，然后深吸一口气，走进了餐厅。

……

她一眼就看到了亚当。毕竟他是个大块头，而那家餐厅也不大，所以她很快就能找到他，更何况他身边还有大约十个看上去都很严肃的哈佛教授，当然了，汤姆也在其中。

去她的生活，她想。她从正在忙碌的女迎宾身边溜过，径直向亚当走去。她原本想着她鲜红色的粗呢大衣应该会引起他的注意，然后她会示意他查看自己的手机，她会给他发送短信，求他千万、千万、千万要在晚餐结束后给她五分钟的时间，不管多久她都会等他；她想着今晚告诉他是最好的选择，因为他的面试会在明天结束，那他就可以在已经知道真相的情况下按照自己的心意做出最后的选择；她想着或许她的计划能够成功。

但她没有想到，亚当会在跟一名年轻漂亮的教授讲话的中途就发现了她，她没有想到他突然停了下来，在奥丽芙的面前睁大眼睛，张大嘴巴。他一边盯着奥丽芙，一边嘟囔了一句“失陪一下”，不等别人回答，就从桌边站了起来。他并没有理会那些好奇地看向他的教授，自顾自地快步走向门口。奥丽芙并没有离开，他带着关切的表情，大步流星地走了过来。

“奥丽芙，你还好吧？”他问她，然后——

啊，他的声音，他的眼睛，还有他伸出的双手，都好像是想要摸一摸她，好确认她是不是一切安好——尽管在他的手指还没能触碰到她上臂的时候，他就犹豫着，把手放回了身体的两侧。

这让她有些心碎。

“我挺好的。”她试着笑了一下，“我……我很抱歉打扰到你，我知道这对你来说非常重要，也知道你要搬到波士顿了，而且——这挺不合适的，但如果现在我不说，那就太晚了，可我不确定自己是不是有勇气……”她发现自己说得有些不着边际，于是深吸了一口气，决定回归正题，“我需要告诉你一些事情，这事有关——”

“嘿，奥丽芙。”

是汤姆。不过这也在奥丽芙的意料之中。“嗨，汤姆，”奥丽芙盯着亚当的眼睛，并没有看他，他根本就不值得她去看上一眼，“能让我们单独聊会儿吗？”

她眼角的余光还是可以看到他那油腻的假笑：“奥丽芙，我知道你还年轻，还搞不清楚现在的状况，但亚当是来参加一个非常重要的职位的面试的，而且——”

“你走吧。”亚当命令道，声音低沉而冷酷。

奥丽芙闭上眼睛，点了点头，向后退了一步。好吧，没关系。

亚当完全有权选择不再和她说话。“好的，对不起，我——”

“不是你。汤姆，你先走吧。”

啊。啊。好吧，那么。

“小子，”汤姆似乎笑着说，“你不能在面试晚宴的中途就那么直接站起来走开，而且——”

“你走吧。”亚当又重复了一遍。

汤姆大笑起来，死皮赖脸地说：“不，除非你跟我一起走。咱们是拍档，要是你因为某个和你搞在一起的学生而在我们系里的聚会上表现得像个浑蛋一样，他们会对我留下不好的印象，所以你得回到饭桌上，然后——”

“像你这样的漂亮姑娘应该能够搞清楚现在的状况了。你别以为我不知道，你挑这条短裙就是为了勾引我。顺便说一句，腿真不错，我明白亚当为什么会在你身上浪费时间了。”

亚当和汤姆都没有注意到奥丽芙是什么时候拿出手机按下播放键的。他们似乎都迟疑了一下，看起来都很困惑——他们显然听到了这些话，但无法确定这声音是从哪里来的，直到录音再次响起。

“你该不会以为我收你进我的实验室是因为你很优秀吧？啊？像你这种姑娘，很早就搞清楚了在学术生涯中，那些该死的知名成功学者都是怎样出人头地的。你和亚当上床了，不是吗？我们都知道你会为了同样的原因和我上床。”

“这是什么——”汤姆上前一步，想要伸手去抢奥丽芙的手机。他没能继续上前，因为亚当的一只手推在了他的胸口上，他踉跄地向后退了几步。亚当没有看汤姆，也没有看奥丽芙，他低头盯着她的手机，脸上有某种危险黑暗又让人感到恐惧的东西。她可能要害怕了，她可能已经有点儿害怕了。

“你是在说你觉得那个可怜的摘要被选入演讲是因为它本身质量很高，而且很有科学价值吗？这里有个人实在自视过高了，因为她的研究只是依附在别的研究上的废物，而且她就像个没有办法流利地连着说出两个词的白痴。”

“是他，”亚当小声说，他的声音很低，几乎像是耳语，看似还是一脸平静，但他的眼睛又出现了那种让她看不懂的神情，“是汤姆，你就是因为他哭的。”

奥丽芙点了点头。手机里汤姆被录下来的声音还在继续嗡嗡作响，说着她有多么普通，亚当是如何不会相信她，还有对她的羞辱。

“这简直太可笑了，”汤姆又一次走了过来，试图重新夺走她的手机，“我不知道这贱人到底有什么毛病，但她明显是——”

亚当爆发的速度实在太快了，她甚至都没看清他的动作，上一秒他还站在她的面前，下一秒他就把汤姆按到了墙上。

“我要杀了你。”他咬牙切齿地说，几乎是在咆哮，“你要是敢再多说我爱的女人哪怕一个字，哪怕再多看她一眼，或者哪怕你敢再多想她一下——我都会杀了你。”

“亚当——”汤姆哽在了那里。

“不管了，无论如何我都要杀了你。”

这时门口的女迎宾、一个服务员、亚当他们桌上的几个教授纷纷向他们跑来。他们围作一团，混乱地大叫起来；他们试着把亚当从汤姆身上拉下来，但没有成功。奥丽芙想到当初亚当推着谢丽皮卡的情景，在这疯狂而失控的一瞬间，她差一点儿就笑出声来，就差一点儿。

“亚当。”她说。她的声音几乎淹没在这一片混乱之中，但不知为什么，他就是听到了。他转身看向她，仿佛他的眼睛里装的是他的整个世界。“亚当，不要，”她小声说，“他不值得。”

于是亚当放走了汤姆，他向后退了一步，一位上了年纪，很可能是哈佛系主任的老先生开始向他发难，要他给大家一个解释，并告诉他他的行为有多么不可令人接受。但亚当并没有理会他，也没有理会旁边的其他人，而是朝奥丽芙走了过来，然后——

他用双手轻轻地抱住她的脑袋，手指滑过她的头发，俯下身来，将额头紧紧地贴在她的额头上。他很温暖，身上还是那种属于他自己的独特气味，给她一种家一样的安全感。他用拇指抹去她脸颊上的泪水：“对不起，对不起，我不知道，对不起，对不起，对不起——”

“这不是你的错。”她艰难地小声嘟囔着，但他似乎没有听到。

“对不起，对不——”

“卡尔森教授，”从他们身后传来一个男人低沉而洪亮的声音，她感觉贴着她的亚当的身体突然变得僵硬，“我需要一个解释。”

亚当没理那个人，继续抱着奥丽芙。

“卡尔森教授，”他重复了一遍，“我们无法接受——”

“亚当，”奥丽芙小声说，“你不能不理他。”

亚当呼了口气，在奥丽芙的额头上留下一个深情的长吻，然后恋恋不舍地放开她。当她终于能再次看清他的时候，他似乎更像那个平时的他了。

沉着，对世界充满愤怒，可以掌控一切的样子。

“现在就把那段录音发给我。”他悄悄对她说。她点点头，随后他转向刚才走近他们的长者："我们得单独谈谈，去你的办公室吗？"那人的表情介于震惊和生气之间，但他还是僵硬地点了点头。在他身后，汤姆正在大吵大闹，亚当咬了咬后槽牙："让他离我远点儿。"他在离开前，转向奥丽芙，弯下腰，压低了声音，温暖的手掌握着她的手肘。

"我会处理好这件事的。"他对她说。他的眼神坚定而真挚，奥丽芙从来就没有过这么强烈的安全感，她觉得自己被深深地爱护着。"我之后会来找你，我会好好照顾你。"

第 21 章

假说：佩戴过期的隐形眼镜会导致细菌和 / 或真菌感染，而且其影响会持续数年。

“霍顿给你发了条信息。”

奥丽芙把目光从窗外转到了马尔科姆身上，飞机在他们要转机的夏洛特机场刚一降落，马尔科姆就关闭了手机的飞行模式。“霍顿？”

“没错，好吧，严格来说是卡尔森发的。”

她的心脏漏跳了一拍。

“他的手机充电器丢了，没办法给你发短信，不过他和霍顿已经在去圣弗朗西斯科机场的路上了。”

“啊。”她点了点头，感到稍稍放松。难怪亚当一直都没有发来消息，他从昨晚开始就没有再联系过她了。她还担心他是不是被逮捕了，正考虑拿出她所有的积蓄——12 美元 16 美分——去支付他的保释金："他们在哪里转机？"

"不转机。"马尔科姆翻了个白眼，"他们直飞，而且尽管他们现在才准备离开波士顿，但会比我们提前十分钟到达圣弗朗西斯科机场，真该打倒这些有钱人！"

"霍顿有没有提到……"

马尔科姆摇了摇头："他们的飞机马上就要起飞了，不过咱们可以在圣弗朗西斯科机场等他们，相信亚当会给你带来一些新消息。"

"你现在满脑子只有和霍顿亲热这一件事，对不对？"

马尔科姆微微一笑，把头靠到她的肩膀上："我的卡拉马塔最懂我了。"

从离开到回来只有不到一周的时间，这让她觉得非常不可思议，在短短的几天里，竟然发生了这么多乱七八糟的事情。奥丽芙感到一阵眩晕，此刻她只觉得身心俱疲，就像刚跑完了一场马拉松，大脑有些缺氧。她实在太累了，很想睡觉；她很饿，很想吃东西；她很生气，很想看到汤姆得到他应有的惩罚；她很焦虑，像神经受损一样焦躁不安；她想要一个拥抱，最好是亚当的拥抱。

飞机在旧金山降落后，她把那件现在已经没有用处的大衣叠起来塞到了行李袋里，然后坐到了行李袋上。在马尔科姆买健怡可乐的空当，她查看了手机上的新消息。有几条是英发来的，她正在波士顿办理登机；有一条是她的房东发来的，告诉她电梯坏了。她翻了个白眼，转到学院邮箱的界面，发现里面有几封被标记为重要的未读邮件。

她轻点了一下红色的叹号，打开其中一封。

时间：下午 5:15

发件人：Anna-Wiley@berkeley.edu

收件人：Olive-Smith@stanford.edu

抄录：Aysegul-Aslan@stanford.edu

主题：胰腺癌项目

艾塞古尔：

谢谢你联系我。我有幸在生物发现学会的研讨会上看到了奥丽芙·史密斯的演讲——我们在同一个专题讨论组——我对她在胰腺癌早期筛查工具方面所做的工作印象非常深刻，我希望她明年能来我的实验室！或许我们三个可以尽快通个电话，来讨论一下这件事？

此致。

安娜

奥丽芙倒吸了口气，用手捂住嘴巴，立刻打开另一封邮件。

时间：下午 3:19

发件人：Robert-Gordon@umn.edu

收件人：Olive-Smith@stanford.edu

抄录：Aysegul-Aslan@stanford.edu

主题：胰腺癌项目

阿斯兰教授，史密斯女士：

你在胰腺癌方面做的工作非常吸引人，希望我们有合作的机会，我们应该安排一次 Skype 会议。

罗

剩下还有两封邮件，加起来一共有四封，都是癌症研究员发来的，他们全部是通过阿斯兰教授的信息了解到奥丽芙的项目，并且展示出对奥丽芙加入他们实验室的兴趣。她的心头瞬间涌上一股强烈的幸福感，她几乎感到一阵眩晕。

“小奥，你看我碰到谁了？”

奥丽芙猛地站了起来，马尔科姆拉着霍顿的手出现在那里，而离他们只有一步之遥的地方——

是亚当。尽管他看上去很疲惫，但依然帅气，而且和她过去二十四小时脑海里的他一样高大。他直视着奥丽芙，回想起他昨晚在餐厅里对她说过的话，她突然觉得脸颊发烫，胸口发闷，心也跳得非常厉害。

“听我说，”霍顿还没打招呼就直奔主题，“我们四个今晚去四人约会。”

亚当并没有理会霍顿，而是走到奥丽芙身边，低声问她：“你好吗？”

“很好，”这么多天以来，她终于不用再说谎了，她真的很好，亚当就在她的身边，而所有那些邮件都在她的邮箱里面，“你呢？”

“很好。”他回她，露出一个似有若无的微笑。她有种奇怪的感觉，就像她一样，他并没有说谎，她的心跳变得更快了。

“中国菜怎么样？”霍顿插话道，“在场的各位都喜欢中国菜吧？”

“中国菜也行，我不介意。”马尔科姆嘟囔着，虽然他好像对四人约会并不感兴趣，可能因为他不想在整个吃饭的过程中都坐在亚当的对面，重新体验一次研究生咨询委员会会议带给他的心灵创伤吧。

“奥丽芙呢？”

“呃……我喜欢中国菜。”

“完美。亚当也喜欢，所以——”

“我不打算去外面吃。”亚当说。

霍顿皱起眉头：“为什么？”

“我还有别的事要做。”

“什么事？奥丽芙也跟我们一起去。”

“不要叫奥丽芙了，她累了，而且我们很忙。”

“我登录你的谷歌日历了，浑蛋，你根本就不忙。要是不想和我出去，你可以直说。”

“我不想和你出去。”

“你这小浑球，我们刚刚度过了这么漫长的一周，而且今天还是我的生日。”

亚当稍稍退缩了一下，然后说：“什么？今天根本不是你的生日。”

“不，今天是。”

“你的生日是 4 月 10 日。”

“是吗？”

亚当闭上眼睛，挠了挠他的额头：“霍顿，在过去的二十五年里，咱们每天都在讲话，我至少参加了五次你的《超凡战队》[1]主题生日会，最后一次是在你十七岁的时候。”他瞪着霍顿，旁边的马尔科姆试着用咳嗽来掩饰他想笑的冲动，“所以我知道你的生日是哪一天。”

“可你记的一直都是错的，只是我太好了，所以才没有告诉你真相。”他紧紧抓住亚当的肩膀，“那么，我们就吃中国菜来庆祝我的出生吧？”

“为什么不是泰国菜？”马尔科姆插话说。这句话是对霍顿说的，他选择了无视亚当。

霍顿发出一声抱怨，开始解释斯坦福根本就没有好吃的泰式碎肉沙拉，而这正是奥丽芙通常会感兴趣的话题，可是——

亚当又看向了她，他的目光从高于霍顿和马尔科姆头顶几英寸的地方投来，表情中有愧疚，有恼怒，但都很暧昧，真的，这感觉让她有些似曾相识。奥丽芙感到内心有什么东西正在融化，她不得不压制住自己想要笑出来的冲动。

突然间，她觉得一起吃晚餐似乎是个很棒的主意。

会很有趣的。她用唇语对他说，而霍顿和马尔科姆则在一旁忙着争论要不要去那家新开的汉堡店。

会很折磨人。他用唇语回她，几乎没怎么张嘴。他一副听天由命、受人摆布的样子，这样的亚当也太神奇了，奥丽芙忍不住大笑起来。

---

1 《超凡战队》（*Power Rangers*），是美国SABAN公司于1993年以美国中学校园文化为背景制作的系列特摄剧，该系列翻拍自日本东映株式会社的超级战队系列。

霍顿和马尔科姆停止了对食物的争论，转头看向她："怎么了？"

"没什么。"奥丽芙说，亚当的嘴角也翘了起来。

"你为什么要笑呢，小奥？"

她张开嘴巴，想把话题转移到别的事情上，但亚当抢先一步：

"好了，我们走吧。"他用的是"我们"，就好像他和奥丽芙是一体的，就好像他们从来都不是假装在一起的。在那个瞬间，她觉得自己的呼吸都被卡在了喉咙里，无法变得通畅。"但恕我明年不能再参加和你生日有关的任何活动，事实上，是未来两年之内，而且新开的汉堡店已经被否决了。"

霍顿兴奋地挥了挥拳头，然后皱起眉头："为什么把汉堡否决了？"

"因为，"他看着奥丽芙的眼睛，"汉堡和脚丫子的味道一样。"

……

"我们应该从解决最突出的问题开始。"霍顿一边说着，一边咀嚼赠送的开胃菜，这让座位上的奥丽芙紧张了起来。她不确定在和亚当单独聊过之前，自己是不是愿意和马尔科姆以及霍顿讨论汤姆的事情。

不过事实证明，她的担心是完全没有必要的。

"那就是马尔科姆和亚当互相讨厌对方。"

她旁边的亚当困惑地皱起了眉头，而坐在奥丽芙对面的马尔科姆用手捂住自己的脸发出了叹息。

“据我得到的可靠消息，”霍顿继续说，他并没有就此作罢，“亚当在一次论文委员会的会议上说马尔科姆的实验很‘马虎’，属于‘滥用研究经费’，这让马尔科姆很受伤。亚当，我一直在跟马尔科姆说你那天可能只是心情不太好——也许你的某个研究生在邮件里对不定式进行了拆分，或者单纯就是你的沙拉菜不够有机。你要为自己说两句吗？”

“呃……”亚当的眉头锁得更紧了，马尔科姆也把手中的脸埋得更深了，而霍顿则急切地等待着一个答案。奥丽芙看着眼前的一切，想着要不要拿出手机拍下这场大型“车祸”。“我不记得那次委员会的会议了，不过听上去这很有可能。”

“太好了，那你就告诉马尔科姆你并不是在针对他，这样我们就可以继续吃炒饭了。”

“我的老天。”马尔科姆嘟囔着，“霍顿，拜托。”

“我不想吃炒饭。”亚当说。

“那我们吃炒饭的时候，你可以吃生竹子。但现在的情况是我男朋友认为他死党的男朋友，以及我的死党对他有意见，这阻碍了我的四人约会，所以拜托了。”

亚当缓慢地眨了眨眼睛：“……死党？”

“亚当，”霍顿用拇指向愁眉苦脸的马尔科姆指了指，“来吧，拜托了。”

亚当虽然重重地叹了口气，但还是点了点头，转头面向马尔科姆：“不管我说了什么或是做了什么，都不是针对你的，有人告诉我，我没有必要那么充满敌意和难以接近。”

奥丽芙没有看到马尔科姆的反应，因为她此刻的注意力全都集中在亚当以及他微微上扬的嘴角上。而当他看向她的眼睛时，那个几不可见的微笑变成了一个几乎可见的笑容。有那么一秒钟，就在他看向别处之前，她捕捉到了他的目光，好像那短暂的一秒钟里只剩下了他们两个，这让她觉得有点儿似曾相识。她想起了只有他们自己才懂的笑话，还有在夏末的阳光下他们嬉戏打闹的场景。

“完美。”霍顿鼓起掌来，声音大得吓人，“开胃菜点蛋卷，行吗？”

这顿晚饭的确是个很棒的主意，这样的晚上，这张桌子，这个时刻，一切都那么刚刚好。坐在亚当身边，闻着雨水打在大地上泥土散发的味道，看着他灰色棉质亨利衫上在他们溜进餐厅前被突然下起的暴雨溅湿的深色点子，不管以后他们是不是还得就汤姆的事情和接下来的其他事情认真地谈一谈，但现在，她只觉得她和亚当之间是那么舒服自在，就像是轻松地套上一条她最喜欢的裙子，一条她原以为在衣橱中再也找不到的裙子，没想到再次穿上后它依然如此合身。

“我想要蛋卷。”她转头看向亚当。他的头发又长长了一些，于是她伸出手，做了一件她觉得无比自然的事情，将他额前翘起来的那撮头发压了下去：“我大胆猜测一下，你应该讨厌蛋卷吧？就像你讨厌世界上所有的美食一样。”

当服务员端来了水，并拿来菜单的时候，她看到他做了一个“小鬼”的口型。准确地说，送过来的是三份菜单。霍顿和马尔科姆各拿了一份，奥丽芙和亚当交换了一个意味深长又觉得好笑的眼神，然后抓过剩下的那份一块儿看了起来。他们配合得很好：他稍稍倾斜了一下角度，这样蔬菜的部分就出现在了他那一侧，而各式各样油炸的主菜都出现在了她那一侧。这也太巧了，她笑了出来。

亚当用食指在饮料的部分敲了敲："看看这讨人厌的东西。"他抱怨道。他把嘴巴凑到她的耳边——一绺热乎乎的头发在空调强劲的吹拂下贴在了她的皮肤上，不由得让她觉得暧昧又愉快。

她粲然笑道："一点儿都不讨厌。"

"糟透了。"

"你想说的是好极了。"

"我可没说。"

"我宣布这里已经成为我最喜欢的餐厅了。"

"可你连尝都没尝。"

"一定非常惊艳。"

"一定非常吓——"

有人清了清喉咙，她和亚当立刻转头看过去，这才想起这里并不只有他们两个人。马尔科姆和霍顿都在盯着他们看——马尔科姆目光敏锐，充满怀疑，霍顿则露出一个心领神会的微笑："你们在说什么啊？"

"啊，"奥丽芙觉得脸颊微微发热，"没什么，只不过这里有南瓜奶茶。"

马尔科姆做出一副想吐的样子："呃，小奥，太恶心了。"

"你闭嘴。"

"听起来不错。"霍顿笑了笑，倾身对马尔科姆说，"我们来点一杯分着喝。"

“什么？”

看到马尔科姆惊恐的表情，奥丽芙试着忍住不笑：“别让马尔科姆尝试南瓜口味。”她特别夸张地对霍顿小声说。

“啊，该死。”霍顿装作十分恐惧地抓紧自己的胸口。

“你们别不当回事。”马尔科姆把菜单放到桌子上，“南瓜口味的香精就是撒旦的头皮屑，是世界末日的前兆，而且味道就像屁股一样，还不是那种味道不错的屁股。”坐在奥丽芙边上的亚当缓缓地点了点头，似乎对马尔科姆慷慨激昂的发言颇为印象深刻，“一杯南瓜拿铁的含糖量相当于五十颗彩虹糖的总和——而且里面没有任何南瓜的成分。去查一查吧！”

亚当用一种近乎欣赏的眼神盯着马尔科姆。霍顿看着奥丽芙的眼睛狡黠地说：“咱们男朋友的共同点还真多。”

“是啊。他们把讨厌一整类没有危害的食物当成自己的人格特征。”

“南瓜香料并不是没有危害的。它是一种放射性的、威力巨大的糖类核武器，它渗透在各种各样的产品中，而且很可能是加勒比僧海豹灭绝的罪魁祸首。而且你——”他把手指转向了霍顿，“——现在已经很危险了。”

“什么——为什么？”

“我不可能跟一个在南瓜香料问题上不尊重我立场的人在一起。”

“可说句公道话，这不是什么值得尊重的立场——”霍顿注意到马尔科姆正对他怒目而视，于是立刻停了下来，并防御性地举起双手，“我没什么想法，宝贝。”

“你应该有的。”

亚当看得不亦乐乎，不由得发出啧啧声："对啊，霍顿，你好好说。"他身体后倾，靠在了椅背上，肩膀擦过了奥丽芙的肩膀。霍顿朝他竖起了中指。

"连亚当都知道并且尊重奥丽芙对待汉堡的立场，他们尚且还不是——"不管马尔科姆要说的是什么，都非常明智地及时停了下来，"好吧，既然亚当知道，你就应该知道南瓜香料的事。"

"可亚当在十几秒前不还是个讨厌鬼吗？"

"真是天道好轮回啊。"亚当喃喃道，奥丽芙伸出手去掐他的腰，但他用手抓住她的手腕，阻止了她。她对他做了一个"魔鬼"的口型，他只是邪恶地笑了笑，饶有兴致地认真看向马尔科姆和霍顿。

"拜托，这根本就没什么可比性。"霍顿说，"奥丽芙和亚当已经认识很多年了，咱们从认识到现在也就一个星期而已。"

"他们才没有，"马尔科姆晃了晃他的手指，纠正道，亚当的手仍然紧紧地抓着她的手腕，"他们好像就比我们早认识一个月而已。"

"不是哦，"霍顿很坚持，"亚当喜欢她很多年了。他很可能已经私下研究了她的饮食习惯，然后编辑了十七张数据表，并且建立好机器学习算法来预测她的烹饪偏好了。"

奥丽芙大笑起来："他没有，"她喝了一口水，仍然面带微笑，"我们是秋季学期开始的时候才一起出去的。"

"没错，但你们很早就认识了。"霍顿正皱着眉头，"你们是在你来这里读博士的前一年，也就是你来参加面试的时候认识的，不是吗？"

奥丽芙摇了摇头，大笑起来，随后她转头看向亚当，想让他一起笑笑，然而她却发现亚当正看着她，脸上没有一丝笑意。他看上去……恰恰相反，有些担心，或者说是歉意，又或者有些认命。是惊慌失措吗？就在这时，餐厅里突然安静下来，雨水噼里啪啦地打在窗户上，人们的交谈声、餐具的碰撞声似乎都逐渐远去，她脚下的地板有些摇晃地慢慢倾斜起来，就连空调吹出的暖风也突然变冷了。不知什么时候，亚当的手指已经松开了她的手腕。

奥丽芙想起来了。

眼睛的灼烧感和脸颊上挂着的泪水，试剂的气味和男性肌肤散发出的清爽的味道，那个站在她面前模糊而高大的身影，他那低沉的、让人心安的、饶有兴致的声音，还有她二十三岁时孤身一人，不知道自己该做些什么，不知道自己何去何从，不知道自己进行怎样的选择的情形。“对于进入研究生院来说，我的理由足够好吗？”她曾经这样问过他，而他那时答她：“是的，这是最好的理由。”就在那个瞬间，所有事情似乎都变得简单起来，而当她收到录取通知书的时候，她丝毫没有犹豫。

亚当。

一直以来，都是亚当。

奥丽芙想起当时对他说的最后的那几句话，她差点儿笑出声来。“也许我明年还会见到你。”啊，老天，要是她知道那是他就好了。

“是的，”她说，她的脸上已经没有了笑容，亚当还在盯着她的眼睛，“没错，我们很早就认识了。”

第 22 章

假说：当需要在 A（说假话）和 B（说真话）中做出选择的时候，我将不可避免地最终选择……

不，这次不是。

奥丽芙毫不怀疑霍顿的故事经过了高度的修饰，是他经年累月对喜剧孜孜不倦地研究探索得出的结果，不过她还是抑制不住地笑了出来，这是她生平笑得最开心的一次。

“……然后我被瀑布浇醒了——”

亚当翻了个白眼：“只有一滴而已。”

“——我当时就问自己，为什么客舱里会下雨啊？但那个时候我意识到，是从我的上铺那里来的，而亚当当时好像已经十三岁了——”

“六岁，我当时六岁，你七岁。”

“——还尿床，而且尿还透过床垫渗到了我身上。”

尽管奥丽芙飞快地用双手捂住了嘴巴，但还是没能成功地掩饰住她的开心，就像霍顿讲了一只斑点狗隔着牛仔裤咬了亚当屁股的事，还有他在高中的毕业纪念册上被票选为“最容易把人弄哭的人”时一样，她都没能忍住。

至少亚当并没有表现出任何的尴尬，看起来也没有像霍顿在提醒奥丽芙他们的第一次见面时那么沮丧。她不敢相信自己已经忘记了那个人，那个向她……解释了很多事情的人。

或许是所有的事情。

“老兄，都六岁了欸。”马尔科姆一边摇着头，一边擦着他的眼睛。

“我当时生病了。”

“还是没什么区别啊，伙计，那么大就不该尿床了，不是吗？”

亚当默不作声地盯着他，直到他垂下眼睛，清了清嗓子：“呃，也许还不算大吧。”马尔科姆喃喃道。

收银台的边上有一大碗幸运饼干，是奥丽芙在往餐厅门外走的时候注意到的。她高兴地尖叫起来，伸手从里面摸出四个塑料小袋，将它们分给马尔科姆和霍顿每人各一个，并带着调皮的微笑又递给亚当一个：“你讨厌这些东西，对吧？”

“嗯，”他接过饼干，“因为我觉得它们的味道像泡沫塑料。”

“可能它们连营养价值都是类似的。”马尔科姆嘟囔着说。他们从饭店出来，溜进了刚刚降临的湿冷的夜幕中。令人意外的是，马尔科姆和亚当居然找到了很多共同点。

虽然雨已经停了，但在路灯的照射下，街面上的道路还在闪闪发光。一阵微风吹过，树叶也随着沙沙作响，让零星的水珠散落到地面上。从闷热的餐厅出来，奥丽芙大口大口地吸入新鲜的空气，她觉得此刻的心情非常愉快。她把卷起的袖子放了下来，手却意外地碰到了亚当的腹肌，她抬头冲他笑了笑，带着玩笑似的歉意，而他却涨红了脸，移开了视线。

“懂得自嘲的人永远都可以开怀大笑。”霍顿往嘴里塞了一小块幸运饼干，对着里面的字条眨了眨眼睛，“这是影射吗？”他愤愤不平地看了看周围，“这块幸运饼干是在影射我吗？”

“听起来是这么回事。”马尔科姆答道，“我的写的是‘与其等待别人给予，不如好好对待自己’。我觉得我的饼干也在影射你，宝贝。”

“这批饼干是出了什么问题吗？”霍顿指着亚当和奥丽芙，“你们的写的是什么？”

奥丽芙已经拆开了她的包装，她轻轻地咬下一个角，把字条从里面拉了出来。尽管上面的内容平淡无奇，却让她的心脏漏跳了一拍。“我的很正常。”她告诉霍顿。

“你在骗人。”

“没骗人。”

“那写的是什么？”

“真话永远都不会晚。”她耸了耸肩，转身扔掉了塑料包装纸，不过在最后一刻，她决定留下这张字条，把它塞到了牛仔裤的口袋里。

“亚当，打开你的看看。”

“不。”

“快点儿。”

“我是不会因为害怕伤害你们的感情逼自己吃纸板的。”

“你真是个烂朋友。”

“根据幸运饼干行业的说法，你是个烂男友，所以——”

“拿来。”奥丽芙这时插话道，她从亚当手里夺过饼干，“我来吃，我来看。”

停车场里空空荡荡的，只有亚当和马尔科姆的车。霍顿是坐着亚当的车从机场回来的，不过马尔科姆打算去他的公寓过夜，他需要去遛他的狗弗莱明。

“亚当会捎你一段，对吧，小奥？”

“不用了，从这里走回家只要不到十分钟的时间。”

“可你的行李怎么办？”

“不是很重，而且我——”她突然停了下来，咬着嘴唇，考虑了一下其他的可能性，然后她发现自己的嘴角慢慢上扬，于是马上带着试探性和目的性地说，“其实，亚当会陪我走回家的，对吧？”

他沉默了一会儿，表情变得深不可测，然后平静地说：“当然了。”他一面把车钥匙塞进他牛仔裤的口袋里，一面把奥丽芙筒状背包的带子搭到肩上，“你住哪里？”他等到霍顿已经走到听不到他们说话的地方开口问她。

她默默地指了指：“你确定要帮我拿包吗？我听说人一旦到了一定的年纪，就很容易闪到腰。”

他瞪了她一眼，奥丽芙则大笑起来，他们一起走出了停车场。街道上一片寂静，只有她的匡威鞋踩在湿漉漉的混凝土上的声响，还有几秒之后马尔科姆的车经过他们身边时的声音。

“嘿，”霍顿从副驾驶的窗户里问她，“亚当幸运饼干里的字条是什么？”

“呃……”奥丽芙假装看了一下字条，“没什么，就写着‘霍顿·罗德古斯教授是个失败者’。”在霍顿把她掀翻在地之前，马尔科姆赶紧加速把车开走了，她忍不住大笑出声。

“上面到底写了什么？”当他们终于可以单独相处的时候，亚当问她。

奥丽芙把那张皱皱巴巴的字条递给他，他就着灯光把字条斜过来看，她则在旁边一言不发。当她看到他下巴上的肌肉跳了一下，然后把字条塞进他牛仔裤的口袋里时，她并没有感到特别惊讶，毕竟她知道那上面写的是什么。

你可以坠入爱河：有人会将你接住。

“我们可以聊聊汤姆吗？”她问，然后绕过一个水坑，“也不是必须得聊他，不过如果可以的话……”

“我们可以聊，也确实应该聊。”她看到他的喉结动了动，“哈佛打算开除他，这是肯定的，其他惩罚措施还在决定当中，为了这件事，昨天开会到很晚。”他快速地看了她一眼，“这也是我没有早点儿给你打电话的原因，哈佛《第九条》办公室的负责人应该很快就会联系你了。”

很好。“那你的研究项目呢？”

他绷紧下巴：“我也不知道，我会想办法的——或者说不会，不过我现在不是特别关心这个。”

这让她觉得非常惊讶，但很快她就想通了，因为她觉得汤姆在职业上的背叛并不会真正地影响到他们私下的交情：“对不起，亚当，我明白，他是你的朋友——”

“他不是。”亚当突然停在了马路中间，他转身面向她，深棕色的眼睛清澈无比，“我以前不知道，奥丽芙，我以为我是了解他的，可是……”他的喉结动了动，“我就不该把你托付给他，对不起。”

他在说“你”的时候，就好像对他来说，奥丽芙是一种独特的、格外珍贵的存在，像是他最心爱的宝贝，这让她感到激动，她很想大笑，可也特别想哭，这让她感到高兴，同时又觉得困惑。

“我还以为……我还以为你会生我的气，因为我毁掉了一切，你和汤姆的友谊，还有也许……也许你就不能再搬去波士顿了。”

他摇了摇头：“我不在乎，我一点儿都不在乎。”他盯着她的眼睛看了很久，嘴巴动了动，像是把剩下的那些话都咽了下去。他没再继续说下去，于是奥丽芙点了点头，转身继续向前走。

“我想我已经找到另一个实验室了，这样就可以完成我的研究，而且它很近，所以我明年就不用搬家了。”她把头发别到耳后，对他笑了笑。只要有他在身边，她就会感到一种本能的快乐，是那种毋庸置疑的身体上的快乐，这完全是最原始的、发自内心的，他的出现总是伴随着一种令人眩晕的快乐。突然间，她发现和亚当在一起有很多可以聊的事情，为什么一定要说汤姆呢？“晚餐很不错。对了，你说得很对。”

“在南瓜泥的问题上？”

“不，南瓜泥是很棒的。是关于霍顿的，他实在让人难以忍受。”

“是啊，过个十年左右你就会喜欢上他了。”

“那你喜欢上他了吗？”

“没，并没有。”

“霍顿太可怜了。”她轻轻地笑了一声，“对了，你到底是什么时候发现的？”

他瞥了她一眼："发现什么？"

"就是我不记得咱们之前见过这件事，在洗手间里，我来面试的那次。"

奥丽芙感觉他的脚步有那么一瞬间的迟疑，也或许没有，她不能确定。不过他在回答之前还是深吸了一口气，带着一丝挫败的感觉，就像一个不得不去解释自己做出的不当行为的孩子一样："我也不确定，有一段时间了。"

"呃，那是多久？"她实在太好奇在过去的几天、几周、几年里亚当的脑子里都是怎么想的了。她开始胡思乱想，但她需要他清楚地告诉她一些事情。

"几年吗？"她感觉他可能有点儿脸红，但也可能没有，在这种没有星星的夜空下，在这样微弱的黄色夜灯中，可能根本就是看不出来的。"在你像是没有见过我一样做自我介绍的时候。今年秋天，我是在今年秋天发现的，尽管……我以前也想过。"

她完全可以想象得到。他们曾在走廊上擦肩而过，一起参加过大大小小的部门研讨会和专题讨论会，她却从来都没想过这个问题，可现在……现在她想知道他到底是怎么想的。"他这几年来一直在念叨这个了不起的女孩，但他总是担心你们在同一个系里这件事。"霍顿之前是这么说的。

奥丽芙曾经做过那么多的假设，却发现原来自己错得太离谱了。

"你不需要撒谎的，其实。"她说，并没有指责他的意思。

他调整了一下他肩膀上行李袋的带子："我没撒谎。"

"某种程度上你确实撒谎了，是通过不作为的方式。"

"好吧，你……"他抿起嘴唇，"你生气了吗？"

“不，没有，这也算不上糟糕的谎言。”

“真的吗？”

她啃了一会儿自己拇指的指甲：“我说过更糟的，但我想让你知道的是，我并没有真的忘记你，那是我压力很大的一天，一周、一个月，甚至是一年，我从来没有把那个洗手间里的帅哥和具有传奇色彩的卡尔森教授联系起来。”

“要是你还觉得——”

“我没有生气。”她说，语气柔和，却很坚定。她抬头看向他，希望他能明白，她试图清楚地告诉他，明确地让他看到。“相反，”她微笑着说：“我很高兴，很高兴你记得我，从那天开始就记得我。”

“你……”他顿了一下，“很难让人忘记。”

“啊，才不是，真的，我那时就是个无人在意的小人物，是即将入学的众多新生中的一个而已。”她哼了一声，低头看向自己的双脚，她必须要走快一点儿才能跟上他长腿迈出的步伐，“我讨厌在这里的第一年，压力真的太大了。”

他惊讶地瞥了她一眼：“你还记得你在专题讨论会上的第一次演讲吗？”

“记得，怎么了？”

“你的电梯游说[1]——你把它叫作涡轮电梯游说，在自己的幻灯片里放了一张《星际迷航：下一代》里的剧照。”

“对，没错，我放了。”她小声笑了起来，“你居然记得这个，原

1　电梯游说（elevator pitch），或称电梯演讲、电梯声明，是对想法、产品或机构等的简短描述，它以任何听众都能在短时间内理解的方式解释概念。

来你也是个星际迷。”

“我有一个阶段很喜欢。还有那年野餐的时候下雨了，你和那几个被他们爸妈带来的孩子玩了好几个小时的抓人游戏，小孩们都很喜欢你，最后那个最小的孩子是他们从你身上拽下来塞进车里的。”

“那是莫斯教授的孩子。”她好奇地看着他，一阵微风吹来，弄乱了他的头发，但他似乎并不在意，“我还以为你不喜欢小孩，事实上，我以为你讨厌他们。”

他挑起一边的眉毛：“我只是不喜欢二十五岁却表现得像个巨婴一样的人，但如果他们真的只有三岁的话，我是不会介意的。”

奥丽芙微笑起来：“亚当，你知道我是谁这件事……有影响到你和我假装情侣的决定吗？”

在寻找答案的过程中，他的脸上大概掠过了十来种表情，但她没有办法仔细地区分出每一种：“我想帮你，奥丽芙。”

“我知道，我也相信这一点，”她用手指蹭了蹭自己的嘴唇，“但就只是因为你想帮我吗？”

他抿了抿嘴，重重地呼出一口气，然后闭上眼睛，那一瞬间，他看上去像是要把他的牙齿连同灵魂都一齐抽离出去了，然后他放弃了挣扎和抵抗：“不是。”

“不是。”她重复道，陷入了沉思，“对了，前面就是我家了。”她指了指拐角处那幢高大的砖房。

“好吧。”亚当看了看周围，研究了一下她家附近的街道，“要我帮你把包送上去吗？”

“不用了。不过……你能再待一会儿吗？我想告诉你一件事。”

“当然可以。”

他在她面前停了下来，慢慢站定，她抬头看向他，目光落在他那张帅气而熟悉的脸上。隔在他们之间的，是清新的微风，和亚当认为的最为合适的距离。她的这个倔强固执又反复无常的假男朋友，特别优秀，却也让人特别痛苦，他完完全全是独一无二的存在。奥丽芙觉得她的情感仿佛要溢出来了。

她深深地吸了口气："这件事就是，亚当……我很蠢，而且错得离谱。"她用手指紧张地绕着自己的一绺头发，随后又把手垂到肚子上。好吧，好吧，她打算告诉他了，她现在就要说了："就像是……像是统计假设检验[1]中的第一类错误，对吗？"

他皱起眉头，她意识到他不太清楚她想表达什么："第一类错误？"

"一个错误的真相，就是以为某件事是正在发生的，但实际上它并没有发生。"

"我知道第一类错误是什么意思——"

"是啊，当然了。我想说的是，在过去的几周里让我最害怕的是我可能会对出现的情况产生误判，我说服自己去相信一些不真实的东西，然后看到一些我想看但其实根本不存在的东西，这对于一个科学家来说，是最可怕的噩梦，对吧？"

"嗯，"他锁紧了眉头，"这就是为什么你在分析当中把重要程度设得很低——"

"但问题是，第二类错误也很糟糕。"

1　统计假设检验（statistical hypothesis testing），是证明或推翻关于一定客体、现象和过程所研究特征的统计上相互联系假说的一种程序。

她逼视着他的眼睛，目光既犹豫又急迫，因为她对自己即将说出的话充满了恐惧，又对他很快就要知道这件事而感到兴奋。她终于还是下定了决心说出来。

“是的，”他赞同地缓缓说道，不禁有些困惑，“不去承认错误的存在也很糟糕。”

“这就是科学的问题所在，我们被训练着去相信假阳性是不好的，但其实假阴性一样非常可怕。”她吞了吞口水，“就是即使一些东西就在你眼前，但你依然会看不到它，只是因为你害怕看到它，所以故意让自己变得盲目。”

“你是说统计学的研究生教育不够好吗？”

她笑了一声，尽管这黑暗的夜晚还带有一丝凉意，但她还是一下子红了脸颊。她感到自己的双眼有些刺痛：“也许吧，但也可能……一直以来不够好的那个是我，我不想再这样了，再也不想了。”

“奥丽芙，”他上前一步，离她更近了，他们之间只有几英尺的距离，虽然不够紧密，但足以让她感受到他的温暖，“你还好吗？”

“在遇到你之前，我发生了……发生了太多事情，我想我被这些事情搞得有点儿混乱。我之前一直都活在对孤独的恐惧中，如果你想知道的话，我可以说给你听。不过我得先弄明白为什么我会觉得用一堆谎言把自己包裹起来要比哪怕承认一点点事实还好。但我想……”她颤抖地深吸了口气，感觉到有一滴眼泪滑过了脸颊。亚当看到了，他用嘴唇默念着她的名字。“我想在这条路上的某个地方，我忘记了我是谁，我把自己弄丢了。”

她朝他走近一步，用手轻轻地拽住他衬衫的下摆。她触碰到了他的身体，一边哭，一边笑着说：“亚当，我想告诉你两件事情。”

“我可以为你——”

“求你了，就让我告诉你吧。”

他显得有点儿不知所措，只是站在那里，静静地看着她眼中的泪水越积越多。她能看出他觉得自己很没用，他半握起垂在身侧的双手，而她……她却因此更爱他了。他就那么看着她，仿佛他的每一次起心动念和隐忍克制都是源于她的存在。

“第一件事是我对你撒了谎，但这谎言却不是因为我的不作为。”

“奥丽芙——”

“那是一个真正的谎言，一个愚蠢的谎言，我让你——不，我故意让你认为我爱上了别人，但事实却是……我根本就没有，我从来都没有爱上过别人。”

他抬起一只手，捧起她的脸：“那你——”

“但那其实不是很重要。”

“奥丽芙，”他把她拉得更近了些，将他的嘴唇盖在她的额头上，“没关系，不管你为什么哭，我都会解决它的，我会让它好起来，我——”

“亚当，”她流着泪微笑着打断他，“这不重要，因为我要说的第二件事，才是真的重要。”

他们此刻靠得那么紧，她能闻到他身上温暖的味道，他的双手轻轻地捧着她的脸，用拇指一点点拭去她脸上的泪水。

“宝贝，”他喃喃道，“第二件事是什么？”

她的眼泪一直在流，但她却从来都没有像现在这么开心过，于是她用可能是他听过的最烂的发音，说出了那句话：

“亚当，ik hou van jou。”

尾声

结论：仔细分析了收集到的数据，综合考虑潜在的混淆，统计误差和实验员的偏见，结果显示当我坠入爱河时……其实并没有想象的那么糟糕。

十个月后。

“你站那儿，你刚刚是站在那儿的。”

“没错啊。”

他有点儿在迁就她，脸上是一副任人摆布的好笑的表情，这已经成为奥丽芙过去一年里的最爱：“离饮水机再近一点儿。完美。”她向后退了一步，欣赏了一下调整以后的成果，然后给他使了个眼色，掏出她的手机想要拍张替换她手机屏保的照片，她现在的那张是他们几周前在一棵约书亚树下两个人的自拍，照片上的亚当在阳光下眯着眼睛，而奥丽芙则把嘴唇贴在他的脸颊上，但后来奥丽芙改主意了。

在刚刚过去的夏天里，他们一起徒步旅行，吃了很多美味的冰激凌，他们深夜在亚当的阳台上拥吻，大笑着分享那些不为人知的故事，然后仰望星空，那些星星比奥丽芙爬上梯子粘在卧室的天花板上的还要亮得多。还有不到一周的时间她就要去伯克利的实验室工作了，到时候她会变得很忙，任务也会变得很重，她还要在通勤上花掉一些时间，不过，她已经等不及要迎接新的生活了。

“你就站那儿别动，”她命令道，“表现出充满敌意和难以接近的样子，然后说‘南瓜味’。”

他翻了个白眼：“如果有人进来，你要怎么办？”

奥丽芙环视了一下生物大楼，走廊里安静而空旷，在下班后昏暗的灯光下，亚当的头发看起来更像是蓝色。已经很晚了，何况现在又是夏天，再加上是周末，所以不会有人进来的。可就算有人进来，奥丽芙·史密斯和亚当·卡尔森的关系也早已是旧闻了：“谁会进来？”

“英有可能，她来帮你重现当初的魔法。”

“她和杰里米出去了，我相当确定。”

“杰里米？那个你爱上的家伙？”

奥丽芙对他吐了吐舌头，低头瞟了一眼她的手机。她很开心，她感觉特别开心，虽然她连自己为什么会开心都不知道，但或许其实她是知道的。

“好，还有一分钟。”

“你不可能知道确切的时间，”亚当的语气里满是耐心和宠溺，“不可能精确到分钟。”

“我知道。我那天晚上做了蛋白质印迹的实验，我查看了实验室工作日志，对当时的时间和地点进行了重建，连可能存在的误差都算进去了。我可是个严谨的科学家。”

“呃，”亚当交叉双臂，抱在胸前，“那个蛋白质印迹的结果怎么样？”

“那不是重点。”她粲然一笑，“对了，你当时在这儿做什么？”

“什么意思？”

“一年前，你为什么晚上在系里走来走去？”

“我不记得了，可能我的某个项目的截止日期快到了，或者我正打算回家。”他耸了耸肩，然后转身扫视了一下走廊，直到目光落到了饮水机上，“可能我只是渴了。”

“可能吧，”她上前一步，“可能你在默默地期待着一个吻。”

他被逗乐了，看了她很久：“很可能。”

她又向前走了一步，又是一步，再一步，就在她站到他面前，要再次入侵他个人空间的时候，她的闹铃响了一声。不过这一次，当她踮起脚尖，用胳膊搂住亚当的脖子时，亚当更加用力地将她抱在自己的怀里。

时间已经过去一年了，一分不差，正好一年。她现在对他的身体已经相当熟悉了，他肩膀的宽度，他胡楂的触感，他皮肤的气味，统统被她记在了心里。她能感觉到他眼中的笑意。

奥丽芙陷进他的怀抱里，把整个身体的重量都压到他的身上，然后将嘴巴抬到几乎和他耳朵一样高的位置，把嘴唇凑在他的耳廓上，贴着他的肌肤轻声对他说：

“我可以吻你吗，卡尔森教授？”